Günther Jontes · Steirisches Schimpfwörterbuch

Günther Jontes

Steirisches Schimpfwörterbuch

Steirische Verlagsgesellschaft

SV

Umschlaggestaltung und Layout: Günter Linecker
Umbruch und Belichtung: Weitzer & Partner GesmbH, Graz

ISBN 3-85489-001-X

Vorwort

Dieses Wörterbuch von in der Steiermark gebräuchlichen Schimpfwörtern ist ein Sprachkompendium, das den Versuch unternimmt, einen vielfach tabuisierten und verdrängten, schriftsprachlich in nur geringem Maße fixierten, dabei im gesprochenen Wort höchst lebendigen, emotionsgeladenen, oft witzigen, dazu auch zumeist gehörig groben und hemdsärmeligen Bereich unserer Muttersprache zu erfassen und nach Herkunft und Schicksal, Verbreitung, sozialem und kulturgeschichtlich-volkskundlichem Hintergrund zu erklären.

Das vorgelegte Werk ist die stark überarbeitete, beträchtlich ergänzte und auf den letzten Stand gebrachte Fassung meines 1986 erschienenen „Steirischen Schimpfwortlexikons".

Die Sammlung von volkstümlichem Sprachgut in Wortlisten oder Wörterbüchern beginnt in der Steiermark in vorerst noch handschriftlicher Form im großen und ganzen im frühen 19. Jahrhundert, als Erzherzog Johann durch seinen Sekretär Georg Göth mittels ausgesandter Fragebögen für eine statistisch-topographische Landesbeschreibung u. a. auch nach mundartlichen Besonderheiten fragen ließ.[1] Diese „Idiotika" befleißigten sich vor allem der Aufnahme von Wörtern und Redensarten, die der Schriftsprache oder der Umgangssprache in den Städten fremd waren oder in ihrer Lautung von dieser stark abwichen. Sie sind vor allem aus dem Bereich der Obersteiermark übersandt worden und ihrem Umfang nach eher bescheiden. Die Aufnahmen erfolgten kleinräumig nach Ort oder Grundherrschaft.

In diesen Wortlisten findet sich auch eine ganze Reihe von Schimpfwörtern, die man als für das „gemeine Volk" bezeichnend erachtete, während man den eigenen Gebrauch tunlichst verschwieg. Die systematische Erfassung lokaler, regionaler oder großräumiger Mundarten, aber auch die Kodifizierung der gesamten hochdeutschen Schriftsprache seit J. A. Schmeller, J. Ch. Adelung und den Gebrüdern Grimm (vgl. das Literatur- und Quellenverzeichnis) ließ das gesammelte Wortgut dem Umfang nach gewaltig anwachsen, wobei auch bereits Versuche unternommen wurden, räumliche und soziale Differenzierung von Sprachraum und Sprecher zu vermerken.

Die wichtigste und beachtlichste Leistung für das Gebiet der Steiermark ist hier bis heute Theodor Ungers und Ferdinand Khulls Steirischer Wortschatz von 1903 geblieben, ein Buch, das ohne Rücksicht auf soziale oder sprachliche Tabus auch eine große Zahl von Schimpf- und Spottwörtern enthält, die in ihrer Gesamtheit

[1] E. Katschnig-Fasch: Der Fragebogen Erzherzog Johanns von 1810 – ein frühes „volkskundliches" Wagnis. In: Österr. Zs. f. Volkskunde NF 36 (1982), S. 362–383.

in unser Wörterbuch hier aufgenommen wurden und dort, wo es notwendig war, auch eine dem heutigen Wissensstand angepaßte Deutung und Erklärung gefunden haben. Sie bilden mit dem Stand um 1900 sozusagen die mittlere Schicht des steirischen Schimpfwortgutes, aus der heute schon vieles nicht mehr im Gebrauch ist. Unger–Khull wurden auch zahlreiche Formen nach archivalischen Quellen des 16.–19. Jahrhunderts entnommen.
Ihm an die Seite stellen läßt sich heute nach Umfang und Gründlichkeit der sprachlichen Erfassung einer Region nur das von Walter Kainz und Eduard Walcher (†) gesammelte und von Claus Jürgen Hutterer (†) als „Weststeirisches Wörterbuch“ 1987 herausgegebene Material, das auch noch den Vorteil der thematischen Gliederung hat und die Schelten in eigenen Kapiteln zusammenfaßt. Auf Werner Strahalms „Das Steirische Wörterbuch“, Graz 1994, glaubte ich verzichten zu können, da dieses eine wissenschaftlich nicht relevante, reine Kompilation auf der Grundlage von Unger–Khull darstellt.
Wenn hier von einem steirischen Schimpfwörterbuch die Rede ist, so muß vorerst einmal angemerkt werden, daß es in historischer und sprachgeschichtlicher Hinsicht „die“ steirische Mundart gar nicht gibt. Es wurden und werden in stetem Wandel begriffene, voneinander teilweise lautlich und wortschatzmäßig beträchtlich unterschiedene Mundarten gesprochen, die laut- und wortgeographisch abgegrenzt werden können. Dem Kundigen ist es auch heute, in einem Zeitalter der Einebnung mundartlicher Besonderheiten, noch ohne weiteres möglich, von der Sprache auf die räumliche, aber auch auf die soziale Herkunft des Sprechers zu schließen.
Die Steiermark ist als österreichisches Bundesland in ihren heutigen Grenzen in sprachlicher Hinsicht Teil des großen bairischen Mundartgebietes. 1919 fiel die slowenisch sprechende Untersteiermark mit ihren damals fast durchwegs deutschen Städten an Jugoslawien.
Der bajuwarische Charakter erklärt sich aus der in mehreren Wellen aus verschiedenen primär und sekundär bairisch besiedelten Gebieten gespeisten deutschen Landnahme und Kolonisation, die die in den Ungarnstürmen des 10. Jahrhunderts verwüsteten Räume wieder auffüllte und sich dabei das dünne alpenslawische Substrat in einem friedlichen Assimilationsprozeß einverleibte. Dieser Vorgang war im 13. Jahrhundert abgeschlossen.
Heute noch unterscheiden sich etwa das Ennstal und die Oststeiermark wegen der Besiedlungszeiträume, Siedlerströme und historischen Bedingungen lautlich wesentlich. Auch haben viele regionale und lokale Besonderheiten zu deutlich unterscheidbaren, kleinen Mundarträumen geführt, die sich im Wortgut auseinanderhalten lassen. Im Überblick gesehen liegt die Steiermark heute im östlichen Überschneidungsgebiet südbairischer und mittelbairischer Lautungen. Sie gehört daher keiner der beiden großen Dialektlandschaften ausschließlich an.

Der starken horizontalen Gliederung in Dialekte entspricht auch eine ebensolche vertikale in Soziolekte, die sich aus der sozialen Schichtung der Bevölkerung und ihrer sprachlichen Kommunikation untereinander ergibt. Letztere ist erst in jüngerer Zeit Forschungsanliegen der Germanistik und der Sprachsoziologie geworden. Gerade die Verwendung von Schimpf- und Spottwörtern ist sehr stark mit Gruppenbindungen, Standesunterschieden usw. verwoben.
Daß der Großteil der in unserem Lande gebrauchten Schimpfwörter nicht nur hier verwendet wird, dürfte einleuchten, gehören diese doch auch zum Teil zum Grundstock der deutschen Sprache überhaupt oder sind der Grundausstattung des bairisch-österreichischen Wortschatzes zuzurechnen. Es gibt aber doch ein gerütteltes Maß von nur hierzulande bekannten Bezeichnungen, die lokal oder regional auftreten und oft gar nicht im ganzen Lande in gleicher Weise geläufig sind. Unser Wörterbuch versucht aber, den ganzen Bereich der hier einst und jetzt verwendeten Schimpfwörter zu erfassen, unabhängig davon, ob sie auch in anderen Ländern und Landschaften deutscher Zunge in Gebrauch sind.
Schimpfwörter entstehen durch Affekte, die ja auch sprachgestaltende Kräfte darstellen. Während Kose- und Schmeichelwörter als Ausdruck positiver, homogener Gefühlsimpulse von Liebe und Freundschaft der Zahl nach verhältnismäßig gering sind, umfassen die Schimpfwörter als Ergebnis negativer Emotionen einen weitaus größeren lexikalischen Bereich. Zorn aller Abstufungen, Haß, Eifersucht, enttäuschte oder vergebliche Liebe, verletzte Eitelkeit, Ungeduld, plötzliches Erschrecken oder Erstaunen, auch Aggression gegen sich selbst („Ich Trottel!") sind die Gefühlshaltungen, denen Gewalt, Pathos und Nachdrücklichkeit des Schimpfwortes entspringen. Dazu kommt auch der Spott mit seinem eigenen Vokabular, das oft in witziger Übersteigerung zusätzliche begütigende Elemente des Humors freisetzt, in dessen Reich die verletzende Kraft auch in befreiendes oder versöhnliches Lachen umgewandelt werden kann.
Schimpfwörter sind Ausdruck der Expressivsprache, die im Gegensatz zur Intellektualsprache steht. Ihre Kennzeichen sind Unmittelbarkeit, Eruptivität, Zurückdrängung der logischen Gedankenfolge beim Sprechen, die Wortwahl, Artikulation und Lautstärke stark verändern.
Als sprachlich-soziales Regulans ist das Schimpfwort wie der Fluch als Handlungsersatz wichtig. Wenngleich es oft tätliche Aggression provoziert, kann es diese vom Sprecher aus auch verhindern.
Schimpf, Rüge, Schelte und Spott sind als Ausdruck innerer Haltungen und Stimmungen in ihrer Entstehung und Verwendung nicht nur Gegenstand sprachwissenschaftlicher Betrachtungen und Forschungen. Sie werden auch von Seiten der Psychologie her immer häufiger untersucht.
Grundsätzlich kann dabei gesagt werden, daß jedes Wort, das aggressiv gebraucht und vom Angeredeten als Schimpfwort, das seine Ehre verletzt, empfun-

den wird, als ein solches zu verstehen ist. Es kommt dabei also wirklich „auf den Ton“ an, wie es redensartlich heißt. Die deutsche Sprache besitzt aber doch einige tausend Affektwörter, die nur als Schimpfwort gebraucht werden. Diese stellen in ihren inhaltlichen und individuell zugemessenen Abstufungen auch ein juristisch-praktisches Problem dar, weil ihr Gebrauch ja auch Rechtsfolgen haben kann und ständig Gegenstand zahlloser Ehrenbeleidigungsprozesse ist.
Im Gegensatz dazu können durch Veränderungen im Ton, durch Verkleinerung oder anderen Kontext Schimpfwörter auch zu Kosewörtern werden. Der Fluch, eigentlich ein Schimpfwort ohne direkten Adressat, ist der Schelte ebenfalls verwandt, ebenso die sehr individuell geprägten Spitznamen, die zwischen Kose- und Schimpfwörtern stehen können und ihres affektiven Charakters beraubt sind.
In unser Wörterbuch wurde auch der Begriff des Rügewortes eingeführt, das im wesentlichen auf ein zeitlich und räumlich begrenztes Handeln oder auf über kürzere Zeit bemerkbare negative Eigenschaften eingeht und diese kritisiert. Es hat geringere Beleidigungskraft und ist wegen der Vielfalt der Möglichkeiten menschlichen Fehlverhaltens in großer Variationsbreite vorhanden.
Da sich der Autor durchaus bewußt ist, daß trotz langjähriger Sammeltätigkeit Lücken existieren werden, bittet er jetzt schon um Beiträge und Ergänzungen aus dem Kreise der Leser. Er ist für jedes neue Wort, für jede neue oder übersehene Bedeutungsnuance eines bereits aufgenommenen Wortes dankbar. Sprach- und Kulturwissenschaft machen dabei nicht vor Grenzen und Tabus halt, die man im „wohlgesitteten“ Umgang mit seinen Mitmenschen tunlichst zum eigenen Nutzen gewöhnlich einhält.
Besonders neuerungsfreudig ist heute die Sprache der Schüler und Jugendlichen, zu deren Verbreitung die vielfältigen Medien in ungeahnter Weise beitragen. Hier ist Sprachwandel als Folge des allgemeinen Kulturwandels besonders stark spürbar. Auch darauf sollte man sein Augenmerk richten.
Schließlich bleibt mir noch übrig, allen Gewährsleuten im ganzen Land für Meldung oder Bestätigung von Wörtern zu danken. Sie haben meine Sammeltätigkeit wesentlich unterstützt und meinen persönlichen Erfahrungsschatz bereichert. Ebenso dem Verlag, der sich als besonders engagiert in der Herausgabe steiermarkbezogener Literatur erweist.

Leoben, im Frühling 1998 — a.o.Univ.-Prof. Dr. Günther Jontes

Zur Benützung

Das Wörterbuch folgt aus sprachlichen Gründen nicht wie üblich dem Alphabet in der unbedingten Gesetzlichkeit der Lautreihe. Wegen des mundartlich häufigen Zusammenfalls von b und p, d und t wurden diese Buchstaben als Lautzeichen – auch in ihrer Verdopplung – gleichrangig behandelt und entsprechend geordnet. Aus phonetischen Gründen wurden auch k, c, ch, ck sowie f, ph und v gleichgehalten.
Schimpfwörter sind in großer Zahl nicht der Hochsprache bzw. ihrer schriftlich fixierten Form zuzurechnen. Um nun das Wörterbuch nicht in einer konsequenten, wissenschaftlich genormten Lautschrift führen zu müssen, was vor allem für den Laien die Benützung und Lektüre unnötig erschwert hätte, mußte der Kompromiß einer Normalisierung auf schriftsprachliche Formen gewählt werden, die wiederum Orthographie und Etymologie eines Wortes zu berücksichtigen hatten. Auf dieser Weise sind deshalb auch Formen zum Ausdruck gekommen, die auf den Mundartkundigen in dieser Gestalt einen seltsamen, bisweilen auch komischen Effekt machen werden. Mundart ist ja – wie der Name sagt – in erster Linie gesprochenes Wort und selbst schriftlich niedergelegte Mundartdichtung sollte ja eigentlich nur Gedächtnishilfe für den Vortragenden sein.
War in unserem Falle ein Anschluß an schriftsprachliche Formen wegen der dunklen Herkunft überhaupt nicht möglich, so wurde das Wort in Anführungszeichen gesetzt (z. B. „Treapen"). Wo sich normalisierte Form und die in den steirischen Mundarten übliche Aussprache nach lautgeographischen Besonderheiten als sehr weit auseinanderliegend erwiesen haben, wurde die Aussprache in Klammer und Anführungszeichen nachgestellt, z. B. Ente („Anten"), wobei hier aus satztechnischen Gründen auf alle Sonderzeichen verzichtet werden mußte, so daß etwa die Färbungen des a nicht zum Ausdruck kommen und allgemein die reichen Abstufungen im Vokalismus der bairischen Mundarten in der Steiermark nicht wiedergegeben sind. Der Verzicht darauf läßt sich bei einem kulturgeschichtlich orientierten Spezialwörterbuch jedoch verschmerzen.
Akzente wurden bei den Wörtern nur dann gesetzt, wenn das Wort wegen seiner Herkunft aus anderen Sprachen den deutschen Betonungsregeln nicht unterliegt (z. B. „Kreteíndl", „Filúkerl", „Patscháchter"). Das grammatische Geschlecht ist angegeben (m., f., n.), da es sich öfters von dem des hochsprachlichen Begriffes unterscheidet.
Den wort- und sprachgeschichtlichen sowie den kulturhistorisch-volkskundlichen Erklärungen sind auch Quellen bzw. Vergleichszitate in Klammer beigegeben. Die Kurzzitate lassen sich nach dem Literatur- und Quellenverzeichnis auflösen, die übrigen abgekürzten Begriffe sind in einem eigenen Register zu finden.

Systematisch wurde Unger–Khulls Steirischer Wortschatz (UK) auch als Quelle ausgewertet. Die aus diesem Werk geschöpften Zitate aus steirischen Rats- und Gerichtsprotokollen beziehen sich in erster Linie auf Archivkörper, Spezialarchive und Handschriften des Steiermärkischen Landesarchives in Graz. Eine umfassendere, systematische Neuaufnahme daraus muß allerdings einem späteren Zeitraum vorbehalten bleiben. Sie hätte zusätzlich jahrelange Quellenarbeit erfordert. Wohl geschah dies aber bei den Idiotika steirischer Orte, die – sichtlich als Produkte der historisch-topographischen Sammeltätigkeit Georg Göths – der Handschriftenreihe des Stmk. Landesarchives angehören. Hier waren viele Ergänzungen möglich. Bei den Vergleichszitaten wurde bewußt nur das Nächstliegende und Unumgängliche an Wörterbüchern verwendet, wobei bei Grimm und im WBÖ ohnehin die weiterführenden Literaturzitate nach dem jeweiligen Stand der Forschung angegeben sind.

Für das gesamtbairische Mundartgebiet wurde der alte Schmeller herangezogen, für die unmittelbare Nachbarschaft auch Lexers Kärntisches Wörterbuch. Um die auch für Schimpfwörter prägende Kraft der Mundart der Hauptstadt Wien zu zeigen, wurde auch Jakobs älteres Wörterbuch des Wiener Dialektes zum Vergleich verwendet. Ebenso sind die anderen Bundesländer, über die bereits Mundartwörterbücher existieren, also Vorarlberg, Tirol, Salzburg und Oberösterreich dokumentiert. Notwendig erschien aber auch vor allem die Zitierung der wenigen neueren, den gesamten deutschen Sprach- bzw. bairisch-österreichischen Mundartraum umgreifenden Schimpfwörterbücher bzw. Wörterbücher und Arbeiten über die Sprache sozialer Randschichten. Schließlich habe ich für die Verweise und Literaturzitate mein 1987 erschienenes „Österreichisches Schimpfwörterbuch“ herangezogen und nach diesem zitiert.

Wenn einzelne Artikel ohne Quellen- und Literaturzitat sind, so weist dies auf Wörter persönlicher Erfahrung und Aufzeichnungen des Autors, die als sprachliche Neuerungen oder Neufunde bisher ohne lexikographischen Niederschlag geblieben sind. Schließlich sei noch betont, daß nur solche Wörter Aufnahme gefunden haben, die in einem größeren lokalen, landschaftlichen, aber auch sozialen Bereich verwendet werden. Spontane Bildungen ohne Weiterleben, auf einzelne Personen fixierte oder nur in bestimmten Familien kleinsträumig gebrauchte Ausdrücke sind nicht erfaßt.

Abkürzungen

a. a. O.	am angeführten Ort (bei Literaturangaben)	n.	neutrum/sächlich
		nd.	niederdeutsch
ahd.	althochdeutsch	nhd.	neuhochdeutsch
allg.	allgemein	nl.	niederländisch
anord.	altnordisch	norddt.	norddeutsch
arab.	arabisch	oberdt.	oberdeutsch
bair.	bairisch	pl.	Plural
Bed.	Bedeutung	provenz.	provenzalisch
Bez.	Bezeichnung	pseudolat.	pseudolateinisch
ds.	dasselbe	Ratsprot.	Ratsprotokoll
dt.	deutsch	rom.	romanisch
engl.	englisch	s.	siehe
f.	femininum/weiblich	s. d.	siehe dort
fol.	Folio (bei Zitaten aus Archivalien)	slaw.	slawisch
		slow.	slowenisch
frühnhd.	frühneuhochdeutsch	spätlat.	spätlateinisch
frz.	französisch	schles.	schlesisch
gemeindt.	gemeindeutsch	Schpfw.	Schimpfwort
Gerichtsprot.	Gerichtsprotokoll	schwed.	schwedisch
germ.	germanisch	stadtma.	stadtmundartlich
griech.	griechisch	steir.	steirisch
hebr.	hebräisch	Stmk.	Steiermark
idg.	indogermanisch	tirol.	tirolerisch
ital.	italienisch	tschech.	tschechisch
jidd.	jiddisch	türk.	türkisch
kärnt.	kärntnerisch	unbest.	unbestimmt
koll.	kollektiv	ung.	ungarisch
lat.	lateinisch	urspr.	ursprünglich
m.	masculinum/männlich	u. U.	unter Umständen
ma.	mundartlich	venez.	venezianisch
mhd.	mittelhochdeutsch	vgl.	vergleiche
mitteldt.	mitteldeutsch	zig.	zigeunerisch

A

Abbrenner *m.* Bez. für ungebetenen, zudringlichen Gast („Er hat ihn abgebrennt. Er war bey ihm ein zudringlicher Gast."). Übertriebener Vergleich mit einem Brandschatzer. (Idiotikon Eisenerz 1812) *(Jontes 15)*

Abgesottener *m.* Schpfw. für einen raffinierten, mit allen Salben geschmierten Menschen. *(WStWB 165)*

Abräumer *m.* *(„Abiramer")* Verstärkt für „Abstauber" (s. d.), auch im Sinne von Dieb, Korruptionist. Auf jeden Fall schwingt hier charakterliche Minderwertigkeit in hohem Maße mit. *(UK 8, Jontes 15)*

Aprilaffe *m.*, siehe Aprilnarr. *(WBÖ I, 290ff., Jontes 15)*

Aprilnarr *m.* Über die Benennung des brauchtümlich „in den April Geschickten" hinaus auch als Spottwort für jemanden gebraucht, der auch zu anderen Anlässen leichtgläubig einem Streich oder einer Scherzlüge aufgesessen ist. *(Jontes 15)*

Abseiler *m.* Bez. und Rügewort für einen, der sich von einer Arbeit, Verpflichtung, Verantwortung drückt (zuerst soldatensprachlich?). Bildhaft nach dem alpinistischen Abseilen aus einer Felswand, bei dem man eine Stelle auf dem kürzesten Wege verlassen kann. *(Jontes 15f.)*

Abstauber *m.* Bez. für jemanden, der sich mit Frechheit, ohne viel Arbeit, wohl auch durch Betteln einen Anteil an einer Sache sichert, wenn bereits andere die Vorarbeiten geleistet haben. Übertragen auch auf einen, der sich sexuell mit einer bereits vergebenen Frauensperson geheim einläßt. Am harmlosesten die Benennung eines Kindes, das durch Bitten eine kleine Gabe bekam. *(UK 9, Jontes 15)*

Abwaschtrampel *m.* Grobe u. gemeine Bez. für die unterste Küchenmagd, die die Schmutzarbeit des Geschirrabwaschens besorgt. Vgl. Trampel (s. d.). *(UK 10, Jontes 16)*

Affe *m.* *(„Aff")* Häufiger Schimpfname im gutmütigen Ton, auch verkleinert als Afferl n. Etwas akzentuierter zum Bösartigen hin mit Adj.: alter, blöder, geiler, boshafter, gescherter, „schienglater" (schielender), eingebildeter A. *(UK 13, WBÖ I, Jontes 16, Aman 26)*

Affenpoldel *m.* Schpfw. für einen Dummkopf, unbeholfenen Menschen; in Verb. mit der Kurzform für Leopold. *(UK 13, WStWB 155, Jontes 17)*

Agalster *f.* Bez. für flatterhafte, diebische Person, ma. „Elster", deren Charaktereigenschaften auf den Menschen übertragen werden. S. a. Galster. *(UK 13, Jontes 17)*

Alchbruder *m.* Älterer Ausdruck für Landstreicher, Vagabund. In einem untersteirischen Pestedikt von 1624 werden „gortierende Alchbrüder und alles dergleichen onnutzes Gesindel" genannt. Aus der Gaunersprache. Rotwelsch alchen aus hebr. halak „wandern". *(UK 14, WBÖ I, 135 u. III, 1146, Jontes 17)*

Altarwanze *f.* Abfällig für Betschwester. *(Jontes 17)*

Alte *f.*, **Alter** *m.* Nicht nur die eher abfällige Bezeichnung oder Anrede für Ehegattin und Ehegatte, sondern inferior-jugendsprachlich auch eher provokativ gemeint für männliche Personen jeglichen Alters, die man damit anspricht, um etwas zu erbetteln oder anmaßend zu fordern. *(Jontes 17)*

Almtepp *m.*, siehe Tepp m.

Almjodel *m.* Dummkopf. Die Zusammensetzungen mit Alm- kommen wohl daher, daß auf Almen Kretins besonders häufig waren. Jodel (s. d.) als Koseform einiger männlicher Vornamen wie Georg, Johann, Josef. *(WStWB 155, Jontes 18)*

Almjokel *m.* Bäuerl. Schpfw. unbest. Bedeutung, vgl. auch Almjodel (s. d.). Jokel ist Kurzform von Jakob. *(UK 16, Jontes 18)*

Almkuh *f.* Bez. f. eine eitle, hoffärtige Frauensperson („Du gspreizte Almkua", gspreizt „geziert"). Vgl. auch Kuh. *(Idiotikon Rottenmann 1818, Jontes 18)*

Almranzl *m.* Ein harmloser, zuweilen leicht boshafter Almgeist im steir. Ennsbereich, der in der Meinung des Volkes die nach dem Almabtrieb nun leerstehenden Almhütten bezieht. Er stört und neckt auch die Burschen beim nächtlichen Fensterln. Deshalb wurde sein Name auch als eher gutmütiges Spottwort auf boshafte Mannsperson übertragen. *(UK 16, Jontes 18)*

Anpumperer *m.* Bez. und Schpfw. für einen ungeschickten Menschen, der überall anstößt und anrennt und damit ein Geräusch, einen „Pumperer" verursacht. In Graz versteht man darunter auch einen eher beschränkten, harmlosen Möchtegern-Casanova. *(UK 128, WStWB 164, WBÖ III, 1371, Jontes 18f.)*

Andeuter *m.* Ältere Bez. für Denunziant, Anzeiger, heimlicher Verleumder, Anschwärzer. *(UK 19, Jontes 19)*

Antimmerl *m.* Schpfw. für beschränkten Menschen; ma. timmern „krachendes, polterndes Geräusch verursachen" *(UK 155, WStWB 164)*

Antodel *m.*, siehe Todel m.

Antomerl *m.*, siehe Tomerl m.

Antrapperl *m.*, siehe Trappe, Trapperl m.

Antrampel *m.*, siehe Trampel m.

Antutsch *m.* Schülersprachl. Spottwort, das die geistigen Fähigkeiten in Zweifel zieht. Vergleich mit einem angeschlagenen („angetutschten") Ei, mit dem der Kopf gemeint ist. Im selben Sinne auch Tepsch (s. d.). Zu mhd. duz „Schall, Geräusch, Gesumme". *(Jontes 19)*

Angebrannter *m.* *(„Anbrennter")* Bez. für einen leicht schwachsinnigen Menschen bzw. jemanden, der wie ein solcher agiert. *(Jontes 19)*

Angsthase *m.* *(„-has")* Bez. und Rügewort für ängstlichen, unentschlossenen Menschen ohne Wagemut. Der Hase gilt als Inbegriff des furchtsamen Charakters. *(Jontes 19)*

Angstmeier *m.* In der Bedeutung wie oben. Zusammensetzung mit der im bäuerlichen Bereich einst gebräuchlichen Funktionsbezeichnung Meier, die wegen ihrer Häufigkeit als Familienname auch zur Verallgemeinerung von Eigenschaften verwendet wird. *(UK 22, Jontes 19)*

„Anzahrer“ *m.* Synonym für Angeber; von zarren, „durchdringend jammern“. Ursprünglich also einer, der viel Aufhebens von einer Sache macht. Aus dem Wienerischen eingewandert. *(Jontes 20)*

Arbeiterdenkmal *n.* Scherzhaft für manuell Arbeitenden, der seine Arbeit unterbrechend eine Rast einlegt, die ihm noch nicht gebührt und der deshalb gerügt wird. Bildhaft die erstarrte Pose öffentlicher Denkmäler gemeint. *(Jontes 20, Pfeiffer 23)*

Armutschkerl *n.* Bez. und abfällig gefärbtes Mitleidswort für körperlich und geistig dürftig veranlagten Menschen, armen Kerl (Oststmk., Graz und Stadtmundarten). Aus dem Tschechischen über Wien in die Stmk. Mischwort mit teilweiser Lehnübersetzung: tschech. chudy „arm, dürftig, mager“ + Ableitungssilbe -ček, die erhalten blieb und um die dt. ma. Verkleinerungsform vermehrt wurde. *(WBÖ I, 345, Wintersberger 9, Jontes 20)*

Arrestvogel *m.* In der älteren Soldatensprache Spottname für den im Kasernarrest sitzenden Kameraden. *(UK 29, Jontes 20)*

Arsch *m.* Eines der häufigsten, kräftigsten, jedoch durch vielmaligen und allgemeinen Gebrauch heute eher entschärften, gemeindeutschen Schimpfwörter, bei dem es wirklich auf den Ton ankommt, in dem es gebraucht wird. Im Grunde wird damit Dummheit und Desinteresse einer Person, weniger deren Bosheit oder Gemeinheit gekennzeichnet. Die Verkleinerung ist in der Form „Du Arscherl“ harmloser Spott im Sinne von kleiner Kritik unter Freunden, einst in der Bedeutung „Kindchen“. Ein „Arsch mit Ohren“ verstärkt hingegen den verächtlichen Charakter der Aussage. *(UK29, WBÖ I, 354ff., Grimm I, 564ff., Jontes 20, Pfeiffer 25, Aman 27)*

Arscherl *n.* Wie zuvor. *(WStWB 168)*

Arschgefrieß *n. („-gfrieß“)* Bez. und verächtliches Schpfw. allg. Art; ursprünglich Bez. für einen Menschen mit rundem Gesicht (ma. „Gefrieß“) mit vollen Backen, die einem Hintern gleichen, besonders aber für jemanden, der ausdruckslos dreinschaut, weil er leere Gesichtszüge wie ein Gesäß hat. Vgl. auch Arschgesicht n. *(Jontes 21, Aman 27)*

Arschgeier *m.* Neueres Schpfw. für einen raffgierigen Menschen, einen, der sich auf etwas „geiert“, d. h. wie ein Geier auf etwas stürzt. Auch für Homosexuelle verwendet. *(Jontes 21)*

Arschgeige *f.* Derbes und verächtliches Schpfw. allg. Art. Vielleicht urspr. scherzh. Vergleich mit der akustischen Seite der Verdauungsphänomene. *(Jontes 21, Pfeiffer 25)*

Arschgesicht *n.* Wie Arschgefrieß (s. d.). *(WStWB 164)*

Arschkappelmuster *n.* Schpfw. für besonders dummen, dabei aber auch aufsässigen oder sonstwie gemeinen Menschen. Es dürfte sich hier um ein schon längere Zeit hindurch mißverstandenes Wort für Arschkerbe, Gesäßspalte handeln, das im Sinne von Arschloch (s. d.) verwendet wird, wobei das angefügte -muster wohl ironischen Charakter hat. U. U. ist auch Kappe f. „Schlag, Streich" mitverantwortlich. *(WStWB 164, Schmeller I, 148, 1270, Grimm I, 566, Jontes 21)*

Arschkratzer *m.* Bez. für einen Schmeichler, der sich nicht scheut, jemandem, von dem er sich Vorteile erhofft, bildlich die intimste Tätigkeit, nämlich „sich am Arsch zu kratzen", abnimmt. *(UK 29, Grimm I, 567, Jontes 21, Pfeiffer 26)*

Arschkriecher *m.* Abfällig-kritische Bez. für einen sich unterwürfig und liebedienerisch gebärdenden Menschen, der einem, von dem er etwas erhofft, in den Arsch kriecht. Gemeindt., jedoch in die steirischen Ma. umgelautet. *(Jontes 21, Aman 27)*

Arschlecker *m.* Schpfw. für Schmeichler. *(WStWB 164, Pfeiffer 26)*

Arschloch *n.* Bereits deutlich gröber als Arsch, besonders in der direkten Anrede im Affekt. Zur Charakterisierung eines Dritten in eher abwertendem, verächtlichmachendem Sinne gebraucht. Gesteigert noch in weststeir. gerunzets („gerunzeltes") A. *(WStWB 164, Grimm I, 567, Jontes 21, Pfeiffer 26, Aman 27)*

Arschlochastronom *m.* Scherzhaft für Tierarzt. *(Küpper 51f.)*

Astel *f.* Bez. und Schpfw. für ungepflegte Frauensperson. Ma. für „Assel", womit ein Mensch mit dem Schmutzmilieu eines niederen Tieres gekennzeichnet wird. *(UK 30, WBÖ I, 406f., Jontes 22, Pfeiffer 27)*

Auk *f.* Schpfw. für Frauen, aus der ma. Bed. des Wortes für Unke. Auk für Unke kommt in der Stmk. vereinzelt im oberen Murtal und in der übrigen Oberstmk. vor, jedoch ist das Schpfw. weiter verbreitet, weil es personalisiert wird und deshalb häufiger Verwendung findet. Eine der häufigen Übertragungen von Tiernamen als Schpfw. auf Menschen. Graupete Auk, „schlampige, zerzauste Frauensperson" (Kirchberg a. d. Raab). Vgl. auch Donnerauk f. (s. d.). *(UK 35, WBÖ I, 471, Jontes 22)*

Ausbund *m.* Im üblichen Sprachgebrauch stets mit einem Zusatz verbunden, wobei die Bedeutungen positiv und negativ belegt sein können, z. B. Ausbund an Tugend, an Falschheit. Ursprünglich aus dem Kaufmannsbrauch, ein besonders schönes Stück Textil einer Stapelware gesondert obenauf zu binden. Wird als Schpfw. auch für sich allein gebraucht. *(Kluge 40, Jontes 22, Pfeiffer 30)*

Ausgeschämter *m. („Ausgschamter")* Schamlose Person, der „außerhalb jeder Scham", jeden Schamgefühles steht, wobei sich diese Scham keineswegs allein auf das Sexuelle, sondern auch auf allgemeine Verhaltensnormen beziehen kann. *(allg., s. a. WStWB 147)*

Awasel *m., n.* Bez. und Schpfw. für Kretin in leiblicher und geistiger Beziehung. Ursprünglich wurde darunter ein tierischer Kadaver, ein Aas, auch eine Lockspeise für die Fallenjagd verstanden. *(UK 41, Grimm I, 1046, Schmeller II, 1019, Jontes 23)*

B, P

Papageier *m.*, siehe Faschingspapperl. *(Jontes 24, Pfeiffer 303)*

Pappenschlosser *m.* Scherzhaft-spöttische Bez. für Zahnarzt, Dentist, der wie ein Schlosser im Mund (ma. „Pappen“ f.) arbeitet. *(Wintersberger 61, Jontes 24)*

Papperl *m.* Person mit frechem, schnippischem Mundwerk. s. a. Faschingspapperl. *(WStWB 156, Jontes 24)*

Bachtel *m., f.* Bez. und Schpfw. für unreinlichen, schlampigen Menschen (Ennstal), auch für einen, der schlampig und ungeschickt zugleich ist (Stainzer Gegend). Ma. Bacht „Unrat, Mist, Kehricht“. Vgl. auch Bachlanl. *(UK 97, WBÖ II, 45ff., Jontes 24)*

Bachlanl, -lenl *m.* Schpfw. für Dummkopf. Wohl zu Bachtel (s. d.) zu stellen. *(UK 42, WBÖ II, 45ff., Jontes 24)*

Bachsimpel *m.* Bez. f. dummen, tölpelhaften Menschen; übertragener Gerätenamen: Bachsimpel, -simperl ist das Formkörbchen beim Brotbacken (ma. bachen, „backen“). Gleichzeitig Wortspiel mit Simpel „Einfaltspinsel“ (s. d.). *(UK 43, 596, Jontes 25)*

Bachsumper *m.* In der Bedeutung wie Bachsimpel (s. d.). Sumper ist ein hölzernes Gefäß zum Wassertragen. Es scheint jedoch auch der Begriff Beinsumper „Bienenkorb“ (Kopf als Behälter wirr durcheinanderfliegender Gedanken) mitzuspielen. *(UK 43, 63, 600, Grimm II, 1076ff., Jontes 25)*

Badhure *f. („-hur“)* Ursprünglich die mittelalterliche Bademagd, die den männlichen Badstubengästen für sexuelle Gefälligkeiten zur Verfügung stand; später für dem Geschäft nachreisende Prostituierte, die sich saisongemäß auch in Kurorten an ihre Kundschaft heranmachten. *(Jontes 25, Pfeiffer 34)*

Patsch *m.*, **-erl** *n.* Bez. und Schpfw. für einen Dummkopf; Patsch eigentlich „Straßenschmutz, regenweicher Boden“, ein lautmalendes Wort; übertragen auf einen schwerfälligen Menschen. Verkleinerungsform Patscherl. *(UK 44, WBÖ II, 480ff., Wintersberger 62, Jontes 25, Jakob 134, Aman 31)*

Patschächter *m.* Harmloses Rügewort für einen etwas unbeholfenen, eher gutwilligen Menschen, dem gerade etwas mißlungen ist, der überall zu spät drankommt und deshalb milde getadelt wird. Vielleicht zu oststeir. Potschach, Potschich, einer Kollektivbildung für Abfall, Kehricht *(UK 99)* aus Patsch, „Straßenkot“ *(UK 99)*, das lautmalend gebildet ist. Möglicherweise liegt jedoch auch ein übertragener Gerätename vor, der einen Badeschöpfer, ein gebundenes Holzgefäß zum Wasserschöpfen im Bade bezeichnet. Vgl. Inventar Deutschlandsberg 1563, „2 Padschöchter“, dazu ebenda „Mellchschöchter“, also ähnlich wie Sechter (s. d.) als Schimpfwort. Ein Erklärungsversuch zielt auf Patschafter, „ungeschickter Mensch, der überall zu spät kommt“, also einer, der schwerfällig hintendrein (ma. „after“) kommt („patscht“). Unter Badschöpfer versteht die ältere Sprache auch einen Badeknecht, Badediener in den alten Badstuben *(UK 44)*, womit eine Erklärung auch über diese Funktion möglich ist (vgl. auch Badwaschel, Waschel s. d.). Auch eine Erklärung über Tolpatsch, Mensch, der in der Patsche sitzt, wurde versucht *(Kapeller. a. a. O.). (UK 44, 99, WStWB 156, WBÖ II, 479f., 491, Wintersberger 62, Jontes 25f., Pfeiffer 306, Kapeller 120)*

Patscheter, **Patschete** *m.*, *f.* Ds. wie Patsch, jedoch häufiger als dieses gebraucht. *(WStWB147)*

Badwaschel *m.* Spöttisch-abfällige Bez. für den Bademeister in öffentlichen Bädern; einst Name des Badeknechtes in der Badstube (auch Badschöpfer, vgl. Patscháchter s. d.), der einen nach dem Schwitzbad mit dem Badewaschel, einem Reibtuch, grob abrieb, frottierte und durch diese Tätigkeit überhaupt als Grobian angeschaut wurde. Auch die Kurzform Waschel wird durchaus verallgemeinernd für einen groben Menschen verwendet. *(UK 44, Grimm XXIII, 2223, Wintersberger 12, Jontes 26, Jakob 33)*

Pavian *m.* Bez. für einen dummen und dabei eingebildeten, eitel-stolzen Menschen. Der Tiername Pavian aus dem provenz. baboue „Maul“ über altfrz. babouin. *(UK 45, Kluge 535, WBÖ II, 86, Grimm VII, 1515, Jontes 26f., Pfeiffer 307)*

Bagage *f.* *(„Bagásch“, „Bagáschi“)* Allg. Bez. für Gesindel, Pack („dreckige Bagásch“). Aus der älteren Soldatensprache, da sich beim Gepäck (frz. bagage), beim Troß einer Armee allerlei fragwürdige Leute, Dirnen usw. einfanden. *(WBÖ II, 87f., Jontes 27, Pfeiffer 34, Aman 28, Kapeller 18)*

Pager *m.* Schpfw. für einen unreinlichen Menschen (Sulmtal); von Pager m. „Tabaksaft im Pfeifenkopf“ (aus ungar. bagó „Kautabak“), der als etwas besonders Unappetitliches gilt. *(WBÖ II, 92, Jontes 27)*

Baggin *f.* Wegwerfende Bez. für törichte, ungeschickte Weibsperson, neutraler auch allg. für Geliebte (Admonter Gegend). *(UK 45, Jontes 27)*

Bakauner *m.* Schpfw. und Bez. für einen dicken Menschen (im Ennstal auch Bagonder). Vergleich mit einem ebenso genannten Mastschwein, einer Art, die ursprünglich im ungarischen Bakonyerwaldgebiet gezüchtet wurde. Reim mit Gauner färbt die Bedeutung ins Abfällige hin. *(UK 46, WBÖ II, 95f., Jontes 28)*

Packelmensch *n.* Älteres Schimpfwort für leichtfertige Dirne (vgl. Knittelfelder Gerichtsprot. 1770, fol. 239). Zusammenhang mit dem Wiener Kollektivschimpfwort „Packelrass'“ scheint vorzuliegen. Damit ist jemand gemeint, der sich mit anderen Gleichgesinnten „auf ein Packel zusammenschmeißt“, wobei „Packel“ hier dasselbe wie (Lumpen)pack, Bagage (s. d.) bedeutet und „packeln“ sich zu einem gemeinsam zu begehenden Betrug verabreden heißt. *(UK 43, Jontes 28)*

Bäckenjodel *m.* Spottname für Bäcker, Bäckengeselle. Jodel ist die Kurzform für Georg (seltener auch für Johann oder Josef). *(UK 43, Jontes 28, Jakob 33)*

Balg *m.* Bez. und Schpfw. für ungezogenes, boshaftes Kind. Verkürzte Form von Wechselbalg, also eines häßlichen, mißgestalteten Kleinkindes, das dem Volksaberglauben zufolge vor der Taufe von Hexen oder vom Teufel selbst in der Wiege vertauscht wurde. *(UK 46, WBÖ II, 123ff., Jontes 29, Pfeiffer 35)*

Palmesel *m.* Für jemanden, der überreich mit Schmuck behangen ist. Bis zur Aufklärung im 18. Jh. war der Höhepunkt des Palmsonntagszeremoniells der Ritt des Pfarrers auf einem Esel bzw. das Mitführen eines reichgeschmückten Bildwerkes, das den in Jerusalem einreitenden Christus symbolisierte und besonders im Barock prächtigste Ausschmückung empfangen konnte. Daher auch die sprichwörtliche Redensart „Aufgeputzt wie ein Palmesel". *(Grimm XIII, 1417f., Jontes 29, Pfeiffer 302)*

Pamper *m.* Abfällige Bez. für Kind allgemein oder für ein uneheliches Kind im besonderen; auch als Rügewort für ein unartiges, schlimmes Kind gebraucht. Ursprünglich damit eine Kinderpuppe bzw. eine Strohpuppe gemeint, die in der Nacht zum 1. Mai eifersüchtigen Frauenspersonen gemeinsam mit einem dürren Bäumchen vors Fenster gehängt wurde (Rügebrauch). Grundlage ist wohl die Bez. für „kleines, rundes Ding", jedoch ist auch Kurzform von Pamperletsch (s. d.) nicht auszuschließen. Vgl. auch Pams „dickes Kind". *(UK 47, WStWB 169, WBÖ II, 158ff., Grimm XIII, 1421, Jontes 29)*

Pámperletsch *m.* Mehr abfällige Bez. für Kind im allg. Aus der Wiener Mundart bis nach Innerösterreich gedrungen, in der Stmk. schon länger bezeugt (Wudi a. a. O., Judenburg 1812). Ursprünglich eine Art Fetzenpuppe als Kinderspielzeug (vgl. ital. bambola „Puppe"), dann auf Kind allg. in der Bedeutungsbreite von herzig, possierlich bis schlimm, unerwünscht übertragen. Die Vollform aus dem ital. bambolaccia „kindisches Getue". Eine steirische Besonderheit ist die Bez. für ein ungeschicktes Kind (Wudi a. a. O.) oder einen ebensolchen Burschen. *(UK 47, WBÖ II, 160f., Wudi 22, Wintersberger 12, Jontes 29f., Jakob 33)*

Bambst, -el *m.* Bez. für einen dicken, ungefügen Menschen jeden Alters, verwendet im Sinne gutmütigen Spottes. Lehnwort aus ital. pancia „Bauch, Wanst" (aus lat. pantex „ds."); auch Wamstel. *(UK 47, WBÖ II, 164f., Jontes 30, Jakob 34)*

Pantscher *m.* Bez. für Stümper, Pfuscher, Patzer, Verfälscher. Zu Pantsch m. „Mischmasch, verwässertes Getränk" (vgl. Weinpantscher). *(UK 48, WBÖ II, 256, Jontes 31, Pfeiffer 303, Kapeller 118)*

Bankert *m., n.* Abfällige Bez. und Rügewort für ein schlimmes, boshaftes oder unfolgsames Kind; ursprünglich vor allem sozial abwertend gebraucht, da damit ein Bastard, ein uneheliches Kind, eines, das „auf der Bank" (und nicht im Ehebett) gezeugt worden war, bezeichnet wurde. *(UK 47, WBÖ II, 164f., Kluge 49, Jontes 31, Pfeiffer 36f., Kapeller 19, Wintersberger 13, Jakob 34)*

Panzen, Paunzen *m.* Abwertende Bez. für zwergenhaften Menschen, auch „Kind, welches im Wachstum zurückbleibt" oder „widerwärtiges Kind" (Judenburg 1812, Wudi a. a. O.). Zur ma. gleichlautenden Bez. für Pansen, Wanst. Lebendig heute noch die Verkleinerungsform Baunzerl n., die man als Kosewort für Kleinkinder verwendet, aber auch für „kleines Schwarzbrotweckerl" gebraucht wird (lat. panicillus „Brötchen"). *(UK 56, Grimm II, 1120, WBÖ II, 688ff., Wudi 22, Jontes 31f., Jakob 35)*

Barcherl *m.* Mild rügende Bez. für leicht unfolgsames Kind, zuweilen auch als Kinderkosewort verwendet. In Kärnten hingegen richtiges Schpfw. für Kinder, die im Schmutz spielen, oder für unanständige Erwachsene. Zu mhd. barc „verschnittener Eber, Barch". *(UK 50, 104, WBÖ II, 330f., Jontes 32)*

Bartbruder *m.* Scherzhafte Bez. für einen Kapuzinermönch. Bei diesem Orden gehört das Tragen eines Vollbartes zum traditionellen äußeren Erscheinungsbild, so daß der synonyme Gebrauch möglich ist. Ein Kapuziner, der keinen Bart hat, wird als Kapuzinerweibel n. bezeichnet (Ennstal, Irdning). *(UK 50, Jontes 32)*

Bärentreiber *m.* pl. Ortsspott; Bez. für die Bewohner des Ortes Neudorf (Weststmk.), weil dort einst eine Bäuerin angeblich einen „Bären" (Eber des Hausschweines) anstelle einer Sau zum Eber trieb. *(Reiterer, Paradies 90, Jontes 33)*

Bärenhäuter *m.* Älteres Schpfw., das Faulheit, Trägheit zum Ausdruck brachte. Gemeint ist ein Faulenzer, der „auf der faulen Haut liegt", wie es auch die bekannte Redensart von den alten Germanen zum Ausdruck bringt, „die auf Bärenhäuten lagen und immer noch eins tranken" (Studentenlied von der Schlacht im Teutoburger Wald). Das Wort bezeichnet dann allg. schlechte menschliche Eigenschaften. Fohnsdorf 1813: „Ein Schimpfname, der faulen Leuten gegeben zu werden pflegt; auch bezeichnet man damit einen Schurken; oft ist es auch im vertraulichen Scherze gebraucht". Kurzform Häuter (s. d.). *(Kluge 52, Jontes 33)*

Bärfut *f.* Älteres Schimpfwort für leichtsinnige Frauenzimmer. Vgl. Fut (s. d.). Ma. bärig „trächtig". *(UK 51, Jontes 33)*

Barockteenagerl *n.* Spöttisch-neckend für auch reiferes weibliches Wesen, das körperlich üppig ausgestattet ist, wie es dem Schönheits- und Kunstideal des Barocks entsprach. Dazu wird die angloamerikanische Bezeichnung für eine Jugendliche im Alter zwischen 13 und 19 Jahren („-teen") im Diminutiv gestellt. *(Jontes 33f.)*

Pascha *m.* Rügend für einen Mann, der sich Frauen gegenüber allzu herrisch aufführt. Aus dem Türkischen, wo das Wort „Exzellenz“ bedeutet und der höchste Titel der zivilen und militärischen Hierarchie war. *(Kluge 533, Pfeiffer 305)*

Pascher *m.* Bez. für Schreier, Großmaul, Lärmmacher. Zu paschen, „Lärm machen, klatschen“. *(UK 52, WBÖ II, 399, Jontes 34, Pfeiffer 306, Kapeller 120)*

Basler, Bastler *m.* Bez. für einen Faulpelz oder Zeitverschwender, einen Menschen, der die Zeit durch kleine, unwichtige Arbeiten vertut („vertranschelt“). Basteln ursprünglich „kleine Bastflechtarbeiten machen“. Ein anderer Erklärungsversuch (Jakob a. a. O.) zielt auf frz. passer le temp „die Zeit verstreichen lassen, Zeit vertreiben“, das u. U. in der Franzosenzeit popularisiert worden sein könnte. *(UK 53, WBÖ II, 450ff., Jontes 34, Jakob 34)*

Bauchschwester *f.* Scherzhaftes Synonym für Geliebte, eine Frauensperson, deren Verwandtschaft sich nur auf die untere Region des Körpers bezieht. Gerne als Antwort auf die Frage, ob diese oder jene Person die Schwester eines bestimmten Mannes sei. *(Jontes 34, Pfeiffer 39, Jakob 35)*

Bauchwarze *f.* Spöttische Bez. für einen kleinwüchsigen Menschen. *(UK 54, Jontes 34)*

Bauer *m.* Schpfw. für jemanden, der sich unter dem Standard seiner Gesellschaftsschicht benimmt oder allgemein ungebildet gibt. Wie „Gescherter“ (s. d.) einst als Gegensatz zum Höfischen, dann Bürgerlichen empfunden. In zahlreichen Zusammensetzungen mit anderen Schpfw. zur Verstärkung oder Differenzierung derselben verwendet. *(Jontes 34f.)*

Bauernarsch *m.* Grobes und gemeines Schpfw. für einen Menschen aus dem ländlichen Milieu (verstärkt auch als ungesalzener oder ungewaschener Bauernarsch, wobei „salzen“ die körperliche Züchtigung meint, also im Schpfw. die Prügelstrafe in Aussicht stellt). *(Jontes 35)*

Bauernpoppel *m.*, siehe Poppel. *(WBÖ III, 611, Jontes 35)*

Bauernbube *m.* *(„-bua“)* Bedeutung wie bei Bauer (s. d.) jedoch auf jüngere Person bezogen. *(Jontes 35)*

Bauernbüffel *m.*, siehe Büffel. *(Jontes 35)*

Bauernbumpf *m.*, siehe Bumpf. *(Jontes 35)*

Bauernbummerl *m.* Bez. für einen verwahrlosten, häßlichen Hund, einen Bastard, wie er auf Bauernhöfen als Hofhund häufig war. Bummerl (vgl. Bummerlhaus in Steyr, das als altes Hauszeichen einen Löwen in der Sicht der Volkskunst hat, der wie ein Hund aussieht) wird ein kleiner, zottiger Hund genannt. *(UK 54, WBÖ III, 1363, Jontes 35)*

Bauerntrampel *m.*, siehe Trampel. *(UK 54)*

Bauernglumpert *n.* Abfällige Kollektivbez. für den Bauernstand im Gegensatz zu den Städtern. „Gelumpe“, koll. für Lumpen (Ennstal). In einem volkstümlichen Merkvers heißt es: Dick bungert ist's Bauernglumpert, dünn und schlank is die Stadtposchon (= Person). *(Reiterer, Ennstalerisch 76, Jontes 35f.)*

Bauerngretel *m.* Bez. für Mädchen, Frau vom Land im Gegensatz zur Städterin. (Vgl. auch „Gredlfrisur“ für als typisch bäuerlich angesehene Haartracht) Kurzform von Margarethe. *(UK 54, Jontes 36)*

Bauernscheck *m.* Schpfw. mit der Bedeutung „roher Kerl“, „Bauerntölpel“, wobei der Wortteil Bauer- abwertende Wirkung hat. „Scheck“ vielleicht Hinweis auf ein auffallend geschecktes Tier oder auf obd. Scheckel „Prügel, Stecken“ *(Grimm XIV, 2382, UK 54, Jontes 36)*

Baumschabel *m. („Bam-“)* Eher gutmütig gemeinte Bezeichnung für einen dummen, unbeholfenen, aber ungefährlichen Menschen, auch als Rügewort verwendet. Als Erklärung bietet sich entweder der Vergleich mit einem Gerät grober Arbeit, nämlich dem Baumschaber, einem Entrindeisen, oder mit dem Baumschaub an, einer Vogelscheuche, die man auf Obstbäumen anbrachte. In der Weststmk. wird damit auch der Eichelhäher bezeichnet. *(UK 56, WStWB 156, Jontes 37)*

Baux, Bauxel, Bauxerl *n.*, **Bauxe** *f.* Leicht abfällige Bez. für kleine, rundliche Person, aber auch Kosewort für liebes Kind oder Tier. Zu Pausch „Schwellendes, Rundliches“. *(WStWB 168, Esterl 44, WBÖ II, 734f., Jontes 37, Pfeiffer 40, Wintersberger 14)*

Batzelschupfer *m.* Kindl. Schpfw., das eine Person kennzeichnet, die sich nicht scheut, mit Vogelkot („Batzel“) herumzuspielen. *(UK 45, Jontes 37)*

Batzenlippel *m.* Scheltwort für kleine Kinder, die sich beim Essen bekleckert, angepatzt haben, auch für tintenbeschmierte Schüler. Wer sich anpatzte, hatte „Batzen“ zu gewärtigen, eine noch vor wenigen Generationen gebräuchliche Schulstrafe, die in Schlägen auf Finger oder Handrücken bestand. Beim Erwachsenenspott ist B. ein dummdreister Mensch. Vgl. auch Batzenlümmel (s. d.). Lippel ist die Kurzform von Philipp. Möglicherweise einst auch aktuelle Bezüge auf „Lipperl“, eine komische Bühnenfigur, einen Hanswurst auf dem Grazer Theater um 1760. In der Weststmk. erweitert sich die Bedeutung aber auch auf einen arroganten Menschen, einen, der sich „patzig“ macht. Im Ennstal hieß ein älteres bäuerliches Kartenspiel das „Batzenlippelspiel“. *(UK 45, 438, WStWB156, Jontes 38, Pfeiffer 39)*

Batzenlümmel *m.* Bez. für einen Geldprotz und aufgeblasenen Menschen. Hier treffen die Bedeutungen Batzen, „Geldstück, einst gängige kupferne Vierkreuzermünze“, und patzig sein „sich stolz, protzig geben“, aufeinander. Als Geldprotz konnte der Batzenlümmel mit Batzen um sich werfen. *(UK 45, Jontes 38)*

Patzer *m.* Bez. für Pfuscher, Stümper, einen, der etwas „verhaut“ hat. *(WBÖ II, 524f., Pfeiffer 306, Kapeller 120)*

Patzerl *n.*, **Batzerl** *n.* Leicht spöttisch für dickes, gesundes Kind. Dim. für

Batzen „großes Stück", wie in Nackerbatzel (s. d.). *(WStWB 168)*

Bazi *m.* Schpfw. für frechen, aufdringlichen, auch skrupellosen Menschen; freundschaftlich-vertraulich gemeint, kann es auch anerkennend für Tausendsassa stehen. In seiner Etymologie dunkel, könnte das Wort der volkstümlich verkürzte Namen des Geistes Lumpazivagabundus aus Nestroys gleichnamiger Zauberposse sein. Ortsspott für Wiener als „Wienerbazi" von Seiten der Bewohner anderer Bundesländer, der „Provinzler". *(WBÖ II, 744, Jontes 38, Aman 30, Kapeller 20, Wintersberger 14)*

Becher *m.* Oststeir. Schpfw., das allg. auf den Mann bezogen ist. Vielleicht vom Trinkbecher abgeleitete, ursprüngl. Bez. für den Mann als Alkoholiker. Möglich ist aber auch der Hinweis auf den durch seine Waldarbeit etwas unheimlichen Pechsammler (Pecher, Pecherer, Pechler). *(UK 57, WBÖ II, 761, Jontes 39)*

Pechzarrer *m.* Spottname für den Schuster, der mit Schusterpech hantiert. Ma. zarren, zahren „zerren, ziehen". *(UK 57, Idiotikon Rottenmann 1818, Jontes 39)*

Betbruder *m.* Männliches Gegenstück zur Betschwester, also ein frömmelnder Mensch, der seinen echten oder vermeintlichen Glauben öffentlich praktiziert. *(Jontes 39, Pfeiffer 45)*

Bettbrunzer *m.* Rügewort für unreife Kinder im Sinne von Bettnässer, auch für kindische, nicht ernstzunehmende Erwachsene; vgl. auch in derselben Bed. Bettseicher („-soacher" von seichen „urinieren"). Mangel an der Beherrschung körperlicher Funktionen wird hier wie in Bettscheißer (s. d.) ausgedrückt. *(Jontes 39, Pfeiffer 45, Aman 34, Jakob 37)*

Bettellotter *m.* Abfällige Bez. für einen mittellosen alten Mann, Bettler. Vgl. Lotter (s. d.). *(UK 57, Jontes 39)*

Bettelrichter *m.* Älteres Schpfw. für Bettler u. dgl. (Judenburger Ratsprot., fol. 43 „Schölm und Diep und Bettelrichter"). Ursprünglich gab es in den Städten und Märkten einen von der Obrigkeit bestellten Bettelrichter, einen Bürger, der das Bettler- und Armenwesen im Orte regelte. Möglicherweise bezeichnete das Schpfw. im übertragenen Sinne eine Art Bettlerkönig. *(UK 57, Jontes 39)*

Bettkatzerl *n.* Leicht spöttisch für Kind, das sich gern ins Bett hineinkuschelt, wohlig wie eine Katze im Bett liegt. *(WStWB 169)*

Betrunkowitsch *m.* Trunkenbold, Alkoholiker. Nach einer für typisch slawisch gehaltenen Charaktereigenschaft wird eine pseudoslawische Endung, wie sie häufig in Namen südost- und osteuropäischer Völker vorkommt, dem Grundwort angefügt. *(Jontes 40)*

Bettscheißer *m.* Scheltwort für Kind, das seine Körperfunktionen noch nicht ganz beherrscht, im selben Sinne wie Bettbrunzer, Bettseicher (s. d.). *(Jontes 40, Pfeiffer 47, Aman 34, Jakob 37)*

Bettseicher *m.*, siehe Bettbrunzer. *(Jontes 40, Pfeiffer 47)*

Betschwester *f.* Weibliches Gegenstück zum Betbruder, für eine frömmelnde Person. *(Jontes 40, Pfeiffer 45)*

Peitsche *f.* Bez. für liederliche Frauensperson, Hure, Prostituierte. Wohl wegen der früheren Art der dafür vorgesehenen Strafe des Auspeitschens. Dazu auch Peitscherlbub „Zuhälter" (s. d.). Vielleicht auch zu slaw. bič „Vulva" zu stellen. *(UK 61, WBÖ II, 940ff., Jontes 41, Pfeiffer 307, Aman 28)*

Peitscherlbub *m. („-bua")* Bez. und Schimpfwort für Zuhälter, auch jugendl. Homosexuelle, Strichjungen (aus dem Wienerischen). Bedeutete ursprünglich nur einen mit der Peitsche spielenden, damit auch einen Kreisel („Wolferl") antreibenden Knaben bzw. einen kindischen Jugendlichen. Jedoch ist auch Nähe zu Peitsche „Hure" (s. d.) zu beachten. *(WBÖ II, 1223, Jontes 41, Jakob 135, Wehle 82)*

Bein *n. („Ban, Boan")* Ma. Bein, Knochen wird übertragen auf einen Menschen, mit dem man Schwierigkeiten hat, der charakterlich problematisch ist, der bildlich also einen harten Knochen darstellt, an dem man schwer zu nagen („kiefeln") hat. Der Begriff wird besonders bei Frauen verwendet, wobei auch eine magere, dürre, knochige Person diesen Namen aus äußeren Gründen bekommen kann. Im Wienerischen auch „fideler Geist, lustiger Mensch". *(WBÖ II, 876f., Jontes 41, Jakob 34, Wintersberger 12)*

Beinergestell *n. („Banergstell, Boaner-")* Spöttisch für sehr mageren, knochigen Menschen, dessen Körperbau damit als nur aus Knochen bestehend charakterisiert wird. *(Jontes 41)*

Beinerhaufen *m. („Banahaufen, Boanerhaufen")* Wie zuvor. *(WStWB 156, Jontes 41)*

Beißer *m.* Eher soldatensprachlich für einen strengen, harten Vorgesetzten, Ausbilder u. dgl. *(Wintersberger 14, Jontes 42, Pfeiffer 42)*

Beißzange *f.* Schpfw. und Bez. für streitlustige, zänkische, bissige Frauensperson. *(Jontes 42, Pfeiffer 42)*

Beiwagerl *n.* Schülersprachl. für Probelehrer, Lehramtskanditat. *(Jontes 42, Wintersberger 14)*

Bemstel, Bemsel *m.* Bez. für Dummkopf aus ma. Bemstel „Pinsel, Einfaltspinsel", kann aber auch hochmütigen, eingebildeten Menschen bedeuten. Im gutmütigen Handwerkerspott steht „Meister Bemstel" scherzhaft für Maler und Anstreicher. *(UK 65, WBÖ II, 1013ff., Wintersberger 62, Jontes 42)*

Benel, Böhnl *m. („Beanl")* Kleingewachsener Mensch, auch Halbwüchsiger; auch wichtig tuender, aber bedeutungsloser Mensch. *(WStWB 156, Esterl 51, WBÖ II, 1011, Jontes 42, Ziller 34)*

Penze, Penzer *f., m.* Bez. für einen ungeduldig drängenden, bittenden, mahnenden und deshalb lästig erscheinenden Menschen („Sei net so a Penzer!", „Du Penzer du!"). Aus älterem ma. beengetzen, einer Intensivbildung zu beengen „in die Enge treiben". In der Voitsberger Gegend auch für die Klümpchen aus getrocknetem Nasenschleim. *(UK 66, WBÖ II, 1023f., Jontes 42f.)*

Bercht *f.* Spöttisch für schlampige, häßliche Frau; nach der alpenländischen Brauchtumsgestalt benannt, die in den Rauhnächten auftritt. Auch in Steigerung Schiechbercht f. *(Jontes 43, Pfeiffer 308)*

Bergfex *m.* Scherzhafte Bezeichnung für einen eingeschworenen Alpinisten oder Bergwanderer. Vgl. Fex (s. d.). *(Jontes 43, Pfeiffer 43)*

Bersch *m.* Mehr abwertende Bez. für Knabe, jedoch nicht Bursche. Wird auch für unfolgsame kleinere Mädchen verwendet. Pl. Berschen. Ursprünglich ist damit der Barsch gemeint, dann in Anlehnung an Bursch gebildet. Stadtsprachlich. Auch erweitert zu Berschling m. *(WBÖ III, 631ff., Wintersberger 15, Jontes 43)*

Berschling *m.*, siehe Bersch.

Besen *m.* Bez. und Rügewort für widerborstige, auch ungepflegte Frauensperson; Vergleich mit dem Hausgerät. (Jontes 43)

Besuff *m. („Bsuff")* Bez. und Schpfw. für Mann, der gerne trinkt, der sich eben betrunken hat, Alkoholiker im allg. Zu saufen. *(UK 72, Wintersberger 17, Jontes 43, Jakob 43)*

Beutel *m.* Bez. und Schpfw. für dummen und läppischen Mann. Pars pro toto vom Hodensack auf den ganzen Menschen übertragen. Auch in etlichen zusammengesetzten Schpfw. (Hurenbeutel, Nissenbeutel, Flohbeutel, s. d.). *(WBÖ II, 710ff., Wintersberger 14, Jontes 43, Aman 28, Jakob 37)*

Beutelzucker *m.* Älteres Schpfw. in der Bed. „Dieb", einer, der einem den Geldbeutel entreißt. Mhd. zucken „an sich reißen, stehlen, rauben". 1642 im Weißkirchener Gerichtsprot., fol. 7 als strafbares Wort. *(UK 73, Jontes 44)*

Beuscheltandler *m.* Abfällige Bez. und Gewerbespott für Kleingastwirte, die als warmes Essen bestenfalls ein Beuschel (Innereien, Speise aus geschnittenen und gekochten Lungen) anzubieten haben. Tandeln „Kleinhandel treiben". *(UK 56, Jontes 44)*

Beuschelreißer *m.* Bez. und Schpfw. für einen Ausbeuter, der seinen Opfern bildlich sogar die Eingeweide („Beuschel" für Lunge) herausreißt. Später auch auf minderwertige Zigaretten übertragen, die einem förmlich die Lunge zerreißen. *(UK 56, Jontes 44)*

Petz, Petzel *m., n.* Bez. für einen dicken Menschen; übertragen von der Bez. für ein zu Mastzwecken kastriertes männliches Schwein (Sulmtal, Hartberg). Wohl Form von (Sau)bär. *(Jontes 44)*

„Pfadschaß" *m.* Spöttisch-abfällige schülersprachl. Bez. für Pfadfinder, sowohl die Gesamtorganisation als auch der einzelne damit gemeint (Graz). *(Jontes 44)*

Pfeife *f. („Pfeifen")* Bez. für Nichtskönner, Ignorant, Dummkopf. Angeblich aus Berlin eingewandert. Vielleicht im Sinne der Redensart „nach der Pfeife tanzen". *(Jontes 45, Pfeiffer 310, Kapeller 122)*

Pfeifendeckel *m.* Soldatenspr. für Offiziersdiener in der altösterr. Armee. *(allg., WStWB 505, Jontes 45)*

Pfingstlotter *m.*, siehe Pfingstlucke. *(UK 77, Jontes 46)*

Pfingstlucke *f.* Scherzhaft-tadelnde Bez. für denjenigen, der am Pfingstsonntag als letzter aufwacht bzw. aufsteht. Bei diesem einst im bäuerlichen Milieu geübten Rügebrauch wurde dem Langschläfer eine Spottkrone aus Laub oder Brennesseln aufgesetzt. Dazu wurde auch den Mädchen von den Burschen eine Fetzenpuppe („Pfingstlotter") auf das Hausdach oder vor das Fenster gesetzt. Ursprünglich verstand man unter der Pfingstlucke das sogen. Heiliggeistloch in der Decke des Kirchenschiffes, durch das in der Zeit vor den josephinischen Reformen zu Christi Himmelfahrt der „Auffahrtschristus", eine Holzfigur des Heilands, hinaufgezogen bzw. zu Pfingsten eine hölzerne Heiliggeisttaube herabgelassen wurde. Synonym auch Pfingstnudel f., womit das Liegenbleiben im Bett wie das einer Nudel im Topf ausgedrückt wird. *(UK 77, Jontes 46f.)*

Pfingstnigel *m.* Wie zuvor. Nigel als Kurzform von Nikolaus steht auch für sich als ein Spottwort (s. d.).

Pfingstnudel *m.* Wie Pfingstlucke (s. d.). *(Jontes 47)*

Pflanzer *m.* Bez. und Rügewort für jemanden, der andere hänselt, in frecher oder scherzhafter Weise an der Nase herumführt. Zu mhd. pflanzen „zieren, schmücken" (etwa mit der Narrenkappe), ma. pflanzen „hänseln". *(Jontes 48, Jakob 136)*

Pflasterl *n.* Abfällige Bez. und Schpfw. für leichtfertiges Mädchen, aber auch für jemanden mit als lästig empfundener übergroßer Anhänglichkeit, der an einem wie ein Pflaster klebt und juckt. *(UK 78, WStWB 156, WBÖ III, 71, Jontes 48)*

Pflasterschmierer *m.* Scherzhafte oder auch herabsetzende Bez. für Bader, Apotheker, Sanitäter. Von der einstigen Herstellung der Heil- und Zugpflaster (lat. emplastrum) abgeleitet, bei der ein Leinwandfleck mit der wirksamen Pflastermasse bestrichen, beschmiert wurde. *(UK 78, Grimm XIII, 1728, Jontes 48, Jakob 136)*

Pfluftel *m.* Scherzhafte Wortbildung in der Bedeutung Tepp, die für sich in ihrer Konsonantenhäufung schon Dummheit und Unbeholfenheit suggerieren soll. *(Jontes 49)*

Pfnotterer *m.* Bez. für Griesgram, Sauertopf, mürrischen Menschen. Zu ahd. pfnatten „sieden, brodeln". Nähe zu ma. pfuttern „keifen". *(UK 79, WBÖ III, 101, Jontes 49)*

Pfutterer *m.* Bez. für jemanden, der unterdrückt schimpft, halblaute, giftige Bemerkungen ausstößt, sich über etwas erregt. Ursprünglich in der Bedeutung „unterdrückt lachen, kichern" (ahd. pfnuten „anschnauben") mit späterem Bedeutungswandel. *(WBÖ III, 127, Grimm XIII, 1786, Jontes 50f.)*

Pfuketzer, Pfuketze *m., f.* Bez. für einen Menschen, der gerne kichert. „Pfuketzen" ist Intensivbildung zu pfuchen „verhalten lachen, kichern". *(UK 80, WBÖ III, 119, Jontes 51, Aman 107f., Jakob 136)*

Pfummerl, Pfummerling *n., m.* Bez. für einen Menschen, der oft und leicht schmollt, „eingeschnappt" ist. In der Oststmk. vor allem auf Frauenpersonen angewendet. Herkunft dunkel. *(UK 80, Jontes 51)*

Pfuscher *m.* Als Schpfw. hauptsächlich für jemanden verwendet, der etwas nicht zustandegebracht, schlecht gemacht oder „verhaut" hat. Ursprünglich damit ein nicht zünftiger, heute auch ein nicht gewerbeberechtigter Handwerker gemeint. *(WBÖ III, 125, Jontes 51, Aman 108, Kapeller 123)*

Pfustel *f.* In der Oberstmk. für unsauberen, schlampigen Menschen. *(WBÖ III, 126, Jontes 51f., Esterl 51)*

Pippe *f. („Pippen")* Bez. und Schpfw. für Jugendlichen, der sich ungehörig benimmt, immer aus der überlegenen Position des Älteren herab verwendet. Kurzform von Rotzpippe (s. d.), womit der Vergleich mit dem Kind offensichtlich wird, dessen Nase noch wie eine Faßpipe Rotz, Nasenschleim abgibt, ohne daß es schon in der Lage ist, sich selber zu schneuzen. Vgl. auch Rotzglocke (s. d.). *(WBÖ III, 195, Wintersberger 64, Jontes 52, Esterl 51)*

Piperhahn *m.* Bez. für einen jähzornigen, leicht aufgebrachten Menschen. Urspr. Name des Truthahnes, der unter den Vögeln als die Personifikation des Jähzorns gilt. Ma. bibern „beben, zittern" (vor Zorn). Vgl. auch Zornbinkel (s. d.). *(UK 81, Schmeller I, 399, WBÖ III, 194, Jontes 52, Jakob 37)*

Piperl *n.* Wie Hendl (s. d.) Bez. für ein schreckhaftes, naives, verlegenes, hilfloses, weibliches Wesen, zuweilen auch für Männer gebraucht. Ma. für Huhn, Küken. Siehe auch Piperhahn. *(UK 81, WBÖ III, 194, Jontes 52)*

Pippler *m.* Scherzhaft-harmlose Bez. für einen, der gerne trinkt, einer, der gerne „pippelt, pipperlt", ohne eigentlich Gewohnheitssäufer zu sein. Namensgebend ist die Faßpipe. Nähe auch zu lat. bibulus „gerne trinkend". *(UK 80, WBÖ III, 196, Jontes 52)*

Pienk, Pienke, Biengel, Bienk *m., f. („Peank", „Peanken")* Bez. für einen tölpelhaften bzw. zurückgebliebenen, verkrüppelten oder mißgestaltigen Menschen, auch ungezogenes Kind. Allg. Bez. für etwas Kleines, Dickes, Verkrüppeltes. Verwandt mit Bengel. Judenburg 1812 (Wudi a. a. O.): „pienget: knollicht, bucklicht". Mit Bunkerl wird in der Stmk. auch ein kleines, kugeliges Bierkrügerl verstanden. Pienk auch für Sperling (Eisenerz).Vgl. auch Bunke (s. d.), Kropfbengel (s. d.). *(UK 66, 8, Wudi 22, WBÖ III, 149ff., Wintersberger 14, Jontes 52, Aman 33, 35)*

Bilcherl *n.* Scherzhaft-strafendes Rügewort und Bez. für ein vorlautes oder unruhiges Kind. Urspr. Name des Bilchs (Glis glis), eines heimischen Nagetieres, der harmlosen Schlafmaus. Auch für einen kleinen oder durchtriebenen Menschen verwendet (Salzkammergut). *(UK 83, WBÖ III, 164f., Jontes 53)*

Pilger *m. („Pülcher")* Bez. und Schpfw., das soziales Fehlverhalten, allg. Schlechtigkeit bzw. überhaupt Angehörigkeit zu einer sozialen Unterschicht mit Verdacht auf Kriminalität, Vagabundentum usw. andeuten soll (auch „schöner Pülcher" als Verstärkung). Lat. peregrinus „Fremder" über pelegrinus zu dt. Pilgrim, Pilger. Die Pilgerscharen des Mittelalters und der frühen Neuzeit waren immer auch von Landstreichern und kriminellen Elementen durchsetzt, die die frommen Wallfahrer durch ihr Verhalten derart diskriminierten, daß dann der Begriff Pilger mit fahrendem Gauner gleichgesetzt wurde und auf diese Weise zum Schimpfwort werden konnte. Daher auch der ma. Ersatz durch Kirchfahrer, Wallfahrer. *(WBÖ III, 170f., Wintersberger 66, Jontes 53, Kapeller 131, Jakob 140)*

Billhäfen, geschrickter *m. („Büll-")* Spöttisch für einen laut und falsch singenden Sänger; wörtlich ein mit Schricken („Sprüngen") versehener Keramiktopf, der „billt", blecherne oder dumpfe Geräusche von sich gibt (zu billen „schreien"). *(WStWB 157)*

Pimpf *m.*, siehe Bumpf. *(Jontes 54, Pfeiffer 314)*

Bimser *m.* Älterer Spitzname für Artilleristen in der Soldatensprache. Vielleicht Hinweis auf das Krachen des Geschützes („Bumser") oder auf das Kommißbrot, das Bims genannt wurde (auch heute noch herabsetzend für Brot jeder Art gebraucht). Vgl. auch Bumser (s. d.). *(UK 84, WBÖ III, 1380f., Jontes 54, Jakob 37)*

Bimsleutnant *m.* Älter soldatensprachl.-spöttisch für den Dienstgrad Gefreiter, der wie ein Leutnant einen Stern auf seinem Kragenspiegel als Distinktion trägt, aber eben nur eine untere Charge ist. Vgl. Bimser (s. d.). *(WStWB 505)*

Binkel, Binkerl *m., n.* Bez. für einen Mann, Kerl, im anerkennenden, aber auch abwertenden Sinne (z. B. „feiner Binkel" für herausgeputzt oder übertrieben fein tuend); auch ein dicker Mensch von gedrungenem Körperbau kann damit bezeichnet werden. Wertneutral oder eher ins Mitleidige hineinspielend die Verkleinerungsform Binkerl n. So im steirischen Kindervers: „I bin a kloans Binkerl / und stell mi ins Winkerl. / Und weil i nix kann, /so fang i nix an." Als Kosewort auch in Herzensbinkerl „Liebling". *(UK 129, WStWB 169, WBÖ III, 1403f., Jontes 54, Pfeiffer 314, Jakob 38)*

Binkeljude *m. („-jud")* Scherzhaftes Rügewort für jemanden, der sehr mit irgendwelchen Traglasten bepackt, dazu auch schlampig gekleidet ist. Die Binkeljuden gehörten im 19. und frühen 20. Jahrhundert noch zum Straßenbild. Als arme, wandernde Kleinstgewerbetreibende waren sie – wie auch die Gottscheer, Tiroler oder kroatischen Wanderhändler – gezwungen, ihr Gewerbe im Handel von Haus zu Haus auszuüben. Ihre Spezialität war der Handel mit Gebrauchtwaren, besonders Kleidern, die sie in einem Sack, dem „Binkel", über der Schulter trugen. Die letzte Spur von ihrer einstigen Existenz findet sich heute in dieser Redensart („Du kommst ja daher wie ein Binkeljud“). *(Jontes 54, Jakob 38)*

Pinzger *m.* Bez. für kleingewachsenen Menschen, Zwerg, Kind (Oststmk.). Ursprüngl. Bez. für einen Kinderkreisel (Bgld. bezeugt). In der Bed. unklar. *(UK 85, WBÖ III, 193f., Jontes 55)*

Bierarsch *m.* Bei Korporationsstudenten, in deren Kneipjargon Zusammensetzungen mit Bier häufig sind, scherzhafte Bezeichnung für beleibten, ungefügen Kommilitonen. *(Jontes 55)*

Bierpritschler *m.* Verächtliche Bez. für Wirt, einen, der mit Bier achtlos herumschüttet („pritschelt“). *(UK 82, Jontes 55)*

Birne *f. („Birn“)* Rügewort für unfolgsames Kind, Jugendlichen, der etwas angestellt hat. Da auch als Synonym für Kopf verwendet, wohl damit im Zus. *(Jontes 55, Pfeiffer 50)*

Bierweigel *m.* Eines der wenigen Schimpfwörter für Tiere; Bez. für einen durch Verweichlichung und Liebkosung verdorbenen, in seinen Gebrauchswert als Wächter geminderten Hund. Mhd. weigen „wackelnd bewegen“, auf das Tier übertragen, das sich Liebkosungen heischend am Boden wälzt und gewöhnt ist, auch Bier verabreicht zu bekommen. Möglicherweise liegt auch Studentensprachliches vor, indem bestimmte Dinge aus der Lebens- und Brauchsphäre vor allem der korporierten Studenten mit dem Wort Bier verbunden werden (z. B. Bierbibel „Kommersbuch“, Bierorgel „Klavier auf der Kneipe“). Einst waren große Hunde als studentische Begleittiere (sogen. Couleurhunde) durchaus gebräuchlich. *(UK 83, Jontes 55)*

Bissen *m.* Bez. für einen unausstehlichen, schwer verdaulichen Menschen („ein sättiger Bissen“); sprachl. Nähe zu bissig formt den abwertenden Charakter des Wortes mit. Vgl. auch Braten, Rabenbraten (s. d.). *(UK 87, WBÖ III, 227ff., Jontes 56)*

Bißgurre *f. („-gurrn“)* Spott- und Schimpfwort für zänkisches, bissiges Frauenzimmer. Ursprüngl. Bez. für ungehorsames, um sich beißendes Pferd (mhd. gurre „schlechte Stute“). *(UK 87, Esterl 50, Wintersberger 15, Schmeller I, 292, Jontes 56, Pfeiffer 51, Jakob 38)*

Bitzel *m.* Bez. für jähzornigen oder auch hochnäsigen Menschen oder für Hochmut, Jähzorn überhaupt. Vielleicht übertragen von der gleichlautenden Bez. für Pickel, Eiterbläschen auf der Haut, die auch plötzlich auftreten. Ein Erklärungsversuch zielt auf ital. bizza „Zorn“ (Jakob a. a. O.). *(UK 82, WStWB 169, WBÖ III, 242f., Jontes 56)*

Bitzler *m.* Bez. für Pedanten, Nörgler, kleinlichen Charakter. Im Steir. ursprüngl. wertneutral für „Holzschnitzer“ (zu „abbeißen“?), also für einen Handwerker, der kleinteilig und genau arbeitet. *(UK 243, WBÖ III, 245, Jontes 56)*

Plapperling *m.*, auch **Plepperling** Redseliger Mensch, Plauderer; zu plappern. *(WStWB 156, WBÖ III, 265, Jontes 56)*

Platte *f.*, siehe Plattenbruder. *(Jontes 56)*

Plattenbruder *m. („-bruader")* Bez. für einen Angehörigen einer Gaunerbande („Platte"), dann allgemein abwertend im sozialen Sinn als Schpfw. Aus dem Rotwelschen über die wienerische Stadtmundart in die steirischen Stadtmundarten. Bruder als alter Begriff der Zugehörigkeit zu einer Vereinigung (vgl. Klosterbruder, Bundesbruder, Sangesbruder), wie sie im laienreligiösen Bereich einst die Bruderschaft darstellte. Mit „Platte" urspr. vielleicht die sich im Wirtshaus formierende, um einen Tisch, eine Tischplatte sitzende Clique, die gemeinsame Gaunereien beredet, gemeint, das auch eigenes Schpfw. sein kann. Ein anderer Erklärungsversuch aus dem Rotwelschen (Puchner a. a. O.) verweist auf jidd. polat „entwischen", polit „Flüchtling". Im selben Sinne wie Plattenbruder auch Plattinger m., Platte f. *(WBÖ III, 301, Wintersberger 65, Jontes 56f., Pfeiffer 316, Jakob 137, Puchner 260)*

Plattinger *m.* siehe Plattenbruder. *(Jontes 57)*

Plafterling *m.* Bez. für groben, polternden Menschen. Zu plaftern „mit groben Schuhen polternd herumgehen" (Ober- und Mittelstmk.). Übertragen von Plafterling als „grober, zu großer Schuh". *(UK 89, WBÖ III, 252, Jontes 57)*

Plänkel *m.* Bez. für plumpen, ungeschickten, beleibten Menschen. Ursprüngl. als Bez. für Holzklotz, Glockenschwengel. Zu „Bengel" zu stellen. *(UK 89, WBÖ III, 359f., Jontes 57)*

Plarberl *m.* Bez. und Rügewort für jemanden, der Unsinn spricht oder gehaltlos daherplaudert. Ma. plarberln zu hochspr. plappern „kindlich plaudern". *(WBÖ III, 265, Jontes 57f.)*

Plärrer *m.* Bez. und Rügewort für Lärmmacher, Schreihals. Ma. plärren „schreien, weinen", aus lautmalend mhd. bleren, blerren „ds.". Bezeichnet auch einen einzelnen Schrei (Kollektivbildung Plärrament n. „Geschrei"). *(UK 90, WBÖ III, 365, Aman 36)*

Plärrfist *m.* Tadelnd für weinerliches Kind. Ma. Fist „Furz" verbindet sich öfters mit Tadelworten wie etwa Schirgenfist (s. d.). *(WStWB 169)*

Blasengel *m.* Bez. für einen dicken, besonders dickgesichtigen Menschen mit vollen Backen, auch dicken Säufer. Im Barock wurden bei der Darstellung musizierender Engel gerne kindliche Putten gezeigt, die mit vollen Backen in Trompeten blasen. *(Jontes 58, Pfeiffer 51, Aman 36, Jakob 38)*

Blaser *m.* Aufgeblasener, von sich eingenommener, arroganter Mensch. *(WStWB 156)*

Bläser, Bläserer *m.* Stadtma. für Gewohnheitstrinker, Alkoholiker; ma. blasen, bläsern „trinken, sich besaufen". *(WBÖ III, 281, Jontes 58)*

Blasi *m.* Stadtmd. Bez. und Schpfw. für Angeber, Geck, dummer Kerl. Zum Fremdwort blasiert und zur ma. Kurzform des Heiligennamens Blasius zu stellen, der volksetymol. zu „der Blasende" umgedeutet wurde (vgl. auch

„es hat einen Blasius“ für „der Sturm geht“). *(WBÖ III, 283, Jontes 58, Pfeiffer 51)*

Plauderling *m.* Bez. für einen geschwätzigen, ununterbrochen redenden, plaudernden Menschen, dessen Schilderungen durch mangelnden Wahrheitsgehalt ausgezeichnet sind. Plaudern ist hier weniger im Sinne von „zwanglose Konversation treiben“, sondern „einen Tatbestand in der Erzählung phantasievoll ausschmücken, knapp an der Grenze zur Lüge sein“ zu verstehen (ähnlich plauschen „lügen“). Vgl. auch Ploderjodel, Ploderer (s. d.). *(UK 90, WBÖ III, 325, Jontes 59)*

Plaudermirl *f.* Wie oben, jedoch auf ein Frauenzimmer gemünzt. Mirl ist Kurz- oder Koseform von Maria. Synonym auch Plauschmirl f. *(UK 90, Jontes 59, Jakob 138)*

Blauvogel *m.* Älteres Schpfw. unbest. Inhaltes (Weißkirchener Gerichtsprot. 1642, fol. 9). Sonst damit die Blaumeise benannt. In der neueren Sprache auch für Betrunkenen, also einen, der „blau“ ist. *(UK 90, Grimm II, 85, Jontes 59)*

Plauschmirl *f.*, siehe Plaudermirl. *(UK 91, Jontes 59)*

Blaustrumpf *m.* Spöttisch-wertend für geistig wendige, gebildete Frau, die ihre Gelehrsamkeit allzusehr hervorkehrt. Aus der sächsischen Studentensprache des 17.–18. Jh.s, die damit die wegen ihrer blauen Strümpfe auffallenden Polizeidiener verspottete. Eine andere Erklärung weist auf einen schöngeistigen Kreis der englischen Lady Montague um 1750, dessen weiblich Mitglieder bewußt statt der sonst üblichen schwarzen Seidenstrümpfe solche aus blauer Wolle trugen. *(Kluge 82, Jontes 59)*

Plepper *f.* Bez. und Schpfw. für fortwährend schimpfende und keifende Frauensperson. Auch Pleppermühle. Pleppern ablautend zum lautmalenden plappern, in der Bed. von klappern, gleichmäßig klapperndes Geräusch verursachen. *(UK 91, Grimm XIII, 1897, Jontes 60)*

Plepperling *m.*, siehe Plapperling.

Pleppermühle *f.*, siehe Plepper. *(UK 91, Jontes 60)*

Pletsch, siehe Plotsch-.

Bleibbeimhaus *m.* Satzname, scherzhaft für Junggesellen, also einer, der nicht aus dem Anwesen hinausheiratet (Bez. Murau). *(Esterl 44)*

Bleuer *m.*, **Pluier** *m.* Bez. für plumpe, grobe, ungeschickte Person (Oberstmk.), auch kropfbehaftete, dicke Frau (Weststmk.). Übertragen vom Wäschebleuel, mit dem einst die Wäsche beim Waschen geschlagen wurde. *(UK 93, WStWB 156, WBÖ III, 404, Jontes 62)*

Pliempel *m. („Pleampl“)* Bez. und Rügewort für dummen, ungeschickten Menschen. Zu ma. plempern „schlenkern, baumeln“, auch „viel trinken“. *(WBÖ III, 355f., Jontes 62, Pfeiffer 317)*

Blinder *m.* Bez. und Rügewort für Menschen, der einer Situation wegen mangelnder Einsicht nicht gewachsen ist, Versager; seltener im eigentlichen, ursprünglichen Wortsinn jemand, der etwas trotz angestrengten Suchens mit dem Auge nicht erfassen kann. *(Jontes 62, Pfeiffer 53)*

Blindgänger *m.* Spöttisch-tadelnd für unfähigen Menschen, ursprünglich aus der Soldatensprache, wo das Wort eine nach Aufschlag nicht explodierende Granate oder Bombe bezeichnet. *(allg., WStWB 506)*

Bloch *n.* Bez. für großgewachsenen, starken Menschen beiderlei Geschlechtes. Von der Benennung für einen Baumstamm, Holzblock. *(UK 93, Jontes 62f.)*

Blödel *m.* Bez. für einen Dummkopf, einen, der sich blödsinnig aufführt. Zu blödeln, das unreflektiertes Lustigsein, kindisches Benehmen, unsinniges Übermütigsein ausdrückt. Die ursprüngl. ma. Bedeutung von blöde nimmt Bezug auf körperliche Schwäche, Ohnmacht, Benommenheit bzw. wird auch auf die Charakterisierung unfruchtbarer Getreideähren übertragen. *(WBÖ III, 429, Jontes 63, Aman 36, Kapeller 22)*

Ploderer *m.* Bez. und Rügewort für einen schwatzhaften Menschen, einer, der viel unnützes Zeug redet (vgl. auch Plaudermirl, Plauschmirl, Dampfplauderer, s. d.). Plodern Nebenform zu „plaudern". *(WStWB 156)*

Ploderjodel *m.* Wie zuvor, jedoch mit der Kurzform Jodel für Georg, auch Johann oder Josef verbunden. (Vgl. Bäckenjodel, Kropfjodel s. d.). *(UK 94, Jontes 63)*

Blödian *m.* Schpfw. im Sinne von Dummkopf; scherzhaft nach dem Muster von Heiligennamen wie Cassian, Damian, Cyprian usw. gebildet. *(WBÖ III, 432f., Jontes 63, Pfeiffer 54, Aman 36, Kapeller 22)*

Plotschentreter *m.* Harmlos-scherzhafte Bez. für einen Menschen mit ungeschlachtem Gang (Ennstal). Seine Füße werden mit Plotschen „breitblättrige Pflanzen", verglichen. *(Reiterer, Ennstalerisch 105, Jontes 63f.)*

Plotschenkopf *m.* Bez. für Dummkopf. Wörtlich „einer, der einen Kopf wie eine Plotsche hat" (Ennstal). *(Jontes 64)*

Plondl *f.* *(„Plaundl")* Spöttisch für dicke Frauensperson; zum Vornamen Apollonia. *(WStWB 156)*

Blöhu *m.* Verhüllende Abkürzung für blöder Hund. *(Jontes 64)*

Bloßfüßiger *m.* Bez. und Schpfw. für bäuerlichen, primitiven, unerfahrenen Menschen. Auch abfällig für Bauernvolk, Landbevölkerung, Provinzler („bei den Bloßfüßigen"), bzw. für exotische Fußballmannschaften, denen man nachsagt, ohne Schuhe zu spielen. Das Wort geht in der spöttischen Bed. auf die einst ausgeprägte Tatsache zurück, daß Schuhe von der bäuerlichen Bevölkerung nur in der kalten Jahreszeit oder bei bestimmten Arbeiten, wo sie notwendig waren, getragen wurden. Es stellt somit einen heute nur mehr unbewußt empfundenen Standesspott dar. *(Jontes 64)*

Pluier *m.* siehe Bleuer

Blunze *f.* *(„Blunzen")* Bez. und Schpfw. für eine dicke Frauensperson, jemand, der „blunzet" ist; übertragen von der Bez. für eine dicke Wurst, meist Blutwurst; verstärkt am häufigsten in der Form „blade (aufgeblähte) Blunzen". Zu mhd. blunsen „aufblasen aufblähen". Fohnsdorf 1813: „Blutwurst, auch nennt man so ein kurzes dickes Weibsbild", Göß 1811: „dicke, fette Weibsperson, auch eine Blutwurscht". *(UK 96, WBÖ III, 490, WStWB 147, Wintersberger 16, Jontes 65, Pfeiffer 55, Aman 37, Jakob 39, Kapeller 125)*

Plutzer *m.*, auch **Pluntzger** Bez. und Schpfw. für dummen Menschen. Übertragen von Plutzer für Kürbis (Schallwort, das von der Grundvorstellung des Bauchigen, Plumpen ausgeht) über Kopf und Denkfehler auf den Menschen selbst. In der Weststmk. auch lästigen, lästig drängenden Menschen. *(UK 95, WStWB 156, WBÖ III, 506f., Jontes 65, Pfeiffer 317, Jakob 39)*

Poppel *m.* Bez. für einen mürrischen, unfreundlichen Menschen, Dummkopf, Kretin. In der Form Bruckerpoppel Spottname für die Bewohner von Bruck a. d. Mur. Ursprünglich ist damit eine Fetzenpuppe gemeint. Als Spottname für Bauer (Proleb); Hammerpoppel einst für protzigen Hammergewerken. Vgl. auch Popper (s. d.); auch Hauspoppel (s. d.). *(UK 97, 120, Jontes 65, Jakob 139)*

Popper *m.* Abschützige Bez. für kleines, unartiges Kind (vgl. auch Pamper, s. d.). Ursprünglich damit eine Puppe gemeint (vgl. auch Poppel, s. d.). Fohnsdorf 1813: „Ein kleines Kind. Dieses Wort wird gebraucht, wenn man schimpflich oder verdrießlich von einem Kind spricht. „ In der neueren Jugendsprache damit ein in Kleidung und Auftreten angepaßter Jugendlicher gemeint; zu engl. pop *(UK 97, WBÖ III, 613, Jontes 65f., Pfeiffer 320)*

Pötterl *n.* Bez. für kleingewachsenen Menschen, Zwerg. Wörtlich „kleiner Bottich, Holzgebinde". *(UK 98, WBÖ III, 676f., Jontes 66)*

Pofelwerk *n.* Abfällige Bez. für niederes Volk, rohe Volksmasse, Pöbel, aber auch für ungezogene, halbwüchsige Jugend. Über mhd. bovel „Volk" aus lat. populus „ds.". Kollektivbildung mit -werk (vgl. auch Gesieberlwerk). *(UK 99, WBÖ III, 544f., Jontes 66, Pfeiffer 318, Aman 37, Jakob 138)*

Pojátzer, Pojátzel *m.* Bez. für Narr, Spaßmacher. Aus Bajazzo (ital. „Spaßmacher, Clown"), aus pagliazzio „Strohsack, Strohpuppe". Beliebt als Bettzier waren einst Pojátzer-Puppen, buntgekleidete Bajazzi, die heute durch Mädchenpuppen, vor allem aus Italien, verdrängt sind. *(WBÖ II, 93f., Jontes 67, Pfeiffer 318, Jakob 40)*

Bock *m.* Bez. und Rügewort für sexuell aktiven, geilen, aber auch unnachgiebigen, sturen, starrsinnigen Mann („sturer Bock"). Übertragung von tierischen Eigenschaften des so eingeschätzten Ziegenbockes. Wenn zwei Böcke sich feindlich und kampfbereit gegenüberstehen, starren sie sich unverwandt in die Augen. „Bockschauen" daher auch ein Kinderspiel als mentaler Kampf, bei dem zwei Kontrahenten sich so lange aus kurzer Entfernung in die Augen schauen, bis einer von ihnen zu lachen beginnt.

Kampflustige Menschen stehen sich „wie zwei Böcke" gegenüber. *(Jontes 67, Pfeiffer 56, Aman 37f., Jakob 39)*

Polák *m.* Nationenspottwort abfälligen Charakters für Pole, slaw. „Pole". *(Jontes 67, Jakob 138)*

Polentafresser *m.* Spottwort für Italiener, nach einem Hauptgericht der italienischen Küche und dem Muster, andere Völker und Kulturen nach der Nahrung zu charakterisieren, aber auch zu verspotten. Vgl. auch Spaghettifresser (s. d.). *(Kretzenbacher 75)*

Bölli *m.,* auch **Wölli** *m.* Bez. und Schpfw. für eine sture, unzugängliche, grobe Person, einen Menschen ohne Kinderstube. Ursprüngl. eine Bez. für Stier, auch als Ochsenname verwendet. *(UK 102, WStWB 156, 157, WBÖ III, 578, Jontes 68)*

Pomadehengst *m.* Bez. und Spottname für Modegigerl, Geck, Stutzer. Wörtlich „jemand, der viel Pomade zur Verschönerung seiner Frisur verwendet". Synonym Brillantinehengst. Sowohl Pomade (ital. pommata „nach Äpfeln riechende Salbe") als auch Brillantine (fr. briller „glänzen") sind heute durch die Erfindung des Haarsprays nur mehr selten im Gebrauch. *(UK 103, Jontes 68, Pfeiffer 319)*

Pommer *m.* Bez. für einen starken, gedrungenen Menschen. Wohl verwandt mit Pamer (s. d.). *(UK 103, WBÖ III, 595f., Jontes 69)*

Bohnenstange *f.* Bez. und scherzhafte Anrede für einen langen, dürren Menschen. Nach der Stange, an der Bohnen gezogen werden. Für diese im Steir. auch Bohnrache *(UK 100)*, Bohnenstecken. Für diesen Vergleich auch Hopfenstange (s. d.) gebraucht. *(Jontes 69, Aman 39, Kapeller 23)*

Bohnenstecken *m.*, siehe Bohnenstange.

Portion, halbe *f.* Scherzhaft-spöttische Bez. für Menschen, der körperlich nur die Hälfte des allgemein Üblichen darstellt, von der Natur benachteiligt wurde. Angeblich von Berlin ausgegangen und der Terminologie der Gaststätten entnommen, die beim Essen ganze und halbe Portionen anboten. *(Jontes 69f., Kapeller 57)*

„Boschlúach" *m.* Bez. und Schpfw. für hinterhältigen, verkommenen Menschen. Vermutlich aus der slowenischen Unterstmk. nach Norden gewandert; schwierig zu deuten, vielleicht zu slow. poslušati „zuhören" (im Sinne von „aushorchen"). *(Jontes 70)*

Bösian *m.* Bez. für bösartigen Menschen, Bösewicht, schlimmen Charakter. Gebildet nach dem Muster von Heiligennamen wie Cassian, Cyprian, ähnlich wie Blödian, Schmutzian. *(UK 106, WBÖ III, 657, Jontes 70)*

Bosnigl, Bosnickl *m.* Bez. für boshaften Menschen in abgeschwächter Form, der geringeren Schaden anrichtet, meist durch pointierte Streiche und Possen auffällt. „Nigl" ist ma. Igel, übertragen auch „kleiner Mensch", Nickl Kurzform von Nikolaus. *(WStWB 169, Esterl 51, Wintersberger 16, Jontes 70, Aman 38, Kapeller 24, Jakob 40)*

Bratel *n.* Bez. und Schpfw. für einen durchtriebenen, abgefeimten Menschen, bei Frauenspersonen auch im erotisch-sexuellen Sinn. Verkleinerung von Braten wohl als Kurzform von Teufelsbratel, Rabenbratel (s. d.) zu verstehen, wodurch die Verfallenheit an böse Mächte zum Ausdruck kommen soll. *(UK 106, Jontes 71)*

Bratelgeiger *m.* Abfällige Bez. und Schpfw. für einen schlechten Musikanten, ursprünglich ein sozial tiefstehender Wandermusikant, der mit seiner Geige in Wirtshäusern um einen Braten als Gage aufspielte. Davon auch brateln „in Gasthäusern musizieren". Gleichbedeutend auch Bratelmusikant. *(UK 106, WBÖ III, 748, Wintersberger 16, Jontes 71)*

Bratelmusikant *m.* siehe Bratelgeiger. *(Jontes 71)*

Bratelschütz *m.* Scherzhaft-spöttische Bez. für Sonntagsjäger, einen, der sich seinen Braten schießt. Wohl in Anlehnung an Wildpret(prat)schütz „Wilderer". *(UK 106, Jontes 71)*

Prahlfist *m.* Angeber, Prahlhans; Fist „Furz". *(WStWB 156)*

Prahlhans *m.* Wie zuvor; entsprechend den barocken Wortbildungen Fabelhans, Schmalhans. *(WStWB 156, Kluge 562, Pfeiffer 322)*

Pransterer *m.* Bez. und Rügewort für Zögerer, Zauderer, unentschlossenen Menschen, daneben auch für ungeladenen Hochzeitsgast (Ost- und Mittelstmk.). Zu ma. pranstern „zögern" (viell. zu slow. prezati „müßig zu schauen, gaffen"). Vgl. auch Pransterling (s. d.). *(UK 109, WBÖ III, 739, Jontes 72)*

Pransterling *m.* Bez. für Eigenbrötler, Sonderling (Oberstmk.). Vgl. Pransterer. *(UK 109, Jontes 72)*

Pranser *m.* Ungeladener Gast bei Hochzeiten und anderen Feiern, Schmarotzer. Wie Pransterer (s. d.). *(WStWB 178)*

Prastler *m.* Bez. und Schpfw. für Prasser, übermütigen Renommierer. Von ma. prasteln „großtun, prassen" aus mhd. brasteln „krachen, lärmen, Aufsehen erregen, prasseln". *(UK 110, WBÖ III, 476, Jontes 72)*

Brettljause *f.* Abfällig spottend für Frau oder Mädchen mit schwach ausgebildeten sekundären Geschlechtsmerkmalen. Die Grundbedeutung weist auf die typisch steirische, auf einem Brett servierte Mahlzeit aus Wurst, Speck, Geselchtem, Verhackert und Bauernbrot. Das vorne und hinten flache Brett charakterisiert dabei die Körpergestalt (s. a. Bügelbrett), der kulinarische Anteil wohl die vorgebliche Verfügbarkeit zum sexuellen „Vernaschen". *(Jontes 73)*

Bretschélle *f.* *(„Bretschelln")* Bez. für geschwätzigen Menschen, Plaudertasche. Zu ma. bretschellen „schwätzen, plaudern" (studentensprachl.? romanisierende Weiterbildung von lautmalendem pretschen „plaudern, schwätzen"). *(UK 112, Schmeller I, 348, WBÖ III, 910, Jontes 73)*

Breitachselträger *m.* Bez. für Schmeichler, einen, der sich andienert (Ennstal). Bed. dunkel, wohl nach dem für Tirol bezeugten Beidachselträger, „einer, der es mit beiden streitenden Parteien hält". *(UK 113, WBÖ I, 54, Jontes 74)*

Breitdrescher *m. („Broat-")* Großmaul, Aufschneider; eigentlich einer, der bei der noch manuellen Drescharbeit allzuviel Raum für sich beanspruchte. *(WStWB 156)*

Breiter *m. („Broater")* Angeber, einer der sich breit macht, breitspurig, großspurig auftritt. *(WStWB 156)*

Breinfresser *m.* Spitzname für die Bewohner des linken Murufers bei Ehrenhausen, der den Nahrungsgegensatz zum rechten Ufer, wo Türkensterz (Maissterz) bevorzugt wird, zum Ausdruck bringt. Brein ist die heute als menschliche Nahrung in der Stmk. nicht mehr angebaute Hirse. *(UK 114, Jontes 74)*

Bremselhund *m.* Wie Bremsler (s. d.). *(WStWB 156)*

Bremser *m.* Bez. und Rügewort für jemanden, der eine in Gang befindliche Handlung behindert, einer, der am Mißlingen einer Sache schuld ist, auch jemand, der eine Arbeit nur lässig oder zögernd ausführt. Übertragen vom Bremsen eines Fahrzeuges, ursprünglich bei den Bremsbergen im Bergbau, vom Bremser bei der Eisenbahn. *(Jontes 74, Pfeiffer 61)*

Bremsler *m.* Bez. für einen ungeduldigen Menschen. Bez. eigentlich einen kurzen, stechenden Schmerz; zum Insektennamen Bremse. *(UK 114, WStWB 156, Jontes 74, Jakob 41)*

Brenzler *m.* Wie zuvor. Im Zusammenhang mit brenzlig, eilig nach dem Brandgeruch, der Eile erforderlich macht. *(WStWB 156)*

Pritsch *m.* Bez. für verrückten Menschen; übertragen von Pritsch „üble Laune" („er hat einen Pritsch, er ist pritscht"). Dieses wiederum von der lautmalenden Bez. für Schlag, klatschendes Geräusch. Erweitert auch als Pritschling m. Verstärkt etwa „damischer Pritsch" (Ennstal). *(UK 116, Esterl 51, WBÖ III, 990f., Jontes 75)*

Pritsche *f. („Pritschen")* Teils verächtliche Bez. und Schpfw. für Frauenzimmer; eigentlich Vulva (Ober- und Weststmk.). Von Pritsche „Schlagholz, Schlaggerät der lustigen Person, des Hanswursts im älteren Theater" (alte Ableitung von Brett? Vgl. aber auch Pritsch s. d..). Leoben 1812: „Ein Spitzname, jedoch nicht von böser Art, nur bei Frauenspersonen und kleinen Mädchen gewöhnlich". Fohnsdorf 1813: „Ein weiblicher Schimpfname und auch der weibliche Schamtheil". Derb auch für Hure (Admonttal). Vgl. auch Kuhpritsche (s. d.). *(UK 116, WBÖ III, 991ff., Wintersberger 66, Jontes 75, Pfeiffer 323, Aman 40)*

Pritschkittel *m.* Ein sich sehr zierendes Mädchen. Kittel pars pro toto für das ganze weibliche Geschlecht. *(WStWB 156)*

Pritschkönig *m.* Bez. für mürrischen, verrückten Menschen. Vielleicht ursprüngl. dasselbe wie Pritschenmeister „Ordner bei Schützenfesten oder Faschingszügen, der mit der Pritsche (s. d.) für Ordnung sorgt und züchtigt", oder bildlich für jemanden, der den größten Pritsch, die größte üble Laune hat. *(Reiterer, Ennstalerisch 48, Jontes 75)*

Pritschler *m.* Bez. Rügewort für jemanden, der viel oder unnötigerweise mit Wasser oder anderen Flüssigkeiten herumschüttet. Lautmalendes ma. pritscheln für „mit Wasser hantieren". Vgl. auch Bierpritschler (s. d.). *(Jontes 75f., Aman 40)*

Pritschling *m.*, siehe Pritsch. *(Jontes 76)*

Pritschmicherl *m.* Scherzhaftes Rügewort für ein Kind, das launisch und mürrisch ist, einen „Pritsch" hat. *(Reiterer, Ennstalerisch 48, Jontes 76)*

Pritschurl *f.* Bez. für unfreundliche, mürrische Frauensperson (Obersteiermark). Zu Pritsche (s. d.) im Sinne von Vulva (Hartberg) oder möglicherweise über nö. und oö. Zeugnisse aus tschech. bručeti „brummen, murren". Idiotikon Rottenmann 1818: „Brutschidl: mürrisches Weib". *(UK 116, WBÖ III, 1209, Jontes 76)*

Brillantinehengst *m.*, siehe Pomadehengst. (Jontes 76)

Brillenschlange *f.* Scherzhaft-boshafte Bez. für Brillenträgerin. Vergleich mit der Kobra. *(Pfeiffer 61, Jontes 76, Aman 41)*

Prinzginkerl *m.* Bez. für kleingewachsenen Wichtigtuer; Umbildung von Springinkerl (s. d.), das wahrscheinlich aus dem Satznamen für Landsknechte, Handwerksburschen, „Springinsfeld" kommt. In der Weststmk. aber als Kosewort für den Stammhalter der Familie verwendet. *(UK 117, WStWB 169, Schmeller II, 705, Jontes 76)*

Pröbstling *m.* Bez. für dicken, voll- und rotgesichtigen Menschen. Ursprüngl. Bez. für Gartenerdbeere, Gartenananas, deren Runde und Röte auf den Menschen übertragen wird. Wohl aus der kirchl. Bez. Probst „Abt, Kirchenvorsteher" (lat. praepositus) unter Bezug auf die einstige Wohlgenährtheit dieses Standes. *(WBÖ III, 1011f., Jontes 77)*

Brodelhäfen *m.* Bez. und Rügewort für einen Schwätzer, der ununterbrochen redet. Bildlich ein Topf, in dem es ständig brodelt; dazu auch brodeln, „unentwegt schwätzen bzw. auch murren, unterdrückt schimpfen", Brodel f. „Mund, auch Vulva", Gebrodel n. „Geschwätz". Synonyma sind Brodelhans, Brodler, Farferlhäfen, Brummelhäfen (s. d.). *(UK 118, WBÖ III, 1028f., Jontes 77, Aman 40, Jakob 41)*

Brodelhans *m.*, siehe Brodelhäfen. *(Jontes 77)*

Brotfresser *m.* Schülersprach. scherzhaftes Hüllwort für Professor. *(Jontes 77, Pfeiffer 62)*

Brodler *m.*, **Brodlerin** *f.*, siehe Brodelhäfen. *(WStWB 156, Jontes 77, Pfeiffer 61f.)*

Prof *m.* Gymnasiastensprachlich für Professor. Aus der üblichen Abkürzung genommen. *(Jontes 77f.)*

Provinzler *m.* Abwertend von Wienern für Bewohner der übrigen Bundesländer verwendet. *(Pfeiffer 325)*

Bröckel, Bröckerl *n.* Scherzhaft-anerkennende Bez. für stämmigen, muskulösen, eher kleingewachsenen, aber auch dicken Menschen, auch wohlmeinend für stämmiges, dickes Kind.

Verkleinerungsform von Brocken, das ebenfalls („ein schöner Brocken“) anerkennend von Menschen solcher Statur, besonders von Sportlern wie Ringern, Stemmern, Bobfahrern gesagt wird. *(UK 117, WBÖ III, 1015ff., Jontes 78, Aman 40, Jakob 41)*

Brocken *m.*, s. a. Bröckel.

Brocken, vierecketer *m.* Scherzhaft, fast anerkennend für vierschrötigen, breitschultrigen Mann. Weststmk. *(WStWB 146)*

Brosenklauber *m.* Einer, der bei jeder Gelegenheit unnötig jammert, viel Aufhebens von einer Sache macht. Von ma. Brosen „Brosamen, Nichtigkeit“. Im selben Sinne Brosamentupfer. *(WStWB 156, Jontes 78)*

Protz, Protzer, Protzler *m.* Synonym für Großtuer, Prahler, jemanden, der seinen Reichtum auffällig zur Schau stellt, dazu ein eingebildeter, dummer Mensch ist. Ursprüngl. Bez. für Kröte. *(UK 119, Kluge 567, WBÖ III, 1118ff., Jontes 79, Aman 40)*

Prozeßhansel *m.* Bez. und Rügewort für jemanden, der ständig prozessiert, wegen jeder Kleinigkeit das Gericht bemüht. In Graz einst Name eines Gasthauses gegenüber dem Landesgericht für Strafsachen. *(UK 120, Jontes 79, Pfeiffer 326, Kapeller 130)*

Bruder *m.* Mit Eigenschaftswörtern abwertenden Charakters gebraucht, wird die ursprüngl. Bez. für Blutsverwandtschaft oder Zusammengehörigkeit in einer Vereinigung (Bruderschaft, Verein usw.) zum Abfälligen hin verändert. *(Jontes 79, Pfeiffer 62)*

Langweiliger Bruder *m.* „Fadian, Langweiler, Mensch, der anödet“. *(Jontes 79)*

Staubiger Bruder *m.* „Mann mit schlechten Charaktereigenschaften“. Wahrscheinlich ein Begriff aus der Sprache der einst wandernden Handwerksburschen, die sich mit „Bruder“ ansprachen und auf ihrer Gesellenwanderung („Walz“) auf den Straßen sehr staubig werden konnten. *(Jontes 79, Pfeiffer 409)*

Warmer Bruder *m.* „Homosexueller“. Vgl. Warmer (s. d.). *(Jontes 79, Pfeiffer 457, Aman 40f., Jakob 41f.)*

Bruckerpoppel *m.*, siehe Poppel. *(Jontes 79)*

Brummelhäfen *m.* Bez. für jemanden, der ständig brummelt, unterdrückt schimpft; Nörgler, Unzufriedener. Siehe auch Brodelhäfen (s. d.). *(UK 121, WStWB 156, Jontes 80)*

Brunnzagel *m.* Älteres Schimpfwort unbestimmter Bed., vielleicht in Richtung auf jemanden, der seine Blasenfunktionen nicht unter Kontrolle hat. Zagel „tierischer Schweif, Penis“ und Brunn „Harn“ bzw. Zagel, der wie ein Brunnen rinnt. *(UK 122, Jontes 80)*

Psych *m.* Abschätzige Bez. und Schpfw. für schwierigen Menschen mit schwer vorhersehbaren, unberechenbaren Reaktionen, Neurotiker. Seit den späten fünfziger Jahren des 20. Jh.s im Gymnasiastenjargon und auch umgangssprachlich im gehobeneren sozialen Milieu und Bildungsmilieu. Kurzform von Psychotiker, Verkleinerungsform Psycherl n. *(Jontes 80)*

Psycherl *n.*, siehe Psych. *(Jontes 80)*

Bubach *n.* Ältere, abfällige (?) Bez. für Bubenvolk, Gesamtheit der unverheirateten Männer. Kollektivbildung von Bub. (Vgl. Gerichtsprotokoll Frohnleiten 1631, fol. 136). *(UK 123, Jontes 80)*

Puppe *f. („Puppen")* Bez. für jüngere oder sich jung gebende Frauensperson, die bildl. mit einer Spielzeugpuppe verglichen wird. Meist von männlicher Seite gebraucht. Eigenschaftswörter können dem an sich eher wertneutralen Begriff verschiedene, nicht immer abfällige Bedeutungen geben: fesche, saubere Puppe (eher anerkennend), wilde Puppe (abfällig; auf übertriebene Aufmachung, auch ungepflegtes Äußeres oder ungeordneten Lebenswandel, burschikoses Auftreten bezogen), harbe Puppe (negativ qualifizierend, abweisenden, herben Charakter kennzeichnend). Die Verkleinerungsform Pupperl n. nur im anerkennenden Sinne. Puppe verdrängte älteres Tocke (s. d.). *(Jontes 80f., Kapeller 131, Jakob 141)*

Bubenkrätze *f. („Buakrätzen")* Abfällige Bez. und Schpfw. für kleinen Buben, der einem Erwachsenen in irgendeiner Weise lästig fällt; im Zusammenhang mit der einst vor allem bei Kindern häufigen Hautkrankheit; vgl. Krätze (s. d.). *(Jontes 81)*

Bubennärrische *f. („Buabnnarrische")* Mädchen, das in übertriebener Weise hinter dem männlichen Geschlecht her ist. *(WStWB 147)*

Buchtel *f.*, siehe Wuchtel. *(Jontes 81)*

Büchsenmacher *m.* Scherzhaft-spöttische Bez. und Anrede für einen Vater, der nur oder viele Töchter gezeugt hat. Der Wortwitz liegt im Vergleich mit dem Handwerker, wobei allerdings Büchse synonym für Vulva verwendet wird. *(UK 124, WStWB 156, WBÖ III, 1270ff., Jontes 81, Pfeiffer 65)*

Büchsenspanner *m.* Spöttische Bez. für Hausfreund, Liebhaber einer verheirateten Frau. Ursprünglich der Jagdgehilfe, der für die jagende Herrschaft das Laden der Gewehre und die Vorbereitung zum Schuß durch Spannen des Hahnes am Gewehrschloß sorgte. Hier Büchse in der Bed. Vulva und spannen „auf etwas spannen, begierig sein". Vgl. auch Büchsenwischer (s. d.). *(UK 124, Jontes 81f.)*

Büchsenwischer *m.* Älteres Schpfw. obszöner Bedeutung im Sinne von Geschlechtsverkehr treiben. Bezug auf den Jagdgehilfen, der die Jagdwaffen reinigte, den Lauf auswischte. Büchse „Vulva" wie bei Büchsenspanner (s. d.). *(UK 124, Jontes 82)*

Büchsloch *n.* Gemein-obszönes Schpfw. für alte Frau in der Bed. „Vulva". Vergleich mit der Waffe im Wortspiel. *(UK 124, Jontes 82)*

Butte *f. („Butten")* Bez. für dicke Person, hauptsächlich auf Frauen bezogen; übertragen von Butte „Faß, Holzgebinde" (ahd. butto aus rom. butta „ds"). Verkleinerungsform Butterl n. für Kind dieser Statur. *(UK 125, WBÖ III, 1543, Jontes 82, Jakob 44)*

Pudeltetscher *m.* Scherzhaft-spöttische Bez. für Kaufmannsdiener, Verkäufer. Wegen der inhaltlichen Nähe zu Budelschupfer (s. d.) wohl nicht vom Budelhund herzuleiten. Tetschen „Ohrfeigen austeilen". *(Jontes 82)*

Budelhupfer *m.*, siehe Budelschupfer m. *(WStWB 156)*

Budelschupfer *m.* Scherzhaft-spöttisch für Kommis, Verkäufer, Handelslehrling, Kaufmannsdiener. Wörtlich jemand, der die Waren auf dem Ladentisch („Budel") herumschiebt („schupft"). Vgl. auch Ladelschupfer (s. d.) und Synonym Budelhüpfer m., bei dem das geschäftige Herumspringen hinter dem Ladentisch zum Ausdruck kommt. *(UK 126, WStWB 156, Jontes 82, Jakob 43)*

Putitze, windische *f.* *(„Putitzen")* Älter scherzhaft-spöttisch für slowenischstämmige unwillige Magd. Nach der bekannten untersteirischen Mehlspeise Putitze, Potitze, die aus der einstigen Untersteiermark die steirische Küche erobert hat. *(WStWB 167)*

Büffel *m.* Bez. und Scheltwort für einen rohen, brutalen, sturen, lümmelhaften Menschen. Vergleich mit dem Tier ist augenscheinlich. Dickköpfigkeit und Eigensinn werden damit ausgedrückt. Auch in Zusammensetzung Bauernbüffel (Judenburg). *(UK 127, WBÖ III, 1317f., Jontes 83, Pfeiffer 66, Jakob 43)*

Büffler *m.* Eher abwertende Bez. für einen Schüler oder Studenten, der stur (wie ein Büffel) auswendig lernt. *(UK 127, WBÖ III, 1322, Jontes 83, Jakob 43)*

Bügelbrett *n.* Scherzhaft-spöttischer Vergleich einer Frau oder eines Mädchens ohne Po und Busen, das eben flach wie ein Brett ist. Vgl. dazu auch Bretteljause (s. d.). *(Jontes 83, Pfeiffer 66)*

Buckelkraller *m.* Bez. für ungebetenen, ungeladenen Gast, früher besonders bei Hochzeitsmählern, die viele Arme, Bettler, aber auch Schmarotzer anzogen. Sie stellten sich hinter die Essenden und suchten deren Aufmerksamkeit durch das Berühren des Rückens („Buckel") zu erregen, was gleichzeitig Heischegestus und Ausdruck des Bettelns um Essen ist (Leoben 1812). Buckelkraller m. (Friedberg) von krallen „mit den Fingernägeln kratzen". *(UK 125, Jontes 83)*

Buckerlreißer *m.* Bez. und Rügewort für einen unterwürfigen, kriecherischen Menschen, der dies bildl. durch ständige Bücklinge zum Ausdruck bringt. Buckerl von Pucker „Verbeugung" reißen, auch „etwas tun" (vgl. Krenreißer, Schmähreißer, s. d.). *(Jontes 83f.)*

Buckleter *m.* Abfällige Bez. für erwachsenen, buckligen, mit einem Höcker versehenen Menschen. *(Jontes 84, Aman 42, Jakob 43)*

Buckler *m.* Abfällige Bez. für jemanden, der sich unterwürfig gibt, den Rücken („Buckel") demütig beugt (vgl. auch Buckerlreißer, s. d.), jünger auch für einen, der sich einer schweren Arbeit ganz hingibt, den Rücken beugt und dadurch bei den fauleren Arbeitsgenossen Anstoß erregt. Auch „Einibuckler". *(Jontes 84)*

Bumpf *m.* Bez. und Schpfw. für groben, tölpelhaften, ungebildeten Menschen. Ursprünglich ein Schallwort, das ein dumpfes Geräusch nachahmt und Furz, Faustschlag usw. bedeutet. Dazu auch Pimpf „einer, der nur einen kleinen Bumpf – ‚Furz' – zustande bringt, ein Knabe". Abfällig für Bauer als Bauernbumpf. Judenburg 1812 a. a. O. für Grobian. Vgl. auch Mehlpumpf (s. d.). *(UK 54, 128, Wudi 22, WBÖ III, 1375f., Jontes 84f.)*

Bumser *m.* In der älteren Soldatensprache Bez. für Artillerist, vom Schallwort für „dumpfer Knall" abgeleitet. Heute allg. als Bezeichnung für einen Mann, dem man häufigen Geschlechtsverkehr nachsagt („ein fester, ein mords Bumser"). Vom älteren Begriff her in den sechziger Jahren aktualisiert für die „Südtirol-Bumser", die durch Sprengstoffanschläge auf die Lage in Südtirol aufmerksam machten, wobei ihre Tätigkeit mit dem Worte spöttisch verharmlost werden sollte. Vgl. auch Bimser (s. d.). *(UK 128, Jontes 85, Pfeiffer 67f.)*

Bunker *m.* Bez. für kleinen, untersetzten Menschen bzw. rundliches Kind oder Mädchen. Bedeutet auch Schlag, Hieb, Beule, Knollen, kleiner, runder Gegenstand. Vgl. auch Pienk (s. d.), Bunket „gebaucht", Bunkerl „kleines, gebauchtes Bierkrügel" damit verbunden. *(UK 129, WBÖ III, 1399ff., Jontes 85, Jakob 44)*

Bunkse *f.* Verächtliches Schpfw. für Frauen, vielleicht Mischform aus Bunker (s. d.) und dgl. und Blunze „Blutwurst" (s. d.) oder gar Punze „Vulva". *(UK 129, Jontes 86)*

Purtschinellenmannerl *n.* Lächerlicher Mensch, Kasperlfigur; zu ital. Policinello, Pulcinella, die wie Pojatzer < ital. Bajazzo komische Figuren der Commedia dell' Arte darstellen. *(WStWB 156)*

Bürstel *n.* *(„Biaschtl")* Scherzhaft für kleingewachsenen Mann, „Bürstchen" für den Bart, der den ganzen Mann charakterisieren soll (Bez. Murau). *(Esterl 44)*

Bürscherl *n.* Außer dem verkleinerten Grundwort für jungen Mann auch herausfordernde, spöttische Bez. für jüngeren Mann, der aber kein eigentlicher Bursche mehr ist. „Komm nur her, du Bürscherl!" als häufige Herausforderung zum Raufen. *(Jontes 86)*

Burschierer *m.* Ältere Bez. für nach Art der Burschen (bes. Handwerksburschen, Studenten) herumziehende Gesellen; Wortbildung nach dem Vorbild von Fremdwörtern aus dem Latein oder Französischen. „Burschieren" scheint als Zeitwort auch den Beigeschmack von „mit Angehörigen sozial tieferstehender Schichten vertraulich umgehen" gehabt zu haben. *(UK 131, WBÖ III, 1461, Jontes 86)*

Burzel *m.* Bez. für zwergenhaft gewachsene Menschen oder auch Tiere. Mit „Bürzel" zu ahd. burian, mhd. büren „sich erheben, emporstehen". *(UK 132, WBÖ III, 1478, Jontes 86, Jakob 141)*

Buserant *m.* Bez. für Homosexuellen; scheinbar lat. Wortbildung, jedoch vom frz. pousse arrière „Stoß von hinten" (aus der Terminologie des Billardspiels) abzuleiten. *(WBÖ III, 1513f., Jontes 87, Pfeiffer 69, Jakob 44)*

Putz *m.* Spöttische Bez. für Polizist, ursprünglich für den Offiziersdiener (auch Putzer, Putzfleck). *(WBÖ III, 1573, 1576, Jontes 87, Pfeiffer 70, Jakob 141)*

Putzteufel *m.* Scherzhaft, fast anerkennende Bez. für putzwütige Hausfrau, die bildlich vom Putzteufel befallen ist, einer amüsanten Personifizierung eines angeblichen Lasters. *(Jontes 87, Kapeller 132)*

Putztocke *f. („-tocken")* Bez. für eitles, aufgeputztes Frauenzimmer, auch Zierpüppchen, „Modepupperl", vielleicht Vergleich mit einer Schneiderpuppe. Zu mhd. ma. tocke „Puppe" (s. d.). *(UK 126, WStWB 157, Jontes 87, Aman 42)*

C, CH

Siehe K.

D, T

Tapp *m.* Bez. und Schpfw. für Dummkopf, einfältigen Menschen. Dazu die Verkleinerungsformen Tappel, Tapperl. Wörtlich einer, der sich tappend, unbeholfen bewegt, benimmt. Zu mhd. Tâpe „Pforte, Tatze" (dazu ma. Tapper m. „schmutziger Hand- oder Fußabdruck"). Lebt auch im hochsprachl. täppisch. Wichtigste Ableitung ist Tepp (s. d.). *(UK 133, Jontes 88, Aman 43)*

Tappauf *m.* Bez. für schwerfällig gehenden, tappend auftretenden Menschen. *(UK 133, Jontes 88)*

Tappe *f. („Tappen")* Schpfw. und Bez. für unbeholfene, auch dumme Frauensperson. Vgl. Tapp (s. d.). *(UK 133, WBÖ IV, 25, Jontes 88)*

Tappel *m.* Schpfw. und Bez. für unbeholfenen Dummkopf beiderlei Geschlechts. Verkleinerungsform zu Tapp (s. d.). *(UK 133, WStWB 157, Jontes 88)*

Tappeltoli *m.* Schpfw. für dummen Kerl (Oststmk.). Vgl. auch Tapp (s. d.). -toli (s. d.) steht tollen nahe und entspricht mit seiner Endung dem Schimpfworttypus Gari, Bölli (s. d.). *(UK 133, Jontes 88)*

„Tappnachi" *m.* Bez. für Menschen, der immer zu spät kommt, hintennach (ma. nachi) tappt; auch langsamer, bedächtiger Mensch. *(UK 134, WStWB 157, Jontes 88, Jakob 190)*

Tappschädel *m.* Bez. und Schpfw. für unbeholfenen, dummen Menschen. Ursprünglich vergröbernd für Kopf verwendet. Dieses Wort wird ebenfalls als eigenes Schpfw. gebraucht (s. d.). Vgl. Tapp (s. d.). *(UK 134, WStWB 157, Jontes 88)*

Tachinierer *m.* Mensch, der vorgibt, zu arbeiten, ohne dies aber wirklich zu tun. Einer, der (scherzhaft) an „Tachinose" leidet. Ursprünglich ein Simulant, der sich dem Wehrdienst entzog. Zu tschech. táhnouti „ziehen, schleppen, herumziehen", táhni! „pack dich!". *(WBÖ IV, 48f., Jontes 88f.)*

Taddédel *m.* Bez. für einen Menschen ohne Energie und Willenskraft, ähnlich Lapp (s. d.). Ursprünglich Verkleinerungsform des Vornamens Thaddäus. Thaddädl hieß eine populäre, lustige Figur des Wiener Theaters in der Nachfolge des Hanswurst. Sie wurde von Hansenhut um 1790 kreiert und hatte vor allem wegen ihrer kindlichen Komik so großen Erfolg, daß ihr Hinausdringen in die Volkssprache denkbar erscheint. Vielleicht in noch mehr verkürzter Form Erklärung für Dedel (s. d.). *(UK 135, Wintersberger 82, Jontes 89, Pfeiffer 427, Jakob 192)*

Tatel *m.* Bez. für einen alten Mann, der körperlich und geistig gebrechlich ist. Meist in der Form alter Tatel gebraucht. Verkleinerungsform von kindersprachlich Tatta, Tati „Vater" (vgl. auch jidd. Tate „ds."). Entspringt der älteren ma. Anrede Vater auch für nichtverwandte ältere Männer. Beleidigend hingegen wirkt die Zusammensetzung Narrentatel (s. d.). *(UK 136, Wintersberger 82, Jontes 89)*

Tatterlatsch *m.*, auch **Taderlatsch** *m.* Bez. für einen langsamen, langweiligen Menschen, der mit seiner Arbeit nicht weiterkommt. Latsch (s. d.) verbindet sich mit dem Zeitwort tattern, tadern „zittern, schnell reden", einem wohl lautmalenden Wort (mhd. tateren „schwatzen, plappern"). *(UK 135, Jontes 89, Jakob 46)*

Tatterling *m.*, auch **Taderling** *m.* Wie zuvor, -ling-Bildung wie Frißling, Hundling usw.; weststeir. auch für alten Mann, der in allem schon sehr langsam agiert. *(UK 135, WStWB 157, Jontes 89)*

Tattermann *m.* Neben seiner Bed. als alte Brauchtumsgestalt (Reflexion der Türkenzeit, „Tartaren"-Figur, die im Rahmen eines Volksfestes im alten Graz verbrannt wurde) auch Schpfw. für einen nicht zielstrebigen Menschen, der nichts fertigbringt. An den Schreckpopanz des Brauches, der auch noch einer Spukgestalt den Namen gab, hängte sich auch der Begriff tattern „schwatzen". Weststeir. auch Tattermannl für langsamen, alten Mann. Vgl. auch Tatterlatsch, Tatterling (s. d.). *(UK 135f., WStWB 157, Grimm XXI, 159, Jontes 89)*

Tattermaul *n.* Schpfw. für einen hohlen Schwätzer, dessen Mund fortwährend „tattert". Vgl. Tatterlatsch (s. d.). *(UK 136, Jontes 89f.)*

Tatsch *m.* Bez. und Schpfw. für Kretin, schwächer für linkischen, ungeschickten, tölpelhaften Menschen. Heute gebräuchlicher in der Zusammensetzung Schlampertatsch (s. d.). Das Schallwort Tatsch bezeichnet ursprünglich den Schlag mit der flachen Hand, der ein klatschendes Geräusch verursacht (vgl. auch tätscheln). Lautlich verwandt ist auch Patsch (s. d.), Tauntsch (s. d.) und Tosch (s. d.). Judenburg 1812: „Tatsch: ein Tölpel". *(UK 136, Win-*

tersberger 82, Grimm XXI, 160, Jontes 90, Aman 43, Wudi 23)

Tatsche *f.* *(„Tatschen")* Ungeschicktes, langsames Frauenzimmer; Etym. wie zuvor. *(WStWB 157)*

Tatschker *m.* Bez. und Schpfw. für unbeholfenen, ungeschickten, dicken Menschen. Ursprünglich damit eine Kröte gemeint (Mittel- und Südsteiermark). Gebildet nach dem Schallwort Tatsch (s. d.), das wohl in diesem Falle das Aufklatschen der hüpfenden Kröten nachahmt. Als Tatschkerland bezeichnet der Steirer das oststeirische Grabenland mit dem Hauptort Gnas, weil dort Kröten und Frösche besonders häufig sind. Kröte selbst auch als Schpfw. gebräuchlich (s. d.). *(UK 136, WStWB 157, Reiterer, Sprachbilder, Jontes 90)*

Taferlklassler *m.* Scherzhaft-spöttische Bez. und Anrede für einen Schüler der untersten Pflichtschulklasse. Erinnert noch an die Zeit bis etwa 1930 herauf, als die Schüler die Anfangsgründe des Schreibens noch nicht mit der Feder auf Papier, sondern mit dem Griffel auf dem „Taferl", der holzumrahmten, schwarzen Schiefertafel übten, die wieder abgewischt werden konnte. *(Jontes 90, Jakob 189)*

Tagstürzer *m.* Bez. für einen faulen Menschen, der seine Pflicht nicht erfüllt, Tagedieb, einen, der den Tag stürzt. Stürzen im Sinne von „umdrehen, ungenützt verstreichen oder vorbeigehen lassen" (wie etwa in hochsprachlich Schulstürzer „Schulschwänzer"). *(UK 138, Jontes 90f.)*

Dalk *m.* Bez. und Schpfw. für Tölpel, dazu auch das Eigenschaftswort dalket „dumm, ungeschickt" (z. B. dalketer Bua). Ursprünglich eine unausgebackene, teigige, halbrohe Mehlspeise oder etwas Mühsames (vgl. auch „er ist nicht ausgebacken" für körperlich und geistig unterentwickelt oder nicht recht ausgeschlafen). In der Oststmk., bes. in der Passailer Gegend auch für Frühgeburt, Achtmonatkind. Die Dalken als eine urtümliche steirische Speise scheinen hier auch mithereinzuspielen: Sie sind gequollene, dann ofengedörrte und entspelzte Haferkörner, die in Milch aufgeweicht gegessen wurden. Man vergleiche auch die steirische Redensart „Heb dich Schöberl (ein gebackener Teigfleck, eine Suppeneinlage), sonst wirst/bleibst a Dalken!" als Aufforderung an einen faulen Menschen, sich zu erheben und an die Arbeit zu gehen. Die Verkleinerungsform Dalkerl auch als Kosewort für Kinder gebräuchlich. Idiotikon Fohnsdorf 1813: „Talg: Ein dummer, ungeschickter Mensch". *(UK 139, WBÖ IV, 502ff., Grimm II, 699, Weber, Siedlungsnamen 203, Jontes 91, Pfeiffer 76, Jakob 45)*

Dalkentippel *m.* In der Bed. „dummer Teufel" als Schpfw. bei UK a. a. O. mit Verweis auf kärntnerisch „Dalkenlippel". Im steir. Beleg wohl eher auf Tippel „Beule, Klumpen in der Nahrung" zurückzuführen, das auch einen groben Menschen bezeichnet (s. d.). Vgl. auch Tenkentippel (s. d.). *(UK 139, Lexer KWB 51, Jontes 91, Jakob 45)*

Talkerl *n.*, siehe Dalk.

Talkerling *m.* siehe Dalk. *(WStWB 157, WBÖ IV, 508, Jontes 91)*

Tampel *m.*, **Tamperl** *n.* Bez. für einen einfältigen Menschen, Tropf. Vielleicht zu tamisch, damisch „betäubt, verwirrt". Vgl. auch ober- und mitteldt. tampern „zaudern, langsam arbeiten". Judenburg 1812: „Tampl: ein ungeschickter Mensch". *(UK 140, WStWB 157, Esterl 51, Wudi 23, WBÖ IV, 536, Grimm XXI, 103, Jontes 91).*

Dampfplauderer *m.* Bez. und Rügewort für jemanden, der unentwegt redet oder zumeist hohles, inhaltsleeres Geschwätz von sich gibt. Eine der zahlreichen Bez. für diesen menschlichen Charakterzug (vgl. auch Plaudermirl, Ratschkathl usw., s. d.). Der Inhalt des Redens wird mit dem sich rasch auflösenden, verflüchtigenden Wasserdampf oder Rauch verglichen. Auch mag der rasche und monotone Gang der Dampfmaschine gemeint sein, der Schwätzer also gleichsam wie mit einem Dampfantrieb ausgestattet angesehen werden. *(Wintersberger 20, Jontes 91f., Pfeiffer 77)*

Tamdoli *m.* Bez. und Schpfw. für Tölpel, ungeschickten Menschen. Ursprünglich herabsetzender Nationenspott für die slowenisch sprechenden Weinfuhrleute aus dem untersteirischen Luttenberg, die nach ihrem Herkommen befragt in ihrer Muttersprache mit slow. tam doli „von da unten her" geantwortet haben sollen. *(UK 140, WBÖ IV, 520, Jontes 92)*

Damian *m.* Bez. und Schpfw. für einen unbeherrschten, unkontrolliert und unberechenbar handelnden Menschen; vom Eigenschaftswort tamisch, damisch „geistig verwirrt, benommen" (s. d.) her nach dem Muster von Heiligennamen wie Cassian, Cyprian u. dgl. gebildet (vgl. auch Blödian usw). *(WBÖ IV 528, Jontes 92, Pfeiffer 76, Kapeller 30, Jakob 46)*

Damisch, Tamisch *m.* Bez. für Narr, psychisch Gestörten. Abgeleitet von damisch (vgl. Damian s. d.) aus mhd. toum „Qualm, Dunst". Bezeichnet auch eine Kopfkrankheit beim Vieh. *(UK 140, Grimm II, 704, Jontes 92)*

Tanderlaun *m.*, auch **Tanderlan, Taderlan** Bez. für langweiligen Menschen, Zeitvertrödler, jemanden, der keine Arbeit fertigbringt (wie Laundler, Lienl s. d.). Zu launen, laundeln „herumlungern, schläfrig tun, langsam herumgehen". Tander – dissimiliert aus Tandler „Trödler" (s. d.), das auch im Sinne von Zeitverschwender gebraucht wird. *(UK 141, WStWB 157, Jontes 92)*

Tandler *m.* Bez. für jemanden, der seine Zeit vertrödelt, der aus Mangel an Zeitgefühl und Unfähigkeit keine Arbeit vollendet. Umlautlose Form von Tändler „Händler mit wertlosem Zeug, Tand, alten und abgetragenen Kleidern usw." (Tand aus lat. tantum „soviel" als Kaufmannswort bereits im Mittelalter). *(UK 141, Wintersberger 82, Kluge 768, Grimm XXI, 107, Jontes 92f., Pfeiffer 423, Jakob 190, Aman 43)*

Tanzkönig *m.* Scherzh. Bez. für schlechten Tänzer. *(Sonntag 52f., Jontes 93)*

Darmdürrer, -dörrer *m.* Hungerleider, jemand, dessen Gedärme mangels Nahrung und vor Hunger schon ganz ausgetrocknet sind. *(Jontes 93)*

Daschtodel *m.* Bez. für Schwachsinnigen, geistig Behinderten. Differenzierung von Todel (s. d.). Näher erläutert Dasch f. „Brechelstube, -hütte", ein in der Ober- und Mittelsteiermark wegen der Feuersgefahr beim Flachsrösten in einiger Entfernung vom Bauernhof erbautes Häuschen, in dem der Kretin abgesondert hausen mußte. *(UK 143, Jontes 93)*

Tasche *f. („Taschen")* Schpfw. und Bez. für liederliche, unmoralische Frauensperson; das auf die gesamte Person übertragene Wort für Vulva. *(UK 143, Schmeller I, 627., Jontes 93, Pfeiffer 424)*

Taschelzieher *m.* Bez. für den Taschendieb, der das Geldtäschchen aus der Tasche zieht. *(Jontes 93, Jakob 190)*

Taube *f. („Tauben")* Eher abwertende Bez. für unverheiratete Frau, Mädchen. *(Jontes 94)*

Taubenfickerer *m.* Schpfw. unbestimmten Inhalts, vielleicht grobsexueller Bedeutung. *(WStWB 157)*

Dauertschick *m.* Schülersprachliche Bez. für jemanden, der beim „Abfangenspielen" wegen seiner Ungeschicklichkeit ständig der Fänger ist. Tschick „Zigarettenstummel" (ital. cicca) als Ausdruck einer besonders minderwertigen Sache. *(Jontes 94)*

Taufsteinl *n.* Spottname unsicherer Herkunft für Langschläfer am Pfingstsonntag, am dem es besondere Rügebräuche für solche gibt. Vgl. Pfingstlotter, Pfingstlucke, Pfingstnudel (s. d.). *(WStWB 157)*

Tauli *m.*, siehe Toli. *(Jontes 94)*

Tauntsch *m.* Schpfw. für langweiligen, unschlüssigen Menschen (Ennsbereich). Zu Tatsch (s. d.). *(UK 146, Jontes 94)*

Tatzbär *m.* Bez. für groben, plumpen und ungeschlachten Menschen, der andere mit seinen Pranken anfaßt oder abtätschelt und daher mit einem Bären verglichen wird, der seine Tatzen drohend erhebt. Sicherlich noch eine Erinnerung an die bis in die erste Hälfte des 19. Jh.s auch in der Steiermark noch vorkommenden Braunbären bzw. an die früheren Bärentreiber, wandernde, oft zigeunerische Schausteller mit ihren dressierten Tanzbären. *(UK 137, Grimm XXI, 915, Jontes 94, Aman 44, Jakob 190f.)*

Tepp *m.* Schpfw. und Bez. für einen dummen, unbeholfenen, langweiligen, eingebildeten, uninteressanten Menschen. Das häufigste Schimpfwort im Lande. Durch den allgemeinen Gebrauch in seinem Beleidigungseffekt schon sehr gemindert und mehr oder minder harmlos, wenn die sozialen Unterschiede der Kontrahenten nicht zu groß sind. Zu Herkunft und Verwandtschaft vgl. Tapp (s. d.). Inhaltliche Differenzierung in Zusammensetzungen wie Haustepp, Halbtepp. *(UK 133, Jontes 94, Pfeiffer 79, Aman 45, Kapeller 31, Jakob 190)*

Tepsch *m.* Bez. für ein unartiges, schlimmes Kind. Ursprünglich in der Bed. „Stoß, Schlag, Klaps" (vgl. auch ma. Tepscher „Delle, Einbeulung durch Schlag", das übertragen auch für die Bez. einer leichteren psychischen Störung verwendet wird („Er hat einen Tepscher"). Im selben Sinne auch Antutsch, Tutsch (s. d.). Zu tappen, tapsen „unbeholfen nach etwas greifen". *(UK 146, Jontes 94f.)*

Dedel *m.* Bez. für läppischen Mann; graduell etwas harmloser als Todel (s. d.), in dem der psychisch-körperliche Defekt voll enthalten ist. Zu tedeln „kosend spielen, tändeln". Vielleicht zu „dede machen", ein älteres, kindersprachliches „Adieu sagen". Andere Erklärungen stellten das Wort zu Agnus dei, dem wächsernen Lamm Gottes als älterem Objekt der Volksfrömmigkeit, dessen wachsweiche Eigenschaft auf den menschlichen Charakter übertragen wird. Auch Kurzform von Taddédel (s. d.) ist nicht auszuschließen. *(UK 148, Grimm II, 894, Jontes 95, Aman 44)*

Tegel *m.* Bez. für groben, unliebenswürdigen Menschen, auch „zuwiderer T."; ursprünglich ma. für Tiegel, Büchse, Behälter, auch (Judenburg) für rohe, zähe, schwer genießbare Speise; wörtlich also für einen ungenießbaren Menschen. Auch Kurzform von Wörtern, in denen Tegel als Behälter menschlicher Schwächen zum Ausdruck kommt, ist augenscheinlich (vgl. Trentschtegel, Granttegel, s. d.). *(WStWB 146, 157)*

Teigaffe *m. („Toagaff")* Schpfw. unbestimmter Bed. (Ennstal). Bei Schmeller a. a. O. Scheltwort für dumme, unbeholfene und – darauf weist Teig – feige Person (vgl. auch „patzweich" als Charakterkennzeichnung). Nicht auszuschließen ist eine Vorlage, die auch in der 19. Historie von Till Eulenspiegel vorkommt, der anstelle der üblichen Brote und Wecken „Eulen und Meerkatzen" buk, die in ihrer Gestalt gegen die gebräuchliche Norm verstießen. Die leichte Formbarkeit des Teiges steht für die Willensschwäche eines Menschen. In Wien wird damit spöttisch der Bäcker bezeichnet. *(UK 148, Schmeller I, 595, Grimm XXI, 237, Jontes 95, Pfeiffer 425, Kapeller 163, Aman 46, Jakob 189)*

Teigel *m. („Daigl")* Wenig umgänglicher, unguter Mensch; Hüllwort von Teufel. *(WStWB 157)*

Tellerlecker *m.* Schpfw. und Bez. für Parasit, Schmarotzer; bildlich einer, der sich nicht scheut, als Gast den Teller auszulecken, um Gier und Geiz verbindend etwas voll auszukosten und sein Wohlgefallen zu zeigen. Schon bei Luther gilt das Tellerlecken als Eigenschaft des schmeichlerischen Bettlers. *(UK 149, Grimm XXI, 240f., Jontes 96, Pfeiffer 425f., Jakob 192)*

Delmer *m.* Bez. für Narr, Dummkopf (Friedberger Gegend). Herkunft dunkel, vielleicht zu ung. döme „Damian, dick". *(UK 149, Jontes 96)*

Delsterling *m.* Bez. für geistlosen Faulpelz, Zeitvertrödler. Herkunft dunkel, vielleicht Erweiterungsbildung von Dost (s. d.). *(UK 149, Jontes 96)*

Tenkentippel *m.* Spottwort für einen Linkshänder, auch ungeschickten Menschen (Ennstal). Tippel „grober Mensch" (s. d.) verbindet sich mit tenk „links" (mhd. tenk „ds"). Im selben Sinne auch Tenkler (s. d.), Linkstatzler (s. d.). *(UK 149, Jontes 96)*

Tenchtler *m.* Langsamer Arbeiter; vielleicht Nebenform zum folgenden Wort. *(WStWB 157)*

Tenkler *m.* Bez. für Linkshänder; siehe wie zuvor. *(UK 149, Jontes 96)*

„Derschlichener" *m.* Hinterhältiger Schleicher, „Erschlichener". *(WStWB 157)*

Teufelsbraten *m.* Schpfw. meist für weibliche Personen verwerflichen Charakters. Vgl. Teufelsgefraß (s. d.). *(Jontes 97)*

Teufelsgefraß *n. („-gfraß")* Älteres Schpfw. im Sinne von „für einen Teufel bestimmte Speise". Im Oberwölzer Ratsprot. 1637, fol. 403: „Die Tochter Ändl hat sein Weib ein Teufelsgfraß außgeschrien". In der Bed. Speise für finstere Mächte oder die Justiz, vgl. auch Teufelsbraten, Satansbraten, Rabenbraten und Kurzform Bratel (s. d.). Siehe Gefraß. *(UK 152, Jontes 97)*

Tippel *m.* Bez. für groben, unempfindlichen Menschen ohne Umgangsformen, Flegel, Lümmel. Übertragen von Beule, Geschwulst, Knödel, fester Klumpen in Breinahrung (germ. *dub „schlagen", vgl. auch Dübel „Holznagel, Pflock"). Idiotikon Fohnsdorf 1813: „Dippel: Ein grober Mensch". Weniger scharf weststeir. für kleingewachsenen, jedoch ungefügen Mann. *(UK 180, WStWB 157, Jontes 97)*

Tideltapp, Tiltapp *m.* Bez. für Tölpel, ungeschickten Menschen. Tidel- (wie in dideldum) vielleicht zu dudeln „vor sich hinsingen, jodeln". Zusammen mit Tapp „Tölpel" (s. d.). Ein Erklärungsversuch verweist auf zig. dilyinav „ „ich bin dumm" (Puchner a. a. O.). *(UK 153, Jontes 97f., Pfeiffer 82, Jakob 48, Puchner 232)*

Dickerl *n.* Scherzhaft-kosend für dickes Kind, kleinen dicken Menschen. *(Jontes 98, Pfeiffer 81)*

Dickschädel *m.* Bez. und Rügewort für Starrkopf, unversöhnlichen Menschen, entspricht dem gemeindt. Dickkopf in der oberdt. Form, dessen ursprünglicher Bedeutungsinhalt mit „geistig beschränkter Mensch" jedoch nicht mehr anklingt. Idiotikon Rottenmann 1818: „Bist a rechter Dickschedl: eigensinnig", Judenburg 1812: „Dickschedl: Trotzkopf". *(UK 153, Wudi 20, Grimm II, 1082, Jontes 98, Aman 46, Kapeller 32, Jakob 48)*

Tiltapp *m.*, siehe Tideltapp. *(Jontes 98)*

Tillhaube *f. („Tillhauben")* Spöttisch für langsamen, behäbigen Menschen. „Haube" für etwas, das gemächlich ist (wie Schlafhaube oder alte Haube für verschlafenen Menschen bzw. gemütlicher Kumpan). Till- könnte demselben Wortfeld entspringen, wie es in Tideltapp (s. d.) vorkommt. *(WStWB 158)*

Dillo *n.* Dummer, primitiver Mensch. Neuerer, ungeklärter Begriff, vielleicht aus dem Zigeunerischen. *(Jontes 98, Wintersberger 21)*

Tintenscheißer *m.* Viele Schimpfwörter, die Bürokraten und Beamte charakterisieren wollen, sind Zusammensetzungen mit Tinte-, die vom Schreiben her als wichtigstes Ingredienz eines Amtes abgesehen wurde, das seelenlose, oft unnütze Schriftstücke produzierte. Das Wort meint daher einen Schreiberling oder Bürokraten. Synonyma kommen als Tintenbrunzer, Tintenhengst, Tintenlecker, Tintenschlecker vor allem außersteirisch vor. *(WStWB 157, Küpper 225, Jontes 98f.)*

Tinterl *m., n.* Bez. für überflüssigen, nur geduldeten Gast. Vielleicht zu oberdt. Tunte „schwerfälliges, ungeschicktes Weibsbild" zu stellen, das im oberdt. aber noch nicht allgemein im norddt. Sinn von Homosexueller (vgl. Gebackener, Geheizter, s. d.) gebraucht wird. Wird auch mit einer Alt-Wiener Bühnengestalt, dem Herrn v. Tinterl in N. Geweys Posse „Die Modesitten" erklärt (Jakob a. a. O.). *(UK 155, Grimm XXII, 1812f., Jontes 99, Jakob 193)*

Tintinger *m.* Bez. für jemanden, der immer wieder auf etwas hereinfällt, für etwas unverschuldet büßen muß, dem der „Schwarze Peter" als letztem in der Hand bleibt. Vielleicht vom als tintenschwarz angesehenen Unglück, vom „in der Tinte sitzen" genommen. *(Jontes 99)*

Dinghartel *m.* Bez. für ungefälligen, widerwärtigen Menschen (Oststmk.). Zu mhd. dingen „verhandeln, einen Vertrag abschließen, Frieden machen". Die Substantivierung von hart „schwierig, kaum" ergibt mit -hartel ein Wort, das gleichzeitig auch die Verkleinerungsform von Leonhard ist und deshalb vertrauter klingt. *(UK 155, Grimm II, 1173, Jontes 99)*

Tischentaschentrager *m.,* auch **Tischeltascheltrager** Bez. für jemanden, der Klatsch und Gerüchte weiterträgt und verbreitet (Kapfenberger Gerichtsprot. 1600, fol. 259). Vom Worte tischtaschen, das das Gezwitscher der Schwalben lautmalend wiedergibt über Tischeltaschelwerk „Quertreiberei, Intrige". *(UK 156, Grimm XXI, 519, Jontes 99)*

Ditzelkopf *m.* Bez. und Rügewort für Starrkopf, Dickschädel, eigensinnigen Menschen (Ennstal). Zu mhd. duz „Schall, Geräusch, Gesumme" (vgl. auch Tutsch, Antutsch, s. d.) oder Dutzel, Dützel „Kinderschnuller". *(UK 181, Grimm II, 1773, Reiterer, Ennstalerisch 105, Jontes 99f.)*

Topfenneger *m.* Scherzhaft-spöttische Bez. für einen am ganzen Körper ungebräunt gebliebenen, sommerlichen Badegast. Witziger Gegensatz in der absurden Vereinigung von schwarz und weiß (Topfen „Quark"). *(Wintersberger 83, Jontes 100, Pfeiffer 430)*

Topfnudel *f.* Harmlose, scherzhafte Bez. für einen kleingeratenen Menschen, der bildlich so klein ist, daß er wie eine Nudel im Topfe Platz hat. *(Reiterer, Ennstalerisch 105, Jontes 100)*

Todel *m.* Häufiges Schpfw. und Bez. für Dummkopf, in dem die Bed. von schwachsinnig oder stumpfsinnig mitschwingt. Wird wegen dieser inhaltlichen Färbung nach dem mentalen Zustand hin beleidigender als Tepp (s. d.) empfunden. Zu oberdt. lautmalend dodeln „schwätzen, plappern, stottern". Idiotikon Eisenerz 1812: „Dodl: ein armsinniger Mensch". Verstärkt als Dorftodel. *(UK 159, WStWB 157, Grimm II, 1218, Jontes 100, Pfeiffer 84, Aman 46, Jakob 49)*

Todelklassler *m.* Geistig leicht behindertes Schulkind. Die Bezeichnung stammt aus einer Zeit, in der es noch keine Sonderschulen für Behinderte gab und diese in eigenen Klassen der Pflichtschulen, sogenannten „Abschlußklassen" unterrichtet wurden, die häufig umgangssprachlich mit diesem sich im Schimpfwort spiegelnden Namen benannt wurden. *(Jontes 100)*

Toichtel *m.* Schpfw. und Bez. für groben, ungeschickten, dummen Menschen (Enns und Paltental, Leoben). Herkunft unsicher, vielleicht mit Vokalisierung von Talk- (s. d.) her. Leoben 1812: „Doichtl. Ein Spitzname einer ungeschickt gemachten Sache, auch wohl eines ungeschickten Menschen." *(UK 159, Idiotikon Leoben bei Vissa, 1812, Jontes 100)*

Tocke *f. („Tocken")* Abfälliges älteres Schpfw. und Bez. für Mädchen. Entspricht in der Bed. dem Synonym „Puppe", „Pupperl" (s. d.). Mhd. tocke „ds.". Idiotikon Fohnsdorf 1813: „Tokn: Puppe, geputztes Weibsbild". *(UK 157, Idiotikon Fohnsdorf 1813, Jontes 101, Aman 46, Jakob 49)*

Tocker *m.* Bez. und Schpfw. für einfältigen Menschen, einst auch zum Hause gehörigen Kretin (Haustepp, s. d.). Zu Tocke (s. d.) im Sinne von „willenloser Mensch". *(UK 158, WStWB 157, Esterl 51, Jontes 101)*

Tola, Tula *f.* Bez. für häßliches, uncharmantes Mädchen. Zu ma. toll „dumm, benommen" (so Ennstal). Vielleicht verwandt mit Trulla, Trolla, „starkes, aber faules Mädchen" (Wien, von trollen „bummeln"). *(UK 160, Jontes 101, Jakob 196)*

Tolpatsch *m.* In der gehobeneren Umgangssprache Bez. und Rügewort für unbeholfenen Menschen. Keine Zusammensetzung von toll und Patsch (s. d.), sondern aus ung. talpacs „Plattfuß", das scherzhaft-spöttisch für die Fußsoldaten der ungarisch-kroatischen Truppenteile an der k. k. Militärgrenze gebraucht wurde. Wohl wegen der in den Alpenländern ungewohnten Fußbekleidung, die einer Opanke mit flacher Sohle glich. *(UK 139, WBÖ IV, 512ff., Grimm XXI, 650ff., Jontes 101, Pfeiffer 429, Kapeller 164, Aman 46)*

Toli *m.*, auch **Tauli, Tuli** Bez. für Tölpel männlichen Geschlechts (vgl. auch weibl. Tola, s. d.). Vielleicht Kurzform aus Tamdoli (s. d.). *(UK 160, Jontes 101)*

Dolm *m.*, auch **Dol** Bez. und Schpfw. für Dummkopf, Kretin. Nebenform zu Tölpel, in der Stmk. damit auch ein Fisch bezeichnet (Cottus gobio „Kaulkopf"). *(UK 160, Wintersberger 21, Grimm XXI, 649, Jontes 101)*

Tomerl *m.* Bez. und Spottname für einen einfältigen, dümmlichen, jedoch harmlosen Menschen. Ma. Koseform zu Thomas, wobei zum Bedeutungsinhalt sicher der biblische „ungläubige Thomas" beigetragen hat. Auch der Kinderlockruf tommerl her da, „komm her" aus der kindlichen Lallsprache ist daran beteiligt. Erweitert auch als Antomerl m., von antomerlt sein „Eigenschaften eines Tomerls zeigen", oder Trampeltomerl (s. d.). Tomerl ist auch der Name verschiedener, einst typisch oststeirischer Ofenspeisen (Türkentomerl, Bluttomerl, Äpfeltomerl). *(UK 160, WStWB 157, Jontes 101f., Jakob 192)*

Donnerauk *f.* Schpfw. für Frauenspersonen wie Auk (s. d.). Ursprünglich Bez. für große Waldkröte. Wie bei den folgenden Wörtern Verstärkung durch die Verwendung des Namens des elementaren Phänomens. *(UK 160, Jontes 102)*

Donnerbube *m. („-bua")* Älteres Schpfw. in der Bed. Teufelsbube. *(UK 160, Jontes 102)*

Donnerhund *m.* Älteres Schpfw. in der Bed. Schalk, Schelm (Raabtal). *(UK 160, Jontes 102)*

Donnerzagel *m.* Älteres Schpfw., bei dem Zagel „Schweif, Schwanz, Penis" (s. d.), verstärkt wird. *(UK 161, Jontes 102)*

Dorftepp *m.* Bez. und Schpfw. für einen besonderen, weithin bekannten Schwachkopf, Tepp (s. d.), einen, der dem ganzen Dorf als solcher bekannt ist. Geht über den Hausteppen (s. d.) hinaus. *(Jontes 103)*

Dorftodel *m.*, siehe Todel. *(Jontes 103)*

Dorftrottel *m.*, siehe Trottel. *(Jontes 103)*

Dorfglocke *f. („-glocken")* Scherzhaft-rügende Bez. und Schpfw. für einen geschwätzigen Menschen, besonders weiblichen Geschlechts. Einer, der bildlich wie eine Glocke vom Kirchturm Neuigkeiten über das ganze Dorf hin signalisiert. In ähnlichem Sinngehalt Ratschen, Ratschkathl (s. d.). *(UK 161, Jontes 103)*

Tosch *m.* Schpfw. für dummen Kerl (Ennstal). Zu oberdt. lautmalenden Totsch „schallender Schlag". Vgl. auch Tatsch (s. d.). *(UK 163, Schmeller I, 557, Grimm XXI, 914, Jontes 103)*

Tost *m.* Bez. für einen Kretin; als Schpfw. allgemein für Dummkopf, verwandt damit Tosch (s. d.). Tost „etwas aufgeblähtes, Buschiges"; dazu auch steir. tostig „aufgedunsen, schlaff, welk"; tosteln „Geräusch stetig fallenden Regens auf dem Dache" (Ennstal). Idiotikon Fohnsdorf, 1813: „Tost: ein taubstummer oder blöder, tölpelhafter Mensch"; Idiotikion Eisenerz, 1812: „Tost: ein schwachsinniger Mensch"; Idiotikon Hieflau, um 1812: „Tostig: ein aufgedunsener Mensch". Verkleinerungsform Tostel. *(UK 163, Grimm II, 1311 und XXI 904f., Jontes 103, Jakob 49)*

Trabánt *m.* Bez. für einen unerwünschten, unablässigen Begleiter, auch für plumpe Frauensperson, schließlich auch allgemeines älteres Schpfw. für weibliche Dienstboten (vgl. auch Kucheldragoner, s. d.). In gemildeter Form als Trabantling m. Das Wort bezeichnet ursprünglich einen Leibgardisten, eine standesgemäße Begleitperson. Beamte dieses Titels gab es auch am innerösterreichischen Hof in Graz, von wo aus die Bez. in die Volkssprache eingedrungen sein dürfte. Im selben Sinne auch Hatschierer (s. d.) und Kucheldragoner (s. d.). *(UK 163, Jontes 50, Pfeiffer 431)*

Trappe *m. („Trappen")* Bez. für plump einherschreitende Person, ungeschickten Menschen, Tölpel. Auch in der männl. Form Trappel in derselben Bed. Ursprünglich für plumpen Fuß, auch deformierten Klumpfuß. Zum Schallwort trappen „Geräusch beim Auftreten machen" gehörig. Dazu auch Trappel „Fußspur". Bedeutungsgleich mit Trappel, Trampel, Trapperl, Antrapperl (s. d.). *(UK 163, Grimm XXI, 1251ff., Jontes 103f.)*

Trappel *m.*, siehe Trappe. *(Jontes 104)*

Trapperl *m.*, siehe Trappe. *(Jontes 104)*

Drache *m. („Drachen")* Bez. und Scheltwort für eine meist weibliche, bösartige, zänkische, streitsüchtige, überkritische, wie ein Drache (lat. draco), Gift, Feuer und Galle speiende Person. *(Jontes 104, Aman 48)*

„Drahdiwaberl" *n.* Scherzh. Bez. für tanzlustiges Mädchen, auch wankelmütigen, unentschlossenen Menschen, aber auch für Maschinen und Installationen aller Art, hier im abfälligen Sinne bei mangelhaften Funktionieren. Satzname mit Imperativ „Dreh' dich, Waberl" (Koseform zu Barbara), der ursprünglich einen Drehkreisel als Kinderspielzeug bezeichnete, auf dessen Seiten Frauengestalten aufgemalt waren. *(UK 165, Wintersberger 21, Jontes 194, Pfeiffer 87f., Jakob 49)*

Tratsche *f. („Tratschen")* Bez. und Rügewort für eine Person, die Klatsch verbreitet, „tratscht". Substantivisch gebrauchtes, lautmalendes tratschen „klatschen, schwätzen, unbedacht reden, sich plaudernd unterhalten". Vgl. auch Ratsche (s. d.). *(UK 164, Grimm XXI, 1276, Jontes 104, Aman 47, Kapeller 165, Jakob 194)*

Tratschkathel *f.* Bez. und Rügewort für redselige, klatschsüchtige Frauenpersonen, ähnlich Tratsch (s. d.). Kathel ist Koseform von Katharina. Mit Personennamen verbunden auch Tratschmirl (s. d.). *(UK 164, Jontes 104, Pfeiffer 432, Aman 47)*

Tratschmirl *f.* Wie Tratschkathel (s. d.). Mirl ist Koseform von Maria. *(UK 164, Jontes 104, Aman 47, Jakob 194)*

„Tragsnachi" *m.* Bez. für einen unbeholfenen, energielosen Menschen, der mit seiner Arbeit immer als letzter fertig wird, sie also „nachi" (= ma. nachhin) tragen muß. Satzname wie Tappnachi (s. d.). *(UK 165, Jontes 104)*

Trallásch *m.* Schpfw. für plumpes, dummes Frauenzimmer. Weiterbildung von oderdt. Tralle m. u. f. „plumper, dummer Mensch". *(UK 166, WStWB 158, Grimm XXI, 1173f.)*

Trampel *m.* Bez. und Rügewort für eine plumpe, ungeschickte, ungeschlachte, ungehobelte Frauensperson; wörtlich jemand, der gefühllos herumtrampelt. Auch verbunden zu Bauerntramperl n. in derselben Bed. Judenburg, 1812: „Trompl: ein ungeschicktes, plumpes Weibsbild"; ebenso Idiotikon Fohnsdorf, 1813. *(UK 166, WStWB 158, Esterl 51, Wudi 23, Wintersberger 83, Aman 48, Grimm XXI, 1178f., Küpper 227, Jontes 105, Pfeiffer 431, Kapeller 165, Jakob 194)*

Trampeltier *m.* Schpfw. in der Bed. von Trampel (s. d.) mit Blickrichtung auch auf Kamel (s. d.). *(UK 166, Grimm XXI, 1182f., Jontes 105, Aman 48)*

Trampeltommerl *m.* Bez. für plumpen, ungezogenen Menschen. Vgl. Tomerl (s. d.). *(UK 166, Jontes 105)*

Tramperl *m.*, siehe Trampel. *(Jontes 105)*

Trantsch *m.* Bez. für plumpen, dummen Menschen. Lautmalendes Wort, das ursprünglich Schmutz, Kot bedeutet, dann aber auch leeres Geschwätz. Vgl. auch Trantschker, Hienpertrantsch (s. d.). Auch trensen „langsam arbeiten", mag hereinspielen (vgl. Trenzer, s. d.). Jakob a. a. O. verweist auf tschech. dranc „Fetzen". Judenburg, 1812: „Trantsch: eine plumpe Weibsperson"; Idiotikon Fohnsdorf, 1813: „Trantsch: ein dummes Weibsbild". *(UK 166, Wintersberger 83, Grimm XXI, 1248f., und XXII, 150; Jakob 194, Wudi 23, Idiotikon Fohnsdorf 1813, Jontes 105)*

Trantschker *m.* Bez. und Schpfw. für dummes, ungeschicktes Frauenzimmer. Erweiterung von Trantsch (s. d.) nach dem Typus Tatschker, Watschker (s. d.). *(Jontes 105f.)*

„Dranggin" *f.* Bez. für „unholdes Weib", mißgestaltetes weibliches Wesen; auch Geliebte (Oberstmk.). Herkunft dunkel, vielleicht Bezug auf einen Zaubertrank. *(UK 166, WStWB 158, Schmeller I, 667, Jontes 106)*

Trankschaffel *m.* Schpfw. und Bez. für schmutzige, ungepflegte Frauensperson; Vergleich mit dem Schaff, in dem der „Sautrank", das Schweinefutter, angerichtet wird. *(UK 166, Grimm XXI, 1232, Jontes 106)*

Traschel *f.* Bez. für geschwätzigen Menschen. Lautmalendes Tratsch „Geschwätz", in Nebenform nach dem Typus eines Gerätenamens (etwa Trischel, Bleuel). Vgl. auch Tratschen (s. d.). Idiotikon Rottenmann, 1818: „Bist a rechte Traschl. Plaudertasche". *(UK 166, Grimm XXI, 1275, Jontes 106)*

Trautel, Traudel *f.* Langsame Frau; eine Kurzform von Gertraud. *(WStWB 158)*

Traumichnicht *m. („Trauminet")* Bez. und Rügewort für Feigling, zaghaften, auch anderen gegenüber stark befangenen Menschen. Als Satzname „(Ich) (ge)trau mich nicht". *(WStWB 158, Wintersberger 83, Grimm XXI, 1517, Jontes 106, Jakob 194)*

Traummirl *f.* Langsames weibliches Wesen. „Traumhapet", traumverloren weist in dieselbe Richtung; Verbindung mit Koseform von Maria. *(WStWB 158)*

Tratzer *m.* Bez. für jemanden, der mutwillig Menschen, aber auch Tiere reizt (mhd. und ma. tratzen „Trotz bieten, reizen"). *(Jontes 106)*

„Treapen“ *f.* Bez. und Schpfw. für einfältige Frauensperson, früher auch für weiblichen Hauskretin. Verkleinerungsform Treaperl n. meist für Mädchen gebraucht, wobei hier auch Befangenheit, Verlegenheit hinzutritt. Herkunft dunkel. Vielleicht zu Trempel, „Stützpfahl, Schwelle“. Judenburg, 1812: „Treapn: Trottl einer Weibspersen“; Idiotikon Fohnsdorf, 1813: „Treapn: ein blödsinniges Weibsbild“. *(UK 167, WStWB 158, Wudi 23, Esterl 51, Grimm XXII, 104, Jontes 106)*

Treppler *m.* Bez. und Rügewort für einen unentschlossenen, zaghaften Menschen, der vor lauter Unschlüssigkeit aufgeregt hin- und hertrippelt (ma. treppeln). *(UK 167, Jontes 107)*

Trebulierer *m.* Einer, der ständig auf etwas drängt, Wünsche äußert. Zu lat. tribulare „bedrängen“. *(WStWB 158)*

Trefel *f.* siehe Trefler. *(WStWB 158)*

Trefler *m.* Bez. für Schwätzer, Angeber, Prahlhans (Ober- und Mittelstmk.). Zu triefeln, trefeln „schwätzen, plaudern, faseln“. Weststeir. auch Trefel f. für schwatzhaftes Weib. *(UK 168, Grimm XXII, 467f., Jontes 107)*

Drehhose *f. („Drahhosen“)* Scherzhaft-spottend für langsamen Arbeiter; das nur langsame Um- und Zuwenden als Arbeitsbewegung wird damit charakterisiert. *(WStWB 157)*

Drehscheibe *f. („Drahscheiben“)* Wie zuvor. *(WStWB 158)*

Treinl *f.* Bez. für altersschwachsinnige Frauensperson (Ennstal). Entweder als Koseform zu Katharine (Treinl neben Kathel) oder ma. Trendel „Kreisel als Kinderspiel“ (wienerisch Traunl). *(UK 169, 170, Jontes 107, Jakob 49)*

Dreckbartel *m.* siehe Saubartel. *(Jontes 107, Pfeiffer 88)*

Dreckfink *m.* Derbe Bez. und Rügewort für schmutzige Person, meist Kind, auch vom körperlichen Zustand auf Charakterschwächen übertragen. Hier nicht Verstärkung eines Grundwortes, da Fink allein als Schpfw. nicht vorkommt. Bildlich vom Vogel, der sich im Straßenschmutz zu Nahrungssuche und Bad herumtreibt. *(UK 167, WStWB 158, Grimm II, 1358, Jontes 108, Pfeiffer 89, Aman 49, Jakob 50)*

Dreckhammel *m.* Schpfw. für körperlich, mehr aber noch charakterlich verkommene Person männlichen Geschlechts. Nicht Verstärkung des Wortteiles Hammel (s. d.), sondern Betonung des Schmutzigen. *(UK 167, Grimm II, 1358, Jontes 108, Pfeiffer 89. Aman 49)*

Dreckkäfer *m.* Bez. und Schpfw. für ungepflegten, schlechtgewaschenen, auch charakterlich schmutzigen Menschen (ähnlich Dreckfink, s. d.). Die Übertragung scheint vom Mistkäfer (Scarabaeus stercorarius) her erfolgt zu sein, da das Grundwort Käfer als Personencharakteristik sonst nur im positiven Sinne („ein netter Käfer“) gebraucht wird. *(UK 167, WStWB 158, Grimm II, 1359, Jontes 108, Pfeiffer 89, Aman 46)*

Dreckmensch *n.*, siehe Mensch n. *(Jontes 108, Pfeiffer 88)*

Drecksau *f.* Derbstes und gemeinstes Schpfw. und Bez. für körperlich verkommene Person, darüber hinaus auch bei starken Charakter- oder Verhaltensfehlern verwendet und besonders bei sexuell vulgär auftretenden Menschen beiderlei Geschlechts gebraucht. *(UK 167, Grimm II, 1359, Jontes 108, Pfeiffer 89, Aman 49, Jakob 50, Kapeller 33)*

Dreckschleuder *f.* Schpfw. für einen Verleumder, jemanden, der schmutzige Anschuldigungen verbreitet. Synonym auch für loses Mundwerk. Vorbild nach Grimm a. a. O. einst eine Belagerungsmaschine, mit der man dem Feind in einer belagerten Burg oder Festung allerlei Schmutz und Unrat über die Mauern schleuderte. *(UK 167, WStWB 158, Grimm II, 1359f., Jontes 108f., Pfeiffer 89f., Aman 49, Kapeller 33, Jakob 50)*

Dreckschwein *n., f.* Grobes Schpfw. wie Drecksau (s. d.). Ma. häufig weiblich gebraucht. *(Jontes 109, Pfeiffer 90)*

Dreckstößel *m.* Bez. für einen körperlich ungepflegten Menschen, meist männl. Geschlechts bzw. Schpfw. für eine charakterlich schmutzige Person (vgl. auch Schmutzian, s. d.). Stößel ursprünglich ein Gerät zum Zerstampfen etwa in einem Mörser oder zum Einstampfen von Kraut u. dgl. in ein Faß. Der Dreckstößel war ein Gerät zum Durchstoßen und Freimachen verstopfter Abtritte. Vgl. auch Stößel (s. d.). *(Jontes 109, Aman 49, Jakob 50)*

Trenchtel, Trienchtel *f.* u. *m.* *(„Treanchtel")* Schpfw. für ungeschickten, dummen, ungeschliffenen Menschen. Herkunft unsicher. Eventuell zu ma. trendeln „langsam gehen, nicht vorwärts kommen"; vielleicht auch mhd. trien, tren „Brutbiene, Drohne, Hummel", als Begriff etwas von Lästigem. Leoben, 1812: „Treichtl: Schimpfname, den man etwas dummen und ungeschliffenen, auch ungeschickten Menschen beylegt." Als Nebenform weststeir. auch Trenschkel. *(UK 170, WStWB 158, Idiotikon Leoben 1812 bei Vissa, Grimm XXII, 109, Jontes 109)*

Trentschtegel *m.* Bez. für Menschen ohne Tischsitten, jemand, der sich beim Essen bekleckert. Zu trentschen, trenzen „Speichel oder Speise aus dem Munde fließen lassen". Vgl. auch Tegel (s. d.). Versch. Weiterbildungen s. u. *(UK 170, Grimm XXII, 149, Jontes 109)*

Trentsche *f.* *(„Trentschen")* Ständig jammernde und klagende Frauenzimmer; Etym. wie zuvor. *(WStWB 158)*

Trentschel *f.* Nervöse, ständige aufgeregte Frau (Murauer Gegend). *(Esterl 51)*

Trentscher, Trientscher *m.*, siehe Trentschtegel. *(Jontes 109)*

Trentscherbarterl, Trenzer- *n.* Wie Trentschtegel (s. d.). Barterl n. ist eigentlich der Latz, der dem Kind umgebunden wird, daß es sich beim Essen nicht anpatzt, wörtlich „kleiner Bart". *(WStWB 169, Jontes 110)*

Trenschkel *f.* u. *m.* siehe Trenchtel. *(WStWB 158)*

Trentscherling *m.*, siehe Trentschtegel. *(Jontes 109)*

Trensterer *m.*, siehe Trentschtegel. *(Jontes 109)*

Trenzer *m.* Bez. für unsauberen Esser wie Trentschtegel (s. d.), aber auch für Faulpelz, langsamen Arbeiter. Zu trensen „langsam sein". Idiotikon Eisenerz, 1812: „Trenzer: ein bei der Arbeit langsamer Mensch". *(UK 171, Grimm XXII, 150, Jontes 110, Aman 50)*

Triemhirsch *m.* *(„Triam-")* Schpfw. für einfältigen, gedankenarmen, denkfaulen Menschen. Hirsch (s. d.), an sich schon als Schpfw. gebraucht, hier näher mit Triem erläutert bzw. verstärkt, das „Endfäden eines Gewebes" bedeutet und sich wahrscheinlich auf das fetzige Aussehen eines Hirsches beim Fegen des Geweihbastes bzw. beim jahreszeitlichen Wechsel des Haarkleides und die damit verbundene Zurückgezogenheit und Reizbarkeit bezieht. *(UK 173, Jontes 110f.)*

Triemhirschjackel *m.*, wie zuvor, mit der Kurzform für Jakob verbunden. *(UK 173, Jontes 111)*

Triensche *f.* *(„Treanschen")* Harmloses Rügewort für einen großmäuligen Menschen (Weißenbach bei Liezen). Von „ds." Mund, Maul, Gesicht. *(UK 170, Reiterer, Ennstalerisch 105, Jontes 111, Jakob 194)*

Triste *f.* *(„Tristen")* Bez. für üppige und dabei schwerfällige Frau, bildlich nach Triste „Heuschober". *(UK 174, Grimm XXII, 657, Jontes 111)*

Dristler *m.* Bez. für jemanden, der alles überhastet, eilfertig vorwärtstreibt. Zu dristeln „drängen" (oberstmk.). *(UK 174, Jontes 111)*

Tropf *m.* Gemeindt. Bez. für armen, bedauernswürdigen Menschen, jedoch auch mit leicht abwertender Färbung der Bedeutung auf mangelnden Geist und Verstand hin. *(UK 174, 175, Grimm XXII, 853ff., Jontes 111, Aman 51)*

Tröpfin *f.* Wie oben, für „arme, alte Frau". *(UK 175, Jontes 111)*

Trottel *m.* Häufiges gemeindt. Schpfw. für einfältigen, dummen Menschen, auch im Sinne von Kretin. Neben Tepp und Todel (s. d.) in unserem Bereich besonders stadtma. das häufigste, das durch seinen allgemeinen Gebrauch auch in seinem Beleidigungsgrad gemindert erscheint. Wurde ursprünglich nur als wertneutrale Bez. für Kretin verwendet (vgl. auch Haustepp, Gack, Dost [s. d.]). Bei UK a. a. O.: „Am Lande pflegt man die Trotteln gut zu behandeln, weil man glaubt, sie erdulden für die Sünden aller ihrer Angehörigen die Strafe der Verblödung". Das Wort ist nach dem trottenden Gang der Debilen gebildet. Auch die Verkleinerungsform Trotterl n. ist für jugendliche Behinderte mit Mongolismus gebräuchlich. Seit den letzten etwa zwei Jahrzehnten ist im Schülerjargon auch der affektive, größtes Erstaunen ausdrückende Ausruf „trotti" (mit besonderer Betonung und Artikulation des -r-) entstanden. Als Differenzierungsform Dorftrottel, also einer, der im ganzen Dorf bekannt ist. Idiotikon Fohnsdorf, 1813: „Trottl: ein blödsinniger Mensch, auch wohl zu Zeiten ein guter Mensch, a gueter Trottel". *(UK 175,*

Grimm XXII, 1076f., Jontes 111f., Pfeiffer 435, Aman 51, Kapeller 166, Jakob 196)

Trottelhofer *m.* Bez. wie Trottel (s. d.), Einfaltspinsel. Das Wort ist wie ein Vulgar- oder Hofname gebildet und erweckt scherzhaft den Eindruck, als ob der damit Bezeichnete von einem Bauernhof käme, der von lauter Trotteln bewohnt wird. *(UK 175, Jontes 112)*

Trotscherl *n.* Bez. für dumme Frauensperson (Ennstal). Siehe Trutscherl. *(UK 175, Jontes 112)*

Trog *m.* Scheltwort für ungeschickte Weibsperson, die mit einem Trog, Viehtrog, Schweinetrog verglichen wird, was auch dessen Inhalt „Schmutz, Ungepflegtheit" oder auch „Plumpheit, Ungeschlachtheit" (wie bei einem Back-, Wasch-, Wasser-, Brunntrog) suggeriert. *(UK 175, Grimm XXII, 788, Jontes 112)*

Truchtel *f.* Abfällige Bez. für alte und häßliche Frau (Ennstal) und oberdt. für dicke Weibsperson. Herkunft dunkel, wohl Mischwort aus Trenchtel (s. d.) und Wuchtel (s. d.) oder ähnlich. *(UK 176, Grimm XXII, 1233, Jontes 113)*

Trud *f.* Als Spottname Bez. für jemanden, der nächtlicherweile im Hause wie ein Gespenst herumgeht, aus Schlaflosigkeit oder anderen Gründen „herumgeistert". Ursprünglich damit im Volksaberglauben ein Nachtgespenst gemeint, das sich dem Schläfer auf die Brust setzt und diesem Alpträume verursacht. *(UK 176, Grimm XXII, 1233ff., Jontes 113, Pfeiffer 436, Aman 51)*

Trutsche *f.*, siehe Trutscherl. *(Jontes 113)*

Trutscherl *n.* Heute Bez. für verlegen tuendes, „g'schamiges", jüngeres weibliches Wesen; um die Jahrhundertwende noch als Kosewort bzw. als Benennung für rundliches Mädchen oder Kind gebraucht. Etwas schärfer zum Tadel hin akzentuiert ist das Wort Trutschen, in dem auch Trotzigkeit mitschwingt. Der Stamm scheint zu mhd. trutschel „koketter Augenaufschlag", zu gehören, doch ist auch Verbindung zu mhd. trute, trut „Alb, weibl. Schreckgestalt", und nhd. Trotz anzunehmen. Nebenform ist Trotscherl (Ennstal). Idiotikon Fohnsdorf 1813: „Trutscherl: ein hübsches Mädchen"; Judenburg, 1812: „Trutscherl: ein kleines Mädchen". *(UK 177, WStWB 169, Wintersberger 84, Grimm XXII, 1434ff., Wudi 23, Jontes 113, Pfeiffer 436, Jakob 196, Idiotikon Fohnsdorf 1813)*

Trügertltreiber *m.* *(„Trücherl-")* Älterer Spottname für den Werkelmann, der als Straßenmusikant seinen Leierkasten (auch die Bettlerleier wurde mit einer Kurbel angetrieben) dreht, der mit einem Trühlein („Trücherl", „Trügerl") verglichen wird (Gamlitzer Gegend). *(UK 177, Jontes 113f.)*

Trulla, Truller *f.* Beschränktes weibliches Wesen. *(WStWB 158, Jontes 114)*

Trumm *n.* Bez. für einen kräftig gewachsenen Menschen, starkes, kräftiges Weibsbild. Ursprünglich nur Bez. für „Brocken, Stück", dann Ausweitung auf groß, gewaltig („ein Trumm Felsen, Brot"). *(Jontes 114, Pfeiffer 436)*

Truste *f. („Trusten")* Bez. für üppiges, dabei aber schwerfälliges, plumpes Frauenzimmer. Vgl. auch Triste (s. d.). Zu mhd. trüster „Schar, Haufe, Monstrum", oberdt., mitteldt. trühen „wachsen, gedeihen". *(UK 178, Grimm XXII, 139ff., 1431, Jontes 114)*

Tschappel *m.*, **Tschapperl** *n.* Bez., Schimpf und Kosewort für einfältigen, dummen, auch hilflosen Menschen. Auch leicht rügend und begütigend gebraucht. Bauernma. Tschappel (Kurzform auch Tschapp), stadtma. Tschapperl häufiger. In seinem Gebrauch nuancenreich: „Du Tschappel", wenn jemand etwas fahrlässig angestellt hat; „Du Tschapperl, du armes" zu einem Kind, das Angst vor etwas Harmlosem hat. Angeblich aus tschech. čapek (Aman a. a. O.). Idiotikon Fohnsdorf, 1813: „Tschapl: ein blöder Mensch". Unter Umständen liegt eine Übernahme aus dem Ital. vor, wo der biblische Hiob, Job, das Urbild eines bedauernswerten Menschen, Giobbe heißt, dem u. a. in Venedig eine bedeutende Kirche geweiht ist. *(UK 178, WStWB 169, Wintersberger 84, Grimm XXII, 1441, Jontes 114f., Pfeiffer 436, Aman 51, Kapeller 167)*

Tschaffítel *f.* Bez. und Schpfw. für Dirne, Nachtschwärmerin; von der Zwergohreule auf den Menschen übertragen. Über Dialektformen aus ital. civetta „Eule", das auch schon „Kokotte" bedeuten kann, in die oberdt. Mundarten. *(UK 178, Grimm XXII, 1440, Jontes 115)*

Tscheteretze *f.* Lästig keifendes Weib. Vielleicht lautmalend unter Einbeziehung von „zetern" gebildet. Vgl. aber auch Etymologievorschlag bei Tschreppe (s. d.); s. a. Tschogeretze, Tschrepperetze. *(WStWB 158)*

Tschentscher *m.* Bez. für einen Müßiggänger, Zeitvertrödler. Ma. tschentscheln, tschatscheln „sich mit Spielzeug, Kleinkram, abgeben, trödeln" (tschech. čač „Spielzeug, Tand"). *(UK 179, Jontes 116)*

Tschinder *m.* Abfällig für dummen Menschen, Trottel (Murauer Gegend). Wahrscheinlich lautmalend. *(Esterl 52)*

Tschingl *m.* Scherzhaft-abfällige Bezeichnung für Japaner, auch Chinesen; chin, klingende Silbe ohne weitere Bedeutung mit Verkleinerungssuffix. *(Jontes 116)*

Tschink, Tschinkerl *m.* Älter soldatensprachl. abfällig für italienischen Soldaten als Gegner im 1. Weltkrieg. Vielleicht nach dem als „komisch" empfundenen italienischen Wort cinque „fünf". *(WStWB 506, Pfeifer 436)*

Tschmaucke *f.* Bez. für zwergenhaft verkrüppelten Menschen. Dunkler (slawischer?) Herkunft (tschech. čmauka, „Flecken"). *(UK 179, Jontes 117)*

Tschoderl *n.* Wie das folgende. *(WStWB 169)*

Tschodernigel *m.* Bez. für Menschen mit verwildertem, ungepflegtem Haarwuchs. Zu Tschoder-, vgl. Zoder-, Zottel-, Nigel vgl. Bosnigel (s. d.). *(UK 179, Jontes 117)*

Tschoderwascherl *f.* siehe Zoder-. *(WStWB 158, 169)*

Tschogeretze *f.* Lästig keifendes Weib. Nebenform von Tscheteretze (s. d.). *(WStWB 158)*

Tschreppe *f.* *(„Tschreappen")* Bez. für geschwätzige alte Frau, auch alter Topf, zerbrochenes Geschirr (steir. ma. Gschreappen). Vielleicht zu slow. čeprkati „scharren". In erweiterter Form als Intensivbildung Tschreppetze f. in derselben Bed. *(UK 179, WStWB 158, Jontes 117)*

Tschurimuri *m.* Bez. für unbesonnenen Menschen, Wirrkopf, jemanden, der übersprudelnd denkt und handelt. Lallwort dunkler Herkunft (vgl. auch Kramuri „Kram, ungeordnetes Zeug", Remasuri „Unordnung") oder Phantasiewort als Füller für Verlegenheitspause beim Suchen nach einer Umschreibung für peinlich zu Nennendes. Lautlich nahe steht zig. tschor „stehlen". Idiotikon Fohnsdorf 1813: „Schurimuri: Ein leichtsinniger, unbesonnener Mensch." *(UK 179, Wintersberger 84, Grimm XV, 2054f., Jontes 118, Jakob 197, Puchner 277)*

Tschurl *f.* Bez. für leichtlebige Frauensperson, vielleicht zur tschurlen „müßig herumgehen" (steir. stadtma. „schurln"). Lautlich nahe auch wienerisch Tschuri „Ekliges wie Sperma, Menses". *(UK 179f., Jontes 118, Jakob 197)*

Tschusch *m.* Abfällige Bez. und Nationenspottwort für Gastarbeiter oder sonstige Menschen aus dem südslawischen Raum, ohne nähere volksmäßige Unterscheidung (diese etwa bei Zwiefelkrowót, s. d., oder Windischer, s. d., gegeben). Noch nicht bei UK. Wohl aus dem Wiener Jargon, vielleicht aus dem Sprachgebrauch der alten Armee mit ihren Sprach- und Nationalitätenproblemen. Nach Wehle a. a. O. nach der unverstandenen Frage der ortsfremden und sprachunkundigen Arbeiter „čuješ", hörst du? Verstehst du? Vielleicht auch Zusammenhang mit tschechisch čušeti „still sein", im Sinne von „sich sprachlich nicht ausdrücken können". *(Wintersberger 84, Jontes 118, Pfeiffer 436f., Wehle 48)*

Tuberer *f.* Abfällige Bez. für Tuberkulosekranken oder jemanden, der stark hustet. *(Jontes 119)*

Tupperl *n.* Spöttisch für leicht beschränktes Frauenzimmer, auch Kind. Nebenform von Dummerl? *(WStWB 158, 169)*

Tuch, leichtes *n.* Schpfw. für leichtlebige Frau. *(WStWB 158)*

Tudel *f.* Schpfw. für eine dumme, weibliche Person, auch Bez. für dicke Frau („a so a dicke Tudel"), allgemein abfällig für weibliches Wesen. Zu Duttel „große, weibliche Brust" zu stellen, jedoch auch mit dem Bedeutungsumfang „dumm". Idiotikon Fohnsdorf, 1813: „Tudl: ein kurzes, dickes Weibsbild". Auch dicke, lustige Frau (Murauer Gegend). *(UK 181, WStWB 158, Idiotikon Fohnsdorf, 1813, Esterl 52, Jontes 119, Jakob 51)*

Dutter *m.* Bez. und Spottwort für Springinsfeld („junger Dutter"). Übertragen von der Bez. für Fohlen, einjähriges Pferd (auch Duttler m.), das noch Muttermilch trinkt. Zu Duttel „Euter, Mutterbrust". *(UK 181, Jontes 119, Aman 52)*

Düttler *m.*, siehe Zudüttler. *(Jontes 120)*

Tutsch *m.*, siehe Antutsch. *(Jontes 120)*

Dukatenscheißer *m.* Verächtlicher Ausdruck für Geldprotz, Verschwender, einen, der Geld wie Mist hat. Bildlich wie im Märchen vom Tischlein deck dich mit seinem geldscheißenden Esel. Umgangssprachlich, wenn man zu Geldausgaben gedrängt werden soll: „Ich habe ja keinen Geldscheißer". Nach einem älteren Scherzartikel aus Holz oder Porzellan, der einen kauernden Mann darstellte, der auf diese Weise Geld von sich gab. Der Dukat war einst die wertvollste Goldmünze. *(UK 182, Grimm II, 1488, Jontes 120)*

Duckmauser *m.* Bez. für einen Menschen, der immer den Weg des geringsten Widerstandes geht, Leisetreter, hinterlistiger und verschlagener Mann. Bildlich eine Maus, die sich überall verbirgt, hineinduckt. *(Grimm II, 1495, Jontes 120, Aman 51f., Kapeller 34, Jakob 51)*

Tula *f.*, siehe Tola. *(Jontes 120)*

Tuli *m.*, siehe Toli. *(Jontes 120)*

Tumpe *f.*, **Tumper** *m.*, **Tumperl** *n.* *(„Tumpen")* Bez. und Schpfw. für blöde, ungeschickte Frauensperson. Ohne abfälligen Inhalt einst Bez. für eine untergeordnete Magd auf großen Bauernhöfen, im Range nach der Hühnerdirn. Aus mhd. tump „dumm, schwach von Verstand, unbesonnen". Idiotikon Göß, 1811: „Tumper: eine blödsinnige Weibsperson". Am abfälligsten weststeir. für Schwachsinnige. *(UK 182, WStWB 158, Jontes 120f.)*

Dummerl *n.* Zart-vorwurfsvoll rügende oder mitleidige Bez. und Anrede für naive, meist weibliche Person. *(WStWB 169, Jontes 121, Aman 52)*

Dummian *m.* Bez. und Rügewort für Dummkopf, Tölpel. Aus dumm nach dem Muster von Heiligennamen wie Cassian, Cyprian usw. gebildet (wie Grobian usw.). *(UK 182, Jontes 121, Pfeiffer 93, Aman 52)*

Tummler *m.* Bez. für Lärmmacher, polternden Menschen. Zu mhd. tummern „klopfen, schlagen". *(UK 182, Grimm XXII, 1752, Jontes 121)*

Tummling *m.* Bez. für ungeschlachten, ungebildeten Menschen (Oberstmk.). Mhd. tummelinc „törichter Mensch". *(UK 182, Jontes 121)*

Dunkelroter *m.* siehe Roter. Kommunist.

Dunze *f.* *(„Dunzen")* Bez. für dicke Frauensperson. Zu dunsen „aufschwellen". *(UK 183, Jontes 121)*

Durchübel *n.* Ein „durch und durch" schlechter Mensch. *(Esterl 50)*

Dürmer *m.* Bez. für wilden, trotzigen Menschen (Laßnitztal). Zu mhd. türmic „tobend, ungestüm", türmel „Schwindel, Taumel". Auch Dümmling m. *(UK 184, Grimm XXII, 1733, Jontes 121)*

Dürmling *m.*, siehe Dürmer. *(Jontes 121)*

Tusche *f.* *(„Tuschen")* Schpfw. für Frauensperson; wohl von der Bez. für

Rübe (Brassica papus), das auch als Schpfw. gebraucht wird (s. d.). *(UK 185, Jontes 121f.)*

Dusel *m.* Bez. für schwachsinnigen Menschen, Kretin (nd. Entsprechung ist Dussel). Zum mhd. duseln „taumeln“, und Dusel „Halbschlaf, Betäubung, Rausch, dumpfes Hinleben“. *(UK 185, Grimm II, 1756f., Jontes 122)*

E

Edi *m.* Harmloses Schpfw. als Einwurf im Gespräch; Verkl. für Eduard. Vielleicht zum Hirnederl (s. d.). *(Jontes 123)*

Ehekrüppel *m.* Spöttische Bez. für Ehemann, der ganz seiner Frau unterworfen ist. *(UK 188, Grimm III, 45, Jontes 123, Pfeiffer 97, Jakob 52)*

Ei *n.* Schpfw. und spottender Einwurf („Du Ei“) im Gespräch, wenn jemand etwas sagt, das einem anderen stark unlogisch, lügenhaft oder dumm erscheint. Nur stadtma. gebraucht, erscheint nicht als „Oa“. *(Jontes 123)*

Einbildnerischer *m.* Person, die vornehm tut, wählerisch ist, eben „eingebildet“ arrogant. *(WStWB 155)*

Eintatzel *m.* Mensch mit einer Hand, einem Arm. *(WStWB 146)*

Einhachs *m.* Bez. und Spottwort für einbeinigen Menschen, jemanden, der nur ein Bein („Hachse“) besitzt. *(UK 194, Jontes 123)*

Einhandel *m.* Wie oben für einhändigen, einarmigen Menschen. (*UK 194, Jontes 123)*

„Einibuckler“ *m.*, siehe Buckler. *(Jontes 123)*

„Einiraunzer“ *m.*, siehe Raunzer. *(Jontes 123)*

Elend *n.* Nur in der Form „langes Elend“ als scherzhaft-spottende Bez. für sehr langen und dünnen jungen Burschen. *(Jontes 123, Aman 53)*

Ellenreiter *m.* Spöttische Bez. für Tuchhändler oder Kaufmann mit Schnittwaren, der bildlich auf seinem Meßstock, der Elle, reitend dargestellt wird. *(UK 200, Jontes 123)*

Ente *f. („Anten“)* Spöttische Bez. und Schpfw. für Frau, die sich dumm gebärdet („blöde Anten“), da die Ente wie die Gans als dummes Tier betrachtet wird. *(WBÖ I, 253f., Jontes 124)*

Erdhäfenschnalzer *m.* Verächtlich für Händler, Kaufmann; eigentlich einer, der mit primitivem Keramikgeschirr handelt. Schnalzer ist einer, der die Preise „hinaufschnalzt“. *(WStWB 172)*

Erz- Zur Steigerung von Begriffen verwendet, z. B. Erzgauner.

Erzroter *m.*, siehe Roter.

Erzschwarzer *m.*, siehe Schwarzer.

Esel *m.* Das häufigste aus einem Tiernamen gebildete, zur Charakterisierung von Dummheit und Sturheit verwendete Schpfw. Allen dt. Mundarten eigen. „Alter Esel“ differenzierter für erwachsenen Mann, der sich kindisch oder betont jugendlich gebärdet, sich vor allem an jüngere weibliche Wesen heranmacht. *(Jontes 124f., Pfeiffer 105)*

Eselslackel *m.* Abnorm großgewachsener Mann; Esels- hier als steigernder Begriff wie etwa in Eselsgeduld. Lackel- (s. d.) derb für groben Mann. *(WStBW 158)*

Evangéler *m.* Abfällige oder leichthin gebrauchte Bez. für evangelische Christen, Protestanten. *(Jontes, Stmk. 60)*

Extriger *m.* Sonderling, einer der „extra" (wörtlich lat. „außerhalb") ist. *(WStWB 158)*

Exi *m.* Spöttisch für Ex-Ehemann, geschiedener Mann.

F, V

Fachs *m.* Bez. für gutmütig-dummen Menschen, auch Spaßmacher (vgl. auch Fachsenmacher, s. d.), Possenreißer. Zu Fechs (s. d.) gehörig. Fachse „Posse", auch „Widerstand". *(UK 208, Grimm III, 1385, Jontes 126)*

Fachsenmacher *m.* Bez. für Possenreißer, Spaßmacher (wie Fachs, s. d.), einer, der „Fachsen" macht, dazu aber auch für jemanden verwendet, der sich weigert, irgendetwas auszuführen, der Einwände gegen etwas macht. Fachsen machen eig. „sich hin und her bewegen". Synonym auch Fachsenschneider m. *(UK 208, Grimm III, 1385, Jontes 126, Aman 56)*

Fachsenschneider *m.*, siehe Fachsenmacher. *(Jontes 126)*

Fadel *n.* Schpfw. für Kinder oder Jugendliche, die sich schmutzig gemacht haben oder allgemein ungepflegt sind. Ma. Bez. für Ferkel (wie Fack, -erl, s. d.). Mhd. varhelîn. In der vom Schwein abgeleiteten Gruppe von Schpfw. das harmloseste Wort. *(UK 211, Jontes 126, Aman 54, Jakob 57)*

Fadelmacher *m.* Älteres Schpfw. obszönen Charakters. Wörtl. einer, der Ferkel erzeugt. „...er hate ihme für einen Sauhaldter und gar für einen Farlmacher ausgeruffen". Auf derselben Verständnisebene wie später Katzelmacher (s. d.), jedoch im Gegensatz zu diesem etymologisch klar auf das Tier bezogen. Bis ins 18. Jahrhundert wurde Sodomie mit dem Tode bestraft. Das Schimpfwort hatte wegen des damit formulierten Verdachtes daher ausgesprochen beleidigenden Charakter. *(UK 211, Jontes 126)*

Fadenfresser *m.* Älteres Schpfw., wahrscheinlich Handwerkerspott. Das Gewerbe des Schneiders galt als Hungerleiderberuf, deshalb der Hinweis auf das „Fadenfressen", das spöttisch das Abbeißen des Zwirns beim Nähen umdeutet. Vergleichbar damit ist mhd. vadenbîz als Schneiderschelte. *(UK 208, Grimm III, 1234, Jontes 126)*

Fadian *m.* Bez. und Schpfw. für langweiligen, faden Menschen. Gebildet nach dem Vorbild von Heiligennamen wie Cyprian, Cassian. *(Pfeiffer 108, Jontes 126, Jakob 57)*

Fadling *m.* Wie oben (Ennstal), jedoch in dt. Wortbildung. *(UK 209, Jontes 127)*

Fatschenpopperl *n.* Wie das folgende. *(WStWB 169)*

Fatschenledel *m.* Abfällige Bez. für Kleinkind, Wickelkind, Kind, das noch „gefatscht" ist. Einst wurden Säuglinge mit einer langen Fatsche am ganzen Körper unter Bindung der Gliedmaßen eingewickelt und so verschnürt als Fatschenkindl bezeichnet. Ital. fascia „Binde, Band", Ledel für Kind (s. d.). *(UK 209, Jontes 127)*

Fack *m.*, **Fackerl** *n.* Bez. und Schpfw. für unsauberen, auch unzüchtigen Menschen (wie Fadel, s. d.). Bezeichnet ursprünglich Schwein, Frischling, auch Zuchteber (ahd. farh, farah, mhd. varch) bzw. „ds." aus mhd. vake. Unter den von Schwein abgeleiteten Schpfw. neben Fadel zu den harmloser gemeinten. *(UK 208, Esterl 50, Grimm III, 227, Jontes 127, Aman 54)*

Falótt *m.* Bez. und Schpfw. für Lumpen in moralisch-charakterlicher Beziehung, darüber hinaus allgemein für Taugenichts, Strolch, Landstreicher. Steht im Zusammenhang mit lat. fallere „betrügen, täuschen" (davon als Fremdwort für Pleite machen, „fallieren") oder frz. falot „lustiger Mensch", filou „Gauner". *(UK 210, Wintersberger 25, Jontes 127, Pfeiffer 109, Aman 55, Kapeller 39f., Jakob 57)*

Fahn *m.* Gekürzte, etwas vertraulich-spöttische Bez. für Fähnrich. Neuere Sodatensprache (Österr. Bundesheer). *(Jontes 127)*

Fankerl *m.*, *n.* Bez. für lebhaftes Kind, eigentlich „Teufel, Kobold", das wiederum mit dem gleichlautenden Wort für Fünkchen zusammenhängt. Erweitert auch zu Spirifankerl n. (s. d.). *(UK 211, WStWB 169, Grimm III, 1317f., Jontes 127, Aman 55)*

Farferl *n.*, **Farfe** *f.* Bez. und Rügewort für dummen Schwätzer, jemanden, der ständig dummes Zeug von sich gibt, auch für unverständig redende Kinder („was faferlst denn da daher?"). Farferln „vor sich hinsieden, brodeln", „Blasen werfen", wohl lautmalend auf das Reden übertragen. Das Hauptwort, das als Schpfw. verwendet wird, bedeutet einen in kleine Teile zerteilten Teig, der in Suppe eingekocht wird („Suppenfarferl"), mit dieser gemeinsam die Faferlsuppe ergibt. Jakob a. a. O. stellt für Wien zu ital. farfalla „Schmetterling", farfarella „Koboldin". Vgl. auch Brodelhans, Brodelhäfen (s. d.). Weststeir. für fades, geziertes Mädchen. *(UK 211, WStWB 159, 169, Esterl 50, Wintersberger 25, Jontes 128, Jakob 57)*

Farferlhäfen *m.* Wie zuvor; übertragen von einem Topf, in dem „Farferln" vor sich hinsieden (vgl. auch Brodelhäfen, s. d.). *(UK 211, Jontes 128)*

Farze *f.* *(„Forzn")* Schpfw. verächtlicher Art für Frauen. Zu farzen „furzen". *(UK 122, Grimm III, 1336, Jontes 128)*

Farzkachel *f.*, *m.* Schpfw. in der Bedeutung Furzer. Kachel „Nachttopf". *(UK 212, Grimm III, 1336, Jontes 128)*

Fassel *n.* Bez. für dicken Menschen, dessen Leibesmitte mit einem Faß verglichen wird. Verkleinerungsform hat in der Ma. nicht unbedingt auch objektiv verkleinernden Charakter. *(Jontes 129)*

Fasselreiter *m.* Scherzhaft-spöttisch für Menschen mit O-Beinen. *(WStWB 146, 158, Jontes 129, Pfeiffer 111)*

Faschingspapperl *m.*, **-popperl** Faschingsnarr, im Fasching vermummter, verkleideter, kostümierter Narr; als Schimpfwort auch außerhalb der Faschingszeit auf Personen übertragen, die sich auffällig, jenseits der Bekleidungsnormen anziehen. Entweder ma. Verkleinerungsform für Papagei „Papperl", der ein „bunter Vogel" ist. Papagei, ein lautmalender Name afrikanischer Herkunft, in der Stmk. als „Papageier" (analog zu Geier) auch für jemanden als Rügewort verwendet, der alles nachplappert, gedankenlos redet. Auch Anlehnung an Popper (s. d.) möglich. Vgl. auch Papperl (s. d.) für schnippischen Menschen. *(UK 41, WStWB 155, 159, Kluge 530, WBÖ III, 613, Jontes 128)*

Faschinggack *m.* Bez. für Faschingnarr. Vgl. Gack (s. d.). *(UK 212, Jontes 128)*

Faulenzer *m.* Bez. und Rügewort für faulen Menschen. Auch für liniertes Unterlegblatt in Schulheften. *(Jontes 129, Aman 56)*

Faulkäse *(„-kas")* *m.* Schulspr. Schimpfwort für faulen Schüler. Paraphrasiert das Adjektiv „stinkfaul". *(Jontes 129)*

Fausthobel *m.* Harmlos-scherzhafte Bez. für ein Mädchen, das so klein ist, daß man es wie einen Hobel umfassen kann. *(UK 215, Reiterer, Ennstalerisch 105, Grimm III, 1383, Jontes 129)*

Fatzmann *m.* Bez. für Spaßmacher, Possenreißer, unernsten Menschen. Mhd. fatzen „necken, foppen" (dunkler Herkunft, wohl nicht zu lat. facetiae „Scherz, Witz", zu stellen). *(UK 290, Grimm III, 1363, 1366, Jontes 129)*

Fatznarr *m.* Wie Fatzmann (s. d.). *(UK 209, Grimm III, 1366, Jontes 129)*

Fechtbruder *m.* Synonym für Bettler. Unter den Fahrenden befanden sich einst auch Schaufechter und wandernde Fechtlehrer, die unterwegs ihre Künste zeigten und wie Bettler Gaben heischend auftraten. Fechtergilden waren bruderschaftlich organisiert, deshalb auch -bruder. *(Jontes 129f., Aman 57, Jakob 58, Puchner 234)*

Fechter *m.* Wie zuvor. *(Jontes 130)*

Fechs *m. („Fex")* Siehe Fex. *(UK 196, Jontes 130, Aman 57, Kapeller 41)*

Vettel *f.*, **Fedel** *f.* Bez. und Schpfw. für altes, schlampiges Weib, aber auch liederliche jüngere Frauensperson sowie Kebsweib (so Judenburg, 1572, Stubenberger Gerichtsprot., 1584). Lat. vetula „Greisin". *(UK 215f., WStWB 158, Grimm XXVI, 23ff., Jontes 130, Aman 57)*

Federant *m.* Bez. und Spottwort für furchtsamen Menschen, Hasenfuß. Scherzhafte pseudolat. Bildung mit Feder. Federn haben „Angst haben", ähnlich federieren („es hat ihn federiert"). Federntandler „Angsthase" (s. d.) weist auf den Begriff des Vorsichtigseins (Jakob 58, „Federn") hin, jedoch kann auch eine Erklärung mit dem Angstgefühl versucht werden, bei dem sich einem die „Federn" sträuben. *(Jontes 130)*

Federntandler *m.* Wie zuvor. Jemand, der mit Federn für das Bettzeug handelt, muß vorsichtig zu Werke gehen, damit ihm seine Ware nicht davongeblasen wird. Deshalb wohl auch die Übertragung auf ängstliches Gehabe. *(Jontes 130)*

Federngalésser *m.* Wie Federnhändler und Federnleute. Älteres Spottwort für Gendarmen (Ennstal). Diese trugen bis 1918 einen Hahnenfederbusch auf dem Uniformhut (vgl. auch Hahnenschwanzler für die Heimwehr in der Ersten Republik). Galesser viell. zu ital. galletto „junger Hahn". *(UK 216, Jontes 130)*

Fettlax *m.* Schülersprachliche Bez. für einen dicken Menschen (Graz). Phantasiebildung mit Fett. *(Jontes 131)*

Fettling *m.* Scherzhaft-abschätzige Bez. für dicken Mann. *(Grimm III, 1574, Jontes 131)*

Fettsau *f.* Derbe Bez. für dicken Menschen, der mit einem Mastschwein verglichen wird. *(Jontes 131, Pfeiffer 115)*

Vetsch *m.* Geringschätzige Benennung für den Vater; schülersprachliche Spontanbildung in Anlehnung an Vater; vgl. auch Merse (s. d.). *(Jontes 131)*

Veitel *m.* Bez. und Rügewort für einen mutlosen Menschen (Ennstal). Kurz- und Koseform von Vitus, Veit (u. U. auch Vatl von Valentin). In der Redensart „Ich will Veitel heißen" wird ausgedrückt, daß man für die Lösung einer unmöglich scheinenden Aufgabe oder für die Verbürgung einer Aussage seine Hand ins Feuer legen will. Man droht sich also selbst einen augenscheinlichen Spottnamen an. *(UK 217, Reiterer, Ennstalerisch 77, Jontes 131, Aman 55, Jakob 205)*

Feierzottel *m.* Bez. und Schpfw. für Tagedieb, Faulenzer, auch jemanden, der herumschlendert, diesen und jenen besucht und deshalb zu keiner Arbeit kommt. Feiern im ursprünglichen Sinne von „nicht arbeiten" (lat. feriae „Ruhetag, Feiertag"). Zottel (s. d.), ein allg. Schpfw. *(UK 217, Jontes 131)*

Feinzling *m.* Bez. für feindseligen, bösartigen Menschen (Ennstal). Zu ma. fienzen, fenzeln, fienzeln, „reizen, necken, zum Narren halten" (Intensivbildung zu mhd. vienen „zum besten halten, Ränke schmieden"). *(UK 218, Jontes 132, Aman 56)*

Feistling *m.* *(„Foastling")* Spöttisch für dicker, feister Mensch. Mit der germ. Ableitungssilbe -ling wie Hundling (s. d.) u.s.w. *(WStWB 159)*

Feldhase *m.* Soldatensprachlich für Feldjäger, Infanterist. *(Jontes 132)*

Feldschneck *m.* Ältere schülersprachliche Bez. für Bauer. *(UK 219, Jontes 132)*

Fensterschliefer *m.* Älteres Synonym für Dieb; einer, der sich durch das Fenster zwängt, hindurchkriecht. Rotenfelser Verh. Prot. 1720, fol. 15:

„Ainen Fensterschliefer haißen bedeutet sovil als denen Leuthen etwas zu entfrembden hineinschlieffen"). *(UK 220, Jontes 132)*

Vereinsmeier *m.* Bez. und scherzhaftes Schpfw. für jemanden, der sich sehr für einen Verein engagiert, in diesem aufgeht, dabei auch übertreibt und deshalb für Außenstehende lächerlich wirkt; auch jemand, der bei vielen Vereinen Mitglied ist. *(Jontes 132, Kapeller 171)*

Verreckerl *n.* Bez. für mißratenes Lebewesen, in meist mitleidigem Sinne für Tiere, seltener auch spöttisch für Menschen verwendet. Direktbildung aus verrecken „sterben". Wie Krepierl (s. d.). *(UK 226, Jontes 133, Jakob 208)*

Fex *m.* Ursprünglich pseudolat. Wortendung nach dem Muster Carnifex, Pontifex, die sich als Wort verselbstständigt. Nimmt seit dem 18. Jh. die Bedeutung Kretin an und charakterisiert in Zusammensetzungen jemanden, der in gewissen Beziehungen überengagiert ist. Vgl. Bergfex (s. d.). *(Jontes 130, Pfeiffer 116)*

Fetzen *m.* Abfällige Bez. und Schpfw. für liederliches Frauenzimmer, ein Mensch, der minderwertig wie ein Lumpen, Fetzen ist, an dem man sich abputzen kann. Allgemein zur Charakteristik der Minderwertigkeit, Billigkeit, z. B. bei Kleidungsstücken, die abfällig so genannt werden (vgl. auch die bekannten Grazer Fetzenmärkte). Hochsprachl. Entsprechungen Lump, Lumpenkerl usw. Vgl. auch Fetzenschädl (s. d.). In der älteren Soldatensprache auch Bez. für den taghabenden Feldwebel in militärischen Erziehungshäusern. *(UK 216, Jontes 133, Pfeiffer 116, Aman 57, Jakob 59)*

Fetzenbeiner *m. („-baner")* Bez. für die einstigen Lumpensammler (s. a. Zottenklescher) nach seinem Gewerberuf „Fetzen, Beiner (= Knochen), Glasscherben, Eisen, alte Weiber!" Übertragen noch lebendig bei der Bez. zerlumpter oder ungepflegt gekleideter männlicher Personen („Du kommst daher wie ein Fetzenbaner"). *(Jontes 133f.)*

Fetzentandler *m.* Abfällig-spöttische Bez. für Trödler, dann aber auch Textilhändler. Ma. Tandler „Tändler, Händler". *(Jontes 134)*

Fetzenmufti *m.* Scherzhaft-spöttische Bez. für den Verwaltungsunteroffizier, dem die Bekleidungskammer einer militärischen Einheit untersteht. Neuerer soldatensprachlicher Ausdruck im Österr. Bundesheer nach 1955. *(Jontes 134)*

Fetzenschädel *m.* Schpfw. ziemlich allgemeiner Art für jemanden, der unvernünftig handelt, der „Fetzen im Kopf hat"; vielleicht auch von Fetzen „Rausch" beeinflußt bzw. Hinweis auf wirres, struppiges Haar. *(Wintersberger 26, Jontes 134, Pfeiffer 116)*

Fipperer *m.* Scherzhafte Bez. für jemanden, der vor Angst oder vor Kälte zittert. Ma. fippern zu lat. vibrare „zittern". *(UK 230, Jontes 134)*

Fiedlerin *f.* Schpfw. für Frau im allgemeinen. In der Vergangenheit war eine der Schandstrafen für Frauen das Zurschaustellen mit der Fiedel, einem geigenförmigen aufklappbaren Holzbrett, das ein größeres Loch für den Hals und zwei kleinere für die Hände hatte, die dadurch in Kopfhöhe vor dem Gesicht wie in der Gestik des Streites fixiert waren. Im Wort mag auch mhd. videlen „geigen, Geschlechtsverkehr treiben" mitschwingen. *(UK 231, Jontes 134f.)*

Fitschel, Fitscherl *n.* Bez. für leichtfertiges Mädchen; Nebenform zu Flitscherl (s. d.). *(UK 231, Jontes 135)*

Fifátel *m.* Ältere Bez. für Menschen, der gerne beim Glase lustig ist. Zum Zutrinken und Gratulationswunsch lat. vivat „er möge leben". *(UK 234, Jontes 135)*

Figur *f.* Abfällige allg. Bez. für einen Kontrahenten, Streitgegner oder eine kritisierte Person („so eine miese Figur"). Das Prinzip des Beschimpfens liegt hier nicht in der Präzisierung negativer Eigenschaften, sondern in der Entpersönlichung auf den bloßen Umriß hin. *(UK 234, Jontes 135, Pfeiffer 117, Jakob 60)*

Vieh *n. („Viech")* Bez. großer inhaltlicher Bandbreite vom Schpfw. für brutalen Menschen bis zur anerkennenden Bemerkung für einen Scherzbold („Urviech"). *(Jontes 134, Pfeiffer 451)*

Viehschnalzer *m. („Viech-")* Schpfw. für betrügerischen, preistreiberischen Viehhändler. Vgl. Schnalzer (s. d.).

Fickerl *n.* Bez. für leichtsinniges Mädchen (Mittelstmk.); zu ma. fickerln „Geschlechtsverkehr treiben" (ficken dafür nur im Stadtjargon üblich, zu mhd. vicken „reiben"). *(UK 230, Jontes 135)*

Vielfraß *m.* Wie hochsprachlich in gemeindeutscher Bedeutung für gefräßigen Menschen. Die Benennung für das nordische Pelztier beruht auf anderen Grundlagen. *(WStWB 159, Kluge 821, Pfeiffer 452)*

Filutierer *m.* Synonym für Betrüger, Schwindler. Frz. filou „Betrüger", „Dieb", das für sich auch im Deutschen als Schpfw. verwendet wird. *(UK 234, Wintersberger 27, Jontes 135, Pfeiffer 118, Jakob 60)*

Filúkerl *m.* Synonym für Schurke, Gauner; wie zuvor. *(UK 234, Jontes 135)*

Filz *m.* Bez. für geizigen, habgierigen Menschen; ursprüngl. für Bauern, der sich in groben Filz, Loden kleidete (lat. filtrum „verdichtete Wolle"). Dann aber einer, der charakterlich zäh wie Filz ist und sich nichts entlocken läßt. *(UK 234, Grimm III, 1632, Jontes 135, Pfeiffer 118, Jakob 60)*

Fingerlutzerl *n.* Tadelnd für Kind, das oft an seinen Fingern lutscht. *(WStWB 169)*

Fienzer *m. („Feanzer")* Bez. für jemanden, der Leute reizt, anstachelt, zum Narren hält. Vgl. Feinzling (s. d.). *(UK 232, Jontes 135)*

Fispel *m.* Bez. für unerfahrenen, dabei unüberlegt handelnden jungen Menschen (Mittelstmk.). Zu fispern „wispeln, mit dem Munde vor sich hinpfeifen" im Sinne von „sich eins pfeifen". *(UK 235, 637, Jontes 135f.)*

Fisperl *n.* Bez. und Rügewort jür junges, schnippisches Mädchen; ursprünglich Bez. für Nachtschmetterling (Ober- und Oststmk.), der lautmalend nach dem schwirrenden Geräusch seines Fluges benannt ist. Idiotikon Admonttal: „Visperl: ein junges, schnippisches Mädchen". *(UK 235, Jontes 136, Jakob 60)*

Fistnigl *m.* Bez. und Rügewort für Denunzianten, böswilligen Angeber (ähnlich Schirgenfist, Schirgengangerl, s. d.), aber auch für kleingeratenes, zwergenhaftes Kind. Fist „Furz" tritt zu Nigl (vgl. Bosnigl, s. d.). *(UK 236, Jontes 136)*

Fisolenbuckel *m.* Abfäll. Bez. für buckligen Menschen (Ennstal); unbek. Ableitung. *(UK 237, Jontes 136)*

Flantsche *f.*, **Flantscherl** *n.* *(„Flantschen")* Bez. und Schpfw. für leichtsinniges Frauenzimmer (ähnlich Flitscherl, s. d.). Vielleicht zu ma. Flantschger m. „etwas abgerissen Herabhängendes" (mhd. vlansch „Zipfel"). *(UK 238, Jontes 136)*

Flanke *f.* *(„Flanken")* Wie zuvor. Bedeutet eigentlich Flocke, als etwas, was wie eine Schneeflocke, Wollflocke herumgewirbelt werden kann. Ma. flankieren „flanieren, herumstreunen" gehört ebenfalls in den Sinnzusammenhang. *(WStWB 159, Jontes 136f.)*

Flasche *f.* *(„Flaschen")* Bez. für Taugenichts, zu Leistungen unfähiger Mensch; in der älteren Sprache damit liederliche Frauensperson bezeichnet, die als Strafe (vgl. auch Fiedlerin, s. d.) für Zanksucht einen flaschenförmigen Schandstein tragen mußte (Angerer Marktbuch, 1586, fol. 26). Aus dem ital. fiasco „beim Herstellen mißratene Flasche, Mißerfolg". Vielleicht auch bildlich von der geleerten Flasche auf den Kopf übertragen. Schon mhd. bedeutet vlasche auch Ohrfeige (heute mehr ein Kopfstück so benannt). *(UK 238, Jontes 137, Pfeiffer 119, Aman 58, Kapeller 43)*

Flaschenkürbis *m.*, siehe Kürbis. *(Jontes 137)*

Flegel *m.* Bez. für groben, lümmelhaften Menschen; ursprünglich den Dreschflegel bezeichnend, der aber in der älteren steir. Ma. immer als Trischel m. vorkommt. Wirtshäuser mit groben Wirten werden im Volksmund öfters Flegelwirt benannt (Feldbacher Gegend). *(allg., Esterl 50, Jontes 137, Pfeiffer 120, Aman 59)*

Flitsche *f.*, **Flitscherl** *n.* *(„Flitschen")* Bez. und Schpfw. für junges, leichtsinniges Mädchen; zu älterem Flitsch f. „Flügel", was auf die Kennzeichnung eines flatterhaften Charakters deutet. Idiotikon Fohnsdorf, 1813: „Flitsch: ein schnippisches, naseweises, auch ein liederliches Weibsbild. Auch nicht vollbürtiges, halbausgewachsenes Mädchen." Puchner a. a. O. stellt auch zu schwed. flicka „Mädchen". Weststeir. Beleg zielt auf „modern tuendes Mädchen". Eine Nebenform scheint Fleitsch („Floatsch") der Murauer Gegend zu sein. *(UK 241, WStWB 159, Esterl 50, Wintersberger 27, Grimm III, 1804, Jontes 138, Pfeiffer 121, Jakob 62, Puchner 235)*

Fliege *f.* *(„Fliegen")* Schpfw. für flatterhaftes Frauenzimmer. Durchaus

Vergleich mit dem Insekt. *(WStWB 159, Pfeiffer 121)*

Fließmaul *n.* Älteres Schpfw. unbekannter Bed. (Kapfenberger Ratsprotokoll 1684, fol. 106). *(UK 242, Jontes 138)*

Flinte *n.* *(„Flinten")* Bez. für Dirne, liederliche Frauensperson. Obszönbildlicher Vergleich mit den Schußwaffe, die geladen wird. *(UK 242, Jontes 138)*

Flohbeutel *m.* Scherzhafte Bez. für Hunde, aber auch Menschen mit Ungezieferbefall, jedoch auch für Schmarotzer; besonders aber tadelnde Anrede an Hunde, die sich gerade heftig kratzen. Bei Menschen der Name heute nahezu irrelevant, da Flöhe fast ausgerottet sind. Einst versuchte man, die Flöhe am eigenen Leib in ein dazu bestimmtes Kleidungsaccessoire (Flohbeutel, Flohpelzchen, Bisamknopf) zu locken, das man von Zeit zu Zeit ausbeutelte, um die Quälgeister vollends zu entfernen. *(WStWB 159 „Schimpfwort unbestimmten Inhalts"!, WBÖ II, 716, Wintersberger 27, Jontes 138f.)*

Flohkrämer *n.* Bez. für Schmutzfink, ungepflegter Mensch („windischer Flohkrämer"). Wie die Schpfw. mit Laus Hinweis auf die einstige Bedrängung durch Ungeziefer. *(UK 243, WStWB 159, Jontes 139)*

Vogel *m.* Als Schpfw. (sauberer, komischer Vogel) auf das freche Gehabe bestimmter Vögel eingehend. Vgl. auch Blauvogel (s. d.) und Redensart „einen Vogel haben". *(Jontes 139f., Aman 59)*

Vogelscheuche *f.* Bez. und Schpfw. für ungepflegte, schlechtgekleidete, auch dazu hagere Personen (vgl. auch Krautmannl, -scheuche, s. d.). *(Jontes 140, Aman 59, Kapeller 172)*

Voll- Vorangestelltes Voll- steigert den Begriff. Vgl. Volltepp, Volltrottel, Vollkoffer. *(Jontes 140, Pfeiffer 453f.)*

Fotze *f.* *(„Fotzen")* Grob-obszönes Schpfw. für Frau schlechten Lebenswandels oder allg. zur derben Beleidigung. Ursprünglich Mund, Maul (vgl. ma. Fotz m. „Mund" bei Unmutsausdruck, „mach net so einen Fotz"), dann auf Vulva übertragen und für die ganze Person verwendet (vgl. auch Fut, Fummel, Schwanz, s. d.). Idiotikon Fohnsdorf, 1813: „Votz: der weibliche Schamteil. Ein Schimpfwort über ein schlechtes Weibsbild. Auch wird das Wort Votz als ein Schimpfname für ledige Dirn gebraucht, z. B. ‚du sagrische, verboanti Votz.'" *(Jontes 140, Pfeiffer 122, Aman 59, Jakob 211)*

Fratschler *m.* Bez. für einen, der neugierige Fragen stellt („ausfratschelt"), um Verborgenes zu erfahren. Nebenbed. von fratscheln „Kleinhandel treiben". *(UK 249, Grimm IV, 68, Jontes 140, Aman 60)*

Fracke, Frackel *f.* *(„Fracken")* Bez. für geschwätzige, alte Frau, jedoch auch für unfolgsames Mädchen (Zeiringer Gegend). Vielleicht zu Frackerl f. „Schnapsfläschchen" (durch Dissimilation aus frz. flacon „Fläschchen") oder aber nach dem Kleidungsstück Frack in der ursprüngl. Bed. „(Frauen)kittel" (engl. frock), womit es wie in „Schürzenjäger“ für die ganze Person stünde. *(UK 249, Jontes 140)*

Fratz *m.* Bez. und Rügewort für schlimmes, unartiges, unfolgsames Kind. Verstärkt auch als Saufratz, garstiger Fratz. Aus ital. frasca „Laubast als Schankzeichen“ zur Bed. Possen, jedoch scheint auch Herkunft aus mhd. vrast „Kühnheit, Keckheit, Mut“ nicht von der Hand zu weisen zu sein. Idiotikon Fohnsdorf, 1813: „Fratz: ein Kind, auch wohl ein kindischer Mensch.“ *(Esterl 50, Wintersberger 28, Kluge 215, Grimm IV, 68, Jontes 141, Pfeiffer 123, Aman 60, Kapeller 44)*

Fratzwerk *n.* pl. Abfällige Bez. für Kinderschar. Kollektivbildung zu Fratz (s. d.). *(UK 249, Jontes 141)*

Frechdachs *m.* Bez. für frechen Jugendlichen oder Kind. Mhd. vrech „kühn, tapfer, gierig“ in Verbindung mit dem Tiernamen. *(Jontes 141, Pfeiffer 124, Aman 60, Kapeller 44)*

Frechling *m.* Wie zuvor. *(Jontes 141, Pfeiffer 125, Kapeller 44)*

Fretter *m.* Bez. für Stümper, Pfuscher, jemanden, der von einer Arbeit nichts versteht, sie aber trotzdem angeht. Ursprünglich einer, der sich nur kümmerlich fortbringt („durchfrettet“). Dazu auch ma. Gefrett „Schwierigkeit, Schererei, Sorge, Problem“ (mhd. vretten „wundreiben, quälen, plagen“, vrater „durchtriebener, verschlagener Kerl“). Auch für unzünftige Handwerker verwendet. *(UK 252, WStWB 159, Grimm IV, 140f., Jontes 141, Pfeiffer 126, Aman 60, Ziller 379, Jakob 63)*

Freßhansel *m.* Bez. und Rügewort für unmäßigen Esser, wie Frißling (s. d.). *(UK 253, Jontes 141)*

Freßsackerl *n.* Spöttisch für Kind, das gerne ißt. *(WStWB 169)*

Frischlingsdieb *m.* Älteres Schpfw., das einen Viehdieb meint. Am 17.2.1602 klagt der Grazer Bürger Veit Peissenpacher über den Weizer Hans Noa, daß dieser „ime ainen Lemberschenckhl gehaisen und gar in die lezt in gar ainen Lember oder Frischling Dieb ..“. Frischling „Jungtier“ (Lamm oder Schwein). *(Stmk. Landesarchiv, SpA. Ehrenhausen Sch. 1a, H. 9, Jontes 141)*

Frißling *m.* Bez. und Rügewort für einen unmäßigen Esser (Oststmk.), wie Freßhansel (s. d.). *(Wintersberger 28, Jontes 142)*

Frißumsonst *m.* Bez. für Taugenichts, Faulenzer, Schmarotzer, auch fauler Knecht; in Form eines Satznamens gebildet. *(UK 254, WStWB 159, Jontes 142)*

Frorenheckerl *n.* siehe Gefrorenheckerl n. *(WStWB 169)*

Früchterl *n.* Bez. und Schpfw. für jugendlichen Taugenichts; in der Bed. wie Sprößling, jedoch mit negativem Klang. Verstärkt sauberes, feines Früchterl. *(Jontes 142, Aman 60, Jakob 64)*

Fuchtel *f.* Bez. für scharfzüngige Frauensperson, zorniges („fuchtiges“) Weib. Ursprünglich damit ein Degen mit breiter Klinge gemeint. Von fechten, fuchteln. *(UK 256, Wintersberger 29, Grimm IV, 359, Jontes 142, Pfeiffer 129, Kluge 222f., Aman 61, Jakob 64)*

Fuchsschwanz *m.*, auch **Fuchsschwänzer** *m.* Älteres Schpfw. für listigen, falschen Menschen, Schmeichler, Intriganten. „Mit dem Fuchsschwanz streichen“ bedeutete einst, jemanden unbillig sanft anfassen. Idiotikon Eisenerz, 1812: „Fuchsschwanz: Schmeichler“. *(UK 256, Grimm IV, 355, Jontes 143)*

Fut *n.* Gemein-obszönes Schpfw. für Frauensperson im allgemeinen. Bez. für Vulva in Vertretung für die ganze Person (vgl. auch Fotze, Fummel, s. d.). *(UK 256, Grimm IV, 362, Jontes 143, Pfeiffer 131, Aman 61)*

Futigefrieß *n.* *(„-gfrieß“)* Bez. für Galgengesicht, verdächtig Aussehenden. Gefrieß „Gesicht“ (s. d.), das futig „sehr verächtlich“ ist. Zu Fut (s. d.). *(UK 257, Jontes 143)*

Futikerl *m.* Bez. für Lump, Halunke; vgl. Futigefrieß (s. d.). *(UK 257, Jontes 143)*

Futlecker *m.* Verächtliches Schpfw. für niederträchten Kerl. Wörtlich einer, der Cunnilingus ausführt. *(UK 257, Jontes 143)*

Futschererin *f.* Älteres verächtliches Schpfw. für Frauensperson. Gerichtsprot. Neumarkt, 1616, fol. 25: „.. die Maria die Schmidtin ain Fudschererin gescholten ..“. Vielleicht im Zusammenhang mit dem Wissen gebraucht, daß die Orientalinnen, vor allem Türkinnen, ihre Scham enthaarten, also Hinweis auf den Erbfeind der Vergangenheit. *(UK 257, Jontes 143, Ziller 382)*

Fummel *f.* Verächtliche Bezeichnung für weibliche Person, speziell Dirne. Übertragen von Fummel „Vulva“ (fummeln „reiben“) auf die ganze Person (wie Fut, Fotze, s. d.). Vgl. auch Klosterfummel (s. d.). *(UK 258, Grimm IV, 525f., Jontes 143f., Aman 61)*

Fünfziger, falscher *m.* *(„Fufzger, Fuchzger“)* Schpfw. für falschen, hinterlistigen Menschen; Bezug auf Falschgeld. *(Jontes 144, Wintersberger 29)*

Funze *f.* *(„Funzen“)* Bez. und Schpfw. für geziert tuende, fade Frauensperson („blöde Funzen“). Zusammenhang mit Funzel „schwachbrennendes Licht“. *(UK 259, Esterl 50, Wintersberger 29, Grimm IV, 614, Jontes 144, Pfeiffer 130, Jakob 64)*

Furchenhopser *m.* Scherzhaft-abfällige Bez. für Bauer. *(Jontes 144)*

Furchenscheißer *m.* Wie zuvor. *(Jontes 144)*

Fürschnalzer *m.* Älteres Schpfw. unbest. Bed. Weißkirchener Gerichtsprot. 1615, fol. 11: „.. hab ihn ein Fürschnalzer gehaißen.“ Vielleicht im Sinne von Preistreiber (vgl. ma. schnalzen „betrügerisch Handel treiben“, Preise hinaufschnalzen, Holzschnalzer „Holzhändler“, Preise wie mit der Peitsche in der Hand diktieren). *(UK 260, Jontes 144)*

Futzler *m.*, auch **Fitzler** *m.* Bez. und Rügewort für jemanden, der besonders klein und unleserlich schreibt. Futzeln „klein schreiben“, ursprüngl. „etwas in kleine Fetzen zerreißen“. *(UK 257, Jontes 144)*

G

Gack *m.* Bez. für Kretin, geistig behinderten Menschen, auch als milderes Schpfw. gebraucht. Verwandt mit gemeindt. Geck. „Beide sind lautmalende Schelten des Halbgescheiten, der unverständliche Töne ausstößt." (Kluge, a. a. O.). Das Wort bezeichnet in Pfanngack m. auch ein altes Küchengerät aus der Zeit des offenen Herdfeuers, einen Pfannenhalter für das Kochen am Herd. Nebenformen sind Gock, Gocker m. Gackelwerk meint Dummheit, Spielerei, unnützes Zeug („ a so a Gackelwerk"). Idiotikon Fohnsdorf, 1813: „Gak: ein blödsinniger, nach dem Provinzialverstand umweltläufiger Mensch; auch ein Schimpfwort, welches statt dumm gebraucht wird." Idiotikon Göß, 1811: „Gari, Gimpel, Gagg: eine dumme, taube Mannsperson, die auch mit der Sprache nicht recht fortkommen kann." *(UK 262, Schmeller I, 871, Kluge 238, Grimm IV, 1916, Jontes 145, Pfeiffer 132)*

Gacker *m.*, siehe Gack. *(Jontes 145)*

Gackerl *n.* Bez. für unerfahrenen Jugendlichen, auch zwergenhaften Menschen. Zu Gack (s. d.), jedoch mag auch ma. gacken „scheißen" mitklingen. *(UK 262, Jontes 145)*

Galle *f. („Gall")* Bez. für eine unbequeme Person. Vergleich mit dem Organ und seinen bitteren Eigenschaften wie auch in den folgenden Zusammensetzungen. Idiotikon Göß, 1811: „Gall: eine lästige Person." *(Jontes 146)*

Gallapfel *m.* Bez. für übellaunigen, ungenießbaren Menschen. Vergleich mit dem bitteren Gallapfel („Knopper"), der in der Gerberei Verwendung findet. Diese Charaktereigenschaft findet auch in hantig „bitter" für Menschen Ausdruck. Idiotikon Rottenmann, 1818: „Du Gallapfel: wenn man unangenehm ist." *(UK 264, Jontes 146)*

Gallbinkel *m.* Bed. wie zuvor. Binkel (s. d.) bedeutet hier ein Bündel im Sinne von Behältnis für einen gallbitteren Charakter (vgl. auch Zornbinkel, s. d.). *(UK 264, Jontes 146)*

Galeere *f.* Bez. für großgewachsene, ungeschickte Frauensperson. Vergleich mit dem großen Ruderschiffstyp (ähnlich aus der Seefahrt genommen wie der Begriff „aufgetakelt sein" für aufgedonnert, geputzt). Auch mag ein Wortspiel mit Galle hinzukommen. Das mediterrane Wort Galeere war auch im innerösterreichischen Binnenland durchaus geläufig, da die als Ruldersträflinge für die Galeeren bestimmten Malefizpersonen aus dem süddeutsch-österreichischen Raum auf ihrem Wege nach den südlichen Meeresküsten hier durchgeführt wurden. *(UK 264, Jontes 146)*

Galgenvogel *m.* Bez. für verdächtigen Menschen, jemanden, dem man Schlechtes zutraut oder den man für einen Spitzbuben hält. In allen Schimpfworten mit Galgen- wird die alte, ehrlose Strafe des Hängens deutlich und damit eine Zuweisung in das unterste soziale oder kriminelle Element manifest. Galgenvogel ist dabei nicht der Gehängte oder zum Hängen Bestimmte. Das Wort ist synonym für die Vögel (Raben, Krähen) gebraucht, die einst als Aasfresser an der Vernichtung der Leichen mitwirkten, die öffentlich an den Galgen der Richtstätten hingen. Er ist also in dieser Hinsicht ein Schandvogel (vgl. auch Rabenbraten, s. d.). Da die Gerichteten oft bis zu ihrer physischen Auflösung als abschreckendes Beispiel am Galgen blieben, waren sie immer von Vögeln umschwärmt, die an ihnen ihre Nahrung suchten. Andererseits gilt der Rabe aber auch in Märchen und Sagen als weises und sprechendes Tier. *(Grimm IV, 1179, Jontes 146f., Pfeiffer 133, Aman 63)*

Galgenklachel *m.* Bez. für schimpflichen, verdächtigen Menschen. Das Wort meint wie das synonyme Galgenschwengel (s. d.), den im Winde am Galgen schwingenden Gehängten. Klachel ist der Name für den Glockenschwengel. *(UK 264, Jontes 147)*

Galgenschwengel *m.*, siehe Galgenklachel. *(Pfeiffer 133, Jontes 147)*

Galgenstrick *m.* Bez. für infamen Menschen wie zuvor. Gemeindt. Begriff, der das Richtseil des Henkers meint. Dieses war in den abergläubischen und zauberischen Anschauungen und Praktiken der Vergangenheit ein beliebtes und begehrtes Objekt, das die Henker nach der Exekution oft um gutes Geld verkauften; Kurzform Strick (s. d.). *(Grimm IV, 1178, Jontes 147, Pfeiffer 133, Aman 63, Kapeller 46, Jakob 65)*

Galster *f.* Bez. und Rügewort für vorwitzige Mädchen und Burschen; nach der Galster („Elster"), die in der Volksmeinung diesen Charakter zeigt. Dazu kommt auch das Element des Lärmens, lebhaften Scherzens und Schwätzens bei diesem Vogel, das ausgedrückt wird. Ahd. agalstra „Elster", zu westgerm. *ago „die mit dem spitzigen Schwanz". Vom Verbum galstern auch Galsterer m. *(UK 264, Kluge 164, Grimm IV, 1204, Jontes 147)*

Galsterer *m.* Wie zuvor. *(Jontes 147)*

Galsterling *m.* Wie zuvor. *(WStWB 159)*

Galsterkathel *f.* Bez. für geschwätziges Frauenzimmer; Vergleich mit der Elster (vgl. Galster, s. d.), die auch als diebisch und flatterhaft gilt. Frauen mit dem Vornamen Katharina (Kurzform Kathel) wurde übertriebene Klatschsucht zugeschrieben. *(UK 264, WBÖ I, 155, Jontes 147)*

Gamliger *m.* Heikliger Mensch. Schwer zu deuten. *(WStWB 159)*

Gandhi *m.* Besonders in der Nackriegszeit spöttisch-scherzhafte Bezeichnung für schmächtigen Menschen, unterernährtes Kind. Nach dem indischen Unabhängigkeitspolitiker Mohandas Karamchand „Mahatma" Gandhi, dessen betont asketisch wirkende Gestalt auffallend war. *(Jontes 148)*

Gantsche *f.* auch **Gauntsche** *(„Gantschen")* Schpfw. und Bez. für alte Frau (Oststmk.). Vielleicht zu ung.

gáncs „Tadel, Fehler“, oder gancza „Freiknödelchen“. *(UK 264, Jontes 148)*

Gankerl *m.* Bez. und Rügewort für übermütigen, boshaft-lustigen Menschen, besonders Kind oder Jugendlichen; eigentlich Name des Teufels, vor allem als kleiner Bosheitsteufel. Vgl. auch Höllgankerl (s. d.).Vielleicht zu Ganker „Spinne, unheimliches Tier“, oder ma. Gan „Funken“. *(UK 266, WStWB 169, Esterl 45, Grimm IV. 1255, Jontes 148, Pfeiffer 134)*

Gans *f.* Bez. und Schpfw. für eine sich außerhalb der Norm benehmende Frau, auch in Zusammenhang mit offensichtlicher Dummheit verwendet, dazu für hochfahrendes und eitles Wesen, während das Geschnatter aber nicht zum Ausdruck kommt. Verstärkt mit blöd, eingebildet. Die Verkleinerungsform Ganserl n. als Bez. für junges, verlegenes, unerfahrenes Mädchen, jedoch nicht mit den obigen negativen Inhalten, sondern harmlos-mitleidig gemeint. *(Jontes 148, Pfeiffer 135, Aman 63, Kapeller 47, Jakob 66)*

Ganserl *n.*, siehe Gans. *(Jontes 149)*

„Gansröcker“ *m.* Schpfw. unbest. Bedeutung (Gerichtsprotokoll Deutschlandsberg, 1588, fol. 24); vielleicht wird damit jemand als Gänsedieb angesprochen, einer, der den Gänsen den Hals ausreckt, langzieht, umdreht. *(UK 267, Jontes 149)*

Ganzgescheiter *f.* Ein „Ganzgescheiter“ ist noch dümmer als ein „Halbgescheiter“! *(WStWB 160)*

Gartgänger *m.* Synonym für Landstreicher, jemand, der auf die „Gart“ geht, was der Begriff für das Herumtreiben herrenloser, abgedankter Landsknechte war. Zu fr. garde „Wache“. *(UK 268, Grimm IV, 1416, Jontes 149)*

Gari *m.* Bez. und Schpfw. für Kretin, Blödsinnigen, aber auch ungehobelten, rohen Burschen (Vordernberg). Auch in der Zusammensetzung Girigari (s. d.). Falls nicht ein Lallwort vorliegt, ist an Verwandtschaft mit der ma. Bez. Gari m. für alten, abgebrauchten Karren zu denken, mit dem der Vergleich geführt wird. Wegen der Bedeutungsdifferenz ist an Ableitung von Garl (s. d.) wohl nicht zu denken. In der Verbindung langer Gari tritt der Inhalt des Kretinösen zurück. Idiotikon Fohnsdorf, 1813: „Gari, auch Girigari: ein blöder, verstümmelter Mensch, auch ein Schimpfwort statt Lümmel, Trotl, Tost.“ *(UK 268, Schmeller I, 929, Jontes 149)*

Garl *f.* Leicht abfällige Bez. für geschäftig tätiges, hin- und herschießendes Frauenzimmer (Mittelstmk. Zu garlen „geschäftig hin- und hergehen“). Vielleicht Zusammenhang mit Garler „Lohnkutscher, Karrenfuhrmann“ (vgl. Lexer, KWB 108). *(UK 268, Jontes 149)*

Gassenbub *m.* Abfällig für verwahrlosten Knaben, der sich ständig auf der Gasse herumtreibt. *(Jontes 149)*

Gassenführer *m.* Älteres Schpfw. (17. Jh.); vielleicht gemeint als gassenfahrend „sich auf der Gasse herumtreibend" (Leute, die gassatim gehen; vgl. Grimm IV, 1448). *(UK 269, Jontes 150)*

Gassenmensch *f.* Weibliche Entsprechung zum Gassenbub (s. d.). *(Jontes 150)*

Gäugatz *m.* siehe Häugatz.

Gäugatzer *m.* siehe Häugatzer.

Gebackener *m. („Bachener")* Abfällige Bez. für Homosexueller, aus dem Wiener Jargon. Wie Geheizter, Warmer (s. d.). Wort, das animalische Wärme, Intimität zum Ausdruck bringt. *(Jontes 151, Wehle 26)*

Gepel *m.* Schpfw., das Dummheit ausdrückt. Eigentlich Krautkopf, bergmannsprachlich jedoch Gebäude, Förderhaus über dem Schacht. Möglicherweise vom griech. kephalé. *(Kluge 265. Jontes 151)*

Geficke *n. („Gfick"),* **Gefícket** *n.* Liederliche Verwandtschaft, lästige Kleinkinderschar. Vgl. Fickerl (s. d.). *(WStWB 177, Wintersberger 30, Pfeiffer 136)*

Gefraß, Gefraßt *n. („Gfraß, Gfraßt")* Kollektivbez. für Gesindel, Lumpenpack; ursprünglich schlecht zubereitetes, unappetitliches Essen (zu fressen). Es breitet sich aber auch schon das Wienerische Gfraßt n. (im Einzahlsinn, Mehrzahl Gfraßter) aus. Vgl. auch Teufelsgefraß (s. d.). *(UK 273, Jontes 151, Pfeiffer 145)*

Gefrieß *n. („Gfrieß")* Abfälliges Schpfw., vor allem für Jugendliche verwendet. Bezeichnet eigentlich das Gesicht (zu fressen), das dann die ganze Person meint. *(Aman 64, Jontes 151, Pfeiffer 37)*

Gefrorenheckerl *n. („Gfrorenheckerl"),* **„Frorenheckerl"** *n.* Ironisch für Kind, das ständig unter Kälte leidet. Siehe auch Heckerl n. *(WStWB 169)*

Gefrörlingfanger *m.* Bez. für einen, der sich immer über die Kälte beklagt, sich Frostbeulen einhandelt. *(Reiterer, Ennstalerisch 77, Jontes 151)*

Gefüllter *m. („Gfüllter")* Spöttisch-abfällige Bez. für dicken Menschen. *(Jontes 151)*

Geheizter *m. („Ghazter"),* siehe Gebackener.

Geierer *m.* Bez. und Rügewort für habgierigen Menschen, der sich wie ein Geier (damit können auch andere Greifvögel wie der Habicht gemeint sein) auf etwas stürzt. Von geiern „sich auf etwas stürzen". *(Jontes 152)*

Geife *f.,* siehe Keife f. *(WStWB 159)*

Geimerl *n.* Bez. für kleingeratenen, schwächlich gebauten Menschen („so a Geimerl"), auch allgemein für Kleinigkeit, Stückchen, kleine Objekte. Dunkler Herkunft, vielleicht zu Gaumen, etwas, was zwischen Zunge und Gaumen Platz hat, ein Mund voll. *(UK 276, Sonntag 500, Jontes 152)*

Geimetzer *n. („Goamatzer")* Wie zuvor. Mündlicher Beleg aus Vordernberg. Ma. geimetzen, gaumetzen „gähnen", Intensivum von gaumen „ds.". *(Grimm V, 2606, Jontes 152)*

Geink *m.,* **Geinkel** *m.* Bez. für Menschen, der einen plumpen, ungeschickten Gang hat. Vielleicht Ableitung von gehen mit Anklang an Pienk (s. d.); in der Weststmk. dummer, primitiver Mensch. *(UK 276, WStWB 159, Jontes 152)*

Geiß *(„Goaß“)* Allgemeines Schpfw. für Frauenspersonen „blöde, dumme Geiß“. Immer in ma. Formen verwendet (älter „Goaß“, stadtma. „Gaß“). Weststeir. pritschte G. „sich zierendes Frauenzimmer“. *(WStWB 159, Jontes 152, Pfeiffer 138 und allg.)*

Geißpüler *m.* *(„Goaß-“)* Altes Schpfw. unklarer Bedeutung für Schneider (15. Jh). Schneider werden im Volks- und Handwerkerspott immer wieder mit Geiß und Ziegenbock in Verbindung gebracht. Auch in der Steiermark ausgeprägt. Vgl. auch Geißreiter (s. d.). *(Jontes 152)*

Geißreiter *m.* Älters Schpfw., bei UK a. a. O., „schmutzigen Sinnes“ (sodomitisch gemeint), jedoch wohl wie oben Schneiderspott. Dem Schneider wird als ihm angemessenes Reittier die Ziege zugewiesen. Eine Erklärung besagt, daß die Schneider bei ihrer Arbeit auf hölzernen Bänken („Böcken“) gesessen seien und deshalb die scherzhaft-spöttische Umdeutung erfolgt wäre. *(UK 276, Jontes 152f.)*

Geizbeutel *m.* Geizhals. Vgl. auch Beutel (s. d.). Beutel steht synonym für den Geldbeutel als Symbol des Reichtums. *(WStWB 159, Jontes 153)*

Geizteufel *m.* Wie zuvor. Hier auch als personifizierte Todsünde zu verstehen. *(WStWB 159)*

Geizkragen *m.* Wie zuvor. Kragen in derselben Bed. wie -hals. *(WStWB 159, Pfeiffer 139, Jontes 153)*

Geizkropf *m.* Synonym für Geizhals, Geizkragen, wobei als typisch steirische Differenzierung der Kropf eingesetzt wird. *(UK 277, Jontes 153)*

Gejathiefler *m.* Scherzhaft im Ennstal für einen zaundürren, aber auch nichtsnutzigen Mann. Zu „jäten“ und Hiefel, Hiefler „Gestell zum Trocknen von Gras“. *(Jontes 153)*

Gelber *m.* Älter soldatensprachl. spöttisch für den Dienstgrad Feldwebel der altösterr. Armee, dessen Kragenspiegel auffällige goldgelbe Borten trugen; in der Zwischenkriegszeit für einen Angehörigen einer nichtsozialdemokratischen Gewerkschaft. *(WStWB 506, Jontes 153, Pfeiffer 139)*

Gelbfüßler *m.* Scherzhaft-spöttische Bez. für die Bewohner des weststeirischen Sulmbereiches westlich von Leibnitz. Übertragen des Synonyms für die bekannten, dort von den Bauern gezüchteten Sulmtaler Hühner, die ihren Namen von der gelben Farbe ihrer Beine erhielten. Eine andere Version zielt auf schildbürgerhafte Gesinnung, die sich z. B. darin geäußert haben soll, daß man davon gelbe Füße bekommen habe, weil man, um mehr Hühnereier in einem Tragkorb unterbringen zu können, diese mit den Beinen in die Kraxe hineingestampft hätte. Als Landschaftscharakteristikum deshalb heute noch „dort unten bei den Gelbfüßlern“, danach auch der volkstümliche Name „Gelbfüßler-Expreß“ für die längst eingestellte Lokalbahnlinie Leibnitz–Deutschlandsberg, auf der die Hühner nach Leibnitz zum Bahnanschluß gebracht wurden. Parallele dazu der gleichlautende Stammesspott, den die Nachbarn der Schwaben auf diese anwenden. *(Zu letzterem Grimm V, 2886). (Jontes 153)*

Geldegel *m.* Bez. für Wucherer, geldgieriger Mensch, der die Leute wie ein Blutegel aussaugt. *(UK 278, Grimm V, 2910, Jontes 154)*

Gelogener *m. („Glogener")* Synonym für Lügner, verlogener Mensch (Oberstmk.). *(UK 279, Jontes 154)*

Gelse *f. („Gölsen")* Spöttisch für lustiges, dabei aber leicht aufdringliches Mädchen. Vergleich mit der lästigen Stechmücke, deren Name mit gellen „gellendes Geräusch geben" einhergeht. *(WStWB 159, Kluge 245, Jontes 154, Pfeiffer 140)*

Gelumpe *n.*, **Gelumpert** *n. („Glump", „Glumpert")* Abfällige Bez. für die sozial untersten Schichten; Gesindel, Lumpenpack, Kollektivbildung von Lump, Lumpen. Häufiger gebraucht in der ursprünglichen Bed. „wertlose, verbrauchte, unbrauchbare, unpraktische Dinge, Geräte, Werkzeuge". *(UK 279, Grimm V, 3109, Jontes 154)*

Gelustfuchs *m. („Glust-")* Bez. und Rügewort für Menschen, der lüstern nach etwas ist. Dies muß nicht unbedingt auf Sexuelles gerichtet sein, da gelustig „begierlich, voller Verlangen" sich vor allem auf Speise und Trank bezieht. *(UK 279, Jontes 154)*

Gemeindestier *m. („Gmoanstier")* Scherzhafte Bez. für sexuell besonders aktiven Mann, meist im ländlichen Milieu. Er wird mit dem besten Stier des Dorfes verglichen, der für die Befruchtung der Kühe gebraucht wurde. Idiotikon Rottenmann, 1818: „Bist a rechta Gman Stier: Verführer der Mädchen." *(Pfeiffer 141, Jontes 154, Aman 66)*

Gespargel *m. („Gspargel")* Allfällige Bez. für Jugendlichen im Sinne von wie Spargel emporschießend. Kollektivbildung von Spargel (lat. asparagus)(Graz). *(Jontes 155)*

Gespusi *n. („Gspusi")* Nicht nur ein Liebesverhältnis als solches, auch der weibliche Teilhaber desselben wird scherzhaft abfällig damit bezeichnet. Von ital. sposa „Braut" (< lat. sponsa) mit Kollektivbildungssilbe Ge-. *(Wintersberger 36, Schatz II, 592, Ziller 80, Jutz I, 1161f., Jontes 155, Pfeiffer 156)*

Geschaftelberger *m. („Gschaftel-")* Synonym und Rügewort für Wichtigtuer oder jemanden, der neben seinem Beruf in Gremien, Vereinen u. dgl. viele Aufgaben („Geschafteln") übernommen hat oder sich in alles einmischt. Die Verbindung mit landläufigen Familiennamen (ähnlich wie Biedermeier) als abwertender Effekt. Die unverstärkte Form ist Geschaftler m. Häufiger ist in derselben Bed. Geschaftelhuber. Vgl. auch Vereinsmeier (s. d.). *(UK 284, Jontes 155f., Pfeiffer 142, Aman 72, Kapeller 55, Jakob 74)*

Geschaftelhuber *m.*, siehe oben. *(Jontes 156)*

Geschaftener *m. („Gschaftener")* Bez. für hochnäsigen, gespreizt tuenden Menschen, Geck. *(UK 284, Jontes 156)*

Geschaftler *m., („Gschaftler")* siehe Geschaftelberger. *(Jontes 156)*

G(e)schamsterer *m.* Abfällige Bez. für Geliebter. Eigentlich einer, der als Gruß „Gehorsamster Diener" sagt. *(allg., Esterl 45, Wintersberger 35, Jontes 156)*

Gescherter *m. („Gscherter")* Bez. für ungehobelten, taktlosen, bäurisch, aber auch ländlich unbeholfenen, im städtischen Milieu verunsicherten Menschen, dazu auch in der Bed. Mensch ohne Geschmack. Auch als Eigenschaftswort anderen Schpfw. beigestellt („gescherter Rammel, Hund, Affe"). Schpfw. im bairischen Mundartraum, das den einst geschorenen, untertänigen Bauern im Gegensatz zum langhaarigen Freien meint. Auch heute durchaus als abfällige Bezeichnung für den Bauern oder Leute vom Lande verwendet. *(Jontes 156, Pfeiffer 156, Aman 73, Kapeller 55, Jakob 74)*

Geschiegleter *m. („Gschiagleter")* Spöttisch-herabsetzende Bez. für schielenden Menschen. Ma. schiegeln „schielen". *(Jontes 156, Aman 73)*

Geschneitel *n.*, **Geschneitelwerk** *n. („Gschnoatel-")* Bez. für soziale Unterschichten, Angehörige derselben. Zu schneiteln (Intensivbildung zu schneiden) „etwas zerhacken, zerkleinern" (Äste zu Brennholz, Innereien usw.). Idiotikon Fohnsdorf, 1813: „Gschnoatl, Gschnoatlwerch: Gesellschaftlich geringfügiger Mensch." *(Jontes 157)*

Geschlampe *n. („Gschlamp")* Bez. für niederes Volk, arbeitsscheues Gesindel, Abfall, Kollektivbildung zu Schlampe (s. d.). *(UK 285, Jontes 156)*

Geschneise, Geschneiswerk *n. („Gschoasn", „Gschnoas-", stadtma. „Gschnas-")* Bez. für Volk, Leute, gemischte Gesellschaft; Kollektivbildung zu Schneise f. „Zweig, Gerte, Reihe, Schnur, Perlenschnur" („Schnoasn"). Auch die Nähe zu dem ähnlich klingenden Geschmeiß („Gschmoas") mag den negativen Inhalt beeinflußt haben. *(UK 286, Sonntag 33, Jontes 157)*

Geschrapp *n. („Gschropp")* Abfällige Bezeichnung für Kind, Kleinkind. Kollektivbildung zu schrappen „zusammenkratzen" (etwa Teigreste im Backtrog usw.). *(Jontes 157)*

Geschratz *n. („Gschratz")* Eher abwertend für Kinder, auch uneheliche. Zu Schratz m., das wiederum mit Schrat, Schrattel (s. d.) zusammenhängt. *(Jontes 157)*

Geschrieener *m. („Gschriaraner")* Bez. und Rügewort für Schreihals, Polterer, Menschen mit überlautem Stimmeinsatz. Bildung wie in Gelogener (s. d.), Gesoffener. *(UK 286, Jontes 157)*

Geschwärl *n. („Gschwärl")* Abwertende Bez. für lästigen Menschen, der mit einem kleinen Geschwür, Eiterbeule (mhd. geswer) verglichen wird. Aman a. a. O. erklärt aus mhd. geswehere „angeheiratete Verwandtschaft, Schwägerschaft". *(Jontes 158, Kapeller 56)*

Geschwuf *m. („Gschwuf")* Abwertende Bez. für Stutzer, Angeber, Modenarr, Hohlkopf. Dunkler Herkunft. Das gleichlautende Wiener Jargonwort für Liebhaber, Freund, erklärt Wehle a. a.

O. mit mißverstandenem franz. „Permettez que je vous fasse mon compliment?“ („Gestatten Sie, daß ich Ihnen mein Kompliment mache?“) als Soldatenanrede der Franzosenzeit an Mädchen und Frauen. *(UK 287, Wintersberger 36, Jontes 158, Pfeiffer 156, Wehle 19, Jakob 75)*

Gestatel *f.* *(„Gstatel“)* Abfällige Bez. für Frauenzimmer. Übertragen von einem Wort für (Span-)schachtel („Spatel“). Vgl. auch Schachtel (s. d.). *(UK 287, Jontes 158)*

Gestell *n.* *(„Gstell“)* Leicht tadelndes Schpfw. mit Bezug auf die Gestalt, den Körperbau, der mit einer Stützkonstruktion verglichen wird; ähnlich Schragen (s. d.). *(WStWB162, Pfeiffer 144, Jontes 158)*

Gestopfter *m.* *(„Gstopfter“)* Abfällige Bez. für reichen, begüterten Menschen, der bildlich die Taschen mit Geld vollgestopft hat. *(Jontes 158)*

Gestörter *m.* Neueres Schpfw. und Bez. für dummen, außerhalb der Norm handelnden Menschen; Hinweis auf Störung des Verhaltensstandards. Vor allem jugendsprachlich. *(Jontes 158)*

Gestohlener *m.* *(„Gstohlener“)* Abfällig für Dieb oder Menschen, dem man diebischen Charakter nachsagt. Eine sprachlich ähnliche Wortbildung mit „falschem“ Präfix wie Gesoffener „Besoffener“. *(Jontes 158)*

Gesippe *n.* *(„Gsipp“)* Verkommene, verdächtige Verwandtschaft, „Sippschaft“. *(WStWB 177)*

Gesieberl *n.*, **Gesieberlwerk** *n.* *(„Gsieberl-“)* Abfällige Bez. für Gesindel, Lumpenpack; wörtl. das Gesiebte bzw. das, was beim Sieben an Grobem, Unbrauchbarem zurückbleibt. *(Jontes 158)*

Gesindel *n.* pl. *(„Gsindel“)* Kollektiv für Pack, Bagage, üble Gesellschaft, schlechtes Volk; Diminutiv von Gesinde „Dienstboten, dienendes Volk“. Heute auch trivialpolitisch abfällig gemeint: rotes, schwarzes, Politiker-G. *(Grimm V, 4109ff., 4113f., Jontes 159)*

Gesottfadel *n.* *(„Gsott-“)* Schpfw. für unsauberen, auch unmoralischen Menschen (Ennstal), wörtl. junges Schwein, Ferkel, „Fadel“ (s. d.), das Gesott (auch Gesütt) „Mastfutter aus Getreideschrot, der mit kleingeschnittenem Heu gekocht wurde“, frißt. *(UK 289, Reiterer, Ennstalerisch 105, Jontes 159)*

Gesüttochse *m.* *(„Gsütt-“)* Bez. und Schpfw. für Dummkopf (Ennstal); vlg. auch Gesottfadel und Ochse (s. d.). *(UK 289, Jontes 159)*

Gewampeter *m.* *(„Gwampeter“)* Spöttische Bez. für dicken, dickbauchigen Menschen. Ahd. wamba „Bauch, Mutterleib“. *(Jontes 159, Aman 75)*

Geweih *n.* *(„Gweih“)* Schpfw. für dummen Menschen. Da auch Hirsch (s. d.) als Schpfw. gebräuchlich ist, liegt Sinnverwandtschaft und pars pro toto-Analogie vor, außerdem wird das Sperrige, vermeintlich Unpraktische des Hirschgeweihes als Bedeutungsinhalt mitspielen. *(Jontes 159)*

Giebelmaus *f.* Scherzhaft-spöttisch für Dachdecker. *(WStWB 173)*

Gipskopf *m.*, **-schädel** Bez. für Dummkopf. In der älteren Soldatensprache Bez. für den Korporal vom Tag. *(UK 291, Grimm VII, 7542, Jontes 159f., Pfeiffer 147, Aman 65)*

Giftgeiß *f. („-goaß")* Dumme, dazu verbal aggressive Frauensperson in der ganzen Bedeutungsbreite von Geiß (s. d.). *(Jontes 160)*

Gifthahn *m.* Bez. und Rügewort für jähzornigen Menschen, der sich ärgert („giftet") und mit einem angriffslustigen Hahn (s. d.) gleichgesetzt wird. Vgl. auch Giftspritze, Giftzwerg (s. d.). *(UK 293, Jontes 160, Jakob 69)*

Giftnigl *m.* Jähzorniger, „giftiger" Mensch; hier wahrscheinlich ma. für Igel mit „falschem Sandhi". *(WStWB 159)*

Giftspritze *f. („-spritzen")* Bez. für Menschen, der bösartig sarkastisch-giftige Bemerkungen von sich gibt wie eine Spritze. *(Jontes 160, Pfeiffer 146)*

Giftzwerg *m.* Bez. und Rügewort für „giftigen" kleineren Menschen. Vgl. wie zuvor. *(Jontes 160, Pfeiffer 146, Aman 65)*

Gickerer *m.* Stotterer; wie das folgende. *(WStWB 159)*

Gicketzer *m.* Bez. für Stotterer, Stammler, Menschen mit Sprachfehler. Damit auch der einzelne Stotterlaut, das Überkippen der Stimme (besonders beim Singen) oder fehlerhaftes Überblasen eines Blasinstrumentes bezeichnet. Intensivbildung zu gicken „einen hellen Laut ausstoßen". *(UK 292, Jontes 161)*

Gicketzmichel *m.* Bez. wie Stotter wie zuvor. Verbindung mit der Koseform für Michael. *(UK 292, WStWB 159, Jontes 161)*

Gimpel *m.* Bez. und Schpfw. für einfältigen, aber auch fürwitzigen, neugierigen, meist noch jüngeren Menschen. Übertragen vom Singvogel, wohl weil dieser in den Zeiten des ausgebreiteten, sportlich betriebenen Vogelfanges als leicht zu überlisten und zu fangen angesehen wurde. Auch mag seine Neugier auffällig sein. *(GrimmVII, 7313ff., Jontes 161, Pfeiffer 147, Aman 65, Kapeller 51f., Jakob 70)*

Girigari *m.* Bez. für langgewachsenen, dabei aber schmächtigen Menschen, auch Possenreißer. Vokalgewechselte Doppelform von Gari (s. d.). *(Jontes 161f.)*

Gispel *m.* Bez. für Einfaltspinsel, Dummkopf. Oberdt. Wort, das schon 1658 bei Abele v. Lilienberg, dem ersten Aufzeichner der Eisenerzer Wassermannsage, literarisch belegt ist (Seltsame Gerichtshändel 2, 78) und auch bei Abraham a Santa Clara 1686 (Judas, der Erzschelm 1, 222) in dieser Bedeutung vorkommt. *(UK 293, WStWB 159, Jontes 162, Pfeiffer 147, Aman 65, Grimm VII, 7566)*

Gieswaderer *m.* Harmloses Schpfw. für einen langweiligen Menschen (Ennstal). Dunkler Herkunft, vielleicht Zusammenhang mit Waderer „Kropf, Sack, Schlauch" (vgl. auch Wienerisch Naßwadi „Säufer"). *(Reiterer, Ennstalerisch 105, Schmeller II, 850, Jontes 162)*

Glaglitz *m.* Älteres Schpfw. obszöner Bed. Harrachecker Gerichtsprot. 1726: „Beclagte selben auf seine gethane Spaßröd ain Hundsfut und Glaglitz gehaißen." Vielleicht slaw. Herkunft (tschech. klag „Kälbermagen"). *(UK 294, Jontes 162)*

Glargetze *f. („Glargetzen")* Schwatzhaftes, dabei zänkisches Weib. Herleitung wie zuvor. *(WStWB 159)*

Glatzentischler *m.* Scherzh. Bez. für Männerfriseur. *(Jontes 162)*

Glodel *m.* Bez. für unbeholfenen Dummkopf. Zusammenhang mit oberdt. Kloder „Fleck, Kleckser, Schleimklumpen" scheint gegeben zu sein. *(Grimm V, 1008, 1221, Jontes 163)*

Gloderer *m.* Abwertende ältere Bez. für Geliebten, dann aber auch für leicht kretinösen Mann. Auch Gloderling m. (beides Ennstal). Herkunft siehe Glodel (s. d.). Unter dem Sammelausdruck Gloderwerk n. werden Lumpen, alte Kleider verstanden, dazu auch allgemein dumme Dinge. *(UK 296, Jontes 163)*

Gloderling *m.*, siehe Gloderer. *(Jontes 163)*

Glotsche *f. („Glotschen")* Bez. für weibl. Kretin, schwachsinnige Frauensperson (Ennstal). Dunkler Herkunft, vielleicht zu klatschen. Abwertend auch allgemein für Getränke („Kaffee-") verwendet. *(UK 296, Jontes 163)*

Gluckel *f.* Älteres Schpfw. für Frauenspersonen. Zu gluckeln „gluckende Laute (etwa wie eine Bruthenne) von sich geben". *(UK 296, Grimm VIII, 280, Jontes 163)*

Gnaunke *f. („Gnaunken")* Ständig nörgelndes Weib; zu ma. gnaunzen „keifen". *(WStWB 159, Grimm VIII, 629, XI, 1370, Ziller 71, Jontes 163f.)*

Goderlkratzer *m.* Bez. für Schmeichler, einer, der jemanden vordergründig lästige Wohltaten erweist. Bildlich das Streicheln und Kraulen unter dem Kinn („Goderl") als Zärtlichkeitsgeste gemeint. *(Grimm VIII, 669, Jontes 164)*

Gock *m.* Bez. für Tölpel, Blödsinnigen; vgl. auch Gack (s. d.). Unter dem Wort wird auch ein Pfannenhalter für das einstige Kochen auf dem offenen Herd der Rauchküche verstanden. Vgl. auch Buckelkratzer (s. d.). *(UK 297, Grimm VIII, 660, Jontes 164)*

Gockel *m.* Bez. und Rügewort für eitlen, sich gespreizt gebenden Mann, Angeber. Vom Haushahn übertragen. Vgl. auch Hahn (s. d.). *(Jontes 164, Pfeiffer 148)*

Gocker *m.* Bez. für verdrießlichen, alten Mann und älteres Schpfw. für einsilbig-brummigen Menschen, heute allgemein für Dummkopf, uneinsichtigen Mann. Vgl. Gack, Gock (s. d.). *(UK 297, WStWB 160, Jontes 164f.)*

Gokolori *m.*, auch **Kokolori** *m.* Bez. und Rügewort für Menschen, der sich läppisch, närrisch benimmt, Dummkopf. Dunkler Herkunft, vielleicht zu mhd. gogelen „sich ausgelassen gebärden", dazu mhd. gougelvuore „Possentreibender". *(WStWB 159, Esterl 50, Jontes 165, Pfeiffer 149, Aman 67)*

Goschenreißer *m.* Bez. und Schpfw. für Maulhelden, geschwätzigen Menschen, einen, der den Mund („Gosche“) weit aufreißt, auch andere verleumdet, sich die „Goschen“ über jemanden zerreißt. *(Jontes 165)*

Gösserpläri *m.* Ortsspott auf die Bewohner des Gößgrabens südlich von Leoben-Göß. Vgl. Plärrer (s. d.). *(UK 300, Jontes 166)*

Grapler *m.* Bez. für langweiligen, langsamen, beschränkten, geistig unfähigen Menschen. Zu oberdt. grapeln „auf allen Vieren herumkriechen, herumschleichen“. *(UK 301, WStWB 160, Grimm VIII, 1893, Jontes 166, Jakob 71)*

Grammel *f.* Abfällige Bez. für unhübsche Frauensperson, besonders Mädchen. Übertragen von der Griebe, die beim Ausschmelzen des Specks zurückbleibt und als ein unscheinbarer, eingeschrumpfter Rückstand angesehen wird. *(Wintersberger 33, Jontes 166, Pfeiffer 151, Jakob 72)*

Granttegel *m.* Bez. für mürrischen, sauertöpfischen, dadurch auch zänkischen, „grantigen“ Menschen. Die Herkunft Grant „Übellaunigkeit“ ist nicht eindeutig geklärt. Es wird u. a. auf mhd. grinan „murren, knurren“ verwiesen. Granttegel entspricht hochsprachlich Sauertopf ziemlich genau. Tegel „Tiegel, Häfen“, Scherben „Topf“ bilden einen Typus der Zusammensetzung mit Grant im Schpfw., wobei der Mensch mit einem mit Grant gefüllten Gefäß verglichen wird. Vgl. Granthäfen, Grantscherben (s. d.). *(UK 302, Grimm VIII, 1884f., Jontes 166f., Aman 68)*

Granthäfen *m.* s. a. Granttegel m. *(WStWB 160)*

Grantjakel *m.* Bez. für mürrischen Menschen wie zuvor. Der zweite Typus der Grant- Schpfw. enthält Vornamen als Zusatz. *(UK 303, Jontes 167)*

Grantler *m.* Bez. wie oben. Einfache Ableitung von Grant. *(Jontes 167, Aman 68)*

Grantnigel *m.* Bez. wie oben. Siehe Grantjakel. Zu Nigel vgl. Bosnigel (s. d.). *(UK 303, Jontes 167, Jakob 72)*

Grantsche *f.*, **Grantscher** *m.* *(„Grantschen“)* Bez. wie zuvor. Ableitung von Grant. *(UK 303, Jontes 167, Jakob 72)*

Grantscherben *m.* Bez. wie zuvor. Ableitung siehe Granttegel (s. d.). *(UK 303, WStWB 160, Jontes 167, Pfeiffer 151)*

Grantschippel *m.* Bez. wie zuvor. Schippel, Schüppel „Haarschopf“, gilt für den ganzen Menschen im Sinne von „verächtlicher Kerl“ (UK 557). Vgl. auch Lugenschippel m. *(UK 303, Jontes 167)*

Grasel *m.* Synonym für Spitzbube, durchtriebener Kerl. Vielleicht zu gräßlich, grauslich, eher aber nach dem bekannten Räuberhauptmann Grasel, der 1818 in Wien gehängt wurde. *(UK 303, Grimm VIII, 1999f., Jontes 167, Pfeiffer 151)*

Graunge *f.* *(„Graungen“)* Schpfw. für faules, unnützes Frauenzimmer.

Graungel *m.* Spöttisch für langgewachsenen, dabei dürren Menschen. Zu ma. graun „mager, schlank“. *(UK 304, WStWB 160)*

Gräußzähler *m.* Älteres Schpfw. und Bez. für dummen und pedantischen Menschen (Gerichtsprot. Voitsberg 1670, fol. 14). Eigentlich einer, der beim Getreide sogar die einzelnen Körner („Gräuß") zählt. Vgl. auch Greißler (s. d.). *(UK 305, Jontes 168)*

Grauschädel *f.* Obwohl Grauhaarigkeit nicht von vornherein fortgeschrittenes oder hohes Alter impliziert, in dieser Bed. spöttisch für alten Mann. *(WStWB 160)*

Greppetzer *m.* Abfällige Bez. für altersschwachen Mann, der kaum mehr gehen, eigentlich kaum mehr greppetzen „rülpsen", kann. *(UK 305, WStWB 160, Jontes 168)*

Gretel *f.* Allgemeine Bez. für Frauenzimmer, besonders jüngere und flinke. Koseform von Margarethe; erst in Verbindung mit abwertenden Eigenschaftswörtern von abfälliger Bed. (faul, spinnet, „grillenhaft"). Idiotikon Fohnsdorf, 1813: „Gredel: eine muntere Weibsperson, auch ein geputztes Weibsbild". *(UK 305, Jontes 168f., Jakob 73)*

Gredenscheißer *m.* Scherzhafte Bez. für Stubenhocker; eigentlich einer, der zum Scheißen nicht einmal wie einst üblich den Hausbereich des Bauernhofes verläßt, sondern seine Notdurft gleich an der Grede „Weg ums Haus unter der Dachtraufe" (zu lat. gradus „Stufe", über roman. Vermittlung ins Dt.) verrichtet. *(UK 306, Jontes 169)*

Greinkatze *f.* *(„-katz")* Bez. für streitsüchtige, zänkische Frau, die mit einer greinenden Katze verglichen wird. Ahd. grinan, mhd. grinen „den Mund zum Knurren verziehen, winseln, heulen". *(UK 306, Jontes 169)*

Greißler *m.* Bez. für umständlichen, kleinlichen, pedantischen Menschen; von der Bez. für den Kleinkaufmann, der mit Lebensmitteln, ursprünglich mit Greißelwerk (Hülsenfrüchte, Mehl, Grieß) handelt. Vgl. auch Gräußzähler (s. d.). *(UK 305, Jontes 169, Pfeiffer 152, Jakob 73)*

Grenadiermodel *m.* Ältere, scherzhafte Bez. für starke, große Frau, von der so kräftige Kinder zu erwarten sind, daß diese sich zu Grenadieren in der Armee eignen. *(UK 306, Grimm IX, 114, Jontes 169)*

Griffel *m.* Bez. für Langfinger, Dieb. Zu greifen. Idiotikon Fohnsdorf, 1813: „Griffi: ein diebischer Mensch". *(Jontes 170)*

Grill *m.* Scherzhaft-spöttische Bez. für kleinen, schmächtigen Menschen. Vergleich mit dem Insekt. Auch „er ißt (so wenig) wie ein Grill". *(UK 307, Jontes 170, Jakob 73)*

Grillenkitzler *m.* Scherzhafte Bez. für einen Menschen, der sich mit Geduld und Hingabe einer wenig einträglichen Sache widmet. Einst eine beliebte Tätigkeit von Kindern war das „Grillenkitzeln", bei dem mit einem Grashalm Grillen aus ihren Löchern durch Kitzeln herausgelockt und dann gefangen wurden. Der Bedeutungsinhalt von Grille auch im Sinne von Schrulle schwingt hier mit. *(Jontes 170)*

Grilluckenschliefer *m.* Älteres Schpfw. für jemanden, der sich um Dinge kümmert, die ihn nichts angehen; wörtlich einer, der in das Loch einer Grille hineinschlüpfen will. *(UK 307, Jontes 170)*

Grimmling *m.* Bez. für leicht aufbrausenden, reizbaren Menschen, Hitzkopf, der schnell voller Grimm ist. *(UK 307, Grimm IX, 366, Jontes 170)*

Grind *m.* Schpfw. für unsauberen, ungepflegten Menschen, Schmutzfink. Zur Charakterisierung der Kopfgrind, ein einst häufiger Ausschlag, Schorf der Kopfhaut herangezogen. *(UK 307, Grimm IX, 368ff., Jontes 170)*

Grindnigel *m.* Bez. für unsauberen Menschen wie oben. Verbunden mit dem Vornamen (vgl. Bosnigel., s. d.). *(UK 308, Jontes 170)*

Grindschippel *m.* Bez. wie zuvor; eigentlich Haarschopf, der vom Grind befallen ist. Abraham a Santa Clara, auch in der Stmk. tätig, nennt die tanzende Salome einen „hupfenden Grindschippel". *(UK 308, Grimm IX, 377, Jontes 170)*

Griesplatte *m.* Bez. für einen Angehörigen von Cliquen von Herumtreibern im Grazer Griesviertel, einer alten westlichen Vorstadt jenseits der Mur, die einst als besonders anrüchig galt und diesen Makel heute noch nicht ganz losgeworden ist. Vgl. Plattenbruder (s. d.). Auch Griesplattinger gebräuchlich. *(Jontes 171)*

Grobgenähter *m. („-gnahter")* Bez. für groben, brutalen, rücksichtslosen Menschen. Aus der Sprache der Handwerker wie Schneider oder Schuster, die für strapazierfähige derbe Kleidung oder für Schuhwerk besonders groben Zwirn nahmen. *(Jontes 171)*

Grobian *m.* Bez. für groben Menschen, der auf körperliche oder seelische Empfindlichkeit seiner Mitmenschen keine Rücksicht nimmt. Auch für Ärzte, die nicht zimperlich sind, verwendet. Das Wort nach dem Muster von Heiligennamen wie Cassian usw. gebildet (vgl. auch Blödian, Dummian usw.). Verkürzt aus pseudolat. Grobianus als Vorbild für ähnliche Schpfw. Die lat. Satire Friedrich Dedekinds „Grobianus" geißelt 1549 die rauhen Sitten der Zeit. *(Grimm IX, 417f., Kluge 272, Jontes 171, Pfeiffer 153, Aman 72, Kapeller 54f.)*

Grössingschmecker *m.* Scherzhaft-spöttische Bez. für Forstwart (Ennstal); wörtlich einer, der an einem jungen Nadelbäumchen („Grössing", auch brauchtümlich als Weihnachtsgrün neben dem Bauernhaus, als Stiergrössing beim Almabtrieb) riecht („schmeckt"). *(UK 309, Jontes 172)*

Gruftspion *m.* Scherzhaft-boshafte Bez. für einen sehr mageren oder kränklich aussehenden Menschen (auch „Tod auf Urlaub"). *(Jontes 172)*

Grugerl *n.* Bez. für mühseligen, altersschwachen Mann. Zu bair. krigeln, krügeln „heiser reden, hohl husten, hart und ächzend atmen". *(UK 310, Grimm XI, 2303, Lexer I, 992, Jontes 172)*

Grünspeishandler *f.* Älterer Spottname für Finanzwachebeamten (Ennstal); wohl wegen dessen grüner Uniform Vergleich mit dem Gemüsehändler. *(UK 311, Jontes 173)*

Grünzipf *m.* Bez. für Menschen mit ungesunder, kränklicher, „grünlicher"

Gesichtsfarbe. Vgl. auch Zipf (s. d.). *(UK 311, Jontes 173)*

Gsiberger *m.* Stammes- und Landesspott für Vorarlberger nach dem alemannisch-mundartlichen von bajuwarischen Mundartsprechern als komisch empfundenen Kennwort gsi „gewesen". *(Wintersberger 36)*

Gupf *m.*, **Gupferl** *n.* Dummkopf. Ursprünglich Rundform, wie sie bei Bergen auftritt, auch das „Gegupfte" in einem Gefäß, das über das Maß hinausgeht, ebenso Rundform bei einem Hut. *(UK 312, Grimm IX, 1141, Jontes 173)*

Gufter *m.* Synonym für Verschwender. Zu mhd. güften, guften „übermütig sein", guftlich „prahlerisch". *(UK 313, Grimm IX, 1047, Jontes 173)*

Gucke *f.* *(„Gucken")* Abfällige Bez. für alte Frau; eigentlich damit eine Höhle, ein Loch (so auch für ein Loch im Kopf) gemeint und deshalb wohl obszön zu verstehen. Möglicherweise ist es aber auch nur ein verselbständigtes „Guck-" wie in Guckahnl „Urgroßmutter". *(UK 312, Jontes 174)*

Gückerlgeiß *f.* Schpfw. für ein schmächtiges, dürres, heranwachsendes Mädchen (Ober- und Oststmk.). Vielleicht zu mhd. gugen „schwanken". Siehe auch Geiß (s. d.). *(UK 312, Jontes 174)*

Gula *f.*, **Guli** *m.* Schpfw. im Sinne von Luder (s. d.) (Oberstmk.). Mit dem Wort wird auch die abwehrende und beleidigende Geste mit ausgestrecktem kleinen und Zeigefinger bezeichnet. Vielleicht aus ital. gola „Vielfraß". Auch mhd. gugel „Narrenkappe" vorgeschlagen (Ziller 383). *(UK 313, Jontes 174)*

Gurgel *f.* Ein „schlimmes" Mädchen. Vielleicht zu Gurke (s. d.) zu stellen. *(WStWB 160)*

Gurke *f.* Bez. für dumme, uninteressante Frauensperson („blöde Gurke"), wohl wegen der Wässerigkeit der Frucht. Verkleinerungsform Gurkerl n. eher für verlegenes, unbeholfenes, kleineres Mädchen. *(Wintersberger 37, Jontes 174, Pfeiffer 156)*

Gurkerl *n.* wie zuvor.

•••••••••••

H

•••••••••••

Habfest, Habenfest *m.* Bez. für Geizhals, einen, der seinen Reichtum festhält. Ma. haben „halten", aus mhd. haben, hân „festhalten, behaupten, besitzen". *(UK 317, WStWB 160, Jontes 175)*

Haberer *m.* Eigentlich Freund, Kumpan, jedoch auch ironisch bis abfällige Bez. für Mann allg. („a so a Haberer", „ein mieser Haberer"). Wiener Einfluß; Rotwelsch über jidd. chawer „Freund". *(Wintersberger 37, Jontes 175, Pfeiffer 158, Jakob 82, Pucher 240, Wehle 37f.)*

Haberesel *m.* Schpfw. für dummen Menschen, verstärkt für Esel; der Bedeutungsinhalt der Ungebührlichkeit durch Haber „Hafer", ausgedrückt, da dieser eigentlich nur den anspruchsvollen Pferden zustand. *(UK 317, Jontes 175)*

Habergeiß *f.* Scherzh.-spöttische Bez. für mageres, schmächtiges Mädchen mit dünnen Beinen. Übertragen von der ziegengestaltigen Spukgestalt der Habergeiß, die in den Haferfeldern umgeht und die Menschen erschreckt. Nachgebildet ist sie in mancherlei steirischem Maskenbrauch, so im Mitterndorfer Nikolospiel und -umzug. *(UK 317, Wintersberger 37, Jontes 175, Pfeiffer 158, Aman 80)*

Happerl *n.* Bez. für dumme Person. Verkleinerungsform zu Haupt für Kopf (wie Happel „Salatkopf"). Vgl. auch Zornhapperl (s. d.). *(UK 317, Jontes 175, Aman 79)*

Haderer *m.* Synonym für zänkischen, zum Stänkern geneigten Menschen, einen, der Streit und Hader sucht. Vgl. auch Hauderer (s. d.). *(UK 319, Jontes 176)*

Haderlmann *m.* Spöttische Bez. für Ehemann; wohl Spielform zu Hiderlmann (s. d.), jedoch auch mit Bedeutungsrichtung nach Lump hin. *(UK 319, Jontes 176)*

Haderlump *m.* Bez. und Schpfw. für unmoralischen, haltlosen Mann. Die beiden Wörter selber Bed. verstärken einander. Ursprüngl. wohl für moralisch schlechte Bettler verwendet. *(UK 319, Grimm X, 115f., Jontes 176, Pfeiffer 159, Küpper 104, Kapeller 57)*

Haderwachel *m.* Bez. für ungepflegten, in zerlumpten Kleidern gehenden Menschen. Wachel wohl zu ma. wachteln „dahertrotten, lässig daherkommen" (vielleicht vom Gang des verschlafenen Wachters, „Nachtwächters"). Vgl. auch Hallawachel (s. d.), dem es angeglichen sein könnte. *(UK 319, 612, Jontes 176)*

Hatsche *f.* *(„Hatschen")* Liederliches Weib; etymol. wie das folgende, wobei das unstete Herumgehen in abfälliger Bedeutung den Hintergrund für den Tadel abgibt. *(WStWB 160, Jontes 176, Pfeiffer 167)*

Hatscher *m.*, **Hatscheter** *m.* Bez. für Menschen mit angeborenem oder auch durch Verletzung erworbenen, unbeholfenen, schleppenden, hinkenden Gang. Wehle a. a. O. verweist unbelegt auf mhd. hakezen „hinken". Gleichlautend die Bez. für langes, zu Fuß zu bewältigendes, anstrengendes Wegstück oder für den Marsch selbst (auch Hatsch m). *(UK 319, WStWB 148, Grimm X, 559, Jontes 177, Wehle 25, Aman 77)*

Hatschierer *m.* Ältere Bez. für langgewachsenen, ungeschlachten Menschen von rauhem Auftreten. Übertragen von den einstigen fürstlichen Leibgarden (ital. arciere „Bogenschütze") oder Trabanten (s. d.), die ihre Herrschaften mit brutaler Gewalt vom drängenden Volke abschirmten. Auch hatschen mag volksetymologisch mitspielen. *(UK 319, Grimm X, 559, Jontes 177)*

Häfenbruder *m.* *(„-bruader")* Abfällige Bezeichnung für Häftling, auch Vorbestraften; gaunersprachl. Häfen „Gefängnis". *(WBÖ III, 1147, Wintersberger 38, Jontes 177, Pfeiffer 159)*

Häferl *n.* Bez. und eher mitleidiges Rügewort für naiven Menschen. Vergleich mit einem kleinen Henkelgefäß (Kaffeehäferl, Teehäferl), jedoch auch Zusammenhang mit der älteren Redensart einem ein Häferl setzen „jemanden zum Narren halten". *(UK 320, Jontes 177, Pfeiffer 159)*

Häferlgucker *m.* Bez. für jemanden, der sich ungefragt um alles Mögliche kümmert, eigentlich einer, der in der Küche neugierig in alle Gefäße und Töpfe schaut; weststeir. auch für ungeduldiges Kind. *(UK 320, WStWB 169, Jontes 177, Pfeiffer 159, Aman 77)*

Hakel *m.* Bez. für langen, hageren Burschen, Mann; meist als „langer Hakel" gebraucht, wobei damit ursprünglich ein Gerät der Flößer, Holzarbeiter, aber auch in der Brandbekämpfung gemeint war, ein an einer langen Holzstange befestigter Eisenhaken. *(Jontes 178)*

Hackelschmeißer *m.* Synonym für hinterhältigen Menschen, Intriganten, Denunzianten, der einem bildlich aus sicherer Deckung, aus der Anonymität heraus, eine Hacke nachwirft, Stadtjargon. *(Jontes 178)*

Hallawachel *m.* Bez. und gutmütig-spöttisches Rügewort für Dummkopf, unbeholfenen Menschen. Jakob a. a. O. stellt für Wien zu tschech. halama „Bengel, Schlingel", jedoch bietet sich auch dt. Herkunft an: „halla", „holla" < (ahd. halôn „holen, überholen"), der ursprüngliche Zuruf an den Fährmann (Kluge 285, 314). Wachel (s. d.) ist ein plumper Mensch, der unbeholfen mit den Armen winkt (ma. wacheln, zu wehen). Ursprünglich wohl jemand gemeint, der sich in auffälliger Weise bemerkbar machen will. Vgl. auch Haderwachl (s. d.). das eine Umdeutung daraus sein könnte. *(WStWB 160, Wintersberger 38, Jontes 178, Jakob 80)*

Halbpelzer *m.* Synonym für Dummkopf, Nichtskönner, auch verstädterter, dünkelhafter Mensch (Köflach); bedeutet eigentlich einen Obstbaum, der nur halb veredelt, gepelzt wurde. *(UK 322, WBÖ II, 985f., Jontes 178)*

Halbtepp *m.* Qualitative Halbierung des Bedeutungsinhaltes bringt hier in der Differenzierung einen Verstärkungseffekt hervor, weil sie eine Intensivierung der sprachlichen Quantität ergibt. *(Jontes 178f., Pfeiffer 160)*

Halberter *m.* Bez. für Menschen, der in seinen geistigen Fähigkeiten nur halb entwickelt ist. *(UK 322, Jontes 179)*

Halblustiger *m.* Wie zuvor, jedoch mehr ins Närrische hin. *(Jontes 179)*

Halbstarker *m.* Bez. für Jugendlichen, der sich im äußeren und inneren Gehabe gegen die Erwachsenen auflehnt. Begriff in der Jugendkultur der fünfziger Jahre, löste damals bei uns den Begriff Schlurf (s. d.) ab und ist heute weitgehend durch Begriffe ersetzt, die bestimmte modische Untergruppierungen der Jugendszene benennen (z. B. Punk, Rocker, Mod usw). Angeblich nach dem Roman „Die Halbstarken" des Berliner Schriftstellers Karl Escher, um 1920. *(Kapeller 58, Küpper 105, Jontes 179, Pfeiffer 161)*

Hälfterling *m.* Bez. für zerlumpten oder unordentlich gekleideten Menschen. Zu Halfter „Zaumzeug, Hosenträger“ oder auf jemanden gemünzt, der nur zur Hälfte gekleidet ist. *(UK 324, Jontes 179)*

Hallodri *m.* Bez. für leichtsinnigen, verantwortungslosen, unzuverlässigen, sorglos dahinlebenden, meist jungen Menschen. Möglicherweise über den humanistischen Schulunterricht in der Volkssprache: griech. allótrios „andern gehörig, fremd, befremdend“. *(UK 324, Wintersberger 38, Schmeller I, 1077, Jontes 179, Pfeiffer 162, Aman 78, Kapeller 58)*

Halser *m.* Älteres Schpfw. für unzüchtigen (?) Menschen. Gerichtsprot. Voitsberg 1767, fol. 5: „... solte mich vor einen Halser außschreien, weil ich mit Weibsbildern ein Umgang hatte.“ Zu ma. und schon mhd. halsen „um den Hals fallen, umhalsen, schmusen“ und mhd. halser „Buhle“. *(UK 325, Grimm X, 261, Jontes 180)*

Hampeltreinsch *m.* Unbeholfener, dummer Mensch; wie Hienpertrantsch (s. d.). Vgl. Hamperl (s. d.) und Triensche (s. d.). *(WStWB 160)*

Hamperl *m.* u. *n.* Bez. und Schpfw. für Dummkopf, energielosen, nachgiebigen Menschen, auch Pantoffelhelden; weststeir. für schwächliches Kind; davon auch hamperlet „blöd“. Herkunft dunkel. *(UK 325, WStWB 169, Jontes 180)*

Hammel *m.* Schpfw. für sturen, dummen Mann; lautliche Nähe zu Hammer (s. d.) verstärkt noch die dem Tier zugemessene Charakterisierung. *(Küpper 106, Jontes 180, Pfeiffer 162)*

Hammer *m.* Bez. und Schpfw. für Dummkopf, begriffsstützigen Menschen. Über das Rotwelsch aus hebr. chamór „Esel“. *(Esterl 51, Grimm X, 315, Landmann 175, Jontes 180, Pfeiffer 163, Kapeller 78)*

Hammerpoppel *m.* Bez. für einstige protzige Hammergewerken. Vgl. Poppel (s. d.). *(UK 325, WBÖ III, 611, Jontes 180)*

Hamsterer *m.* Bez. für raffgierigen, sammelwütigen Menschen. Zu hamstern „wie ein Hamster Vorräte sammeln“. Nach dem Zweiten Weltkrieg auch abfällige Bez. für Städter, die versuchten, bei den Bauern Lebensmittel einzutauschen oder zu kaufen. *(Jontes 180, Pfeiffer 163, Kapeller 81)*

Hahn *m.* Spöttisch für bubenhaftes Mädchen; zuweilen auch für aggressiven Menschen. *(WStWB 160, Pfeiffer 159)*

Hantiger *m.*, **Hantige** *f.* Bez. für schroffen, streitlustigen, schwierigen Menschen. Ma. hantig „bitter“ (mhd. handec, hantic „bitter“, schneidend scharf“). *(Grimm X, 398f., Jontes 180, Aman 78)*

Hahntirl *m.* Schpfw. für dummen Menschen (Mittelstmk). Vielleicht mißverstanden für Hantierer „wandernder Handwerksbursche“. *(UK 321, 326, Jontes 180)*

Hane *m.* Bez. für Tölpel (Oberstmk). Schmeller a. a. O. nennt schles. Hanepampel „Wartekind, kindischer, einfältiger Mensch“, und hannen

„Kinder warten". Idiotikon Fohnsdorf, 1813: „Hane: tölpelhafter Mensch". *(UK 327, Schmeller I, 1114, Jontes 181)*

Hahnl *n.* Bez. für kleinen, schmächtigen, jedoch streit- und rauflustigen oder sonstwie aggressiven Menschen. Verkleinerungsform von Hahn (s. d.). *(Jontes 181)*

Harber *m.*, **Harbe** *f.* Bez. für unfreundlichen, mißmutigen Menschen (ma. harb „herb"). *(Jontes 181f.)*

Harbwieserl *n.* Bez. für schnell aufbrausenden, sonst aber gutmütigen Menschen. Wohl das Wiesel zum Vergleich genommen, das zornig, bösartig („harb") werden kann. *(UK 328, Jontes 182)*

Harter *m.* Schpfw. für Bauer, ländlichen Menschen. *(Jontes 182)*

Haspel *m.* Bez. und Rügewort für ungeschickten, langsam reagierenden Menschen, auch im Sinne von Dummkopf. Vergleich mit dem gleichnamigen Gerät, der Garnwinde oder der Aufzugwinde im Bergbau. Idiotikon Eisenerz, 1812: „Haspel: ein einfältiger Mensch". *(UK 329, WStWB 160, Jontes 182, Pfeiffer 166f.)*

Haspler *m.* Wie zuvor; auch einer, der alles verkehrt angeht und verpfuscht. Im Bergbau einst der Haspelknecht, der über eine Kurbelwelle die Seilwinde für den Schacht bediente. Dazu war ein starker Mann vonnöten, der aber weder über besondere körperliche Geschicklichkeit, noch über ausgeprägte Geisteskräfte verfügen mußte. *(UK 329, Wintersberger 39, Jontes 182)*

Hascher *m.*, **Hascherl** *n.* Bez. für körperlich oder geistig schwachen Menschen, hilflos Kranken in mitleidigem Tone; Verkleinerungsform Hascherl für hilfloses, bemitleidenswertes Kind („armes Hascherl"). Schwer deutbar. Jakob a. a. O. verweist unbelegt auf mhd. haeschen „schluchzen", Kapeller a. a. O. auf haschen „ergreifen". Beide Deutungen befriedigen nicht. Idiotikon Fohnsdorf, 1813: „Hascher, auch Hoascher: ein armer, unbehilflicher Mensch, auch wohl so einer, den man wegen seines blöden Benehmens, seiner blöden Handlungen wegen dies Wort zum Schimpfe beylegt." Idiotikon Hieflau, um 1812: „Hascher: ein guter und auch armer Mensch." Die Mundartform Hoascher weist auf heischen „erbitten, betteln", und kommt dem Wortinhalt am nächsten, der also als Bettler zu verstehen ist. *(UK 329f., WStWB 160, 168, Esterl 50, Wintersberger 39, Jontes 182f., Pfeiffer 166, Kapeller 60, Jakob 82)*

Hase *m. („Has")* Abfällige Bez. für Mädchen, herablassend vom Burschen gebraucht; Anspielung auf Befangenheit und Ängstlichkeit. *(Jontes 183, Pfeiffer 166)*

Hasenhamperl ***n.*** Bez. für Feigling, Schwächling, Hasenfuß. Vgl. Hamperl (s. d.). *(UK 330, Jontes 183)*

Hasenkönig *m. („-kini")* Spöttisch für jemanden, der Grübchen im Gesicht hat. *(WStWB 160)*

Häuptling *m.* Soldatensprachlich für Hauptmann im scherzhaften Vergleich mit Indianerhäuptling. *(Küpper 107, Jontes 183, Pfeiffer 168)*

Haubenscheißer *m.* Älteres Schpfw. unbestimmter Bedeutung (Seckau 1847). *(UK 331, Jontes 183)*

Haubenstock *m.* Bez. für starrsinnigen Menschen, der sich nicht anpassen kann. Darunter wurden einst holzgeschnitzte Köpfe verstanden, auf die man Hauben oder Perücken setzte, damit diese ihre Gestalt und Form nicht verloren. *(Jontes 183f.)*

Haut *f.* Allg. Bez. mitleidigen oder gutmütigen Charakters für Menschen beiderlei Geschlechts, jedoch nur in Verbindung mit Adjektiven: arme, brave, ehrliche, gute Haut. *(Jontes 184, Kapeller 61)*

Häuter *m.* Bez. für dummen, gedankenträgen Menschen, auch im Sinne von armer Teufel. Möglicherweise Kurzform von Bärenhäuter (s. d.) „Faulenzer, einer, der auf der faulen Haut liegt", einem der beliebtesten Schimpfwörter der Barockzeit. Es mag aber auch der Begriff des abgemagerten, nur aus Haut und Knochen bestehenden Menschen, besonders in der zweiten Bed., ins Spiel gekommen sein. *(UK 332, WStWB 160, Esterl 50, Kluge 52, Jontes 184, Pfeiffer 169, Aman 78)*

Hauderer *m.*, **Hauterer** *m.* Bez. für jemanden, der trotz aller Mühen bei der Arbeit und im Leben nicht vorwärtskommt. Wohl, weil er mager ist, und die Haut um ihn schlottert. Vgl. auch Haderer (s. d.). *(UK 332, WStWB 160, Jontes 184, Pfeiffer 168, Aman 78)*

Hauterl *n.* Bez. für gutmütigen Menschen (wie „gute Haut", s. d.), auch altersschwache Frau. *(UK 332, Grimm X, 708, Jontes 184)*

Hautler *m.* Armer Mann; vgl. Haut (s. d.). *(Esterl 50)*

Häugatz *m.* Wohl für Gäugatz; Schpfw. für Tolpatsch; zu Gai „Gegend außerhalb eines Zunftbereiches"; ähnlich Gäudieb, Gaudieb. *(Esterl 50)*

Häugatzer *m.* Schpfw. für ungeschickten Menschen, Murkser. *(Esterl 50)*

Hauspoppel *m.* Bez. für Kretin, ein Poppel (s. d.), der zum Haus gehört. *(UK 332, Jontes 184)*

Haustepp *m.*, siehe Tepp. *(Jontes 185)*

Hausdrachen *m.* Abfällig für bissige, sture Ehefrau, auch Haushälterin. *(Küpper 107, Jontes 185, Pfeiffer 168)*

Haustrampel *m.* Schwerfällige, plumpe Hausgehilfin. Vgl. Trampel (s. d.). *(Küpper 108, Pfeiffer 169)*

Haustrottel *m.* siehe Trottel *m. (UK 333, Jontes 185)*

Häuselräumer *m.* Synonym für die einstigen Arbeiter der städtischen Fäkalienabfuhr, Abortführer (Graz; älter auch Nachtkönig); gleichzeitig auch Rügevergleich für schmutzige Kinder („Du schaust aus wie ein Häuselräumer"). Die Fäkalienabfuhr erfolgte nachts. Die hölzernen Abortfässer wurden vor der Einführung der Schwemmkanalisation über Faßleitern aus dem Keller gezogen und mit Pferdefuhrwerken weggeführt. Die Häuselräumer galten als gesellschaftliche Außenseiter. *(UK 333, Jontes 185)*

Hausnopper *m.* Älteres Synonym für Einbrecher, Bedränger. Mhd. noppen „stoßen, schaukeln". *(UK 333, Grimm XIII, 886, Jontes 185)*

Hausstock *m.* Bez. für Kretin; wörtl. etwas Starres, Steifes. *(UK 333, Jontes 185)*

Hedel, **Hettel** *f.*, **Hederl** *n.* Abfällig-spöttische Bez. für einfältig-lustiges Mädchen; eigentlich Ziege, Geiß, Zicklein, Vgl. auch Geiß (s. d.). *(UK 335, Esterl 50, Grimm X, 1270, Jontes 185)*

Hegel *m.* Bez. für rohen, ungehobelten, rücksichtslosen, ungebildeten Mann, Flegel. Zu oberdt. hegeln, heckeln, „foppen, aufziehen, necken". Auch Bez. für Stier. *(Grimm X, 777, Schmeller I, 1069, Jontes 185)*

Heikelkropf *m. („Hoakel-")* Bez. und Rügewort für beim Essen wählerischen Menschen. Ma. heikel, heiklig „wählerisch, schwer zu behandeln, delikat, besorgt" („hoakli"). Kropf nicht für die Schilddrüsenkrankheit, sondern im Sinne von Hals, Vogelkropf. *(UK 337, Esterl 50, Jontes 186)*

Hainbuchener *m. („Hoanbuachener")* Bez. für einen, mit dem man nicht in Güte reden kann, ein grober, unzugänglicher Mensch; wörtl. einer, der aus hartem, „hainbuchenem Holz" verfertigt ist. Hochsprachlich mit Bedeutungswandel „hanebüchen". *(Reiterer, Ennstalerisch 79, Grimm X, 174f., Jontes 186, Aman 79, 82)*

Heini *m.* Bez. für dummen, starrsinnigen Mann. Der Vorname Heinrich für die allg. Bez. von männlichen Personen verwendet (auch bei Kurzform Heinz, vgl. „Heanzen" für Burgenländer, Oststeirer). Heini jüngerer Herkunft, vielleicht über Soldatensprache der Deutschen Wehrmacht. *(WStWB 149, 160, Esterl 52, Grimm X, 886f., Küpper 109, Jontes 186, Pfeiffer 171, Aman 77, Kapeller 62)*

Heinzelbankschädel *m. („Hoanzlbank-")* Besonders ausgeprägter Dickschädel; die Heinzelbank ist eine Schnitzbank einst bäuerlichen und handwerklichen Gebrauchs, deren Klemmteil zum Festhalten des Werkstückes einen plumpen hölzernen Kopf darstellt. Vordernberg. *(Jontes 186)*

Heckerl *n.* Bez. für geistig und körperlich behinderten, aber auch energielosen Menschen. Verstärkt auch als Scheißheckerl (s. d.). Vgl. etym. Hegel (s. d.). *(UK 335, WStWB 161, Jontes 186)*

Heckerlbube *m.* Wie zuvor, Bube, der jemanden aufzieht, neckt („heckerlt"). *(UK 335, Jontes 186)*

Häckerling *m.* Bez. für furchtsamen, scheuen, feigen Menschen; eigentlich einer, der nur gehacktes Kleinzeug wert ist, oder aber jemand, der leicht zu „heckerln" ist. *(UK 318, Grimm X, 106, Jontes 186)*

Heckerlscheißer *m.* Tadelnd, spöttisch für feigen, mutlosen Menschen; wie Hosenscheißer; etym. wie das Folgende. *(WStWB 160)*

Heckerlschieber *m.* Schpfw. wie zuvor; Spottname für ungeschickten und mutlosen Menschen. Schieber, vielleicht als Kegelscheiber zu verstehen. *(UK 335, Jontes 186)*

Hecketzer *m.* Bez. für Feigling. Dunkler Herkunft. *(UK 335, Jontes 186f.)*

Hemperlpemperer *m.* Schpfw. für kleinlichen, pedantischen Menschen;

ma. herumpempern „mühselig herumarbeiten“. *(Esterl 50)*

Hendel *n.* Bez. und Rügewort für naiven, hilflosen Menschen; wohl hauptsächlich auf Frauen angewandt, jedoch auch für Männer gebraucht. Übertragung von Charaktereigenschaften des Huhnes auf den Menschen.

Hendling *m.* Bez. für einen mutlosen, feigen Menschen (Ennstal). Zu Hendel (s. d.). *(Reiterer, Ennstalerisch 77, Jontes 187)*

Hendelhutscher *m.* Spöttisch-scherzhafte Bez. für Geflügelhändler. Die Hühnerhändler trugen die Tiere einst in Holzsteigen auf dem Rücken daher, „hutschten“ (schaukelten) diese. *(UK 321, Jontes 187)*

Henne *f. („Henn“)* Abfällige Bez. für Mädchen, junge Frau („klasse, matte, schiache Henn“). Vgl. auch Suppenhenne (s. d.). *(Jontes 187, Pfeiffer 173, Aman 80)*

Hengst *m.* Bez. für sexuell aktiven, potenten Mann (stadtma). *(UK 341, Jontes 188, Pfeiffer 172f., Aman 80)*

Herumzottler *f.* siehe Zottler

Heugeige *f.* Scherzhafte Bez. für hageren, langgewachsenen Menschen, der nach der Heuschoberstange benannt wird. Idiotikon Fohnsdorf, 1813: „Heugeigen: eine übermäßig große, schlanke Weibsperson“. *(UK 344, Jontes 188, Pfeiffer 175, Aman 77)*

Heuochse *m. („-ochs“)* Bez. für Dummkopf wie Ochse (s. d.); zum Vergleich wird ein bereits Heu fressender, nicht mehr Muttermilch trinkender Ochse herangezogen. Es ist also ein Erwachsener gemeint, der noch immer ein wenig kindisch-dumm ist. *(Grimm X, 1291, Jontes 189, Pfeiffer 176, Aman 77)*

Hexe *f.* Abfällige Bez. für Frau oder Mädchen im allg. (ahd. hagzissa „die auf dem Zaun Sitzende“), aus Zeiten, in denen Frauen wegen angeblicher Zauberei verfolgt wurden. Beim Schpfw. auch mit wirrem Haar in Verbindung gebracht (vgl. Schoderhexe, s. d., „du schaust aus wie eine Hex’“). Verkleinerungsform Hexerl für kleine Mädchen eher gutmütig-scherzend gemeint. *(Grimm X, 1299f., Jontes 189, Pfeiffer 176, Kapeller 64, Kluge 307)*

Hiderlmann *m.* Wegwerfende Bez. für Ehemann (Ennstal); wohl als Hahnrei gemeint, jemand, der Hörner („Hiderl“, vgl. auch „ein Geweih aufgesetzt bekommen“ für betrogen werden) trägt. Vgl. auch Haderlmann (s. d.). *(UK 346, Jontes 189)*

Hiempel *m. („Heampel“)* Bez. für Tropf, Tölpel, einfältig-unbeholfenen Menschen, auch kretinöses Kind, Schwächling. Zu ma. hienen „weinen, heulen, jaulen“. Idiotikon Fohnsdorf, 1813: „Hiempel: ein blödsinniger Mensch“. *(WStWB 160, UK 346, Jontes 189)*

Hiempf *m. („Heampf“)* Bez. für Dummkopf; Kurzform zu Hiempel (s. d.). Vgl. auch kärntn. Himpfazen „Halbweinen der Kinder“. *(Jontes 189, Lexer, KWB 141f.)*

Hienpertrantsch, **-trentsch** *m.* Bez. für Dummkopf, Tolpatsch, vor allem aber Rügewort für eine zum Jammern neigende, weinerliche Frauensperson. Vgl. Hiempel (s. d.) und Trantsch (s. d.). Siehe aber auch Hampeltreinsch. *(UK 346, Esterl 50, Jontes 189)*

„Hienfut" *f.* u. *m.* Bez. und Rügewort für jemanden, der in einem fort und über alles klagt und jammert. Wörtl. Hühnerfut, ähnlich wie Hundsfut (s. d.) gebildet. *(UK 346)*

Hienz *m.*, pl. **Hienzen** *(„Heanz")* Bez. und leichter Spott für Burgenländer, Bewohner des Heanzenlandes. Angeblich wegen der einstigen Häufigkeit des Namens Heinz (Kf. von Heinrich) in diesem Gebiet. Andere führen den Namen auf Kaiser Heinrich IV. (1190–1197) zurück, unter dem zahlreiche deutsche Neusiedler nach Westungarn gekommen seien und deshalb seinen Namen getragen hätten. *(UK 526, Jontes 189, 302, Grimm XVI, 2254, Wintersberger 40)*

Hiesel *m.* *(„Hiasl")* Gutmütig-spottende Bez. für ungeschickten, naiven Menschen, dessen geistige Fähigkeiten leise angezweifelt werden; Kurz- und Koseform von Matthias. *(WStWB 161, Grimm X, 1320, Jontes 189, Pfeiffer 176, Aman 81)*

Himmeltauklieber *m.* Ortspott, Bez. für die Bewohner von Tillmitsch (Bezirk Leibnitz) in Wettmannstätten, weil sie Brei von Himmeltau, einer Art Hirse, die heute nicht mehr angebaut wird, aßen und mit dem Löffel aus der Schüssel herausstachen (klieben „spalten"). *(Reiterer, Paradies 90, Jontes 190)*

Himmelzanner *m.* Spöttische Bez. für Betbruder, frömmelnden Menschen; eigentlich jemand, der zum Himmel blickt (ma. zannen „hervorlugend schauen", wie etwa Zähne aus einem nicht ganz geschlossenem Munde). *(UK 347, 643, Jontes 190)*

„Hintennachi" *m.* Spöttisch für langsames Kind, das immer als letztes hinten nachkommt. Wie Tappnachi (s. d.). *(WStWB 170)*

Hinterfotziger *m.* Heimtückischer Mensch. Fotze f. „Mund"; nimmt also Bezug auf üble Nachrede. *(allg., WStWB 149)*

Hinterkrummer *m.* *(„-krumper")* Unehrlicher Mensch, einer der hinterhältig krumme Wege geht. *(WStWB 161)*

Hirntampel *m.* Bez. für vollständig verblödeten Menschen; vgl. Tampel (s. d.). *(UK 349, Wintersberger 41, Jontes 190)*

Hirnederl *m.* Bez. für dummen Menschen, Naivling; zu öde „leerstehend", einer, dessen Hirn ohne geistigen Inhalt ist. Vgl. auch Edi (s. d.). oder vielleicht ein Rindername (Hiden „Gehörn"). *(Wintersberger 41, Jontes 190, Pfeiffer 178)*

Hirsch *m.* Bez. für Dummkopf, begriffsstutzigen Menschen. Vom Tier, dessen Geweih (s. d.) wegen seiner Sperrigkeit ebenfalls als Spottwort herhalten muß. *(Küpper 112, Jontes 191, Aman 81, Jakob 88)*

Hirschegger *m.* Ein Mensch, der alles verkehrt angeht. Nach dem Tiernamen Hirsch (s. d.) charakterisierend, jedoch gleichzeitig im Ortsspott auf ein weststeirisches Dorf verweisend. *(WStWB 161, Jontes 191)*

Hoppel *m.*, **Hopperl** *n.* Bez. für einfältig-gutmütigen Menschen; wörtl. jemand, der kindisch auf- und abspringt („hoppelt"). Mit Hopperln auch die weibl. Brüste bezeichnet. *(UK 350, Jontes 191)*

Hoppertatsch *m.* Bez. für unbeholfenen Dummkopf, aber auch einen aufgeblasenen, anmaßenden, rasch beleidigten Menschen. Vgl. Hoppel (s. d.) und Tatsch (s. d.); adj. hoppertatschig. *(UK 350, WStWB 160, Jontes 191)*

Hopf *m.* Bez. für Tölpel, auch betrogenen Menschen. Zu hupfen „hüpfen". Der Hopf sein im Sinne von „zum Narren gemacht werden". *(UK 350, Jontes 191, Jakob 89)*

Hopfenstange *f.* Scherzhafte Bez. für langen, dürren Menschen (vgl. auch Bohnenstange, s. d.). Hopfen wurde einst auch in der Stmk. an langen Stangen gezogen. Eines der Hauptanbaugebiete war die Gegend um Ilz in der Oststmk. *(Grimm X, 1798, Aman 82, Jontes 191, Pfeiffer 181)*

Höppin *f.* Abfällige Bez. und Schpfw. für Frauen (Oberstmk); eigentlich eine Kröte („Hüpferin") damit gemeint (vgl. auch Kröte, s. d.). *(UK 350, Grimm X, 1799, Schmeller I, 1140f., Jontes 191, Aman 80)*

Hottel *m.* Bez. für zerlumpten Landstreicher. Zu Hudel, Hodel „Hader, Lumpen". Vgl. auch Hudel (s. d.). *(UK 351, Jontes 191)*

Hockenbleiber *m.* *(„Hucken-")* Schülersprachliche Bez. für Schüler, der den Aufstieg in die nächsthöhere Klasse nicht geschafft hat, sitzengeblieben ist. *(Jontes 192, Pfeiffer 179, Aman 82)*

Höckerl *m.* **Höckerling** *m.* Bez. für untauglichen, erfolglosen Menschen, Schwächling, einer, der sich nicht aufraffen kann, „hocken" bleibt. Vielleicht auch Verbindung zu Heckerl (s. d.). *(UK 351, Jontes 192)*

Höllbesen *m.* Schpfw. für überaus böse Frau. Vgl. Besen (s. d.). *(WStWB 161, Jontes 192)*

Höllenbraten *m.* Bez. und Schpfw. für Menschen schlechten Charakters, einer, der dem Teufel, der Hölle verfallen ist, ihr als Speise zufällt (vgl. auch Teufels, Raben-, Satansbraten, s. d.). *(UK 353, Jontes 192f.)*

Höllgankerl *m.* Rügend für allzu aufgewecktes Kind, eigentlich Teufelchen. Vgl. Gankerl (s. d.). *(WStWB 169)*

Höllwabe *f.* *(„-waben")* Bez. und Schpfw. für böses Weib (Wabe, s. d.), das als der Hölle verfallen oder aus dieser kommend angesehen wird. *(UK 354, Jontes 193)*

Hohlwanger *m.* Schpfw. für Verräter; wörtl. Hohlwangiger, mit Schluß von der Physiognomie auf den Charakter eines Menschen. *(UK 353, Jontes 193)*

Hölzler *m.* Bez. für Menschen mit Sprachfehler, jemanden, der beim Reden mit der Zunge anstößt, als ob er ein Hölzchen im Munde hätte. *(UK 354, Jontes 193)*

Holzschnalzer *m.* Abfällige Bez. für Holzgroßhändler; Schnalzer ursprünglich ein Zwischenhändler oder Zubringer beim Pferdehandel, dann jemand, der die Preise hinauftreibt („hinaufschnalzt", von Schnalzen „Peitschenknallen"). *(UK 549, Jontes 193)*

Holzwurm *m.* Handwerkerspott für Tischler, Zimmermann. *(Küpper 112f., Jontes 193, Pfeiffer 181)*

Hör, Höri *m., n.* Bez. für Tölpel. Gösser Gerichtsprot. 1608, fol. 54: „Dieser Pueb sey ein ainfeltiges Hör gewest." Zu ma. horbig, gehorbig „schmutzig" (mhd. hor „Kot, Schmutz"). Idiotikon Fohnsdorf, 1813: „Höri: ein schwachsinniger Mensch." *(UK 356, Grimm X, 1801, Jontes 193)*

Hornochse *m.* Bez. und Schpfw. für dummen und begriffsstutzigen Menschen (wie Heuochse, s. d.); eigentlich Ochse, dem schon Hörner gewachsen sind. *(Grimm I, 1830, Jontes 193f., Pfeiffer 182, Aman 82, Kapeller 66)*

Hosenkreister *m.* Handwerkerspottname für Schneider; zu ma. kreisten „vor Anstrengung ächzen, stöhnen", Kreister „abgelebter Mensch", hier vielleicht scherzhaft-obszön im Sinne von Furzer. Vgl. Kreister (s. d.). *(UK 356, Schmeller I, 1383, Jontes 194)*

Hosenscheißer *m.* Bez. für Angsthase, Feigling, Mensch, der vor Angst in die Hose macht. Vgl. auch Scheißer, Scheißkerl (s. d.). *(UK 356, Grimm X, 1842, Jontes 194, Pfeiffer 182, Aman 83, Kapeller 66, Jakob 89)*

Hosenscheißerl *n.* Spöttisch-rügend für Kind, das noch nicht sauber, stubenrein ist, noch in die Hosen macht. *(WStWB 170)*

Hosenzitterer *m.* Bez. und Spottwort für einen Menschen, der leicht von Schwindel befallen wird. *(UK 356, Jontes 194)*

Hupfer *m.* Bez. für Springinsfeld, unternehmungslustigen, wenngleich noch unerfahrenen Menschen („junger Hupfer", wie Dutter, s. d.). Vielleicht ursprünglich ein junger Rekrut, der in der Ausbildung körperlich hart hergenommen wird. Ma. hupfen „hüpfen". *(Küpper 114, Jontes 195, Aman 85)*

Hudel *m.* Bez. für zerlumpten Kerl, nachlässig gekleideten Menschen (vgl. auch Haderlump, Hottel, s. d.). Hudel „Lumpen, Fetzen", schon mhd. neben Hader auch in der Bed. „schlechte Person, Hure". *(UK 357, Grimm X, 1681, Jontes 195, Pfeiffer 183, Wintersberger 42)*

Hudelwirt *m.* Bez. für Spelunkenwirt, Wirt eines übelbeleumdeten Gasthauses. (Ausseer Gerichtsprot. 1605, fol. 10). Vgl. Hudel (s. d.). *(UK 358, Jontes 195)*

Huterer *m.* *(„Huaterer")* Bez. und Rügewort für unmoralischen, verkommenen Mann, der sich mit Huren einläßt. Wortspiel mit Hutmacher und Hure. *(Jontes 195, Aman 83)*

Hudler *m.* Bez. für Menschen, der alles übereilt, dadurch schlampig erledigt. Bedeutungswandel über „zerlumpt", „verkommen" (vgl. Hudel, s. d.) zu „überstützt". *(UK 358, Grimm X, 1665, Jontes 195, Aman 83f.)*

Hudriwudri *m.* Bez. für unordentlichen, flüchtig arbeitenden oder handelnden Menschen (wie Hudler, s. d.). Auch Hudriwusch m. Zu hudeln und wischen „vorbeisausen". *(UK 358, Wintersberger 42, Schmeller I, 1055, Jontes 195, Aman 84)*

Hudriwusch *m.*, siehe Hudriwudri. *(Esterl 45, Jontes 195)*

Hutsche *f. („Hutschen")* Schpfw. für leichtfertiges Frauenzimmer, eig. Schaukel; Nähe zu Hatsche (s. d.) prägt mit. *(Pfeiffer 187, Jontes 196, Wintersberger 42)*

Huf *n. („Huaf")* Blöder Kerl; Vergleich mit einem stumpfsinnigen Huftier. *(Jontes 196)*

Humpelhase *m. („-has")* Schülersprachl. Spottwort für gehbehinderten, hinkenden Menschen. *(Jontes 196)*

Hund *m.* Grobes Schpfw. allg. Art. Trotz der sprichwörtlichen Treue und Anhänglichkeit des Hundes eines der häufigsten und ältesten idg. Schpfw. aus dem Tierreich, was auf ältere, verächtliche Anschauungen, besonders religiöse und Rechtsbräuche, weist. Oft in Verbindung mit negativen Eigenschaften verwendet: „blöder, schiecher, buckleter Hund". Typisch auch „geselchter H." Kann jedoch auch im anerkennenden Sinn gebraucht werden („a mords Hund"; „a Hund auf der Geigen"). *(WStWB 162, Küpper 114, Grimm X, 1910ff., Jontes 196, Pfeiffer 184, Aman 163)*

Hundianer *m.* Wie zuvor; pseudolat. Erweiterungsbildung, die eine Abkunft oder Herkunft anzeigen soll (wie etwa Indianer). Auch im anerkennenden Sinne gebraucht (vgl. Hund, s. d.). *(Jontes 196, Jakob 90)*

Hundling *m.* Wie zuvor, jedoch in germ. Ableitungsbildung. *(Jontes 196, Pfeiffer 185, Aman 84, Jakob 90)*

Hundsbube *m.* Grobes Schpfw. für Knaben, ursprünglich Bez. für Hundejunges, Welpe (Burgauer Jagdbuch 1737) oder für Jagdgehilfen, der die Hunde führt. *(UK 360, Grimm X, 1933, Jontes 196, Pfeiffer 185, Aman 84)*

Hundspuffer *m.* Verächtliche Bez. für Hundefänger, Hundeschläger (s. d.), auch als Schpfw. gebraucht und empfunden. Eigentlich jemand, der Hunde erschießt (puffen „knallen, schießen"; Puffer „Pistole"). Gerichtsprotokoll Neumarkt, 1707 fol. 115: „... es were ein rechter Hundspuffer, ob es ein ehrlichen Handwercher gebihre, die Hundt nider zu schüessen undt abzupuffen". Die Tätigkeit des Hundefängers wie die des Abdeckers galt als unehrlich. Die öffentliche Tötung eines Hundes brachte Ehrverlust mit sich. *(UK 360, Jontes 196f.)*

Hundsvieh *n.* Schpfw. für Hunde selbst, die etwas angestellt haben oder nicht parieren wollen. *(Jontes 197, Jakob 90)*

Hundsfut *f., n.* Älteres, verächtliches Schpfw. allg. Art (hochsprachl. Hundsfott), eigentlich Vulva der Hündin (vgl. auch Fut, s. d.). Gerichtsprot. Harracheck 1726, fol. 366: „beclagte selben auf seine gethane Spaßröd ain Hundsfud und Glaglitz gehaißen." *(UK 294, Grimm X, 1934f. Jontes 197, Pfeiffer 185, Aman 84, Kapeller 66)*

Hundsfutter *n.* Schpfw. allgemeiner Art als ins Verharmlosende hin umgedeutetes Hundsfut (s. d.). *(Jontes 197)*

Hundskrüppel *m.* Derbes Schpfw., verstärktes Krüppel (s. d.). *(Jontes 197, Pfeiffer 185)*

„Hundsmierchen" *f.* Schpfw. für unfolgsamen Hund, seltener für Menschen verwendet. Vergleich mit einem abgerackerten Pferd, Schindmähre. Ahd. mariha, mhd. märhe „Stute", mit späterem Bedeutungswandel zum Negativen hin, weil Stuten schneller ihre Leistungskraft einbüßten; (vgl. auch Marchfutter, der einst in der Stmk. für die Pferde des Herrn von Untertanen zu liefernde Hafer). *(Jontes 197)*

Hundschlager *m.* Bez. für Schinderknecht, der streunende oder herrenlose Hunde erschlug; wegen der Unehrbarkeit dieser Tätigkeit auch als Schpfw. (vgl. Hundspuffer, s. d.). *(UK 360, Grimm X, 1933, Jontes 197)*

Hundsschneider *m.* Ortsspottname der Hirschegger für die Wettmannstätter (Weststmk). *(Reiterer, Weststeir. Sprachbilder, Jontes 197f.)*

Hundschopper *m.* Spottname für Sattler von seiten der Riemer, weil sie auch mit Hundehaaren auspolsterten. *(UK 360, Jontes 198)*

Hühneramtmann *m.* Älteres Spottwort für Amtmann einer kleinen Herrschaft ohne Gerichtsbarkeit, der quasi nur über Hühner gebieten konnte (vgl. auch Hühnerrichter, s. d.). *(UK 359, Jontes 198)*

Hühnerarsch *m.* Verächtliches Schpfw., verstärktes Arsch (s. d.). *(WBÖ I, 362, Jontes 198)*

Hühnerbohrer *m.* „Schimpfwort unbestimmter Bedeutung", vielleicht ein ungeduldiger, neugieriger, insistenter Mensch, einer der ein Huhn abgreift, ob es schon ein Ei legen könnte. *(WStWB 160)*

Hühnerbruder *m.* Ortsspottname für die Einwohner von Lassing (Ennsbereich). Möglicherweise bei der Aufzeichnung mißverstanden für -brüter. *(UK 359, Jontes 198)*

Hühnergreifer *m. („Hean-")* Harmloses Schpfw. für Feigling (Ennstal). Anscheinend Bedeutungswandel, denn der Hühnergreifer ist ein umschreibender Name für den Habicht bzw. für eine ländliche Maskengestalt. Aman a. a. O. weist auf jemanden hin, der ein Huhn nach noch ungelegten Eiern abgreift. *(Reiterer, Ennstalerisch 105, UK 359, Jontes 198, Aman 81)*

Hühnerrichter *n.* Ähnlich wie Hühneramtmann (s. d.). Spottname für den Verwalter einer einstigen Herrschaft ohne Gerichtsbarkeit, der quasi nur über Hühner zu Gerichte sitzen konnte. *(UK 359, Jontes 198)*

Hungerturm *m.* Schülersprachl. Bez. für Menschen, besonders Lehrer, die sehr groß und mager sind. Unterrichtsreminiszenz an den Schuld- oder Hungerarrest im Turme in der Rechtspflege der Vergangenheit. *(Jontes 198, Pfeiffer 185)*

Hurenbeutel *m.* Abfäll. Schpfw. und Bez. für Herumtreiber, Besucher von Huren. Verstärkt für das allgemeinere Beutel (s. d.). *(WBÖ II, 717, Jontes 199, Pfeiffer 186)*

Hurenbock *m.* Bez. und Schpfw. für unsittlichen Mann. Vgl. auch Bock (s. d.). *(Jontes 199, Pfeiffer 186, Aman 83)*

Hurenkind *n.* Abfällige Bez. und Schpfw. für uneheliches Kind, Kind einer Dirne. Im Handwerkerspott auch für die Riemer gebraucht. *(UK 361, Grimm X, 1962f., Jontes 199, Pfeiffer 186, Kapeller 67)*

Huscher *m.* Ein leicht verhaltensgestörter Mensch, einer, der einen „Huscher", leichten Dachschaden hat.

Hutze *m.* Bez. für lauernden, unheimlichen Menschen (mittleres Murtal), zu mhd. hûzen, hiuzen „zur Verfolgung rufen" (ma. aufhussen). In der Bed. alte, runzelige Frau von dem Wort für gedörrtes Obst, besonders Äpfel, Birnen. *(UK 358, Jontes 199f., Aman 85, Kapeller 67)*

Hutzelbär *m.* Habenichts. Wohl von der getrockneten Birne (ma. Bir), der „Kletze" oder „Hutzel" her mißverstanden. *(Jontes 200)*

I, J

„Ithaker" *m.* Scherzhaft für Italiener, in lautlicher Anlehnung an die Heimatinsel des Odysseus. *(Küpper 116, Pfeiffer 192)*

Idi *m.* Schpfw. für Dummkopf, Kurzform von Idiot. Wohl vom Namen des grotesken afrikanischen Despoten Idi Amin her beeinflußt. *(Jontes 201, Pfeiffer 188)*

I-Tüpferl-Reiter *m.* Scherzhaft für Pedanten. *(Jontes 201, Wintersberger 43, Pfeiffer 192)*

Igel *m.* Scherzhaft für Mann mit kurzer Stehfrisur, die an aufgestellte Igelstacheln erinnert. *(Jontes 201)*

Iltis *m.* Bez. und Rügewort für ungepflegten und deshalb übelriechenden Menschen; nach dem Mardertier, das durch seine Stinkdrüsen auffällt. *(Jontes 201)*

Impotenzler *m.* Impotenter Mann; scherzhaft auch die pseudokirchengeschichtliche Nennung der Bulle „Non possumus" von Papst „Impotenz" XIII. *(Pfeiffer 189)*

Jaritze *f.* Älteres Schpfw. für Frauensperson. Rotenfelser Gerichtsprot. 1644–1654, fol. 20: „... hat geschrien: du Järizen, du Sauschererin und Sacrament Diepin ...". Slow. jarec „Hammel". *(UK 363, Jontes 202)*

Jeierer *m.* Bez. und Rügewort für jemanden, der wehklagt oder jammernd kritisiert, Vorhaltungen macht. Zu jeiern „wehklagen, weinerlich schimpfen", lautmalend, Stadtjargon. *(Jontes 202)*

Jochgeier *m.* Scherzhaftes Synonym für Alpinisten, Hochtouristen, der sich wie ein Geier auf den Gebirgsjochen herumtreibt, auch für einen lärmenden Polterer. *(Jontes 202, Aman 87)*

Jodel *m.* Bez. und Schpfw. für groben Lümmel, lärmenden Mann, dazu auch Dummkopf, begriffstützigen Menschen; vgl. auch Bäckenjodel, Kropfjodel (s. d.). Ursprünglich Koseform für Georg und Johann, seltener für Josef, dann auch als Stiername. Idiotikon Fohnsdorf, 1813: „Statt Georg. Oft aber auch der Ausdruck des Schimpfens über einen dummen Mensch. Bist wohl a rechter Jodl! O du Jodl du! Idiotikon Göß, 1811: „Jodl: Kühestier." *(UK 367, Jontes 202)*

Jörgel *m.* Koseform für Georg, dazu Bez. für dummen Menschen ähnlich anderen Koseformen, die pejorativ eingesetzt werden. *(UK 368, Jontes 202f., Küpper 117)*

Jud *m.* Neben der abwertenden Bezeichnung des Juden (im Gegensatz zur wertneutralen Vollform Jude) auch für geizigen, habgierigen Menschen im allgemeinen („so a Jud! Du Jud du!"). Vgl. auch Schneckerljud (s. d.). *(UK 369, Jontes 203, Pfeiffer 196)*

Iwan *m.* Generalisierend für den Russen, besonders den russischen Soldaten, auch Kriegsgefangenen; nach dem häufigsten russischen Vornamen. *(WStWB 506, Jontes 201, Pfeiffer 192)*

Ix-Haxeter *m.* Spöttisch für Person, die mit X-Füssen zu leben hat, mit von den Knieen an nach außen gebogenen Beinen, im Gegensatz zu den O-Beinen. Vgl. auch Fasselreiter (s. d.). *(WStWB 149)*

K, C, Ch

Kapp *m.* Schpfw. für geilen Kerl oder abgeschwächt für Mann überhaupt; auch Kapper m. Von der Bez. für verschnittenes Tier (Hengst, Hahn, Widder) oder Kastrat. *(UK 371, Grimm XI, 188, Jontes 204)*

Kapelle *f.* Rügewort für schwerhörigen Menschen, stets in Verbindung mit törrisch „taub, schwerhörig" („du törrische Kapellen") gebraucht. Bei Schmeller a. a. O. alte Kapelle für altes Weib. *(Wintersberger 82, Schmeller I, 1269, Jontes 204.)*

Kapper *m.*, siehe Kapp.

Kaprizenjakel *m.* Bez. für launenhaften, wunderlichen Menschen, einer, der Kaprizen macht, sich widerspenstig zeigt, kapriziert ist. Jakel Verkleinerungs- und Koseform für Jakob. *(UK 372, Jontes 204)*

Kapuzinerweibel *n.* Spöttisch für bartlosen Kapuzinermönch, da bei diesem Orden der Vollbart zum äußeren Erscheinungsbild gehört. Vgl. auch Bartbruder (s. d.). *(Jontes 204)*

Kater *m.* Bez. für liebesdurstigen Burschen (Weststmk., und allg.). *(Reiterer, Weststeir. Sprachbilder, Jontes 204, Pfeiffer 207)*

Kaffeeschwester *f.* Dem Saufbruder wird seiner Untugend eine angeblich nur weibliche gegenübergestellt. *(allg., Jontes 205)*

Kagetzer *m.* Bez. für stets hustenden Mann. Ma. kagetzen „stoßweise husten, hüsteln" (mhd. kîchen, kuchen „keuchen", mit Intensivbildung). *(Jontes 205, Aman 88)*

Kalbel *n. („Kaibl")* Bez. und Rügewort für unbedacht herumtollenden, ungehobelten, unüberlegt handelnden, meist jüngeren Menschen, der mit einem unerfahrenen Kalb verglichen wird. *(Grimm XI, 52, Jontes 205)*

Kalfakter *m.* Bez. für großen, tölpelhaften Menschen, auch jemanden mit hinterlistigem, spitzbübischem Charakter. Eigentlich damit früher ein Einheizer, Ofenheizer, wörtl. Warmmacher (lat. calefacere „warmmachen", aber auch schon „aufregen") gemeint, der mit dem Einheizen betraute Schüler der mittelalterlichen Schule; Weitergabe schulsprachlich, doch ist auch das klösterliche Milieu nicht auszuschließen. In der Oberstmk. ist auch eine gegenseitige Beeinflussung mit Kohlfachter, „Arbeiter, der in den Eisenwerken mit den Holzkohlen zu tun hatte, für deren Messen und Lagern verantwortlich war" *(UK 401)* möglich, da die Schmutzigkeit dieser Arbeit ebenfalls Grund zum Spott gewesen sein wird. Idiotikon Fohnsdorf, 1813: „Kalfakter: ein Mensch, der niedrige, schmutzige Streiche ausübt." Idiotikon Leoben, 1812 – Vissa-Hs.: „Kolfakter: der Schimpfname eines Herum- besonders Nachtschwärmers, nur meist bey Männern gebräuchlich." *(UK 375, Esterl 50, Wintersberger 44, Jontes 205f., Pfeiffer 201, Aman 89, Grimm XI, 64, Kluge 342)*

Kalmäuser *m.* Abfäll. Bez. für Geizhals, neidischen Menschen; Herkunft nicht sicher feststellbar; -mäuser wie in Duckmauser (s. d.). Vielleicht zu kahl oder kalm „still". Idiotikon Hieflau, um 1812: „Knauser, Kollmäuser: ein karger Mensch". *(UK 375, Lexer, KWB 153, Grimm XI, 70ff., Jontes 206, Pfeiffer 201)*

Kampel *m.* Synonym anerkennenden und auch negativen Charakters für Geselle, Kamerad, Kumpan. Eigentlich ma. Verkleinerungsform von Kamm (mhd. kamp) als Gerät; möglicherweise aus einer Kurzform von Kamerad in Analogie zu Kamm weitergebildet. *(UK 376, Jontes 206, Aman 88, Kapeller 74, Grimm XI, 137)*

Kamél *n.* Schpfw. für dummen, uneinsichtigen, starrsinnigen, auch hochmütigen Menschen beiderlei Geschlechts. Wort und Begriff (arab. gamal, lat. camelus, mhd. kémel „Dromedar") vor allem durch die Kreuzzüge ins Bewußtsein des Europäers gedrungen und aus den Charaktereigenschaften des Tieres erklärt, das in der religiösen Kunst vor allem in Darstellungen der Hl. Drei Könige, bei der Arche Noah und in Weihnachtskrippen vorkommt. Vgl. auch Trampeltier (s. d.). *(Aman 89, Kapeller 74, Grimm XI, 95, Jontes 206, Pfeiffer 201)*

Kameltreiber *m.* Abfälliges Wort des Nationenspottes für Vorderasiaten und Afrikaner arabischer Muttersprache, auch bedenkenlos auf andere Völker des Nahen Orients ausgedehnt. Häufig für Gastarbeiter oder arabische Studenten verwendet. Möglicherweise von den volkstümlichen Weihnachtskrippen mitbeeinflußt, wo im Gefolge der Hl. Drei Könige Kameltreiber häufig sind. *(Grimm XI, 97, Küpper 118, Jontes 206, Pfeiffer 202)*

„Kanáli" *f.* Häufiges Schpfw. für Frauenspersonen, die klatschsüchtig, untreu usw. sind. Frz. canaille „Gesindel" (eigentlich Hundepack). Auch zu Karnáli umgebildet. Zur Charakteristik von Männern eher Kanatzi, Karnatzi m. verwendet. *(UK 377, Jontes 206, Pfeiffer 202f., Aman 88, Kapeller 74)*

Kandel *f. („Kaundl")* Abfällige Bez. für beleibte Frau; nach dem großen Schenk- und Trinkgefäß. Auch ein kräftiger Rausch wird so bezeichnet. In Zus. mit Sauf- (s. d.) auch für Trinker. *(Jontes 207)*

Karpf *m.* Bez. und Rügewort milderen Charakters für dümmlichen, sturen Menschen. Vergleich mit den langsamen Bewegungen und dem starren Blick des Fisches. *(Jontes 207, Pfeiffer 205)*

„Karnáli", „Karnátzi" *f., m.,* siehe Kanáli. *(Jontes 207)*

Casanova *m.,* **Casanoverer** *m.* Bez. für liebeshungrigen, vielen Frauen nachstellenden, Liebesabenteuer suchenden Mann. Nach dem bekannten Abenteurer und Schriftsteller Giovanni Giacomo Casanova (1725–1798). *(Jontes 207)*

Kasper *m.,* **Kasperl** *m.* Bez. für nicht ernst zu nehmenden, lustigen, auch lächerlich wirkenden Mann. Nach der bekannten Spaßfigur des Volkstheaters und Puppenspiels, die im 18. Jh. durch Laroche in Wien eingeführt wurde und an die Stelle des älteren Hanswursts trat. Der Name Kaspar klingt an ma. kaspern „dummes Zeug reden, schmeicheln, sich läppisch betragen, foppen" an. Auch ein lächerlich kleiner Ofen zum Beheizen eines Zimmers wird so genannt. *(Grimm XI, 258f., Jontes 207f., Pfeiffer 206, Aman 88)*

Kaspernater *m.* Bez. für Wirrkopf, Menschen, der körperlich und geistig alles durcheinander bringt. Vielleicht im Schulwitz nach dem Muster „desperat" aus kaspern, Kasperl (s. d.) gebildet oder im Zusammenhang mit Kaschernad, Kaschana n. „Gemengsel, Speisengemenge" (zu ital. cascio „Käse") entstanden. *(UK 379, Grimm XI, 259, Jontes 208)*

Kaschomanzel *n.* Ältere kindersprachl. Bez. für junges Mädchen, Backfisch. Rotwelsch Gatzmann „Kind", zu zig. gatschinig „klein". *(UK 379, Jontes 208, Puchner 237)*

Kausche *f.* Abfällige Bez. für langsam redende, stotternde Frau (Oststmk). Lautmalend, zu kauen gehörig (ma. kauschen „schmatzen"). Dazu auch der Schweinelockruf kausch! kausch! *(UK 382, Grimm XI, 362, Jontes 208f.)*

Katze *f. („Katz")* Bez. für Mädchen, jüngere Frau (Stadtjargon); abwertend bis anerkennend („fesche Katz") gebraucht. *(Küpper 122, Wintersberger 45, Jontes 209, Pfeiffer 207, Aman 89, Kapeller 77)*

Katzelmacher *m.* Abfällige Bez. für Italiener, auch Katzinger m. Ursprünglich Handwerkerbezeichnung, vielleicht auch Spott für Zinngießer, die aus der Monopolstellung der Oberitaliener in der Zinngießerei der Alpenländer erklärbar ist. Venez. cazza „Schöpfkelle", über tirol. gatze „ds." läßt den Katzelmacher als einen Gießer von Zinnlöffeln und dgl. erscheinen. In Wien seit 1741 feststellbar. Im abwertenden Sinne auf sodomitische Betätigung im Sinne von Fadelmacher (s. d.) hin gemünzt. *(UK 373, Wintersberger 45, Jontes 209, Pfeiffer 207, Kapeller 77, Jakob 96, Kluge 358)*

Katzenrecker *m.* Handwerkerspottname für Lederer. *(UK 373, Jontes 209)*

Katzenschinder *m.* Handwerkerspottname für die Kürschner, denen damit Verfälschung edleren Pelzwerkes mit Katzenfellen nachgesagt wurde. Schinden hier „das Fell abziehen". *(UK 373, Grimm XI, 300, Jontes 209)*

Keppel *f.*, siehe Keppler.

Keppler *m.*, **Kepplerin** *f.* Bez. und Rügewort für schwatzhaften oder zänkischen Menschen (vgl. auch zurückkeppeln „streitlustig erwidern"). Ma. keppeln „schwatzen", eigentlich „in seine Kappe (Kapuze, Kutte) hineinreden". Auch Keppel f. *(UK 382, Jontes 210, Pfeiffer 208, Jakob 96)*

Keife *f. („Keifen")* Bez. und Rügewort für schimpfendes, tadelndes, keifendes Frauenzimmer. Mhd. kîben „scheltend zanken". *(Grimm XI, 422, Jontes 210)*

Kelz *m.*, **Kölz** *m.* Schpfw. für vorlauten, kecken Mann (Stradener Gegend, Oststmk). Mhd. kelzen „laut sprechen, prahlen, schelten", Intensivum zu Kehle. *(UK 383, Grimm XI, 527, Jontes 210, Jakob 96)*

Kerl *m.* Bez. abfälligen Charakters für Mann, Bursch, auch Hund („a so a Kerl", „ein mords Kerl"). Ahd. karal, mhd. karl „Mann, Ehemann, Geliebter", trotz der vornamenbildenden Kraft auch schon teilweise verächtlich verwendet. Idiotikon Leoben, 1812 – Vissa-HS.: „Kerl: eine niedere Benennung einer Mannsperson, im Scherze und im Ernste sehr gewöhnlich." *(UK 384, Grimm XI, 570ff., Jontes 211, Kapeller 78)*

Kerzelweib, Kerzelweibel *n.* Abfällige Bez. für bigotte, ältere Frau, die häufig die Kirchen aufsucht. Einst eine Frau, die in Gotteshäusern gegen Bezahlung Kerzen anzündete und Lichtstiftungen betreute. *(UK 384, Jontes 211, Pfeiffer 209)*

Kestenbrater *m.* Schpfw. im Sinne von Lump, eigentlich Bez. für den gewerblichen Kastanienbrater (ahd. kestinna, mhd. keste aus spätlat. castinea); vielleicht wegen Schwindels beim Zumessen der verkauften Waren. Keste f. auch ma. für Kartoffel. *(UK 385, Jontes 211)*

Kipfel *n.* Harmlos-spottende Bez. für naiven, dümmlichen Menschen oder Rügewort für jemanden, der eben eine dumme Antwort gegeben hat (z. B. in der Schule); eigentlich das halbmondförmige Gebildgebäck aus Semmelteig (ahd. kipf aus lat. cippus „Pfahl"). *(Kluge 370, Jontes 211, Pfeiffer 211)*

Kittelschmierer *m.* Scherzhafte Bez. für Mann, der gerne Frauen nachläuft, wobei das Kleidungsstück für die ganze Person steht. Schmierer „Schmeichler" (schon mhd. smirer „ds."). *(UK 386, Jontes 212)*

Kitsche *f. („Kitschen")* Bez. und Schpfw. für leichtfertiges, liederliches

Frauenzimmer, Dirne. Vgl. kärntn. Gitsche „Mädchen“. *(UK 386, Jontes 212)*

Kiefel *m.* Bez. und Schpfw. für dummen Kerl (Oberstmk). Ma. kiefeln „abnagen, kauen“. *(UK 386, Grimm XI, 663ff., Jontes 212)*

Kielkropf n. Älteres Synonym für Wechselbalg, Mißgeburt, verunstaltetes Kind. Im 8. Tractätl des Leobener Pestarztes Adam von Lebenwald (pag. 265): „Die Wechselbälck, welche man auch ... Kihlkropf nennt, das seynd großköpfete, dickbauchete, bleyfarbe, talckete oder närrische ... Kinder“. Vielleicht aus Kehlkropf, „Kropf am Hals“. *(UK 387, Grimm XI, 680f., Jontes 212, Pfeiffer 210)*

Kindskopf *m.* Bez. und Rügewort für kindischen Menschen. *(Jontes 213, Pfeiffer 211, Aman 90)*

Chineser *m.* Bez. und Rügewort für dummen, begriffsstützigen, auch leichtgläubigen Menschen. Schon vor längerer Zeit angenommen, da noch die alte Volksnamenbildung sichtbar ist. Alte Anschauungen, volkstümliches Wissen über die als bizarr und kurios empfundene, wenngleich im 18. Jh. im Rokoko als Mode nachgeahmte Kultur der Chinesen führte zu diesem Spottwort. *(Jontes 213, Pfeiffer 211, Jakob 45, Aman 90)*

Kirchenwaschel *m.* Abfällige Bez. für Mesner, Kirchendiener, zu dessen Aufgaben auch das Aufwaschen der Kirche gehörte. Vgl. auch Badwaschel (s. d.). *(UK 388, Jontes 213)*

Kirchenweinzerl *m.* Älteres Spottwort für Lehrer, weil diese einst auch Mesnerdienste in der Kirche verrichten mußten und wegen ihrer bitteren Armut sich manchmal am Meßwein vergriffen. Ma. Weinzerl „Winzer“ (ahd. wînzuril, mhd. wînzürl). *(UK 388, Jontes 213)*

Kiste *f. („Kisten“)* Abfällige Bez. für unförmige, dicke Frau. *(Jontes 213)*

Kistentischler *m.* Synonym für Homosexueller. *(Jontes 213)*

Kitz *m.* Ältere, schülersprachl. Bez. für Schwächling, Feigling. *(UK 386, Jontes 213)*

Kitzmacher *m.* Älteres Schpfw. sodomistischen Anklanges, so Ratsprot. Mürzzuschlag 1581, fol. 80. Vgl. auch Fadelmacher, Katzelmacher (s. d.). *(UK 386, Jontes 213f.)*

Klapperschlange *f.* Scherzhaft-spöttisch für Stenotypistin, Sekretärin, weibliche Schreibkraft, die auf der Schreibmaschine klappert. Verbindet sich wie in Brillenschlange (s. d.) mit der als Negativum empfundenen Schlange. *(Küpper 124)*

Klachel *m.* Bez. für plumpen, ungehobelten Menschen, schlechten Kerl; ursprünglich der Glockenschwengel, etwas Baumelndes, auch Penis. Verstärkt Landklachel. Idiotikon Fohnsdorf, 1813: „Klachl: soviel als Hallunke“; Idiotikon Admonttal: „Ein unverschämter Mensch“; Idiotikon Eisenerz, 1812: „Ein loser Mensch“; Judenberg 1800: „Ein Tagedieb“. *(UK 389, Wudi 21, Wintersberger 46, Grimm XI, 887f., Jontes 214, Pfeiffer 212, Aman 65)*

Klagefist *m.* („Klagfist“) Ältere kindersprachliche Bez. für Anzeiger, Denunziant; auch Schirgenfist, Schirgengangerl (s. d.). Fist „Furz“, wie in Fistnigel (s. d.). *(UK 389, WStWB 170, Jontes 214)*

Klampfel *m.* Schpfw. unbest. Bed., eig. Wäschekluppe, die einem auch nach einer Redensart als böse Nachrede anhängen kann. Dazu Ztw. verklampfeln. *(UK 391, Sonntag, 508, Jontes 214, Pfeiffer 216)*

Klepper *f.* Bez. für schwatzhafte Frau, eigentlich Klappe, vor allem Karfreitagsklapper als Ersatz für die Altarglöckchen. *(UK 391, Grimm XI, 966, Jontes 215)*

Klepperbüchse *f.* Wie zuvor; Büchse „Vulva“, für Frau (vgl. auch Büchsenmacher s. d.). *(UK 418, Jontes 215)*

Kleppermaul *n.* Wie zuvor. *(UK 391, Grimm XI, 970, Jontes 215)*

Klette *f.* Bez. und Rügewort für jemanden, der einem nicht von der Seite weicht, sich einem wie eine Klette in lästiger Weise anhängt. *(Jontes, 215, Pfeiffer 216)*

Klefuzianer *m.* Spöttische Bez. für Pedanten, übergenauen Menschen. Stammwort dunkel, Erweiterung nach dem Muster Konfuzianer. *(Jontes 215)*

Kleehase *m.* Schpfw. für Feigling, jemand, der sich wie ein Hase in den Klee duckt. *(UK 392. Jontes 215)*

Klei(b)enknipfer *m.* Bez. für langsamen und faulen Arbeiter. Ma. knipfen „betrügen“. *(UK 392, Grimm XI, 1435, Jontes 215)*

Klei(b)enreiber *m.* Gewerbespottname für Müller. Kleie „minderwertiger Mehlbestandteil“. *(UK 392, Jontes 215)*

Klei(b)enscheißer *m.* Abfällige Bez. für Geizhals, einen, der sich nur minderwertige Kleie als Speise gönnt. *(UK 392, Jontes 215)*

Klemperle *m.* u. *n.* Älteres Schpfw. unbest. Bed. (Fürstenfeld, 17. Jh.). Die Endsilbe deutet wahrscheinlich auf einen schwäbischen Beamten oder Schreiber hin. Solche waren im Zuge der Gegenreformation nach 1600 in größerer Zahl in die Stmk. gekommen. Der Bed. nach wie Klepper (s. d.). Ma. klempern „klappern, auf einem Instrumente unbeholfen klimpern“. *(UK 393, Grimm XI, 1143, Jontes 216)*

Klemmerling *m.* Geizhals, Klemmer. *(WStWB 162)*

Klemmfuchs *m.* Wie zuvor. *(WStWB 162)*

Klensterer *m.* Bez. für langweiligen Menschen, der nichts vorwärtsbringt. Zu ma. klänen „schmieren, mit etwas Zähflüssigem bestreichen“. *(UK 390, Jontes 216)*

Klensterling *m.* Bez. für kränklichen, schwächlichen, auch verweichlichten Menschen. Idiotikon Fohnsdorf, 1813: „Kleenstarling: Ein Weichling.“ Ma. klenstern „kränklich, schwächlich sein“ (Oberstmk). *(UK 393, Wudi 21, Jontes 216)*

Klesche *f.* *(„Kleschen“)* Bez. und Schpfw. für liederliches Frauenzimmer, auch ungeschlachtes Weibsbild (Stradener Gegend, Oststmk); auch Synonym für Ohrfeige. Ma. kleschen „einen schallenden Schlag versetzen“. *(UK 393, Wudi 21, Wintersberger 47, Jontes 216, Jakob 98, Sonntag 508)*

Klescher *m.* Schpfw. für trottelhaften Menschen, einer, der einen „Klescher“, Dachschaden, hat. *(Esterl 50)*

Kletzendrücker *m.* *(„-drucker“)* Scherzhaftes Synonym für Geizhals (ähnlich Nudeldrucker, s. d.), einer, der beim Stuhlgang, weil er sich nichts Ordentliches zum Essen gönnt, nur Kletzen, „Dörrobst“, zustandebringt. *(UK 392, Jontes 217)*

Klientsche *f.* Schpfw. unbest. Bed. für Frauen; vielleicht zu ma. klinseln „klingeln“, mit Anlehnung an die zahlreichen -tsch- enthaltenden Schpfw. *(UK 394, Jontes 217)*

Klimperl *m., n.* (?) Älteres Schpfw. unbest. Bed. (Fürstenfeld, 17. Jh.). Vgl. auch Klemperle (s. d.). *(UK 394, Jontes 217)*

Klinge *m.* *(„Klingen“)* Bez. und Schpfw. für Dirne, schlechte Frauensperson. *(UK 394, Jontes 217)*

Klöppel *m.* Bez. und Schpfw. für Dummkopf, wie Klachel (s. d.). Als Gerätename Kloben, Klöbel, etwas Derbes bezeichnend (z. B. Hammer des Klapotez usw.). *(UK 394, Jontes 217)*

Klopfer *m.* Bez. und Rügewort für dümmlichen Menschen. Zu ma. klopfen „bettelnd umherziehen“ (Oststmk), aber auch „jemanden verprügeln“; vgl. beklopft sein. *(UK 395, Jontes 217)*

Klosterforze *f.* Verächtlich-gemeine Bez. für Klosterschwester. Forze „Furzerin“, allg. für Frau bzw. auch Hinweis auf die einst hülsenfrüchtereiche Fastennahrung in den Klöstern. *(UK 395, Jontes 217)*

Klosterfummel *f.* Wie zuvor; Fummel „Vulva“ (s. d.). *(UK 395, Jontes 217)*

Klosternockerl *n.* Scherzhafte Bez. für weibl. Insassen eines Klosterschulinternates (Graz). Vgl. Nockerl (s. d.). *(Jontes 217)*

Klumse, Klunse *f.* Schpfw. für weibl. Person; zu Klumse „Ritz, Spalte“, auch „Vulva“ (auch übertragen auf Hoden des Mannes, „Klunzen“!). *(Küpper 128, Jontes 218)*

Klunze *f.* Ständig jammerndes Frauenzimmer; ma. klunzen „klagen, jammern“. *(UK 396, WStWB 162, Grimm XI, 1299f.)*

Knaffel, Knaifel, Knäufel, Knaufel *m.* Bez. für ungeschickten, groben Menschen, auch jungen Burschen. Idiotikon Eisenerz, 1812: „Knafel: ein kleiner Mensch ohne Wachstum.“ Zu Knauf, wie Knopf (s. d.) als etwas Derbes. Mit Knaffeln auch derbe Schuhe bezeichnet, knaffeln „polternd einhergehen“. *(UK 396, Grimm XI, 1368, Jontes 218)*

Knacker *m.* Allg. abfällige Bez. für Mann, vor allem älteren Mann („alter Knacker“); von den knackenden Gelenken. *(Wintersberger 47, Jontes 218, Pfeiffer 218, Kapeller 82)*

Knallroter *m.* Ideologisch besonders verbohrter, fanatischer Linker, auch Kommunist; ähnlich Dunkelroter (s. d.). Vgl. Roter.

Knauer *m.* Bez. für Zänker, streitlustigen Menschen. Zu ma. knauern „keifen, zanken, schimpfen“. *(UK 396, Jontes 219)*

Knaufe, Knauferin *f.* *(„Knaufen“)* Bez. für zänkische, streitlustige Frau.

Zu Knaffel (s. d.) mit Bedeutungsinhalt wie Beißzange (s. d.) nach kneifen „zwicken". *(UK 396, Jontes 219)*

Knaufel *m.*, siehe Knaffel.

Knaufer *m.* Bez. für zänkischen Menschen, auch Hund. Vgl. Knaufe (s. d.). *(UK 397, Jontes 219)*

Knaundel *m.* Bez. für ein im Wachstum zurückgebliebenes Kind, auch junger Bursche; damit auch ein Steinblock benannt (Vordernberger Gegend). *(UK 397)*

Knaunke *f.* Bez. und Rügewort für weinerliche, zum Jammern geneigte Frauensperson (Oststmk). Zur Etymologie vgl. Knautzer (s. d.). *(UK 397, Jontes 219)*

Knaunzer *m.*, siehe Knautzer.

Knaus *m.* Allg. abfällige Bez. für Bursche; mhd. knûz „keck, verwegen, hochfahrend". *(UK 397, Jontes 219)*

Knauser *m.* Synonym für Geizhals; mhd. knûz „hochfahrend", mit Bedeutungswandel zu „knickerig". Idiotikon Hieflau, 1812: „Knauser, Kollmäuser: ein karger Mensch." *(Grimm XI, 1371, Kluge 380, Jontes 219)*

Knautzer *m.* Bez. für Wucherer, Geizhals; auch Knaunzer; zu Knauser (s. d.), aber auch für Jammerer, weinerlich redender, klagender Mensch (mhd. knaunzen, knauzen „klagen"). *(UK 396, Jontes 219f.)*

Knecht *m.* Abfäll. Bez. für Mann; vielleicht Kurzform hochsprachl. Wortbildungen wie Tyrannenknecht, wo das Wort „Handlanger" bedeutet. *(Jontes 220, Pfeiffer 219)*

Kniebohrer *m.* Bez. für Menschen mit Gehfehler, der mit stark einwärts gebogenen Füßen, Säbelbeinen geht; auch Ortsspott für die Oststeirer, besonders die Einwohner von Friedberg. *(UK 397, Grimm XI, 1426, Jontes 220, Pfeiffer 220)*

Knieriem *m.* Scherzhaft-spöttisch für Schuster, auch Meister K. Eigentlich der Haltegurt gemeint, mit dem der Schuhmacher bei der Handarbeit den Schuh auf seinem Knie niederhält. Populär vor allem durch J. N. Nestroys Prachtgestalt im „Lumpazivagabundus". *(Jontes 220f.)*

Knierzl *m.* Bez. für kleinen Menschen ohne Wachstum, so Idiotikon Hieflau, 1813. Verkleinerungsform von Knorz (s. d.).

Knopf *m.* Bez. für eher kleinen, aber muskulösen Menschen, im anerkennenden Tone („ein schöner Knopf"), jedoch auch abfällig. Idiotikon Fohnsdorf, 1813, und Eisenerz, 1812: „Knopf: ein grober Mensch." Weststeir. auch für Geizhals. *(UK 398, WStWB 162, Grimm XI, 1477f., Jontes 221, Pfeiffer 221)*

Knödel *m.* Bez. für kleinen, dicken, aber auch starken Menschen, auch im abfälligen Sinne für Knabe, Bursche. Als Vergleich Knödel „Teigkloß". *(Esterl 50, Jontes 221)*

Knödelpatzer *m.* Rügend für Kind, das nicht ganz reinlich ißt. *(WStWB 170)*

Knorz *m.* Bez. für kleinen, untersetzten Menschen, ursprünglich Strunk, kleiner Stumpf (Stadtjargon scherzhaft Gummiknurz, -knutz für Gummiknüttel der Polizei). Zu Knorren „Baumstrunk". *(UK 399, Jontes 221)*

Knotzel *m.* Scherzhaft für dickes, kleines Kind. Etym. wie Knotzer (s. d.). *(WStWB 170)*

Knotzer *m.* Bez. für faulen Menschen, Stubenhocker, aber auch für begriffstützigen, beschränkten Menschen. Ma. knotzen „hocken, faul, bequem, lässig sitzen". *(UK 399, Grimm XI, 1512f., Jontes 222)*

Kopf *m.* Allgemeines Schpfw. für Mann wie Schädel, Birne, Gepel (s. d.). *(Jontes 222, Pfeiffer 226)*

Kopfgärtner *m.* Scherzhaft für Friseur. *(Jontes 222)*

Kochbürger *m.* pl. Ortsspott für die weststeir. Mooskirchner, wenn diese keinen bodenständigen Dialekt mehr sprechen. Herkunft dunkel. *(WStWB 162)*

Kochel *f.*, **Kocherl** *f.* Schpfw. für bissiges Frauenzimmer; zu kochen „überkochen". Murauer Gegend auch für Dummkopf. *(Esterl 50)*

Köder *n.* Abfällige Bez. und Schpfw. für liederliches Mädchen; eigentlich Lockspeise für die Fallenjagd auf Raubzeug wie Luder (s. d.). *(UK 401, Jontes 222)*

Kotterl, Kötterl *n.* Scherzhaft-abfällige Bez. für älteren Menschen oder allg.: entweder zu Köder (s. d.) oder Kotter „Hundehütte, Käfig, Arrestzelle, Narrenkotter". Letzteres analog der vertraulichen, freundschaftlichen Anrede „du alte Hütten" (Ennstal). *(Jontes 222)*

Koffer *m.* Dummer, begriffsstütziger Mensch. Steigerung: Vollkoffer. *(Wintersberger 48, Pfeiffer 222)*

Kofler *m.* *(„Koafler")* Bez. für einen in einem fort hustenden und spuckenden Menschen. Ma. kofeln „husten, räuspern, spucken". *(UK 401)*

Kollmäuser *m.*, siehe Kalmäuser.

Kohlrabenschwarzer *m.* siehe Schwarzer. Besonders eifriger Parteigänger der ÖVP.

Kohlschwarzer *m.* siehe Schwarzer. Wie zuvor.

Korperl *m.* Scherzhafte Verkleinerungsform als soldatensprachliche Bez. für den Dienstgrad des Korporals im Österr. Bundesheer. *(Jontes 223)*

Kosch *m.* Bez. für ungepflegten, schmutzigen Menschen; eigentlich Freßtrog für Tiere, Korb (slow. koš „Korb"). *(UK 405, Jontes 224)*

Kostprotzer *m.* Bez. für einen, der über die ihm gereichte Kost schimpft (Weststmk., Ennstal). Ma. protzen „widersprechen, großtun". *(UK 405, WBÖ III, 1120, Reiterer, Paradies 92, Jontes 224)*

Kotzenmacher *m.* Schpfw. unbestimmter Bed. (Fürstenfeld, 17. Jh.); nach dem Handwerk oder phonetische Schreibweise für Katze wie Katzelmacher (s. d.) im obszönen Sinne. *(UK 401, Jontes 224)*

Krapfen *m.* Schpfw. für ungefügen, dummen Menschen. Nach dem bekannten Schmalzgebäck, dem Faschingskrapfen mit seiner plumpen Form, die den Vergleich herausfordert. *(Jontes 224)*

Krapler *m.* Bez. für erfolglosen, unfähigen Menschen, jemanden, der sich nur mühsam zurechtfindet. Ma. krapeln „sich mühsam (auf allen Vieren) fortbewegen", modern schriftsprachlich entsprechend krabbeln. *(Grimm XI, 2062, 2067, Jontes 224)*

Kracher *m.* Bez. für alten Mann („alter Kracher"); wie Knacker (s. d.) auf Geräusche der Gelenke zu beziehen oder aber auf die mangelnde Beherrschung von Winden. *(UK 406, WStWB 162, Grimm XI, 1923, Jontes 224, Pfeiffer 227, Jakob 101)*

Krachse *f. („Kraxen")* Abfällige Bez. für altes, abgearbeitetes, verbrauchtes Gerät, Möbel, Fahrzeuge u. dgl.; eigentlich Name eines Rückentragekorbes (mhd. krechse). Auch auf Menschen übertragen. Judenburg 1800: „Krachse: ein altes, schlechtes Weib." Weststeir. auch lästiges Frauenzimmer. *(UK 406, WStWB 162, Wudi 21, Grimm XI, 1923f., Wintersberger 49, Jontes 224, Pfeiffer 231)*

Krachsler *m.* Harmlos-spöttische Bez. für Kletterer, Alpinist; ursprünglich der Wanderkleinhändler, Hausierer damit gemeint, der mit einer „Krachse", einem Tragekorb auf dem Rücken („Buckelkrachsentragen" noch heute für das Tragen eines Kindes auf dem Rücken) auch unwegsames, steiles Gelände durchwanderte, da er nicht an Straßen gebunden war. (Vgl. Krachsner, *UK 406*) *(Jontes 224f., Pfeiffer 231)*

Krähe *f. („Krah")* Abwertende Bez. für ältere, unhübsche Frauensperson („alte, schieche Krah"). Nach dem Vogel mit lautmalendem Namen. *(Jontes 225)*

Krampen *m.* Verächtliche Bez. für schlechtes, altes, abgearbeitetes Pferd; Herkunft im Umfeld von „krumm" zu suchen. Alter K. weststeir. auch abfällig für alten Menschen. *(Jontes 225, WStWB 162)*

Kramperl *n.* Bez. für schmächtigen, vom Alter gebeugten Menschen, auch Kind; nach der Bez. für Kralle, Finger, Hände, die vom Alter gekrümmt sind. Auch Spielform von Krampus (s. d.). Krampen als abfällige Bez. für Pferd (ursprünglich lahmes Roß). Ahd. kramph „Haken", zu krumm. *(UK 407, WStWB 170, Jontes 225)*

Krampus *m.* Bez. für häßlichen Menschen („schiecher Krampus") nach der teuflischen Brauchtumsgestalt, die den hl. Nikolaus am 6. Dezember begleitet. Junges Wort, das erst seit dem 19. Jh. bezeugt ist und vielleicht eine latinisierte, schülersprachliche Form von Kramperl (s. d.) darstellt, die sich nach den Krallen des Teufels orientiert. *(UK 407, Schmeller I, 997, Jontes 225, Jakob 102)*

Krautbäck *m.* Ortsspottname für die Bewohner des südsteirischen Ehrenhausen wegen der Untertanenarbeit auf den Krautfeldern der Herrschaft. *(UK 409, Jontes 225)*

Krauterer *m.* Bez. für Zauderer, langsamen, uneffektiv arbeitenden Menschen, auch kleinlichen, langweiligen Charakter, auch für ältere Männer ohne Leistungsdefinition („alter Krauterer"). Möglicherweise nach dem Kräutersucher oder -händler, der mit kleiner Ware umging. Auch als Spitzname für Handwerksmeister bekannt, die ihren Gesellen und Lehrlingen aus Not oder Geiz nur Kraut auftischen ließen. (Vgl. E. Otto, Das dt. Handwerk in seiner kulturgesch. Entwicklung. Leipzig 1913, S. 123, „Krauter") *(UK 409, WStWB 162, Jontes 225f., Pfeiffer 230, Kapeller 87, Jakob 103)*

Krautkopf *m.* Bez. für Dummkopf ähnlich Gepel, Kopf (s. d.). *(Grimm XI, 2121, Jontes 226, Pfeiffer 230, Aman 69)*

Krautmannl *n.* Abfällige Bez. für Schwächling, kleineren älteren Mann, ähnlich Vogelscheuche, Krautscheuche (s. d.). Als Vorbild für die als Vogelabwehr auf dem Krautacker gedachte lumpenbekleidete, schlotternde Puppe. *(UK 410, WStWB 162, Jontes 226)*

Krautschädel *m.* Wie Krautkopf (s. d.). *(WStWB 162)*

Krautscheuche *f.* Wie zuvor, für häßliche Frau. *(UK 410, Grimm XI, 2124, Jontes 226, Pfeiffer 230)*

Krautschling *m.* Bez. und Rügewort für Menschen mit ungepflegter Frisur, dessen Haare abstehen. Vergleich weniger mit dem Krautkopf (s. d.), sondern eher mit Gras und anderen Pflanzen, Krautwerk. *(UK 410, Jontes 226)*

Krawátteltenor *m.* Scherzhaft-spöttische Bez. für Sänger mit gepreßter, hoher, schwacher Stimme, Kopfstimme; von der Bewegung des bis zur Krawatte (ursprünglich Halsbinde) aufsteigenden Adamsapfels. *(Wintersberger 49, Jontes 226, Jakob 103)*

Krawállschani *m.* Bez. und Rügewort für lärmenden, polternden Menschen; krawall, ein junges Wort des 19. Jh.s (zu bair. grebel, „Lärm", aus rebellen „lärmen", lat. rebellare „sich auflehnen"); Schani Wiener Kurzform für Johann aus frz. Jean. *(Kluge 402, Grimm XI, 2126, Jontes 226)*

Kratzbürste *f.* Bez. für widerspenstige, zanksüchtige, kratzbürstige Frauensperson; nach der von Metallhandwerkern verwendeten groben, mit Draht – anstelle von Viehborsten – versehenen Bürste. Ein Grazer Kabarettensemble nennt sich scherzhaft und wortspielerisch „Die Gratzbürsten". *(Grimm XI, 2072, Jontes 226, Aman 69, Kapeller 87)*

Krätze *f. („Krätzen")* Bez. für lästigen Menschen, kleinen, frechen Kerl; nach der einst verbreiteten Hautkrankheit. *(Esterl 50, Wintersberger 49, Grimm XI, 2072f., Jontes 227)*

Krätzentegel *m.* Bez. für unreines, auch mit Krätze behaftetes Kind; Tegel wie in Granttegel (s. d.) als Gefäßname. *(Reiterer, Jugendsprüche 790, Jontes 227).*

Krätzenkrämer *m. („-kramer")* Wie zuvor, aber auf alle Altersstufen bezogen. *(WStWB 162)*

Krätzensimmerl *m.* Scherzhaft-spöttische Bez. und Anrede für Kind, das an Krätze, juckendem Hautausschlag u. dgl. leidet oder einen sichtbaren Wundschorf hat (Oststmk). Simmerl Koseform für Simon. *(Jontes 227)*

Krepaunzerl *n.* Spöttisch-abwertend für kränklichen Menschen. In der Wortbildung aus dem folgenden Krepierl (s. d.) und Baunzerl (s. d.) erklärbar. *(WStWB 162, Jontes 227)*

Krepíerl *n.* Abfällige Bez. für schwaches, kleines Tier, Hund usw., grob auch für kränkliches Kind; zu krepieren „sterben, Umstehen von Tieren“. Direktbildung wie Verreckerl (s. d.). Lat. crepare „zerplatzen“, ital. „ds.“, „zerbersten von Spreng- und Feuerwehrskörpern“. *(UK 410, Wintersberger 50, Jontes 227, Jakob 104)*

Krebsenfangerin *f.* Scherzhafte Bez. für Hebamme; nach dem Tasten nach Krebsen unter Steinen im Bach oder unter der Teichböschung, das mit der Erkundung des Geburtsweges durch die Hebamme verglichen wird. *(UK 411, Jontes 227, Jakob 103)*

Kretéindl *n.* Derbe Bez. für geistig behindertes Kind; Verkleinerungsform von Kretin. Frz. crétin nach lat. christianus als beschönigender Ausdruck. *(Kluge 404, Jontes 227f.)*

Kreister, Kreisterer *m.* Bez. für einen in einem fort ächzenden Menschen, auch alter, gebrechlicher Mann, auch fauler Arbeiter. Ma. kreisten „ächzen, stöhnen“ (mhd. kreizen, krîzen „kreischen, schreien“). Vgl. auch Hosenkreisterer (s. d.). *(UK 411, WStWB 162, Grimm XI, 2161f., Jontes 228)*

Kreisling *m.* Bez. für kleingeratenen Menschen, Zwerg (Aflenz); ursprünglich sicher auf Kretin bezogen (mhd. krîzen „schreien, kreischen“, vgl. auch Kreisterer, s. d.). *(UK 411, Jontes 228)*

Krenreißer *m.* Bez. für Angeber, Protz, Großtuer. Das Reiben („Reißen“) von Kren „Meerettich“ (slaw. Ursprungs, etwa slow. koren „Wurzel“, mhd. krên) galt als anspruchslose Tätigkeit, die keinerlei Fertigkeit voraussetzte. Ein Krenreißer bläht also etwas Geringwertiges auf. Kren m. auch für Schwindel, Lüge, Phantasieprodukt. *(Jontes 228, WStWB 162, Jakob 104)*

Kreuzkopf *m.*, **-köpfel** *n.* Harmlos-spöttische Bez. für begriffstützigen Menschen, mit dessen geistigen Fähigkeiten „es ein Kreuz ist“. *(Jontes 228)*

Kreuzwackler *m.* Scherzh.-spöttische Bez. für Mitglieder von Trachtenvereinen oder Volkstanzgruppen, die beim Tanze mit ihrem Hintergestell („Kreuz“) übertriebene Bewegungen machen. *(Jontes 228)*

Krippel(ge)spiel *n.* Abfällige Bez. für schwächliche Menschen, Kinder, die auch herabgekommen wirken, auch Gerät oder Maschine, die nicht funktioniert. Trotz des Bedeutungsinhaltes nicht von Krüppel herzuleiten, sondern von den mechanischen Weihnachtskrippenspielen oder Marionettentheatern fahrender Schausteller der Vergangenheit. Inhaltlich mag auch Gerippe, Knochengerippe mitspielen. *(UK 414, Wintersberger 34, Jontes 228, Jakob 105)*

Kritikaster *m.* Bez. und Rügewort für kleinlichen Kritikaster, Semperer (s. d.). Nach dem Muster von Kataster gebildet. *(Kapeller 87f., Grimm XI, 2336, Jontes 229)*

Krienke *m.* Spöttische Bez. für faulen, alten Mann; zu krank? *(UK 415, Jontes 229)*

Krispel, Krisperl *n.* Bez. für mageres, schwächliches Wesen, schlechtgenährtes Kind, auch Tier. Wohl Bedeutungswandel von mhd. krispel

„Krauskopf" (lat. crispinus). *(UK 415, WStWB 146, Grimm XI, 2332f., Jontes 229, Pfeiffer 232, Aman 68)*

Krispindel, Krispinderl *n.* Bed. wie zuvor, jedoch wohl Verkleinerungs- oder Koseform des Heiligennamens Crispinus, Krispin. *(UK 415, WStWB 146, Wintersberger 50, Jontes 229)*

Christkindl *n.* Bez. für einen naiv-unbeholfenen Menschen („a so a Christkindl"), Mensch, dessen auf das Jesukind bezogene, unschuldige Naivität Schwierigkeiten im Alltag bringt. *(Jontes 229)*

Kropfbengel *m.* Älteres Schpfw. (Judenburger Ratsprot. 1611, fol. 357); wahrscheinlich schriftliche Wiedergabe von Pienk (s. d.), der einen Kropf hat, ähnlich Kropfjeute, Kropfjodel (s. d.). *(UK 415, Jontes 229)*

Kropftauber *m.* Spöttisch für Mann mit Kropf; Vergleich mit einer auffälligen Zuchtform der Haustaube, die sich mit einem gewaltigen Kropf bläht. *(Jontes 229)*

Kropfjeute *m.* u. *f.* Bez. und Spottwort für jemanden, der einen großen Kropf hat. Ma. Jeute f. „Gefäß, Geschirr für Flüssigkeiten". *(UK 416, Jontes 229)*

Kropfjodel *m.* Wie zuvor; Jodel (s. d.) als Namenskurzform von Georg usw. Idiotikon Rottenmann, 1818: „Du Kropfjodel: eine Schimpfbenennung eines Kropfichten." *(UK 416, Jontes 229)*

Kropfober *m.* Weststeir. für unguten Vorgesetzten. *(WStWB 162)*

Kropfsimmerl *m.* Wie zuvor. Simmerl „Simon" wie in Krätzensimmerl (s. d.). *(WStWB 162)*

Kröte *f.* *(„Krot", „Krout")* Rügewort für unfolgsames Kind, auch abwertende Bez. für kleingewachsenen, häßlichen, auch hinterlistigen Menschen („kleine, schieche, zaundürre, falsche Krot"), auch anerkennend gebraucht („liebe Krot"). Idiotikon Rottenmann, 1818: „Du schwarzaugete Krott: zärtliche Benennung." *(WStWB 162, Jontes 230, Pfeiffer 233, Kapeller 88, Jakob 105)*

Krötennabel *m.* Gutmütiges Schpfw. *(WStWB 162)*

Krowót *m.* Bez. für Kroaten, wertneutral, aber auch im herabsetzenden Sinne gebraucht. Älteres Krabat, Krawat, Krowat aus kroat./slow. hrvat „Kroate". Fester K. bezeichnet in der Passailer Gegend ein derbes Weib. Vgl. auch Zwiefelkrowot (s. d.). Heute vielfach durch das allgemeinere Tschusch (s. d.) ersetzt. *(Jontes 230, Pfeiffer 230f., Jakob 103)*

Krüppel *m.* Verächtliches Schpfw. für schlechten Menschen; Vergleich zielt auf die verkrüppelten Bettler der Vergangenheit. Verstärkt Hundskrüppel (s. d.). *(Jontes 230, Pfeiffer 234)*

Krummtatzel *m.* Abfällige Bez. für Menschen mit verkrüppelten, krummen Händen. Ma. Tatze, -el, für Hand, Pfote. Selbe Bildungsweise wie in Linkstatzler „Linkshänder" (s. d.). *(UK 417, Jontes 231)*

Kruspel *f.* Bez. für sprödes, abweisendes Mädchen (Zeiringer Gegend); eigentlich Benennung für die harte Schale einer Frucht, auch Baumrinde oder Sehnen und Knorpeln im Fleisch.

(UK 417, Grimm XI, 2478f., Wintersberger 50, Jontes 231)

Kruz *m.* Bez. für Raufbold, furchterregenden, auch gierigen und gefräßigen Menschen (Wechselgebiet). Wort aus der Zeit der ungarischen Kuruzzeneinfälle im 17. und 18. Jh. in die Oststmk., das auch im Fluch Kruzitürken!, der die beiden Hauptfeinde des oststeirischen Landvolkes, Kuruzzen und Türken, enthält, bewahrt ist. Ung. kurucz „Aufständischer". Die Kuruzzen traten unter aristokratischen Anführern gegen die habsburgische Herrschaft in Ungarn auf, fielen aber auch in die benachbarten Kronländer ein. *(UK 417, Jontes 231)*

Kübel *m.* Spöttische Bez. für dicken, unförmigen Menschen; ursprüngl. Bez. für Brunneimer oder Erzkübel im Bergbau, übertragen auch auf Rausch. *(Jontes 231)*

Kuchelbär *m.* Älteres Spottwort für ungeschickte Küchenmägde; nach dem als unbeholfen angesehenen Bären. Vgl. Tatzbär (s. d.). *(UK 417, Jontes 231, Jakob 106)*

Kucheldragoner *m.* Spött. Bez. für Köchin, Küchenmagd; die Dragoner waren die schweren Reiter der Kavallerie und galten als besonders gewalttätig. Vgl. auch Trabant (s. d.). *(Grimm XI, 2501, Küpper 137, Jontes 231, Pfeiffer 234, Aman 106)*

Kucheltrampel *m.* Schpfw. für ungeschickte Küchenmagd; vgl. Trampel (s. d.). *(WStWB 163, Küpper 137)*

Kuchelschmutz *m.* Scherzh. Bez. für jemanden, der in der Küche im Wege herumsteht und wartet, daß für ihn etwas abfällt. *(UK 418, Grimm XI, 2509, Jontes 231)*

Kuchelzecker *m.* Älteres Schpfw., vielleicht in der Bedeutung wie zuvor, zumal Zecker, Zöger „geflochtene Handtasche" (s. d.). noch heute als Rügewort für lästigen Menschen verwendet wird. *(UK 418, Jontes 231)*

Kuttenbrunzer *m.* Derb-abfällige Bez. und Schpfw. für Mönch, Geistlichen, auch für Laien verwendet. Da beim Pissen die bodenlange, kittelartige Kutte gerafft werden muß und trotzdem leicht beschmutzt werden kann. Auch Knaben trugen einst als Kleinkinder wegen der leichteren Säuberungsmöglichkeit Kittel, die oft etwas abbekamen. *(Küpper 140, Wintersberger 50, Jontes 232, Pfeiffer 236, Aman 91)*

Kuh *f. („Kuah")* Allg. verächtliches Schpfw. für Frauensperson, häufig verbunden mit näher definierendem Eigenschaftswort („blöde, schieche, alte Kuh"); wegen der Plumpheit, Langsamkeit und geistigen Unbeweglichkeit des Tieres. *(Grimm XI, 2549, Jontes 232, Pfeiffer 53, 234, Aman 90, Kapeller 89, Küpper 138)*

Kuhpracker *m.* Handwerkerspottname für Fleischhauer, einst für ärmere Fleischer, da diese meist nicht Ochsen, sondern die minderwertigen Kühe schlachteten. Ma. pracken „schlagen, schießen". *(UK 419, Jontes 232)*

Kuhpritsche *f. („Kuahpritschen")* Verächtliche Bez. für weibischen Mann, Weichling; eigentlich Vagina der Kuh. Vgl. Pritsche (s. d.). *(UK 419, Jontes 232, Aman 90)*

Kuhhörnerpritsch *m., f. („Kuahhieden-")* Wie zuvor. *(WStWB 163)*

Kuhrüpel *m. („Kuahriepel")* Verstärktes Rüpel (s. d.). *(WStWB 163)*

Kuhschinder *m.* Bez. und Schpfw. für unzünftigen Fleischhauer (Gerichtsprot. Deutschlandsberg 1654, fol. 44). Vergleich mit der als ehrlos angesehenen Tätigkeit des Schinders, Abdeckers. *(UK 420, Jontes 232)*

Kujón *m.* Bez. und Schpfw. für Schurke, Lump, jemand, der Untergebene mißhandelt, ungerecht behandelt, kujoniert. Ital. coglione „Dummkopf", übertragen aus vulgärlat. coleone „Kastrat". *(Kapeller 89, Jontes 232f., Pfeiffer 235, Kluge 411)*

Kümmeltürke *m. („-türk")* Studentensprachl. Bez. für verständnislos auswendiglernenden Schüler, Studenten; seit dem 18. Jh. bei uns aus Sachsen eingewandert, wo im Saalekreis besonders viel Kümmel angebaut wurde und eine Landschaft danach Kümmeltürkei benannt war. Heute auch scherzhafte Bez. für Türke, vor allem türkischer Gastarbeiter. *(UK 420, Aman 89, Kapeller 89, Grimm XI, 2592, Küpper 139, Jakob 106, Jontes 233, Pfeiffer 235, Kluge 412)*

Kummerer, Kummerl *m.* Spöttische Bez. für Kommunist. *(Jontes 233)*

Kümmerling *m.* Abwertend für schlechtentwickeltes Kind, auch Tier. *(WStWB 163)*

Kunde *m.* u. *f. („Kund")* Bez. für verdächtigen Menschen, Gauner, Landstreicher, jemand, dem man Böses zutraut, auch Geliebter (Ennstal). Ahd. kundo, mhd. kunde „der Bekannte". Heute pejorativ, da die wandernden Handwerksgesellen als Fahrende und damit Verdächtige sich mit einem besonderen Paß, der „Kundschaft", ausweisen mußten. Auch Kundinger m. (zur Untersch. des Gewerbekundens); weststeir. auch für Handelsagent, Vertreter, der von Tür zu Tür geht. *(WStWB 174, Grimm XI, 2612f., Jontes 233, Pfeiffer 236, Aman 91, Kapeller 90, Jontes 233)*

Kundinger *m.*, siehe Kunde.

Kürbis *m.* Bez. für dummen Menschen, vom scherzhaften Synonym für Kopf. Lat. cucurbita „Flaschenkürbis". Erweitert auch Flaschenkürbis m. *(Grimm XI, 2797, Jontes 233)*

Kürbisbürger *m.* Ortsspottname der Hirschegger für die Predinger (Weststmk). *(Reiterer, Weststeir. Sprachbilder, Jontes 233)*

Kürbisreiter *m.* Spottwort für Dummkopf. *(UK 421, Jontes 233f.)*

Kuschel *f.* Bez. für Plaudertasche, schwatzhafte Frau. Ma. kuscheln „zischeln, schwätzen, leise reden, tuscheln" (vgl. auch Schweigeaufforderung kusch! aus frz. coucher „sich niederlegen, schlafen"). *(UK 421, Jontes 234)*

L

Lapp *m.* Bez. für einfältigen, tölpelhaften, dann aber auch gutmütigen, sogar unreflektiert gütigen Menschen

(„guter Lapp"). Mit Laffe verwandt, das von laffen „lecken, schlürfen" kommt und kindliches Eßverhalten auf den Narren überträgt. Verkleinerungsform Lapperl n. (s. d.). Idiotikon Fohnsdorf, 1813: „Lapp: ein guter, geduldiger, einfältiger Mensch." *(UK 421, WStWB 163, Esterl 51, Wintersberger 51, Schmeller I, 1496, Grimm XII, 192f., Jontes 235, Pfeiffer 241, Aman 93, Jakob 109, Puchner 251)*

Labaratsche *f.* Bez. für weibliche Plaudertasche (Unterstmk); Ratsche (s. d.) als Bez. für schwatzhafte Person häufig, Lab- zu labern „daherschwatzen". *(UK 421, Jontes 235)*

Lappenpatzer *m.* Schpfw. unbestimmer Bed. Vgl. Patzer (s. d.). *(UK 422, Jontes 235)*

Laberl *n.* Bez. für einfältigen, willenlosen Menschen. Zu Brotlaibchen. *(Jontes 237, Pfeiffer 237)*

Lapperl *m.* Bez. für einfältigen Menschen, Verkleinerungsform von Lapp (s. d.). Idiotikon Fohnsdorf, 1813: „Lapperl: ein einfältiges Kind"; Judenburg, 1812: „Lapperl: ein guter Narr." *(UK 422, Wudi 21, Jontes 235)*

Lapperling *m.* Wie zuvor. *(WStWB 163)*

Lappschwanz *m.* Bez. und Schpfw. für Weichling, Feigling. Entspricht heute dem gemeindt. Schlappschwanz, das eigentlich männliche Impotenz beschreibt. *(UK 422, Jontes 235)*

Latte *f.* *(„Latten")* Scherzhafte Bez. für langgewachsenen, dabei schmalen Menschen („lange Latte"). Auch Zaunlatte (s. d.) *(WStWB 163, Grimm XII, 280, Jontes 235, Pfeiffer 240)*

Ladelschupfer *m.* Abfällige Bez. für Handelsangestellten, Verkäufer, Commis; jemand, der die Laden in den Warenschränken des Geschäftes aufzieht und zustößt („schupft"). Vgl. auch Budelschupfer (s. d.). *(WStWB 174, Küpper 141, Jontes 235f.)*

Ladenschwengel *m.* Bed. wie oben; Schwengel eigentlich der Glockenschwengel (vgl. Klachel, s. d., und in diesem Sinne). *(Grimm XII, 50, Küpper 141, Jontes 236, Pfeiffer 238, Kapeller 91)*

Lattenseppl *m.*, auch **Lattenpepi** *m.* Älterer Spottname für Soldaten und Gendarmen, wobei Latte das Gewehr ist. Mit Lattenpepi wird heute spöttisch-abfällig ein Vermessungsgehilfe bezeichnet, der mit der Visierlatte umgeht. *(UK 423, WStWB 174, Jontes 236)*

Latsch *m.*, **Latsche** *f.* *(„Latschen")* Bez. für weichlichen, langweiligen Menschen ohne Energie; eigentlich einer, der langweilig daherlatscht. Adjektiv latschet, letschet „weichlich sein". Auch als Letsch m. bekannt. Zu Latsche „breiter, plumper Fuß" (übertragen auch auf Schuhe). Mhd. lotze, luz, lubetsch „Lapp, Simpel", oder ma. Lesche „Unterlippe, Lefze", plumper Mensch ohne Stärke und Mut *(UK 437)* damit verwandt. Vgl. auch Tatterlatsch (s. d.). *(UK 423, WStWB 163, Wintersberger 52, Grimm XII, 277, Jontes 236, Pfeiffer 242, Aman 94, Kapeller 93, Jakob 109)*

Lackel *m.* Bez. und Schpfw. für einen plumpen, groben, unmanierlichen oder auch gewalttätigen Mann; ursprünglich Bez. für sehr großes Lebewesen, Tier oder Mensch. „Lack" ist eine Nebenform zu „lau" und bedeutet auch „träge, müde". Eine Deutung geht auch über den Namen Melackel, Lackel für große Fleischhauerhunde, die nach dem frz. General Mélac benannt wurden, der 1689 die Pfalz verwüstet hatte. Idiotikon Fohnsdorf, 1813: „Lackl: ein großer Hund." *(UK 422, WStWB 163, Wintersberger 51, Grimm XII, 34, Jontes 237, Pfeiffer 237, Aman 92, Kapeller 91, Jakob 107)*

Lackenpatscher *m.* Ältere, scherzhafte, soldatensprachliche Bez. für Infanterist, weil dieser im Gegensatz zum reitenden Kavalleristen oder fahrenden Artilleristen zu Fuß gehen, durch die Wasserlachen dahinpatschen mußte. *(UK 422, Jontes 237, Jakob 107)*

Lackenklescher *m.* Wie zuvor, aber auch älteres allg. Schimpfwort für Dummkopf (so Deutschlandsberger Herrschaftsprot. 1737, fol. 1192). Dem Sinne nach jemand, den es in die Wasserlachen hineinkleschť, d. h., daß er stumpf vor sich hintrottend in die Wasserpfützen hineinplantscht. *(UK 422, Jontes 237)*

Lackflaschel *n.* Spöttisch-abfällige Bez. für Knirps, zu klein geratenen Menschen, Schwächling. Vgl. auch Flasche (s. d.). Rotwelsch Lack m. „Schnaps", von jidd. log „Seidel" (vgl. auch seinen Lack haben „betrunken sein, eine Strafe ausgefaßt haben"), also klein wie eine Schnapsflasche. *(UK 422, Jontes 237, Puchner 251)*

Lalli *m.*, **Lolli** *m.* Bez. und Rügewort für faulen, verschlafenen, unbeholfenen, kindischen, aber gutmütigen jüngeren Menschen. Zu lallen. Idiotikon Fohnsdorf, 1813: „Lali: ein Tölpel". *(UK 424, WStWB 163, Wintersberger 51, Grimm XII, 1143f., Pfeiffer 239, Aman 93, Wudi 21, Jontes 237f., Kapeller 92, Jakob 108)*

Lämmerdieb *m.* Älteres Schpfw., vgl. Lämmerschenkel (s. d.). *(Jakob 108)*

Lämmerschenkel *m.* Älteres Schpfw. 1602 beschwert sich der Grazer Bürger Veit Peissenpacher über den Weizer Hans Noa, weil dieser „ime ainen Lemperschenckhl gehaisen und gar in die lezt in gar ainen Lember oder Frischling Dieb ..." (Stmk. Landesarchiv, Spez. Arch. Ehrenhausen, Sch. 1a, H. 9, 17. 2. 1602). *(Jontes 238)*

Landpomerantsche *f.* *(„-pomerantschen")* Scherzhaft-spöttische Bez. für Frauen oder Mädchen vom Lande, denen das gewandte Auftreten der Städterin fehlt. Hausbackenheit und Verlegenheit schwingen in der Bed. mit. Der konstruierte Gegensatz von Pomeranze, Orange als kostbarer älterer Glashausfrucht des Adels oder reichen Bürgertums und ländlichem Milieu wurde als komisch empfunden. *(UK 424, Wintersberger 65, Jontes 238, Pfeiffer 239, Aman 93, Jakob 108)*

Landverwalter *m.* Scherzhaft für sehr anmaßenden Menschen. Eine Erinnerung an gestrenge Herrschaftsbeamte, Gutsverwalter. *(WStWB 163)*

Landhecht *m.* Scherzhaft-spöttische Bez. für Mann vom Lande, der in seinem Auftreten und Benehmen den Gegensatz zum Städter bildet (vgl. auch Landpomerantsche, s. d.). Dieser Gegensatz ist auch schon in der Fabel von der Stadtmaus und der Landmaus herausgebildet. Heute wird im Rahmen des kulturellen Ausgleiches zwischen Stadt und Land dieser Gegensatz nicht mehr so stark empfunden. Der Bauer schimpfte den Städter mit Stadtfrack (s. d.). Bei Hecht Bedeutungswandel feststellbar, da sonst damit ein rauflustiger, draufgängerischer, auch schlauer Kerl bezeichnet wird. *(UK 425, WStWB 160, Grimm XII, 124, Jontes 238f.)*

Landklachel *m.*, siehe Klachel. *(Jontes 239)*

Landlügner *m.* Älteres Schpfw. unbestimmter Bed. Vielleicht zu launisch. *(UK 425, Grimm XII, 124, Jontes 239)*

Langsamer *m.* Durch seine Dummheit bedächtiger, „langsamer" Mensch, einer, der schwer von Begriff ist. *(Jontes 239)*

Lanschber *m.* u. *f.* Schpfw. unbestimmer Bed. Vielleicht zu launisch. *(UK 426, Jontes 239)*

Lanzler *m.*, siehe Lenzler *m.* *(WStWB 163)*

Lasche *f.* Bez. und Schpfw. für herumziehende Frauensperson, die es mit der Sittlichkeit nicht ernst nimmt. Lasche, „Stofflappen", in der Bed. von Lump. *(Reiterer, Weststeir. Sprachbilder, WStWB 163, Grimm XII, 210, Jontes 239f.)*

Lästerling *m.* Lästerer, Mensch mit losem Maul. *(WStWB 163)*

Lastl *m.* Unförmig großer Mann; wohl zu Last als etwas Schweres, Ungefüges zu stellen. *(WStWB 146, 163)*

Launböckerl *n.* Bez. und Rügewort für brummigen, launenhaften Menschen, wie Laundler (s. d.). *(Reiterer, Sprüche 490, Jontes 240)*

Laundler *m.* Bez. für einen Faulenzer und Langweiler. Ma. launen, laundeln „mürrisch sein, herumlungern, faul herumstehen" zu lehnen. Judenburg 1812: „Laundler: langsam fauler Mensch." *(UK 430, WStWB 163, Grimm XII, 347f., Wudi 21, Jontes 240, Jakob 110)*

Launwaberl *n.* Bez. für eine mürrische Frau; in Anlehnung an die Spukgestalt der Lahnwaberl mit launen (siehe oben) gebildet. *(UK 424, Reiterer, Paradies 90, Jontes 240)*

Laus- In Zusammensetzungen als Steigerung des schimpflichen Charakters; Hinweis auf die einstige Ungezieferplage bei Mensch und Tier, bei der Läuse dominierten. *(Jontes 240)*

Lausbub *m.* *(„-bua")* Häufigstes Rügewort für einen schlimmen, unfolgsamen, Streiche machenden Knaben. Kann von einem Jüngling bereits als grobe Beleidigung empfunden werden. Ursprünglich ein verlauster Knabe oder einer, der lästig wie eine Laus ist. *(Aman 92, Grimm XII, 353, Jontes 241, Pfeiffer 242, Jakob 110, Kapeller 93)*

Laustanz *m.* Kollektives Schpfw. für eine Schar ungezogener, junger Leute. *(UK 430, WStWB 163, Jontes 241, Jakob 110)*

Lausdirndl *n.* Weibliches Gegenstück zu Lausbub (s. d.). Vgl. auch Lausmensch (s. d.). *(Jontes 241, Aman 92)*

Lauser *m.* Harmloseres Rügewort für einen unfolgsamen, ungebärdigen, spitzbübischen Knaben. Vgl. Lausbub (s. d.). *(Wintersberger 52, Grimm XII, 359, Jontes 241, Pfeiffer 243, Aman 93, Jakob 110)*

Lauskampel *m.* Schpfw. für schmutzigen, ungepflegten Menschen; wörtl. Lauskamm, eine einst besondere Art feinzähniger Kämme, mit denen man Läuse und Nissen auskämmte. Vgl. auch Kampel (s. d.). *(UK 430, WStWB 163, Jontes 241f., Jakob 110)*

Lauskrämer *m.* Bez. für einen schmutzigen, ungepflegten Menschen, jemand, bei dem man sich bei näherem Verkehr Läuse einhandeln kann. *(UK 430, Jontes 242)*

Lauskröte *f. („-krot")* Wie zuvor. Vgl. auch Kröte (s. d.). *(WStWB 163)*

Lausmensch *n.* Vgl. Lausdirndl, Mensch (s. d.). *(Jontes 242, Pfeiffer 243)*

Ledel *m.* u. *n.* Bez. für einen sich kindisch gebärdenden Menschen, auch für ein verzärteltes Kind. Mit dem Wort wurde auch eine Puppe bezeichnet. Zu älterem ledeln „schwanken", steir. „dahertappen, einhertrotten". Vgl. auch Fatschenledel (s. d.). *(UK 431, Grimm XII, 489, Jontes 242)*

Lettfeige *f.* Bez. und Schpfw. für feigen, mutlosen Mann, Memme, Schwächling. In dieser Bed. schon von Abraham a Santa Clara in „Judas der Erzschelm" gebraucht. Lett „Schmutz, Dreck", wie in Letten „Lehm". *(UK 482, WStWB 163, Grimm XII, 793, Jontes 242f., Pfeiffer 247, Jakob 112)*

Letsch *m.*, siehe Latsch.

Legel *m.* Bez. für plumpen, aber gutmütigen Menschen. Nebenform zu Lagel „Fäßchen, Fischbehälter" (vgl. auch Butte, Fassel, Kübel, s. d.). *(UK 432, Jontes 243)*

Lehrerzarterl *n.*, siehe Zarterl. *(WStWB 168)*

Leilei *m.* Spottname für Kärntner (auch Karntner Leilei) wegen des Kennwortes lei „nur". *(Jontes 243)*

Leimlacketer *m. („Loam-", „Lahm-")* Bez. für langweiligen, unbeholfenen Menschen; jemand, der in einer Lehmpfütze steht. *(Jontes 243, Jakob 108)*

Leimel *m.* Wie das Folgende. *(WStWB 163)*

Leimsieder *m. („Loam-")* Bez. und Rügewort für langweiligen, ungeschickten Menschen, langsamen Arbeiter, auch einen, der bei einer Unterhaltung nicht recht mitmacht. Wörtlich einer, der Leim siedet, wobei diese einst für Tischler charakteristische Arbeit als eintönig angesehen wird. *(WStWB 163, Wintersberger 52, Grimm XII, 701, Jontes 243, Pfeiffer 246, Aman 95, Jakob 108)*

Lecker *m.* Bez. für jungen, unerfahrenen Burschen. Kurzform von Rotzlecker (s. d.). *(Grimm XII 482, Jontes 244, Pfeiffer 244, Jakob 111)*

Leckerhals *m.* Bez. und Schpfw. für schlechten, bösen Menschen. Saurauisches Gerichtsprotokoll 1630: „...ain verdräter, arger, listiger, boßhafftiger

Leckerhals." Bed. vgl. Leckersbube (s. d.). *(UK 431, Jontes 244)*

Leckersbube *m.* Ältere Bez. für Gesindel. Seckauer Hirtenbrief, 1588: „haillose Leuth und Lekhersbueben". Mhd. lecker „Fresser, Schmarotzer, Schelm", also jemand, der nach Leckerem aus ist. Vgl. Leckerhals (s. d.). *(UK 431, Grimm XII, 484f., Jontes 244)*

Lellerling *m.* Bez. für Faulpelz, ungeschickten, unbeholfenen Menschen (Oststmk). Zu mhd. lellen „lallen"; in der Stmk. ein Wiegenkind, Wickelkind als Lellerl n. bezeichnet. Vgl. auch Lalli m. (s. d.). *(UK 437, Grimm XII, 741, Jontes 244)*

Lehndichan *m.*, siehe Sankt Lehnmichan.

Lehnmichan *m.* *(„Loanmian", „Lahnmian")* Scherzhaft-rügende Bez. für einen einfältigen, trägen Menschen. Nach Art eines Satznamens gebildet: „Lehn mich an", weil er immer gleich die bequemste Lage einnimmt, sich anlehnt. Idiotikon Eisenerz, 1812: „Loamian: ein träger Mensch." *(UK 433, Jontes 244)*

Lenzel *m.* Bez. für einen Müßiggänger, trägen Menschen. Zu lenzeln „müßig herumstehen oder -gehen, faulenzen", dazu wohl auch „er hat einen Lenz" – „es geht ihm gut", meist im Sinne von unverdientermaßen, aus älterem lenzen „hingestreckt ruhen, säumen, zaudern". Im 16. Jh. auch im Sinne von betrügen. Die Kurzform von Lorenz „Lenz, Lenzel" kann dazugehören. Idiotikon Hieflau, um 1812: „Lenzl: Lorenz, auch ein träger Mensch." *(UK 437, Grimm XII, 756, Jontes 244f., Pfeiffer 246, Aman 94, Jakob 112)*

Lenzler *m.* *(„Lanzler")* Wie zuvor. *(WStWB 163)*

Leerschatzer *m.* *(„Lahrschatzer")* Schwätzer, einer der leeres Gewäsch von sich gibt. Ma. schatzen „daherreden, schwatzen". Ennsbereich. *(Jontes 245)*

Lesche *m.*, siehe Latsch.

Lippel *m.*, **Lipperl** *m.* Harmloses Schpfw. für dummen, plumpen Menschen. Verkleinerungsform von Philipp. Vgl. auch Batzenlippel (s. d.). Idiotikon Göß, 1811: „Liperl: er ist dumm". *(UK 438, Jontes 245, Pfeiffer 251)*

Lienel, Liendel, Lendel, Lenl *m.* Bez. für Tölpel; Verkleinerungsform von Leonhard (vgl. auch Lenzel, s. d.). Idiotikon Fohnsdorf, 1813: „Leandl, Lendel: statt Tölpel, Liendl: ein sinnarmer Mensch"; Idiotikon Hieflau, um 1812: „Lienerl: grober Mensch"; Judenburg, 1812: „Liendl: ein ungeschickter, großer Mensch." Auch Nähe zu Laundler, Tanderlaun (s. d.) ist zu beachten. *(UK 437, WStWB 163, Wudi 21, Jontes 245, Jakob 110)*

Linkstatzler *m.* Scherzhaft-spöttische Bez. für Linkshänder oder auch ungeschickten Menschen allgemein. Im Stadtjargon entspricht es dem bäuerlich-ma. Tenkler, Tenkentippel (s. d.). Bildung ähnlich Krummtatzel (s. d.). *(WStWB 163, Grimm XII, 1051, Jontes 245f.)*

„Loam-", siehe Leim-.

Lochbär *m.* Grobes Schimpfwort für Frauensperson. Loch „Vagina", Bär zu ma. bären „läufig sein von Tieren". Auch Nähe zu Bärfut (s. d.) ist zu beachten. *(UK 440, Jontes 246)*

Locherl *n.* Bez. für einen dummen Menschen, auch Dummdreistigkeit und Bauernschläue schwingt mit. Kurzform von Arschloch (s. d.). Die schnippische Einwurffloskel „ja beim Papst Locherl" scheint sich auf einen Papst Leo zu beziehen. *(UK 440, WStWB 163, Jontes 246, Jakob 114)*

Lochhiesel *m.* Grobes Schpfw. für ledigen Mann; Hiesel (s. d., Kurzform von Matthias), der hinter einer Frau her ist. *(UK 440, Jontes 246)*

Lochlecker *m.* Bez. und Schpfw. für einen aufdringlichen Schmeichler, jemand, der sich nicht scheut, sich für den eigenen Vorteil zu entwürdigen. Lecken im Sinne von Arsch lecken. *(UK 440, Jontes 246)*

Lochweit *m.* Scherzhaft-rügend für jemanden, der stets die Türe (das „Loch") hinter sich weit offen läßt. *(WStWB 163)*

Lochwecken *m.* Grobes Schpfw. für ekelhaften, zudringlichen Mann; „männliches Arschloch"; vgl. Wecken (s. d.), Laßnitzhöhe. *(Jontes 246)*

Lodel *m.* Bez. und Schpfw. für einen gleichgültig-fahrlässig handelnden Menschen. Zu lodeln „herumzotteln, schlaff herumgehen". *(UK 441, Grimm XII, 1116, Jontes 246)*

Lotter *m.* Allgemein abfällige Bez. für einen Mann im Sinne von Taugenichts, Spitzbube, Faulenzer. Ahd. lotar „leer, eitel", mhd. lotter „lockerer Mensch, Taugenichts, Gaukler". Lotter wurde auch für „Geliebter, männliches Verhältnis" verwendet; Verkleinerungsform Lötterl auch für Knabe. Angeblich aus afrz. lodier, „Bösewicht", auch lottern „schlaff sein, schlottern", ist in Betracht zu ziehen. In der Stmk. wird unter Lotterbett heute nicht mehr das ältere, abfällig gemeinte Faulbett gemeint, sondern eine Liege, wie sie sich in den beliebten „Bauernstuben" der bürgerlichen Wohnung als Ruhebett findet. Vgl. auch Bettellotter (s. d.). Idiotikon Fohnsdorf, 1813: „Lotter: ein wilder, blödsinniger, unbehülflicher Mensch." *(UK 441, WStWB 163, Kluge 447, Grimm XII, 1210f., 1214, Jontes 246, Pfeiffer 253, Aman 96, Kapeller 96)*

Lotterpfaff *m.* Bez. für einen liederlichen Geistlichen. Vgl., Lotter (s. d.). Pfaffe bereits im abwertenden Gebrauch. *(UK 441, Jontes 246f.)*

Lodexe *f.* Alte Bez. für unzüchtiges, auch ehebrecherisches Weib. Vielleicht Lodhexe „zottige Hexe". Leobener Ratsprot. 1574, fol. 19: „...etlich Frauen von Ortten geladen die selbiche seine Lodexen gewesen." *(UK 441, Grimm XII, 1119, Jontes 247)*

Lolli *m.*, siehe Lalli.

Longínus *m.* Scherzhafte Bez. für einen großgewachsenen Jüngling oder Mann. Volksetymologisch umgedeutete Verwendung des legendarischen Namens des römischen Hauptmannes bei der Kreuzigung Christi. Vielleicht über Darsteller bei Passionsspielen populär geworden. *(Jontes 247f.)*

Lórber *m.* Bez. für einen langweiligen, sich unbeholfen bewegenden Menschen, Tölpel; ma. lorbern, lorbeln „herumwandern". *(Jontes 248)*

Lösch *m.* Bez. und Rügewort für Dummkopf; Lötsch m. oberdt. Bez. für schlecht tauglichen Hund, Bauernhund. *(Grimm XII, 1208)*

Loser *m.* Bez. und Schpfw. für neugierigen Menschen, Aufpasser, Schleicher, Horcher, jedoch auch Faulenzer, der ständig zur Arbeit angetrieben werden muß Mhd., ma. losen „zuhören, horchen". *(UK 442, Jontes 248)*

Lu *m.* Neuere soldatensprachliche Kurzbez. für Leutnant (dazu auch Oberlu für Oberleutnant), nach dem engl. lieutenant (lu-). Österr. Bundesheer der Zweiten Republik. *(Jontes 248)*

Luchtel *m.* Weststeir. Schpfw. unbestimmter Bedeutung. *(WStWB 163)*

Ludel *m.* Bez. und Schpfw. für Dummkopf (Weststmk), aber auch Bez. für gutmütigen Mann. Zu ludeln „jodeln, vor sich hinpfeifen", oder ludeln „pissen". *(WStWB 163, Sonntag 511, Jontes 248)*

Luder *n.* Bez. und Schpfw. für meist weibliche, unmoralische, auch falsche Person. Mhd. Luoder „Aas" meint eine Lockspeise in der Falknerei oder beim Fallenstellen. Vgl. auch Köder (s. d.). Kann auch mitleidige Bed. annehmen („armes Luder"). Idiotikon Fohnsdorf, 1813: „Lueder: eine in schlechtem Ruf stehende unverschämte Weibsperson." *(UK 443, Esterl 51, Grimm XII, 1231ff., Jontes 248, Pfeiffer 254, Aman 96, Kapeller 97, Jakob 115)*

Lügenbeutel *m. („Lugen-")* Bez. und Rügewort für lügenhaften Menschen; einer, der wie ein Beutel mit Lügen vollgestopft ist. Vgl. auch Beutel (s. d.). *(Wintersberger 53, Jontes 249, Jontes 249, Pfeiffer 255, Aman 95, Jakob 115)*

Lügenschüppel *m. („Lugen-")* Bez. und Rügewort für verlogene Person wie zuvor. Schüppel „Handvoll Haar oder dgl., Haufen, Büschel" zu Schopf, dazu auch ma. abschüppeln „an den Haaren reißen, tadeln, bestrafen". Vgl. Grantschüppel, Grindschüppel (s. d.). *(UK 444, WStWB 163, Esterl 51, Grimm XV, 2018, Jontes 249, Pfeiffer 255, Jakob 115)*

Lullatsch *m.* Scherzhafte Bez. für großgewachsenen jüngeren Mann („Du langer Lullatsch"). Md. „langer, fauler Kerl", nl. luilak „Faulenzer". Vielleicht Hybridbildung aus Lalli (s. d.) mit einer vorgeblich slaw. oder ungar. Endung, oder zu lullen „einschläfern". *(WStWB 164, Jontes 249, Kapeller 97)*

Lump *m.* Allgemeines Schpfw. für Männer, Vergleich mit Fetzen, Hader. Idiotikon Fohnsdorf, 1813: „Lump: ein liederlicher Mensch." *(Grimm XII, 1292, Jontes 250, Pfeiffer 256, Kapeller 98)*

Lumpel *f.* Bez. für liederliches Frauenzimmer; wie zuvor. *(UK 444, Grimm XII, 1293, Jontes 250)*

Lumpersbube *m.* Älteres Schpfw. im Sinne von Lump. Weißkirchener Gerichtsprot. 1609, fol. 103: „...habe ime ein Lumperspueben gescholten." *(UK 444, Jontes 250)*

Lümmel *m.* Bez. für groben Menschen ohne Umgangsformen. Seit dem 16. Jh. über das Rotwelsche aus dem zig. limelo „schleimig". Idiotikon Fohnsdorf, 1813: „Limml: ein grober Mensch." *(Kluge 449, Grimm XII, 1289f., Jontes 250, Pfeiffer 255f.)*

Lutzler *m.* Bez. für einen stillen Säufer, Saufbruder; lutzeln „trinken, schlürfen, oft und viel trinken, dem Trunke ergeben sein", von mhd. lüz „klein, gering", also in kleinen Schlucken trinken. Auch Zusammenhang mit lutschen. Judenburg, 1812: „Luzel: ein Saufer." *(UK 444, Wudi 21, Grimm XII, 1353f, Jontes 251)*

M

Matschkerer *m.* Bez. für einen zum Schimpfen und Kritisieren geneigten, brummigen Menschen. Vergleich mit den Mundbewegungen beim Tabakkauen „Matschkern". *(UK 446, Jontes 252, Jakob 118)*

Makkaronifresser *m.* Nationenspott für Italiener wie Spaghettifresser (s. d.) aus einer Zeit als Makkaroni in den Augen anderer Völker typischer für die italienische Küche waren als die heute beliebteren Spaghetti. *(Küpper 152, Pfeiffer 261)*

Malterer *m.* Ältere Bez. für armen Blödsinnigen, der durch milde Gaben, besonders solchen von geistlichen Stiftungen und Klöstern (wie etwa in Admont) erhalten wird (Oberstmk). Wohl nach dem Getreidemaß der Müller, weil Gaben als Naturalien gereicht wurden. *(UK 448, Jontes 253)*

Malefízkerl *m.* Bez. für einen besonderen Spitzbuben (auch in fast anerkennendem Tone wie etwa Teufelskerl); einst jemand, der ein Kapitalverbrechen begangen hatte und deshalb nach dem Malefizrecht bestraft wurde (lat. maleficium „Missetat"). *(UK 448, Jontes 253, Pfeiffer 261, Aman 98, Kapeller 101)*

Mantelgletzer *m.* Alter Handwerkerspottname (15. Jh.) für Kürschner; wörtl. einer, der den Mantel glatzig macht, schlechten Pelz verwendet. *(UK 448, Grimm VII, 7768, 253f.)*

Mankler *m.* Bez. für Täuscher, Betrüger; ma. mankeln, Mankerl machen „heimlich listige Handgriffe tun, fälschend vermengen, auch sich widerspenstig zeigen", zu mengen. *(UK 449, Jontes 254, Aman 97)*

Männerklatsche *f.* *(„-klatschen")* Schpfw. für leichtfertiges Frauenzimmer; Frau, die manchen Mann „derklatscht", einfängt. *(WStWB 164, Jontes 214)*

Mannl, **Mandl, Manderl** *n.* Etwas herabsetzende Bez. für Mann, auch älteren Mann, Verkleinerungsform Männlein, Idiotikon Hieflau, um 1812: „Mandl: eine Mannsperson von kleiner Statur." *(UK 449, Grimm XII, 1595ff., Jontes 254, Pfeiffer 262, Aman 97, Jakob 117)*

Mannsbild *n.* Ursprünglich wertneutral für das männliche Geschlecht verwendet und die körperliche Gestalt, das Erscheinungsbild kennzeichnend, kann es später auch den Beigeschmack des Groben, Vergröbernden annehmen. *(Jontes 254, Pfeiffer 263)*

Marcherl *n.* Bez. und Schpfw. für Schwächling, einer, dem es an Mark und Kraft fehlt; auch Verkleinerungsform von Mähre „Pferd" (vgl. Mierche, Hundsmierche, s. d.), ist denkbar. *(Jontes 254)*

Marktschreier *m.* Rügend für lauten Menschen, Polterer. *(WStWB 164)*

Märzenkater *m.* Scherzhafte Bez. für liebesdurstigen Burschen, der mit einem Kater in der Ranzzeit verglichen wird. *(Reiterer, Weststeir. Sprachbilder, Jontes 255, Jakob 118)*

Märzenkalbel *n. („-kaibl")* Harmloses Schimpfwort für jemanden, der sich kindisch-dumm, wie ein Kalb im März, aufführt (Weißenbach bei Liezen). Vgl. auch Kalbel (s. d.). *(Reiterer, Ennstalerisch 105, Jontes 255)*

Maskerer, Maschkerer *m.* Bez. für Faschingsnarr, Narr. Gerichtsprot. Rotenfels, 1667, fol. 65: „... er sey ain Maskerer und hab den Neuman umb 2 Kreuzer zum Spendiren angehalten, wie der Maskerer Gebrauch sei." Ital. maschera „Gesichtsmaske, Maskengestalt". Vgl. auch Faschingspapperl (s. d.). *(UK 452, Grimm XII, 1702ff., Jontes 255)*

Mauler *m.* Bez. und Rügewort für jemanden, der „mault", zornig erwidert, schimpft, unmutig brummt; nach dem Verziehen des Mundes (ma. Maul). *(UK 454, Aman 98, Grimm XII, 1801f., Jontes 256)*

Maulreißer *m.* Wie zuvor, jedoch auch Verleumder, Maulheld. *(Grimm XII, 1807, WStWB 164, Jontes 256, Jakob 119)*

Mauncher *m.* Abfällige Bez. für schwächliches, kränkliches, im Wachstume zurückgebliebenes Kind (Unterstmk). Dunkler Herkunft. Vgl. auch Mauncherl n. „Stachelbeere". *(UK 454, Jontes 256)*

Maundler *m.* Bez. für langsamen, trägen Menschen, auch einen, der umständlich herumarbeitet. Ma. maundeln „sich langsam bewegen, zaudernd und langweilig vorgehen". Vielleicht zu älterem mandeln „auf der Wäscherolle (Mandel, Mangel) glätten". Idiotikon Fohnsdorf, 1813: „Maundler, Maudler: ein träger, zaudernder, zögernder Mensch." *(UK 454, WStWB 164, Grimm XII, 1537, Jontes 256)*

Maungetzer *m.* Bez. für mißmutigen, brummigen Menschen; ma. maungetzen, munketzen „unterdrückte Töne von sich geben", zu maunen „schreien wie eine Katze, maunzen"; auch oberdt. munk „griesgrämig" zu beachten. *(UK 454, Grimm XII, 1814, 2695, Jontes 256)*

Maus *f.* Spöttisch für kleingewachsenes weibliches Wesen; graue M. „farblose Persönlichkeit". *(Küpper 155, Jontes 256, Pfeiffer 267)*

Mauschel *m.* Bez. für Wucherer, gewinnsüchtigen Menschen, Geschäftsmann (Ennstal); der Spottname für Juden (jidd. Mauschel „Moses"). Idiotikon Hieflau, um 1812: „Mauschel: Gewinnsüchtiger". Daraus in verwandter Bed. Mauschler m. „geschickter Händler". *(Jontes 257)*

Mausdreck *m.* Bez. und Rügewort für unbedeutenden, auch kleingewachsenen Menschen, der sich wichtigtuerisch, großspurig gibt. Auch als „aufgestellter Mausdreck" häufig verwendet. *(Jontes 257, Pfeiffer 29, 267, Aman 98*

Mauskönig *m.* Älteres Schpfw. in der Bed. Unflat (17. Jh.). *(UK 455, Jontes 257)*

Matzfotz *m.* Bez. und Schpfw. für Schwächling, Weichling, verzagter Mensch ohne Energie, aber auch in der Bed. falscher Mensch, Schuft. Matz (hochsprachl. Verkleinerungsform Mätzchen) als Kosenamen für Tiere oder Kinder, auch Hündin; ma. Fotz „Mund, Gesicht". Idiotikon Fohnsdorf, 1813: „Mazfotz: ein Lasse, Schuft; ein Mensch ohne Energie, ohne Courage, ohne Muth." *(UK 446, Grimm XII, 1768, Jontes 257, Pfeiffer 266, Aman 98f., Jakob 119)*

Mette *f.* Bez. für dickes, schwerfälliges Frauenzimmer (Oberstmk). Mette „Lärm, Gepolter" im Bedeutungswandel aus lat. matutina „erste morgendliche Gebetszeit der Mönche, Frühmesse", auch „Spaß, Fröhlichkeit" (wie ma. Hetz „a so a Metten"). *(UK 455, Grimm XII, 2147, Jontes 257)*

Meckerer *m.* Bez. für jemanden, der stets etwas zu kritisieren hat. *(Jontes 257f., Pfeiffer 268)*

Mecketzer *m.* Bez. für Stotterer, auch Mann, der oft hustet oder sich räuspert. Vgl. auch Kagetzer (s. d.), Maungetzer (s. d.). Ma. mecketzen „meckern, blöken, stottern", Intensivum von meckern. *(UK 455, Jontes 258)*

Mehlpumpf *m.* Bez. für dicken Menschen; vgl. Pumpf (s. d.), jedoch hier auch pampfen „gierig, in großen Mengen in sich hineinessen" mitspielend. *(UK 456, Jontes 258)*

Mehllackel *m.* Gewerbespottname für Müller, Mehlhändler und Bäcker, auch Bez. für dicken Menschen. Vgl. Lackel (s. d.). *(UK 456, Jontes 258)*

Mehlwurm *m.* Handwerkerspott für Bäcker nach dem Muster Holzwurm (s. d.). *(Küpper 155, Jontes 258, Pfeiffer 268)*

Meinnutz *m.* Älteres Schpfw. im Sinne von Nichtsnutz; viell. auch in der Bed. von eigennütziger Mensch. *(UK 457)*

Melcherl *n.* Spöttisch für unbeholfenen Menschen; Diminutiv zu Melchior. *(WStWB 164)*

Mensch *n.* (pl. *Menscher*) Heute eher abfällige Bez. für gewöhnliche, jüngere Frauensperson („ausgschamtes M.", schamlose Person), einst aber wertneutrale Bez. für Mädchen der unteren Gesellschaftsschichten, vor allem Magd (Kindermensch, Kuchelmensch). Verstärkt als Dreckmensch, Rotzmensch, Saumensch (s. d.). Verkleinerungsform Menscherl, kosend für kleines Mädchen. Bedeutungseinengung von Mensch allg. auf Frau. Puchner a. a. O. nennt Rotwelsch Minsch f. „Vulva" aus zigeun. mintsch „ds." *(UK 459, WStWB 164, Wintersberger 56, Grimm XII, 2036ff., Jontes 258, Pfeiffer 269, Aman 99, Kapeller 102, Jakob 120, Puchner 256)*

Menschin *f.* Bez. für ledige Frauensperson. *(UK 459, Grimm XII, 2082, Jontes 258)*

Merse *f.* Geringschätzige Bez. für Mutter; schülersprachliche Spontanbildung in Anlehnung an Mutter; vgl. auch Vetsch (s. d.). *(Jontes 258)*

Mierche *f.* Schpfw. allg. Art für jemanden, der schlechtes Verhalten an den Tag legt. Zur Etymologie siehe Hundsmierche. *(WStWB 164, Jontes 259, Jakob 121)*

Miezerl *n.*, **Miezel** *f.* *(„Miazl")* Spöttisch für langweiliges, leicht beschränktes Frauenzimmer. Diminutiv von Maria. *(WStWB 164, Jontes 259, Pfeiffer 272)*

Milchgesicht *n.* Bez. für jungen Menschen, den man in der Anrede mit dem Hinweis auf seine Jugend und Unerfahrenheit rügen oder beleidigen will; abgeleitet von der zarten Gesichtshaut. *(Grimm XII, 2193, Jontes 259, Pfeiffer 272)*

Milcherl *n.* Wie zuvor; hier kann auch noch der Begriff des Säuglings, der Muttermilch, mitklingen. *(Jontes 259)*

Mistbratel *n.*, **-en** *m.* Bez. und Schpfw. für schlechten Menschen. Vgl. Bratel (s. d.). *(Jontes 260)*

Mistbub *m.* *(„-bua")* Schpfw. wie Lausbub (s. d.); mag zuerst auf die bäuerliche Stallarbeit bezogen sein, zu der die unterste Kategorie der Dienstboten herangezogen wurde. *(Jontes 260, Pfeiffer 274, Aman 99, Jakob 122)*

Mistdirndl *n.* Wie zuvor, auf Mädchen bezogen. *(Jontes 260, Aman 100)*

Misterl *n.* Schpfw. für eigenwillig-sturen Menschen. *(Esterl 51)*

Mistvieh *n.* *(„-viech")* Derbes Schpfw. für eine bösartige, charakterschlechte Weibsperson, auch für Tiere, besonders Hunde, verwendet. *(UK 468, Jontes 260, Aman 100, Jakob 122)*

Mistfink *m.* Grobes Schpfw. für einen Menschen mit schmutziger Gesinnung. Wie in Schmutzfink (s. d.). wird angedeutet, daß der Vogel seine Nahrung aus dem schmutzigen Milieu eines Misthaufens oder Pferdeapfels holt. *(Grimm XII, 2270, Küpper 158, Jontes 260, Kapeller 104)*

Misthammel *m.* Schpfw. und Bez. für ungeschliffenen, charakterschlechten Mann. Vgl. auch Dreckhammel (s. d.). *(UK 463, Grimm XII, 2271, Jontes 260, Pfeiffer 274, Aman 100)*

Mistkäfer *m.* Ungepflegter, schmutziger Mensch; nach dem Skarabäus-Käfer, der seine Gelege in einer selbstgedrehten Kugel aus Tierkot unterbringt und trotz dieser Eigenart in die edle altägyptische Wiedergeburts-und Auferstehungssymbolik aufgenommen wurde. *(Jontes 261, Pfeiffer 275)*

Mistkerl *m.* Wie Mistfink (s. d.). *(Pfeiffer 275, Esterl 51)*

Mistkratzer *m.* Abfällige Bez. für Bauern, nach der niedersten Arbeit, dem Zusammenkratzen des Mistes im Viehstall. *(Jontes 261)*

Mistwabe *f.* *(„-waben")* Derbes Schpfw. für Frauenzimmer. Vgl. Wabe (s. d.). *(UK 463, Jontes 261)*

Moppel *m.* Ältere, abfällige Bez. für Hund, besonders Schoßhund. Zu Mops als Hunderasse. Dazu ma. moppeln „unbeholfen laufen". *(UK 463, Jontes 261, Pfeiffer 278, Jakob 123)*

Möhrenfresser *m.* Spottname der deutschen Untersteirer für ihre slowenischen Nachbarn. Auf die Kost bezogenes Schpfw. wie Brein-, Sterzfresser (s. d.). *(UK 464, Jontes 262)*

Moidel *f.* Ältere abfällige Bez. für einfache Frau niedersten Standes, auch altes Weib (Oststmk). Koseform für Maria. *(UK 464, Jontes 261)*

Mock *m.* Schpfw. für mürrischen, verdrießlichen Menschen, auch Trotzkopf; eig. spröde, plumpe Sache, Brot von schlechtem Mehl, Klumpen, auch stark verwittertes Eisenerz. *(UK 463, WStWB 164, Wintersberger 57, Jontes, 261)*

Mockkäfer *m.* Wie zuvor. *(WStWB 164)*

Mondgesicht *n.* Scherzhaft für Menschen mit rundem, dickem Gesicht. *(Jontes 262, Pfeiffer 277)*

Most *m.* Schülersprachl. Schpfw. allgemeiner Art („Jeder Most geht zur Post“, als Berufsspott, Graz). Zum Getränk Apfelmost gehörig, das für das bäuerliche Milieu charakteristisch ist. *(Jontes 263)*

Mostel *m.* Bez. für kleinen, dicken Menschen (auch mostig, mostet „dick, aufgedunsen“). Verkleinerungsform zum vorigen. *(UK 466, Jontes 263)*

Mosthäfen *m.* Bez. und Schpfw. für dicken Menschen; in der Art von Schpfw. nach Gefäßbez. (vgl. Butte, Kübel, Sechter usw., s. d.). *(UK 466, Jontes 263)*

Mostschädel *m.* Bez. für Mann mit ungefügem, dickem, klobigem Haupte, übertragen auch auf Querkopf, Dickschädel. Der Steirer nennt den Oberösterreicher scherzhaft so, weil dieser als besonderer Mosttrinker gilt. Apfel- und Birnmost ist in den steirischen Obstgebieten allgemein üblich, vor allem dort, wo kein Weinbau existiert. Ein Mostrausch gilt als besonders schwer und nachhaltig. *(UK 466, Wintersberger 57, Jontes 263, Jakob 123)*

Mudel *f.* Bez. für dickes Frauenzimmer, dralle Dirne; wie in mudelfein „besonders weich, zart, fein“, mudelsauber „sehr schön (von Menschen)“, mudlet „weich anzufühlen“. Nebenform von Nůdel? *(UK 466, Jontes 263)*

Mutterzartel, **-zarterl** *n.* Bez. für Lieblingskind, abfällig auch für verzärteltes, verweichlichtes Kind, Muttersöhnchen. Vgl. auch Zarterl (s. d.). *(UK 466, WStWB 168, Jontes 264)*

Muff *m.*, **Muffel** *m.* Bez. für mißmutigen, übelgelaunten Menschen, Sauertopf, auch brummigen Hund. Ma. muffen „brummende Laute ausstoßen“, muffig „mißmutig, beleidigt“. *(UK 467, WStWB 164, Wintersberger 57, Grimm XII, 2622f., Jontes 264, Pfeiffer 280f., Jakob 124)*

Muffengänger *m.* Bez. für Angsthase, furchtsamen Menschen, jemanden, der Angst vor den Folgen seines Handelns hat; Muffe anscheinend Synonym für Arschloch, einer, dem „die Muffe geht“. *(Jontes 264)*

Mugerl *n.* Bez. für dickes, kleines Mädchen oder Frauenzimmer. Ma. Mugel „Brocken, großes Stück, Stein“ (vgl. auch den oststeirischen Familiennamen Hirschmugl „Hirsebrocken, Knödel im Hirsebrei“). *(UK 467, Jontes 264)*

Muli *n.*, *m.* Schpfw. wie Esel (s. d.) für störrisch-dummen Menschen; lat. mulus, ital. mulo „Maulesel". *(Jontes 265, Pfeiffer 281)*

Munterl *n.* Scherzhaft für besonders munteres, aufgewecktes Kind. *(WStWB 170)*

Murgetzer *m.* Bez. für Faulpelz, faulen Knecht, langsamen Arbeiter (Oberstmk). Ma. murgetzen „träge und langsam arbeiten", zu murken „stückweise arbeiten", murksen „schlecht arbeiten". *(UK 468, Grimm XII, 2715, Jontes 266)*

Mürgel *f.* Bez. für verkümmertes, altes Weiblein. Zu oberdt. Murk „in Wachstum und Sprache zurückgebliebener Mensch". Vgl. Murkse (s. d.). *(UK 468, Grimm XII, 2716, Jontes 265f.)*

Murke *f.* *(„Murken")* Spöttisch für kleingewachsene Frauensperson; Vgl. Gurke (s. d.) *(WStWB 164)*

Murkerl *n.* Wie zuvor; jedoch auch in der Nähe von Murkerl n., „kleine Gurke" (Murke, Ummurke „Gurke"). *(UK 469)*

Murksel, Murkse, Murkserl *f.* Abfäll. Bez. für schwächliche und kleingeratene Frauensperson. Vgl. Mürgel (s. d.). Ma. murksen „schlecht arbeiten, sich abplagen" zu mhd. murc „brüchig, schadhaft", daraus oberdt. Murk „in Wachstum und Sprache zurückgebliebener Mensch". *(UK 469, Grimm XII, 2716, Jontes 266)*

Murkser *m.* Bez. für schlecht, stümperhaft arbeitenden Mann; wie zuvor. *(WStWB 164, Jontes 266, Pfeiffer 282, Aman 101, Kapeller 107, Jakob 124)*

Musche *f.* *(„Musch", „Muschen")* Bez. für liederliche Weibsperson, Dirne. Zu Musch f. „Vulva" (vielleicht aus frz. mouche „Fliege, Schönheitspflästerchen"). *(UK 469, Wintersberger 57, Grimm XII, 2731, Küpper 160f., Jontes 266, Pfeiffer 282, Aman 101, Jakob 124, Puchner 257)*

Musterbalg *m.* Bez. für mißgestaltetes Kind im Sinne von Wechselbalg; Muster wohl ironisch gemeint. *(UK 469, Jontes 266)*

N

Nabel *m.* *(„Napel")* Scherzhafte Bez für Knaben etwa im Volksschulalte eigentlich Nabel, also verkürzt eine der einem Erwachsenen bis zum Nabel reicht. Das Städtische Kinderbad in Graz-Eggenberg hieß im Volksmund Napelbad, weil auch an der tiefsten Stelle des Beckens das Wasser den Badenden nur bis an den Nabel reichte. *(UK 470, Jontes 267, Jakob 125)*

Nappetzer, Napfetzer *m.* Bez. für schläfrigen, langweiligen Menschen, auch ebensolchen Arbeiter; auch der leichte Schlummer, das „Einnappsen" als solches. Alte Intensivbildung zu napfen „einnicken, sitzend schlummern" (ahd. hnaffezen, mhd. nafzen). *(UK 470, Jontes 267, Grimm XIII, 350, Aman 103, Wudi 22)*

Nachteule *f.*, siehe Nachtvogel. *(Jontes 267, Pfeiffer 284)*

Nachtvogel *m.* Bez. für Nachtschwärmer oder allgemein Abendmensch; zuweilen differenziert Nachteule f. *(Grimm XIII, 221, Jontes 267, Pfeiffer 285, Jakob 126)*

Nachtwächter *m.* *(„-wachter")* Bez. und Rügewort für langweiligen, langsamen, begriffsstützigen Menschen; aus dem Berufsspott der Vergangenheit, weil für dieses Amt keine besonderen geistigen und körperlichen Fähigkeiten vonnöten waren. *(Grimm XIII, 222, Jontes 268, Pfeiffer 285, Aman 102)*

Nackerbatzel *n.* Schpfw., wenn mit entsprechendem Tonfall oder mit einem Zusatz („geistiges Nackerbatzel") versehen. Ursprünglich Kosewort in der Bed. „kleines, noch halbnackt herumlaufendes Kind, dessen körperliches Schamgefühl noch nicht ausgebildet ist". Batzel „ein bißchen" und nacket „nackt". *(UK 472, Wintersberger 58, Jontes 268, Jakob 126)*

Naderer *m.* Verächtliche Bez. für Angeber, Spitzel, einst Geheimpolizist der Metternich-Ära. Zu Stadtjargon einnähen („einnahen"), „einsperren". *(UK 473, Wintersberger 58, Küpper 163, Jontes 268, Pfeiffer 285, Jakob 126)*

Nanerl *n.*, **Nanderl** *n.* Bez. für zaghaften, feigen, weibischen Mann, Schwächling, aber auch für Kind. Koseform von Anna. Vgl. auch „wie das Nanerl im Traum" für ratlos sein. *(UK 474, WStWB 164, Jontes 268, Jakob 126)*

Narrentatel *m.* Bez. und Rügewort für Halbnarr, Mensch ohne Verstand. Vgl. Tatel (s. d.). *(UK 474, WStWB 164, Jontes 269, Jakob 126)*

Naschkatze *f.*, **-katzerl** *n.* Bez. für genäschige Person beiderlei Geschlechts, die besonders auf Süßes aus ist. *(WStWB 164, Grimm XIII, 395, Jontes 269, Pfeiffer 286, Kapeller 109, Jakob 126)*

Nase *f.* *(„Nasen")* Abfällige Bez. und Schpfw. für frechen, meist jüngeren Menschen; Kurzform von Rotznase (s. d.). Auch von der Schmäh- oder Bosheitsgeste der „langen Nase" her bestimmt. *(Jontes 269, Jakob 126f.)*

Nasenbohrer *m.* Abfällige Bez. und Rügewort für langweilig-dummen, auch bornierten Menschen. Hinweis auf die in der Öffentlichkeit verpönte Tätigkeit einer vitalen Körperpflege, der Entfernung des Nasenschleimes. Vgl. die Schpfw. mit Rotz- (s. d.). *(Jontes 269, Pfeiffer 286, Aman 103)*

Nauntscherl *n.* Bez. für schwaches, unterentwickeltes weibliches Wesen, auch für Schweinchen (Oststmk); zu ma. naunketzen „hin- und herwackeln". *(UK 474, Jontes 269)*

Naunler *m.* Bez. für schläfrigen, langsamen Menschen, trägen Arbeiter; zu naunketzen wie zuvor. *(UK 474, Jontes 270)*

Naunze *f.* Bez. wie zuvor, Schlafhaube (Sulmtal). *(UK 474, Jontes 270)*

Nettel *f.* Schpfw. für dumme Frau; wohl zu Hettel (s. d.) zu stellen. *(Esterl 52)*

Neidhammel *m.* Bez. für neiderfüllten Menschen, den Besitz oder Erfolg anderer mit Mißgunst erfüllen; vgl. mit demselben Tier Dreckhammel (s. d.). *(Wintersberger 58, Grimm XIII, 559, Jontes 270, Pfeiffer 288, Aman 102, Kapeller 110)*

Neidkragen *m.* Wie zuvor, analog Geizkragen (s. d.). *(UK 475, Grimm XIII, 563, Jontes 270, Aman 102, Jakob 127)*

Neidkrampen *m.* Wie zuvor; vgl. Kramperl (s. d.). *(UK 475, WStWB 164, Jontes 270f.)*

Nesthöckerl *n.* Scherzhaft für das letzte Kind; Nesthäkchen. *(WStWB 170, Jontes 271)*

Nervenbinkel *m.* Scherzhaft für nervösen Menschen; vgl. Binkel (s. d.). *(Pfeiffer 289)*

Nerverl *m.*, *n.* Wie zuvor. *(Jontes 271, Pfeiffer 289)*

Nestscheißerl *n.* Bez. für das Lieblingskind der Eltern, dann auch scherzhaft für einen Erwachsenen, der jemandes besonderes Liebkind ist. *(UK 476, WStWB 170, Grimm XIII, 631, Jontes 271, Pfeiffer 290, Jakob 128, Jontes 271)*

Nippel *m.* Bez. für Kleinkind, aber auch zwergenhaften und schwächlichen Menschen allgemein; ma. nippern „hüpfen, hopsen". *(UK 477)*

Nichtsnutz *m.* *(„Nixnutz")* Bez. für faulen, unfähigen Menschen mit dem Beigeschmack auch der moralischen Minderwertigkeit. *(WStWB 164, Grimm XIII, 729, Jontes 271, Pfeiffer 291, Aman 104, Kapeller 111, Jakob 129)*

Niete *f.* *(„Niatn")* Bez. und Schpfw. für Versager, unfähigen Menschen (verstärkt „schöne, saubere Niete"). Im 18. Jh. über das Lotteriespiel populär geworden, niederld. niet „nichts", für ein Los, das keinen Treffer bringt. *(Grimm XIII, 842, Kluge 512, Jontes 271f., Pfeiffer 291, Aman 103f.)*

Nigel *m.* Bez. für kleines Kind, kleingewachsenen Menschen; eigentl. ma. für Igel, auch Kurzform von Nikolaus. Stark pejorativ in Zusammensetzungen wie Saunigel, Schweinnigel. Judenburg, 1812: „Nigl: ein kleiner Mensch." *(UK 478, Wudi 22, Jontes 272, Aman 104, Jakob 128)*

Nissenbeutel *m.* Älteres Schpfw. in der Bed. Lausbube; Niß „Lausei", vgl. auch Flohbeutel (s. d.). *(UK 478, Jontes 272)*

Notnagel *m.* Bez. für Lückenbüßer, Einspringer, auch armen Tropf; weststeir. aber Geizhals. *(WStWB 164, Jontes 272, Pfeiffer 293)*

Nocke *f.*, **Nockerl** *n.* Bez. und Rügewort für dumme, fade, hochnäsige, eingebildete, aber auch unsicher-verlegene Frauensperson; ursprünglich damit ein bekanntes alpenländisches Mehlgericht gemeint, aus Teig herausgestochene, im Wasser gekochte und dann auf verschiedene Weise durch Zutaten schmackhafter gemachte kleine, längliche Klöße (auch Nockerl); in der einfachsten Form ein unschmackhaftes, fades Gericht, daher die Übertragung auf den menschlichen Charakter. Ursprünglich Bez. für bestimmte Bergformen (Nock); ital. gnocco „Teigware bestimmter Form", vielleicht aus dem Dt. entlehnt. Verkleinerungsform Nockerl n. für kleinere Mädchen mit den getadelten Eigenschaften. Vgl. auch Klosternockerl (s. d.). *(UK 479, WStWB 164, Wintersberger 59, Grimm XIII, 877f., Kluge 513f., Jontes 272f., Pfeiffer 292, Aman 104, Jakob 129)*

Nudeldrücker *m. („-drucker")* Abfällige Bez. für knickrigen, geizigen Menschen, Sparmeister; eigentlich das Gerät, mit dem Nudeln erzeugt werden, indem man eine Teigmasse durch kleine Löcher einer Form drückt („druckt"). *(UK 479, WStWB 164, Grimm XIII, 976, Jontes 273, Pfeiffer 293f., Jakob 129, Kapeller 113)*

Nudler *m.* Bez. für einen schlampigen, hastigen Arbeiter (wie Hudler, s. d.), auch Fußballspieler, der einen Ball halbverfehlt abschießt (davon Nudelkick m. für ein schlechtes, langweiliges Fußballspiel). Auch vom allgemein abfälligen Sinngehalt von Nudel bestimmt. *(UK 479, Jontes 273)*

Nullenscheißer *m.* Älterer Spottname für Rechnungs- oder Finanzbeamte. *(UK 480, Jontes 273f.)*

Nullerl *n.* Verkleinerte Null für nichtigen, unbedeutenden Menschen. Begriff durch das einst sehr beliebte Theaterstück „'s Nullerl" des kärntnerisch-steirischen Dichters Karl Morre (1832–1897) verfestigt. *(Jontes 274)*

Nuß *f.* Bez. und Schpfw. für untauglichen Menschen; gekürzt für „taube Nuß" als Kennzeichnung eines solchen Charakters; Nuß auch scherzhaft für Kopf bzw. Kopfstück. *(Jontes 274, Pfeiffer 294, Jakob 130)*

O

Ober- Zur Steigerung auch von Schimpfwörtern verwendet.

Obertrottel *m.* Verstärkung des Schimpfwortes Trottel (s. d.) durch Andeutung einer vorgeblichen Rangordnung. *(Jontes 275)*

Obergescheiter *m.* Bez. und Rügewort für jemanden, der sich vordrängt, um sich zur Lösung eines Problems anzubieten und dabei mangelndes Wissen und Können offenbart. Auch „ganz Gescheiter". *(Jontes 275)*

Oberlehrer *m.* Spöttisch für pedantischen Besserwisser („Gott weiß alles, der Lehrer weiß alles besser" als häufig gehörtes Bonmot). Vor dem heutigen Dienstitel bedeutete das Wort in Österreich einen Pflichtschuldirektor. *(Pfeiffer 296f.)*

Ochse *m. („Ochs")* Schpfw. für Dummkopf, ungeschickten, sturen Menschen; Bezug auf die sprichwörtliche Grobheit und Dummheit des Tieres. *(Grimm XIII, 1131, Jontes 275, Pfeiffer 298, Jakob 130, Aman 106)*

„Oimel" *m.* Blöder Mensch; unbest. Herkunft. *(Jontes 275, Pfeiffer 106)*

Ölberger *m.* Spottname für die Mitglieder der Grazer Stadtwache im 17. Jh., wohl weil diese bei den Spektakeln der Karwoche, besonders bei den gründonnerstägigen Ölbergandachten der Kirchen, die große Volksmassen anzogen, als Ordnungskräfte eingesetzt waren. Bestimmend für das Entstehen dieses gemeindt. Schpfw. sind die Schergen des biblischen Berichtes, die Christus am Ölberg nach dem Verrat des Judas gefangennahmen. Das Wort dürfte auch das heimische Schpfw. Schwellberger („Schwöll-“, s. d.) beeinflußt haben. *(UK 484, Grimm XIII, 1275, Jontes 275)*

Ortjosel *m.* Scherzhafte Bez. für jemanden, der das entlegenste Haus eines Dorfes bewohnt. Ma. Ort „Ende“; Josel Koseform zu Josef. *(UK 485, Jontes 276)*

Ohrwaschel *n.* Schpfw. und rügende Anrede allgemeiner Art für dummen Mann. Vgl. auch Waschel (s. d.). *(UK 618, Grimm XIII, 1267, Jontes 276)*

Osterhase *m. („-has“)* Spöttisch für einfältigen Menschen. „Er schaut drein wie ein O.“ *(Pfeiffer 300)*

P

Siehe B.

Qu

Quadratschädel *m.* Bez. für Menschen, der einen Quadratschädel, einen unförmigen, großen oder auch harten Kopf hat. Sturheit ist impliziert. Möglicherweise besteht aber Zusammenhang mit älterer, spottender Bez. für Geistlichen, da Quadrat *(UK 486)* auch das viereckige Barett oder Birett bezeichnete. *(Jontes 277, Pfeiffer 329)*

Quälgeist *m.* Bez. für lästigen Menschen, Plagegeist, auch lebhaftes Kind. Idiotikon Hieflau, um 1812: „Quälgeist: ein plagender Mensch, von dem man nicht loswerden kann.“ *(Grimm XIII, 2307, Jontes 277, Pfeiffer 330)*

Quartalstudent *m.* Spöttische Bez. für faulen Studenten, der gerade alle Vierteljahre einmal seinen Studien nachgeht; ähnlich wie Quartalsäufer gebildet. *(UK 486, Jontes 277)*

Quargler *m.* Abfällige Bez. für Schwätzer, der Unsinn daherredet. Ma. quarren, „jämmerlich schreien, weinen“, oder Bezug zum Quargel, dem besonders stinkenden Käse, der hier Synonym für Käse, Topfen (Quark) sein mag, wie er in der Redensart „Käse, Topfen daherreden“ für Unsinn verzapfen steht. *(Grimm XIII, 2326, Jontes 277)*

Quechse *f. („Quechsen“)* Bez. für Frau, die stets klagt und jammert. Ma. quecken, quacken „ächzen, greinen, schreien“. *(UK 486, Grimm XIII, 2229, Jontes 278)*

R

Rabenaas *n.* Grobes Schpfw., das wie alle mit Rabe gebildeten auf den Galgenvogel (s. d.), den Raben als Besucher der einstigen Richtstätten hinweist und auf Menschen deutet, die ihm als Speise am Galgen zugedacht sind. *(Grimm XIV, 7f., Jontes 279, Pfeiffer 333)*

Rabenband *n.* Schpfw. für schlechten Kerl. *(UK 487, Jontes 279)*

Rabenbein *n.* Wie zuvor; verstärkt für Bein (s. d.). *(UK 487, Jontes 279)*

Rabenbraten *m.*, **-bratel** *n.* Wie zuvor; vgl. auch Höllenbraten, Satansbraten (s. d.). *(UK 487, Wintersberger 68, Jontes 279, Jakob 142)*

Rabeneltern *pl.* Bez. für schlechte Eltern, die ihre Kinder vernachlässigen oder mißhandeln; nach den angeblich schlechten Brutpflegegewohnheiten des Raben; auch auf die einzelnen Elternteile angewendet: Rabenvater, Rabenmutter. *(Grimm XIV, 9 und 12, Jontes 279, Pfeiffer 333, Kapeller 134)*

Rabenvater *m.*, siehe Rabeneltern. *(Jontes 279, Pfeiffer 333)*

Rabenvieh *n.* *(„-viech“)* Schpfw. für schlechten Menschen, besonders für Frauen gebraucht, aber auch für Tiere, besonders für Hunde verwendet, wenn diese unfolgsam sind. *(Grimm XIV, 12, Jontes 279, Pfeiffer 333f., Jakob 142, Kapeller 134)*

Rabenhaut *f.* Schpfw. wie Rabenbraten (s. d.). *(UK 487, Jontes 279)*

Rabenmutter *f.*, siehe Rabeneltern.

Ratte *f.* siehe Ratz *(Pfeiffer 337)*

Radelfahrer *m.* Bez. und Schpfw. für nach oben schmeichlerischen und nach unten gehässigen Menschen, jemand, der wie ein Radfahrer nach oben einen Buckel macht („ein Buckerl reißt“) und nach unten tritt. Wort mit der Sache entstanden. *(Pfeiffer 334, Jontes 279f., Aman 110)*

Ratsche *f.* *(„Ratschen“)* Abfällige Bez. und Rügewort für geschwätzigen Menschen (wie Dorfglocke, Tratsche, Ratschkathel, s. d.); nach dem hölzernen Schall- und Lärmgerät, das in der Karwoche anstelle der Glocken Verwendung findet. Ein lautmalendes Wort, ma. ratschen „schwätzen“, auch „den Laut R nur fehlerhaft aussprechen können“ (Idiotikon Eisenerz, 1812). *(UK 488, WStWB 165, Grimm XIV, 190, Jontes 280, Pfeiffer 337, Aman 109, Jakob 143)*

Ratschkathel *f.* Wie zuvor und Tratschkathel (s. d.). *(Pfeiffer 337, Aman 109)*

Raffel *f.* Bez. und Schpfw. für alte, häßliche, auch schwatzhafte Frau; ursprünglich Gerätename für Feile, Raspel. *(UK 489, WStWB 165, Grimm XIV, 55f., Jontes 280, Pfeiffer 335)*

Raffler *m.* Ältere Bez. für Lärmmacher, Polterer, auch gewalttätiger Stänker; ma. raffeln „poltern, stoßen, schlagen.“ *(UK 489, Grimm XIV, 59, Jontes 280)*

Rainschinder *m.* Abfällige Bez. für jemanden, der Grenzsteine zu seinem Vorteil versetzt oder verdächtig ist, dies zu tun; der Volksaberglaube verdammt den Täter zu unerlöster Wiederkehr nach dem Tode, was in zahlreichen Volkssagen zum Ausdruck kommt. Schinden im Sinne von „etwas herausschinden“. *(UK 490, Jontes 280)*

Rainzucker *m.* Ältere Bez. wie zuvor; ma. zucken „verrücken, bewegen". *(UK 491, Jontes 280)*

Racker *m.* Bez. für abgearbeiteten Menschen oder ebensolches Tier, von abrackern; dann aber auch Schpfw. allgemeiner Bed., etwa wie schlechter Kerl (s. d.). Im Nd. ursprünglich damit der Schinder, Abdecker, Totengräber (vgl. Wrack) gemeint, dann ins Oberdt. eingewandert. Idiotikon Fohnsdorf, 1813: „Racker: ein Schimpfname, der gewöhnlich im Zorne Menschen beygelegt wird." *(UK 488, Grimm XIV, 34f., Jontes 281, Kapeller 135)*

Ramanaster *m.* Abfällige Bez. für schmutziges, ungepflegtes Weib; mhd. râm „Schmutz, Ruß", oder abgewandeltes Rabenaas (s. d.). *(UK 490, Jontes 281, Jakob 142)*

Rampfe *f.* Schpfw. für tratschsüchtiges Weib. *(WStWB 165)*

Rammel *m.* Bez. und Schpfw. für ungehobelten, rohen, sturen, gefühllosen Mann („gescherter, blöder Rammel"), auch schmutzigen Menschen. Ursprünglich Tier, das bei der Begattung „rammelt" (Stier, Widder), bzw. mhd. râm „Schmutzfleck, Rußkruste". *(UK 490, Wintersberger 68, Grimm XIV, 76, Jontes 281, Pfeiffer 335, Jakob 143, Kapeller 135)*

Rammerl *n.* Rügend für Kind, das sich bekleckert hat. Zur Etym. vgl. Ramanaster (s. d.). *(WStWB 170)*

Rahmkalbel *n. („-kaibl")* Schpfw. für ungeschickten, dummen Menschen; einer, der noch unerfahren wie ein Kalb agiert. Rahm- als eine Art Steigerung zu sehen, die auch noch Schmutzigsein einschließt. Vgl. Rammel (s. d.). *(allg., Jontes 281)*

Ramsampel *m.*, **Ramsamperl** *n.* Bez. und Rügewort für mutwilligen, übermütigen, wild herumtollenden jungen Menschen; zu oberdt. ramsen „sich wie ein Widder gebärden". *(UK 490, WStWB 170, Grimm XIV, 82, Jontes 281, Jakob 143)*

Ranzenbarthansel *m.* Spöttische Bez. für jemanden, der einen rauhen, ungepflegten Bart hat (Oststmk); zu ranzig. *(UK 491, Jontes 282)*

Rassel *f.* Schpfw. für Frau; oberdt. rasseln „lärmen, toben", jedoch ohne Bezug auf das Schallgerät. *(UK 492, Grimm XIV, 144f., Jontes 282, Pfeiffer 336)*

Raubersbub *m. („-bua")* Scherzhaftes Rügewort, etwa wie Lausbub; Andeutung der Mitgliedschaft zu einer Räuberbande. *(Jontes 282, Jakob 144)*

Raufer *m. („Raffer")* Bez. für rauflustigen Burschen oder Mann, Raufbold. *(Grimm XIV, 261, Jontes 283, Pfeiffer 339, Aman 109)*

Raufhansel *m. („Raff-")* Wie zuvor. *(UK 493, Jontes 283)*

Raufjodel *m. („Raff-")* Wie zuvor; vgl. auch Jodel (s. d.). *(Jontes 283)*

Raundel *f.* Bez. und Schpfw. für altes, streitsüchtiges Weib, eigentlich verstimmtes Instrument (Geige oder Harmonika) damit gemeint. Vgl. Raundler (s. d.). *(UK 494, WStWB 165, Jontes 283)*

Raundler *m.* Spöttisch-abfällige Bez. für stümperhaften Musikanten, der ohne jeden Ausdruck spielt. Ma. raundeln „raunen, brummen, schnurren wie Katzen“. *(Grimm XIV, 294, Jontes 283)*

Raunkerl *n.* Bez. für einen unansehnlichen, im Wachstum zurückgebliebenen Menschen, aber auch für Tier; eigentlich eine Speise, die aus kleinen Brocken besteht: Nockerln oder eine Art Krapfen, eine brauchtümliche Speise, die die Sennerinnen beim Almabtrieb austeilen; von Raunke „Krume, Rinde, Wundschorf“. *(UK 494, WStWB 165, Jontes 283, Jakob 144)*

Raunze *f.*, **Raunzer** *m.* Bez. für jammernde und kritisierend klagende Person; ma. raunzen „wie eine Katze schreien“, Intensivum zu raunen. Der Einiraunzer m. ist jemand, der sich durch Süßtun einschmeicheln will. *(UK 494, Jontes 283, Aman 111, Jakob 144, Kapeller 136)*

Rauschkugel *f.* Schpfw. für Säufer, Besoffenen, der im Rausch „herumkugelt“, torkelt, sich am Boden wälzt. *(Wintersberger 69, Jontes 283, Pfeiffer 339)*

Ratz *f.* Der Tiername Ratte als Negativum für einen ungepflegten, struppigen, aber auch spitzgesichtigen, der Physiognomie nach nagetierähnlichen Menschen (wie Spitzmaus, Maus s. d.). *(Jontes 284, Pfeiffer 337)*

Rebelletzer, Rebetzer *f.* Schpfw. für lästig drängenden Menschen, einen, der aufbegehrt; lat. rebellare „sich auflehnen“. *(WStWB 165)*

Rehrbeutel *m.* Bez. und Rügewort für leicht zum Weinen kommendes Kind oder allg. für jemanden, der lästig klagt; ma. rehren (schriftspr. fälschlich röhren, jedoch mit diesem verwandt) „schreien, blöken, weinen“. *(UK 497, WStWB 165, 170, Grimm XIV, 561, Jontes 285).*

Rehrer *m.* Wie zuvor.

Reißteufel *m.* Bez. für jemanden, der seine Kleider oder sonstigen Sachen schnell abnützt und zerreißt; wie in Sauteufel Personifizierung einer menschlichen Untugend ins Mythologische hinein. *(WStWB 165, 170, Grimm XIV, 765, Jontes 284, Pfeiffer 341)*

Reisgänger *m.* Spöttische Bez. für furchtsamen Menschen; es geht jemandem der Reis für „Angst haben“, wobei unklar ist, was mit dem Reis in diesem Falle gemeint ist. Viell. altes reisen „unstet herumziehen“. *(Jontes 285)*

Reisriesler *m.* Wie zuvor; hier scheint das glückbringende Ausstreuen von Getreidekörnern oder Reis bei Hochzeiten (wie etwa heue noch in Griechenland) mitzuspielen, womit der Reisriesler wie der Reisstreuer (s. d.). zu einem Banner von Unglück wird. *(Jontes 285)*

Reisstreuer *m.* Wie zuvor. *(Jontes 285)*

Reißzusammen *m.* *(„Reißzamm“)* Wie zuvor; einer, der alles zusammenreißt; auch anerkennend für tüchtigen, einsatzfreudigen und fleißigen Arbeiter. *(UK 500, Jontes 285)*

Riegel *m.* Anerkennende Bez. für starken, großgewachsenen Mann oder Burschen („a mords Riegel“, „ein schöner Riegel“); nicht nach dem Türriegel, sondern nach dem gleichnamigen Bundtram des Dachstuhles. *(UK 504, Wintersberger 69, Jontes 286, Grimm XIV, 922)*

Rindel *n.* Harmloses Spottwort für jemanden, der dumm wie ein Rindvieh ist. *(Reiterer, Ennstalerisch 105, Jontes 286)*

Rindvieh *n.* Häufiges Schpfw. wie Kuh, Ochse, Kalbel (s. d.) nach den Charaktereigenschaften der Grobheit und Dummheit. *(Grimm XIV, 979, Jontes 286, Pfeiffer 343, Jakob 148, Kapeller 138)*

Riesenkopf *m.* Älteres Schpfw. unbest. Bed. Landrecht Sauer, 1725 (StLA): „... er sich mit Hurenprocuratorin und Riesenkopf mich zu titulieren und injuriren erkhinet." *(UK 505, Jontes 286)*

„Robas" *m.* Schpfw. für ungezogenes, freches Kind. Herkunft dunkel. Vgl. tirolerisch Robler m. „Raufbold" *(Schatz II, 488, Esterl 51)*

Roter *m.* Abfällige, verallgemeinernde Bez. für Anhänger politisch linker Ideologien bzw. Parteigänger der SPÖ. Als Steigerungen Knallroter, Dunkelroter, Erzroter. Nach der Parteifarbe, die wiederum ihren Ursprung in der blutroten Jakobinermütze der Französischen Revolution findet. *(Jontes 286, Pfeiffer 345f.)*

Rotfuchs *m.* Spöttische Bez. für rothaarigen Burschen oder Mann, auch Rotschädel, Rotschädleter, Rotkopf; die im süddt.-österr. Raum seltenere rote Haarfarbe versetzt den Betroffenen in einen Ausnahmezustand, da damit in der abergläubischen Volksmeinung schlechte Charaktereigenschaften verbunden sind; auch Judas war nach dem Volksglauben rothaarig. Für weibl. Personen meist Rothaarete, Rothaarige. *(UK 507, Grimm XIV, 1308, Jontes 286f., Aman 113, Jakob 148)*

Rothaarete *f.*, **Rothaarige** *f.*, siehe Rotfuchs. *(Jontes 287)*

Rodler *m.* Bez. für Menschen, der laut und stark atmet, schnauft, auch Schnarcher; zu oberdt. rodeln „röcheln, stark atmen" (Nebenform von rütteln). *(UK 507, Jontes 287)*

Rotschädel *m.*, **Rotschädleter** *m.*, siehe Rotfuchs. *(Jontes 287)*

Röhrbeutel *m.*, siehe Rehrbeutel.

Röhrer *m.*, siehe Rehrbeitel.

Rohrsau *f.* Schpfw. allg. Bed., soldatensprachliche Phantasiebildung analog etwa Wurzelsau (s. d.). *(Jontes 287)*

Röstel *f.* *(„Reastl")* Tadelnd für ungeschicktes Mädchen. *(WStWB 165)*

Roßjucker *m.* Älteres Schpfw. unbest. Bed. (17. Jh.); ma. jucken „juckenden Schmerz verursachen, mit der Peitsche schlagen" (vgl. Jucker, „Rennpferd"). *(UK 510, Jontes 288)*

Roßmocke *m.* (*f.*?) Schpfw. unbest. Bed. (Oberstmk); zu mocket, mockig „trotzig, verdrossen, widerspenstig", also jemand, der sich widerspenstig wie ein schlechter Gaul zeigt. *(UK 511, Jontes 288)*

Roßschnalzer *m.* Betrügerischer Pferdehändler. Vgl. Schnalzer (s. d.).

Rotzpippe *f.* *(„-pippen")* Grobes Schpfw. für frechen Jugendlichen; vgl. auch Pippe, Rotzer (s. d.) als selbständige Einzelglieder, auch Nase (s. d.), aus der der Rotz „Nasenschleim" (ahd. hroz) wie aus einer Faßpippe rinnt. Die Sache als unappetitliches Sekret in zahlreichen Schpfw., die Frechheit und Schmutz andeuten; im Vordergrund steht der Vergleich mit dem Kleinkind. *(UK 508, WStWB 165, Esterl 51, Wintersberger 64, Jontes 288, Pfeiffer 347, Aman 113, Jakob 149)*

Rotzbub *m.* *(„-bua")* Wie zuvor. *(UK 134, Wintersberger 70, Jontes 288f., Pfeiffer 346f.)*

Rotztasche *f.* Wie zuvor. *(UK 508, Jontes 289)*

Rotzdirndl *n.* Wie zuvor; weibliches Gegenstück zu Rotzbub (s. d.), schwächer als Rotzmensch (s. d.). *(Jontes 289, Aman 114)*

Rotzer *m.* Schpfw. wie zuvor, das jemanden, der schon reifer ist, als jugendlich-übermütig, unreif kennzeichnen soll; jedoch auch beleidigend für einen Jugendlichen. Wie alle mit Rotz zusammengesetzten Schpfw. deutet es auf das Kleinkind hin, das noch nicht fähig ist, seine Nase selber zu putzen. In der Vergangenheit, als Taschen- und Schneuztücher noch nicht Allgemeingut waren, schwang in der Bed. allerdings das im Volk gewöhnliche Schneuzen mit, bei dem der Nasenschleim durch Zuhalten des einen und kräftiges Blasen durch das andere Nasenloch hinaus und zu Boden geschleudert wurde. Vgl. auch Spiegelhienz (s. d.). *(Grimm XIV, 1328, Jontes 289, Pfeiffer 347, Jakob 149)*

Rotzfetzen *m.* Wie zuvor; eigentlich das Sacktuch, Nasentuch gemeint. *(UK 508, Jontes 289, Jakob 149)*

Rotzgeige *f.* *(„-geigen")* Wie Rotzpippe (s. d.). *(WStWB 165)*

Rotzglocke *f.* Scherzhaft-rügende Bez. für Kind, aus dessen Nase der Schleim wie eine Glocke hervorhängt; auch für ungepflegtes Kind allgemein. *(UK 508, WStWB 165, Grimm XIV, 1328, Jontes 289, Jakob 149)*

Rotzkrüppel *m.* Grobes Schpfw., verstärktes Krüppel (s. d.). *(Jontes 289)*

Rotzlecker *m.* Schpfw. für frechen, auch unerfahrenen Jugendlichen, der wie ein Kleinkind den Nasenschleim nicht abwischt, sondern ableckt. Vgl. auch Lecker (s. d.). *(UK 508, Jontes 289)*

Rotzlöffel *m.* Wie zuvor; Löffel nicht das Eßgerät, sondern zu Laffe „Tölpel". *(UK 508, WStWB 165, Wintersberger 70, Grimm XIV, 1330, Jontes 289, Pfeiffer 347, Jakob 149)*

Rotzmensch *f.* Schpfw. für freches, junges, unfolgsames, auch moralisch nicht einwandfreies Mädchen; stärker als Rotzdirndel (s. d.). Vgl. auch Mensch (s. d.). *(Jontes 289)*

Rotznase *f.* *(„-nasen")* Schpfw. für frechen Jugendlichen, wie Rotzpippe (s. d.). *(WStWB 165, Grimm XIV, 1330f., Jontes 289f., Pfeiffer 347, Aman 114, Jakob 149, Kapeller 139)*

Rotzschnegel *m.* Wie zuvor; eigentlich eingetrocknetes Schleimklümpchen in der Nase (wie Bettler „ds."). Judenburg 1812: „Rotzschnegel: Auswurf aus der Nase." *(UK 508, Grimm XIV, 1331,* -schnödel, *Wudi 22, Jontes 290)*

Rübe *f.* *(„Ruaben")* Bez. und Schpfw. für einen ungeschlachten, ungehobelten, bäurischen Menschen; häufig auch als scherzh. Bez. für den menschlichen Kopf; von daher auf die ganze Person übertragen. Erweitert als „gescherte Rübe“ (vgl. Gescherter, s. d.) oder „kraupete Rübe“ (ungekämmt). *(Grimm XIV, 1331ff., Jontes 290, Pfeiffer 347, Aman 114, Jakob 149)*

Rüpel *m. („Riapel“)* Bez. für groben, ungehobelten Mann ohne Manieren; Kurzform von Ruprecht, Rupert („Ruep“). *(UK 511, WStWB 165, Grimm XIV, 1528, Jontes 290, Aman 112, Jakob 149, Kapeller 139)*

Rübenloch *n.* Derbes Schpfw. unbest. Bed., wohl mit Bezug auf ungewaschenen Körper, der Rübenanbau ermöglicht. *(UK 511, Jontes 290, Pfeiffer 348f.)*

Rübensimmerl *m. („Ruaben-“)* Spottname für einen dummen, dabei aber gutmütigen Menschen. Die Rüben waren neben dem Kraut die Alltagsnahrung des bäuerlichen Menschen, daneben ebenfalls als Schpfw. gebräuchlich, stehen also für das Gewöhnliche. Simmerl, auch für sich als Spottname gebräuchlich, ist Verkleinerungsform für Simon. Vgl. auch Warzensimmerl (s. d.). *(UK 511, Jontes 290)*

Rübenzuzler *m. („Ruaben-“)* Bez. für Nichtskönnen, Blödian, vor allem in der Bed. Schwächling. Wörtlich einer, der Rüben aussaugt (vgl. Zuzel „Kinderschnuller“). Nach Wehle a. a. O. aus Gruabenzuzler, wienerisch für Senkgrubenräumer, einem städtischen Gewerbe. Das allgemeine Bild eines Menschen, der die fad schmeckenden Rüben noch aussaugt (aus Armut oder Pedanterie), scheint jedoch treffender. *(Wintersberger 70, Jontes 290, Wehle 97)*

Ruch *m.*, **Rucherl** *n. („Ruach“, Ruacherl“)* Bez. und Schpfw. für charakterschlechten, egoistischen, habgierigen und rohen Menschen, auch Polterer. Mhd. ruochen „begehren, raffen“, auch schon übertragen in mhd. ruoch „Krähe, Häher“. *(UK 511, Jontes 290, Pfeiffer 348, Aman 114, Jakob 149)*

Rutschipeter *m.* Bez. und Rügewort für einen Menschen ohne Rast und Ruhe, der unüberlegt handelt; einer, der wörtlich hin- und herrutscht. *(UK 512, Grimm XIV, 1570, Jontes 291, Pfeiffer 349, Jakob 150)*

Rumpumpel *f.*, auch **Rungunkel** *f.* Bez. und Schpfw. für alte, mißmutige Frau, auch Vulva; lautmalend für schwerfällige, rumpelnde Bewegung, mit Reduplikation wie in Schlampampe (s. d.). *(WStWB 165, Grimm XIV, 1498 und 1521, Jontes 291, Jakob 150)*

Ruß *m. („Ruaß“)* Abfällige Kollektivbezeichnung für Pöbel, Gruppe von verachtenswerten Menschen; wörtl. Ruß, Schmutz. *(UK 514, Jontes 291)*

Russe *m. („Ruß“)* Älteres Rügewort für groben, gewalttätigen Menschen, wahrscheinlich schon aus den Franzosenkriegen, wo Mitteleuropa zum ersten Mal Bekanntschaft mit der verbündeten russischen Armee machte; dasselbe Wort bezeichnet auch die als lästig empfundene Küchenschabe (auch Schwab, Schwabenkäfer).

(Grimm XIV, 1539, Jontes 292, Pfeiffer 349, Aman 115, Jakob 150)

Rüsselputzer *m.* Scherzhaft-spöttisch für Barbier, Friseur, der beim Rasieren die Mund-Nasenregion, den „Rüssel", säubert. *(Küpper 190f., Jontes 292)*

Russerl *n.* *(„Ruasserl")* Scherzhaft für schmutziges Kind; wie Rammerl (s. d.), jedoch unter Verwendung des „moderneren" Wortes Ruß. *(WStWB 170)*

Rußkäfer *m.* Bez. für Menschen, der sonst reinlich ist und sich nur bei einer Arbeit schmutzig, rußig gemacht hat. Von der Küchenschabe (vgl. Russe s. d.), die im Schmutz unter dem Küchenherd lebt. *(Jontes 292)*

Rußkehrer *m.* Synonym für Rauchfangkehrer, Schornsteinfeger; zur Rüge schmutziger oder verschmutzter Menschen gebraucht („Du schaust aus wie ein Rußkehrer"). *(Jontes 292)*

Rußsack *m.* Älteres Schpfw. in der Bed. Schmutzfink. *(UK 514, Jontes 292)*

●●●●●●●●●●●

S

●●●●●●●●●●●

Satansbraten *m.*, siehe Teufelsgefraß.

Sättian *m.* Bez. für mißmutigen, übelgelaunten Menschen, Ekel. Gebildet nach dem Muster von Heiligennamen wie Cassian, Cyprian (vgl. auch Fadian, Schmutzian usw.) zu ma. sättig „satt, überdrüssig". Vgl. auch sättiger Bissen (s. d.) *(UK 515, Jontes 293)*

Sägler *m.* *(„Sagler")* Scherzhafte Bez. für Schnarcher; ma. sageln „sägen"; nach den sägenden Geräuschen des Schnarchers. *(Jontes 293)*

Sackelpicker *m.* Abfällig für unfähigen Menschen, einer, der einer Arbeit, Pflicht nicht richtig nachkommt. Nach einer einst typischen Arbeit für Strafgefangene, die Papiersäcke durch Kleben erzeugten. *(Wintersberger 71, Jontes 293)*

Säckeldieb *m.* Älteres Schpfw. in der Bed. von Taschendieb. Weißkirchener Gerichtsprot., 1593: „...er ime ainen Skhelteup gescholten." *(UK 514, Grimm XIV, 1620, Jontes 293)*

Sackgreifer *m.* Wie zuvor. *(UK 514, Jontes 293)*

Sakra *m.* Schpfw. im Sinne von verfluchter Kerl; nicht immer unbedingt negativ gemeint, sondern auch anerkennend gebraucht. Kurzform von Sakrament, Sakramenter. Das Wort stammt aus dem theologischen Streit zwischen Katholiken und Protestanten in der Reformation. Bei Luther wurden diejenigen als Sakramenter beschimpft, die seiner Sakramentslehre nicht beitraten. Idiotikon Rottenmann, 1818: „Ei du Saggara: Ein Liebesausdruck." *(UK 515, Grimm XIV, 1675, Jontes 293f., Pfeiffer 351, Aman 116)*

Sakramentsdieb *m.* Böses Schpfw. seit dem Mittelalter, als Entwendung und Schändung von konsekrierten Hostien als Kapitalverbrechen angesehen und von der weltlichen Hand mit dem Tode bestraft wurde. Besonders Hexen, Teufelsbündnern und Juden wurde Hostiendiebstahl wegen zauberischer Praktiken immer wieder in die Schuhe geschoben. *(UK 363, Jontes 294)*

Sakramentsvogel *m.* Älteres Schpfw. unbestimmter Bed., vielleicht wie zuvor (Ratsprot. Oberwölz, 1673, fol. 290). *(UK 516, Jontes 294)*

Salsenmacher *m.* Bez. für Müßiggänger, Faulpelz; eigentlich einer, der Salse „Marmelade, Fruchtsirup", macht (ital. salsa „salzige Sauce"). *(UK 516, Jontes 294)*

Sandler *m.* Bez. für Müßiggänger, Vagabund (entsprechend dem frz. Clochard), denkfaulen, begriffsstützigen Menschen. Zur Etymologie wird auf hebr. zandik „Parasit, Mitwisser" verwiesen, jedoch scheint durchaus ein innerer Zusammenhang zum dt. Sand vorzuliegen. Der Händler mit Reibsand zum Putzen und Scheuern von Geschirr und Holzböden könnte damit gemeint sein. Auch ist auf die Redensart am Sand sein „wirtschaftlich, körperlich, geistig, emotional erschöpft sein" zu verweisen. *(Wintersberger 71, Jontes 294, Pfeiffer 353, Wehle 73)*

Sankt Lehndichan *m. („Loahndian")* Spöttisch für jemanden, der herumlümmelt, sich ständig wo anleht. Scherzhafte Wortbildung in Gestalt eines Pseudo-Heiligennamens wie etwa Florian, Julian. Ähnlich Lehnmichan (s. d.). *(WStWB 165)*

Sardellenbändiger *m.* Scherzhaft-abfällige Bez. für Verkäufer, Kommis. *(Jontes 295)*

Sau *f.* Gröbstes Schpfw. unter den dafür verwendeten Tiernamen. Das über Schwein (s. d.) noch hinausgehende Wort impliziert körperliche wie moralische Unsauberkeit und wird für beide Geschlechter verwendet. In verschiedenen Zusammensetzungen spezifiziert es aber darüber hinaus verschiedene Eigenschaften und verstärkt das Grundwort. Idiotikon Rottenmann, 1818: „Du faule Sau: Müßiggänger." *(Grimm XIV, 1843ff., Jontes 295, Pfeiffer 354, Aman 116, Kapeller 141, Jakob 152)*

Saubär *m.* Grobes bis scherzhaftes Schpfw. allg. Bed. für Männer, besonders solcher besonderer sexueller Aktivität; eigentlich die Bez. für den Eber des Hausschweines. *(Grimm XIV, 1848, Jontes 296, Aman 116, Jakob 152)*

Saubartel *m.* Bez. für schmutzigen, unsauberen Menschen oder solchen, der genußvoll oder unbekümmert mit schmutzigen Dingen oder Schmutz umgeht, besonders solchen, die mit seinen eigenen Körperfunktionen zusammenhängen. Bartel ist Kurzform von Bartholomäus und ist hier durch seinen Gleichklang mit Bart auffällig, sodaß ein ursprüngliches Wortspiel vorliegen könnte, das Schwein und Bart für einen seinen Bart beschmutzenden Esser vereint. *(UK 519, WStWB 165, Esterl 51, Wintersberger 71, Grimm XIV, 1848, Jontes 296, Pfeiffer 355, Jakob 152, Wudi 22)*

Saubub *m. („-bua")* Schpfw. und Bez. für schlimmen, unfolgsamen Knaben; Sau- als Andeutung von Verworfenheit tritt an die Seite einer ursprünglich wertneutralen Bez. in der Dienstbotenhierarchie der bäuerlichen Arbeitswelt, wo der Saubub der geringste der Hirten war, der die Schweine zu betreuen hatte. *(Grimm XIV, 1860, Jontes 296, Pfeiffer 355, Aman 116, Jakob 152)*

Saudirndel *n.* Wie zuvor für das weibliche Gegenstück. *(Jontes 297, Aman 116)*

Sautodel *m.* Verstärkt für Todel (s. d.). *(UK 518, Jontes 297)*

Saufaus *m.* Bez. und Rügewort für Säufer in Form eines Satznamens. *(WStWB 165, Jontes 297, Grimm XIV, 1876, Pfeiffer 355, Aman 116)*

Saufkittel *m.* Bez. und Rügewort wie zuvor, wobei ein Kleidungsstück für den ganzen Menschen steht. *(UK 518, Jontes 297)*

Saufkandel *f.* Wie das folgende; auch ein kräftiger Rausch wird als „Kandel" bezeichnet. *(Jontes 297)*

Saufkübel *m.* Wie zuvor, in Verbindung mit einer Gefäßbezeichnung. *(UK 518, WStWB 165, Jontes 297)*

Saufratz *m.* Schpfw. f. besonders schlimmes Kind, verstärktes Fratz (s. d.). *(Jontes 297)*

Saugosche *f. („-goschen")* Schimpf- und Rügewort für unflätig redenden Menschen. Ma. Gosche f. abfällig für Mund, auch Redeweise. *(WStWB 165)*

Saugröll *m.* Grobes Schpfw. (Oberstmk), verstärktes Gröll „Schwein, Ferkel". *(UK 519, Jontes 297)*

Sauhaufen *m.* Koll. Rügewort für undisziplinierte Gruppe von Menschen, besonders beim Militär und in der Schule. Über Soldatensprache eingedrungen. *(Jontes 297, Jakob 153)*

Sauhund *m.* Grobes Schpfw. für moralisch verkommenen, schlechten Menschen; das durch Sau verstärkte Schpfw. Hund hat auch eine ursprünglich auf die Jagd bezogene Wurzel. Ein großer, aggressiver Jagdhund, der auf Wildsauen gehetzt wurde, wurde so genannt. *(Grimm XIV, 1898, Jontes 297f., Pfeiffer 356f., Aman 117, Jakob 153)*

Saukerl *m.* Grobes Schpfw. für moralisch oder körperlich verkommenen Menschen; verstärktes Kerl (s. d.). *(WStWB 165, Grimm XIV, 1899, Jontes 298, Pfeiffer 357, Jakob 153)*

Sauleder *n.* Schpfw. und Bez. für schmutzige oder unsittliche Person. Vielleicht nicht auf Leder zu beziehen, sondern kontaminierte Form aus Ledel und Luder (s. d.). Idiotikon Fohnsdorf, 1813: „Sauleder: schlechtes Weibsbild." *(WStWB 165, Grimm XIV, 1903, 1905, Jontes 298)*

Sauluder *n.* Grobes Schpfw. als Verstärkung von Luder (s. d.). Vgl. auch Sauleder (s. d.). *(Grimm XIV, 1905, Jontes 298, Pfeiffer 357, Aman 117, Jakob 153)*

Saumagen *m.* Bez. und Rügewort für schmutzigen, groben Menschen, auch für jemanden, der einen sprichwörtl. „Saumagen" hat, d. h., der unappetitliche Dinge oder Speisen in großen Mengen und eigenwilligen Zusammenstellungen unbekümmert in sich hineinschlingt. *(WStWB 165, Wintersberger 72, Grimm XIV, 1909f., Jontes 298, Pfeiffer 357, Aman 117)*

Saumensch *n.* Grobes, moralisch abwertendes Schpfw. für Mädchen, junge Frau; verstärktes Mensch (s. d.). *(WStWB 165, Grimm XIV, 1915, Jontes 298, Pfeiffer 357, Aman 117, Jakob 153)*

Saunigel *m.* Bez. und Schpfw. für schmutzigen, ungewaschenen Menschen oder jemanden, der gerne von unsauberen Dingen spricht. Vgl. auch Nigel, Grindnigel (s. d.). *(UK 520, WStWB 165, Grimm XIV, 1922, Jontes 298f., Pfeiffer 357, Aman 117, Jakob 153)*

Sauschädel *m.* Schpfw. allg. Bed für groben, dummen Mann; verstärktes Schädel (s. d.); auch Name eines bäuerlichen Kartenspieles. *(UK 520, Jontes 299)*

Sauschererin *f.* Älteres, grobes Schpfw. für Frau (ähnlich Futschererin, s. d.). *(UK 363* „Jaritzen", *Jontes 299)*

Sauschwanz *m.* Mehr scherzhaftes als grobes Schpfw. für pfiffigen Mann; auch W. A. Mozart verwendete es in seinen Briefen; verstärktes Schwanz (s. d.). *(Jontes 299, Pfeiffer 358)*

Sauzahn *m.* Schpfw. für Schuft, schlechten Kerl; nach dem Typus, der einzelne Körperteile für Schpfw. verwendet. Einst wurden Eberzähne auch als auffallende Gehänge an den Uhrketten des bäuerlichen Sonntagsstaates getragen. *(UK 520, Grimm XIV, 1939, Jontes 299, Pfeiffer 359)*

Sauzehe *m.* („Sauzechen"). Verächtl. Schpfw. für moralisch schlechten Menschen; verstärktes Zehe (s. d.). *(Jontes 299)*

Spaghettifresser *m.* Scherzhaft für Italiener nach dem Charakteristikum der italienischen Nudelküche; ersetzte mit der Sache das früher häufiger gebrauchte Makkaronifresser (s. d.). Synonyma sind Ithaker, Katzelmacher (s. d.). *(Pfeiffer 401)*

Spanfudler *m.* Bez. für Stümper, mißmutigen Stubenhocker; ursprünglich jemand damit gemeint, der Leuchtspäne für die einfachste Form der Hausbeleuchtung schnitt; ma. fudeln „Späne schneiden", Fudel f. „Spanhobel". *(UK 521, Jontes 299f., Jakob 175)*

Spanleuchterl *n.* Scherzhafte ältere Bez. für mageres, schmächtiges Mädchen; Verkleinerungsform für den hölzernen oder aus Eisen geschmiedeten Leuchter, in den Kienspäne eingeklemmt wurden. *(UK 521, Jontes 300)*

Spargel *m.*, siehe Gespargel.

Spatz *m.* Bez. für schmächtigen, kleinen Menschen, auch Kind, eher mitleidig als abfällig gebraucht, jedoch mit deutlichem Bezug auf den unscheinbarsten, häufigsten und lästigsten Vogel. *(UK 521, Grimm XVI, 2005, Jontes 300, Pfeiffer 402, Aman 131, Jakob 175)*

Spatzenkopf *m.* Bez. für Dummkopf, Naivling, nach der landläufigen Meinung, daß die Kopfgröße mit der geistigen Kapazität zusammenhänge (daher auch abfällig vom Spatzenhirn die Rede). Rationalistische Regierungsverordnungen des 18. Jh.s schrieben den Herrschaften und Gemeinden die Ablieferung von bestimmten Mengen von Spatzenköpfen vor, um diese

Vogelart wegen der angerichteten Schäden auf den Feldern zu bekämpfen. Eigene Spatzenkopfregister wurden angelegt und Spatzenkopfkollektanten kümmerten sich – mit geringem Erfolg – um die Durchführung der Bestimmungen. *(UK 521, Grimm XVI, 2008, Jontes 300, Pfeiffer 402, Aman 131)*

Spatzenschütze *m.* Bez. für Schmarotzer bei einer Bauernhochzeit, wie Buckelkratzer (s. d.). *(UK 521, Jontes 300)*

Speckpasser *m.* Bez. für umherziehenden Bettler; einer, der auf Speck (als Synonym für fette, gute Nahrung) wartet („paßt"). Vgl. auch Speckjäger (s. d.). *(UK 523, Jontes 300)*

Speckpatzerl *m.* Scherzhaft für dickes, gesundes Kind. *(WStWB 170)*

Speckjäger *m.* Wie Speckpasser (s. d.), jedoch in etwas aktiverem Sinne; in der Gegenwartssprache auch für pfründeschwere Politiker gebraucht. *(UK 523, Küpper 212, Jontes 300f., Pfeiffer 403, Puchner 273)*

Speckwastel *m.* Spöttisch für dicken, beleibten Mann. Durch die ma. Kurzform von Sebastian verstärktes Wastel (s. d.). *(WStWB 165)*

Spereicherl ***n.*** *(„-oacherl")* Spöttische Bez. für schwächlichen, mageren Menschen, jemanden, der sper „mager" (mhd. spör, sper „hart, trocken") wie ein Eicherl „Eichkätzchen" ist. *(UK 525, Jontes 301)*

Spichs, Spichsel *m.* Abfällige Bez. für Spitzel, Spion, Denunziant. Nebenform zu Spitz, das gaunersprachlich (wie die Hunderasse Spitz) Aufpasser bedeutet. *(Sonntag 527, Kluge 728)*

Spitaler *m.* Abfällige Bez. für schwachen, kränklichen, älteren Menschen; nach dem Insassen der früheren Bürgerspitäler, den sozialen Einrichtungen der Städte, Märkte seit dem Mittelalter, die meist als private Stiftungen gegründet, nicht Krankenhäuser im heutigen Sinne, sondern Altersheime und Siechenhäuser waren. Die Spitaler trugen oft eine besondere Kleidung und waren in der Öffentlichkeit besonders bei Prozessionen und Begräbnissen zu bemerken, bei denen sie kollektiv betend teilnahmen. Körperliche und geistige Schwäche prägen das spätere Schpfw. *(UK 525, Grimm XVI, 2559, Jontes 301f., Aman 132)*

Spiting *m.* Ältere schülersprachl. Bez. für Polizeimann; dunkler Herkunft, wahrscheinlich Spontanbildung. *(UK 525, Jontes 302)*

Spiegelhienz *m. („-heanz")* Spöttische Bez. für Burgenländer der südlichen und mittleren Landesteile, die „Heanzen", „Hienzen" (Hinz, Heinz als ältere Verkleinerungsform für Heinrich), denen man nachsagt, daß sie sich beim Schneuzen des Rockärmels bedienten, der dadurch glänzend, spiegelnd ausgesehen habe. Der an sich wertneutrale Stammesname Hienzen wird durch die Häufigkeit des Namens in den erwähnten Gebieten erklärt. Andere meinen, daß die dt. Siedler unter Kaiser Heinrich IV. (1190–1197) nach Westungarn gekommen seien und deshalb seinen

Namen trügen. *(UK 526, Grimm XVI, 2254, Jontes 302)*

Spickerl *m.* Spött. Bez. für schmächtigen Menschen, jemanden, der wegen seiner Magerkeit das Spicken wie bei einem Braten vertragen könnte. *(UK 525, Wintersberger 79, Jontes 302)*

Spielgurgel *f.* Bez. für leidenschaftlichen Spieler, der wie ein Säufer nicht von seiner Passion lassen kann. *(UK 526, Grimm XVI, 2398f., Jontes 302)*

Spielkatze *f.* *(„-katz")* Bez. für verspieltes Kind, auch Erwachsenen. *(Grimm XVI, 2403, Jontes 302)*

Spielledel, -letzel *m.* Bez. für verspieltes Kind, wie zuvor; vgl. Ledel (s. d.). *(UK 526, WStWB 170, Jontes 302)*

Spiellump *m.* Bez. für einen leidenschaftlichen Spieler. *(Sonntag 526, Jontes 302f.)*

Spielratz *m.* Wie zuvor; ma. Ratz m. „Ratte", für jemanden, der einer Sache sehr zugetan ist (wie etwa Wasserratz für leidenschaftlichen Bader und Schwimmer). *(UK 526, Grimm XVI, 2414, Jontes 303, Jakob 177)*

Spinaterer *m.*, siehe Spinatwächter.

Spinatwachtel *f.* Abfällige Bez. für hageres, ältliches Frauenzimmer, vom Vogel her über Spinatwachter (s. d.) übertragen. *(Jontes 303, Pfeiffer 404, Kapeller 136, Jakob 176)*

Spinatwächter *m.* *(„-wachter")* Bez. für wichtigtuerischen, lächerlich wirkenden Mann, Wächter; früher spöttisch für Angehörige der Finanzwache und die an den Mautstellen tätigen Verzehrsteuerbeamten verwendet, die an ihren Uniformen (spinat-)grüne Aufschläge trugen. Als Kurzform auch Spinaterer m. *(UK 527, Grimm XVI, 2491, Jontes 303, Pfeiffer 404f., Aman 132)*

Spinner *m.* Bez. für skurrilen, mißmutigen, launischen, querköpfigen Mann; von der einsilbig machenden, geisttötenden Arbeit des Spinnens. *(Grimm XVI, 2535, Küpper 213, Jontes 303, Pfeiffer 405, Aman 132)*

Spinnerin *f.* Wie zuvor als weibliches Gegenstück, wobei hier noch der Tiername, ma. Spinnerin f., miteinbezogen wird. *(Jontes 303)*

Spinnritter *m.* Wie zuvor; vielleicht nach dem achtungsgebietenden Herrschaftsinhaber, der durch seine gutsherrlichen Launen die Untertanen vergrämte. *(Jontes 303)*

Spirifankerl *m.* Erweiterte Form von Fankerl (s. d.). Auch Spadifankerl, Sparifankerl bezeugt. *(UK 527, WStWB 170, Jontes 303, Pfeiffer 401, Aman 131f., Jakob 177)*

Spießer *m.* Neben der gemeindt. Bez. für engstirnigen Bürger (Kurzform von Spießbürger, nach der einstigen Bewaffnung der Bürgschaft mit Spießen, der anspruchslosesten Waffe der Stadtverteidigung) als steir. Besonderheit. Benennung für den geschiedenen Ehemann, der hier scherzhaft mit dem Spießer der Jägersprache „einjähriger Rehbock oder Hirschkalb" verglichen wird. *(UK 526, Grimm XVI, 2460f., Jontes 303, Jakob 177)*

Spitzbub *m.* *(„-bua")* Schpfw. alter Herkunft mit beträchtlichem Bedeutungswandel. Zu frühnhd. spitz „überklug, betrügerisch" (vgl. „etwas spitz kriegen"). Einst wie Schelm ein arges Schpfw. in der Bed. Gauner, heute dagegen verharmlost für pfiffig-schlimmen Knaben oder jüngeren Mann. *(Grimm XVI, 5276ff., Jontes 303f., Pfeiffer 405, Aman 132, Kapeller 156, Jakob 177)*

Spitzlederl *n.* Älteres Schpfw. unbest. Bed. (Ratsprot. Judenburg, 1680, fol. 58); vgl. Spitzbub, Ledel (s. d.). *(UK 526, Jontes 304)*

Spitzmaus *f.* Abfällig-spöttische Bez. für Menschen mit mageren Gesichtszügen und spitzer Nase, einer, der „gspitzt" aussieht. *(Grimm XVI, 2641, Jontes 304, Pfeiffer 405, Aman 132, Jakob 178)*

Spreizenbart *m.* Bez. für Prahlhans, in Form eines Satznamens für jemanden, der seinen Bart sträubt, um imponierend zu wirken. *(UK 528, Grimm XVII, 24, Jontes 304)*

Spreizer *m.* Wie zuvor; jemand, der sich wichtigtuerisch gespreizt gibt. Voitsberg, 19. Jh.: „Die Voitsberger Bueben san rechti Spreizer, ham sunsten koa Geld als Kupferkreuzer." *(UK 528, Grimm XVII, 24, Jontes 304)*

Springginkerl *n., m.* Bez. für kleinen, jedoch temperamentvollen, agilen, witzigen, springlebendigen Menschen, Springinsfeld. Auch durchaus anerkennend gemeint. *(UK 529, Esterl 47, Wintersberger 79, Grimm VII, 110, Jontes 304f., Pfeiffer 406, Aman 133, Jakob 178)*

Spritzbüchse *f.* Scherzh. Bez. für jähzornigen Menschen; von der Spritzbüchse, einer Handfeuerspritze, oder der Hollerbüchse, einem einst aus Holunderholz hergestellten Spielzeug, die plötzlich einen Wasserstrahl von sich geben. *(UK 528, Grimm XVII, 126, Jontes 305, Pfeiffer 407)*

Sechter *m.* Spöttische Bez. für einen beleibten Mann, auch Säufer; nach dem holzgebundenen Melkgefäß (mhd. sehster aus lat. sextarius „Hohlmaß, das den sechsten Teil eines congius, einer großen Maßeinheit, hält"); einer der zahlreichen Schpfw. für Beleibte, die nach Gefäßnamen gebildet sind. Weststeir. „gleichweiter S." für jemanden der wenig Gemütsbewegungen zeigt. *(UK 588, WStWB 167, Esterl 51, Grimm XVI, 2796, Kluge 696, Jontes 305, Pfeiffer 391, Jakob 171)*

Sechterling *m.* Wie zuvor; vor allem für Säufer. *(UK 588, Jontes 306)*

Sechser, falscher *m.* Bez. und Schpfw. für falschen, auch unzuverlässigen Menschen; ursprünglich für eine Münze, das Sechskreuzerstück, „Sechserl" gebraucht. Auch nach der Aufgabe des Sexagesimalsystems beim Gulden wurde der Name für das neue 10-Kreuzer-Stück weiterverwendet. *(Jontes 306)*

Sechserlbube *m.* Ältere schülersprachliche, abfällige Bez. für Polizisten; vielleicht nach der einst sichtbar getragenen Dienstnummer bzw. der geringen Entlohnung der Wachebeamten, mit der spöttisch auch allg. oder soziale Minderwertigkeit ausgedrückt werden sollte. *(UK 598, Jontes 306)*

Sechsschillinger *m.* Älteres Schpfw. für Gauner, Schwindler (Ratsprot.

Kapfenberg, 1684–1709, fol. 96 und Mürzzuschlag, 1582, fol. 97); mit Bezug auf eine schlechte Münzsorte der Zeit. Möglicherweise auch Hinweis auf die Strafrechtspflege, in der die Höhe der Prügelstrafe wie bei der Münzzählung angegeben wurde. Ein Schilling waren 30 Stockhiebe. *(UK 589, Grimm XV, 2788, Jontes 306)*

Seicherl *n.* Bez. für energielosen, auch feigen Mann ohne Auftreten, ähnlich Trauminet (s. d.); eigentlich der Gerätename für Seiher, Sieb (vgl. auch seicherln „schmeicheln" m., Seiche f. „schwerer Rausch"). *(UK 572, Wintersberger 78, Jontes 306, Pfeiffer 392)*

Seichkröte *f. („Soachkrout")* Verstärktes Kröte (s. d.) als Schpfw. für schlimmen, jüngeren Menschen; eigentlich eine Kröte, die ätzenden Saft verspritzt (ma. seichen „urinieren"). *(UK 591, Reiterer, Weststeir. Sprachbilder, Jontes 306)*

Seifensieder *m. („Soafen-", „Safen-")* Abfällige Bez. für langweiligen, dummen Menschen; vielleicht alter Handwerkerspott nach der Umständlichkeit des Seifensiederprozesses. Vgl. auch Leimsieder (s. d.). *(Wintersberger 71, Grimm XVI, 194, Jontes 307, Pfeiffer 393)*

Seckierhansel *m.* Bez. für jemanden, der andere mutwillig ärgert, hänselt, auch pedantisch auftritt, jemanden seckiert (ital. seccare „quälen"). *(UK 589, Jontes 307)*

Semperer *m.* Bez. und Rügewort für mißmutigen, mürrischen, klagenden, kritisierenden Menschen, Nörgler; zu oberdt. semmern „wimmern", zimpern „leise weinen" (vgl. zimperlich, dazu skand. semper „geziert"). *(UK 593, WStWB 167, Grimm XVI, 567f., 570, XXXI, 1368, Kluge 884, Jontes 307, Pfeiffer 394)*

Semperkasten *m.* Wie zuvor. *(Jontes 307)*

Semperling *m.* Wie zuvor. *(Jontes 307)*

Senderling, Semmerling *m.* Nebenformen zu Semperling (s. d.). *(UK 593, Jontes 307)*

Sesselpicker *m.* Wie hochsprachl. Sesselkleber für Personen, besonders Politiker und Beamte gebraucht, die berufliche oder Machtpositionen auch trotz Alters oder Unfähigkeit nicht aufgeben, den Platz an ihrem Schreibtisch nicht räumen wollen. *(Jontes 307, Pfeiffer 395)*

Sesselreiter *m.* Ältere Spottbez. für Beamte und Schreiber, die sich für Angehörige einer höheren Schicht halten, deren Ausdruck das Sitzen „hoch zu Roß" war. *(UK 594, Jontes 308)*

Sexbombe *f.*, aber auch **Sexbomber** *m.* Scherzhaft-anerkennende Bez. für üppige, gutgebaute Frau, ebensolches Mädchen; mit dem journalistisch geprägten Wort Sex gebildet, das nach 1945 aus dem Amerikanischen kommend sich in den europäischen Sprachen festsetzte und Bedeutungsinhalte, die sich nach Liebe, Erotik usw. hin differenzieren lassen, summierend übernimmt. Bombe und Bomber sind noch Reflexe auf die Ereignisse des Zweiten Weltkrieges. *(allg., Jontes 308, Küpper 208)*

Siebengescheiter *m.* Enspricht dem hochsprach. Neunmalkluger. *(WStWB 167, Jontes 308, Pfeiffer 396)*

Siebenknödelfresser *m.* Scherzhafte Bez. für Kraftmenschen, dessen Stärke sich auch in seinen Eßgewohnheiten spiegelt. *(UK 594, Jontes 308)*

Sippschaft *f.* Im abfälligen Sinne für Gruppe minderwertiger Leute, Gesindel; eigentlich größere Verwandtschaft, Sippe. Sehr nahe kommt dem Wort das jidd. Mischpoche. *(allg., Jontes 308, Pfeiffer 397)*

Sittensechter *m.* Schpfw. für Mann mit besonders unguten Eigenschaften. Vielleicht doch mit Sied- in Verbindung zu bringen. Aber auch Sitten f. „Durchfall, Diarrhöe" liegt im Bereich des Möglichen. *(WStWB 167)*

Siedhäfen *m.* Bez. für jemanden, der in aufgeregter und aufdringlich-lästiger Weise immer wieder über dieselbe Sache spricht; bildhaft auf einen ständig siedenden Topf bezogen (wie Brodelhäfen, s. d.). *(UK 594, Jontes 308)*

Siefling *m.* Bez. für Säufer; Nebenform von Süffel m. „ds.". *(Sonntag 526, Jontes 309)*

Sigari *m.* Bez. für frechen, kecken und mutwilligen Menschen, meist im Ausruf gebraucht (Oststmk); dunkler Herkunft, vielleicht ungar. szikár „schwächlich, mager". *(UK 595, Jontes 309)*

Simandl *n., m.* Spöttische Bez. für Mann, der Frauen gegenüber hilflos ist, Pantoffelheld, Ehekrüppel (s. d.). Wie Simmerl (s. d.), das ebenfalls Spottname ist, Kurzform von Simon. Spätere Volksetymologie erklärt auch mit Sie-Mannl mit Bezug auf die Frau. Scherzhaft sprach man auch von der Simandlbruderschaft als Zusammenschluß solcher Männer; damit war auch die 1517 für Innerösterreich gegründete adelige St. Christophorusbruderschaft wider das unmäßige Saufen und Fluchen abfällig benannt, weil man regulierte Dezenz als von Ehefrauen inspiriert oder erzwungen betrachtete. *(UK 596, Wintersberger 78, Jontes 309, Pfeiffer 397, Aman 130, Kapeller 153, Jakob 173)*

Simpel *m.*, **Simperl** *m.* Bez. und Schpfw. für Dummkopf, einfältigen Menschen. Aus dem frz. simple „einfach" (lat. simplex) übernommen; vgl. auch Bachsimpel (s. d.), gleichlautend mit Simperl „Brotform, Brotkörbchen" (verkleinert aus Sumper „Korb"). *(UK 596, Grimm XVI, 1061, Jontes 309, Aman 130, Kapeller 153, Jakob 173)*

Simmerl *m.* Bez. für beschränkten, einfältigen, dümmlichen Menschen. Ma. für Simon wegen sprachlicher Nähe zusammengeflossen mit Simpel (s. d.), „Einfaltspinsel". Auch in Zusammensetzung wie Rübensimmerl, Warzensimmerl (s. d.). Westeir. auch im Sinne von Simandl (s. d.). *(UK 596, WStWB 167, Grimm XVI, 1060, Jontes 309, Pfeiffer 397, Aman 130, Jakob 173)*

Siensterling *m.* Bez. für Weichling, auch Kropf; ma. sienzeln „den Kopf hängen lasen, träge und langweilig daherreden". *(UK 595, Wudi 22, Grimm XVI, 962, Jontes 309)*

Sitzenbleiber *m.* Bez. für Schüler, der den Aufstieg in die nächste Klasse nicht geschafft hat; wie Hockenbleiber (s. d.); auch für Gasthaussitzer, der nicht nach Hause will. *(Jontes 309f.)*

Sorgentodel *m.* Abfällige ältere Bez. für jemanden, der an materiellen und weltlichen Werten hängt, sich darum sorgt und darüber das Jenseits vergißt. *(UK 399, Jontes 310f.)*

Suppenhenne *f. („-henn")* Abfällig-spöttische Bez. für ältliches Frauenzimmer oder Mädchen, das bildlich kein knuspriges Brathuhn mehr, sondern nur mehr ein Kochhuhn für die Suppe abgibt; meist als „alte Suppenhenn'" verwendet. *(Jontes 311, Pfeiffer 421)*

Sucher *m.* Bez. für ungeladenen Hochzeitsgast, der einen zum Mahl Geladenen vertritt oder schmarotzt; vielleicht, weil er unter dem Vorwand, jemanden unter der Hochzeitsgesellschaft suchen zu wollen, sich Zutritt verschafft. *(UK 599, Grimm XX, 856, Jontes 311)*

Sud *m.* Abfällige, meist schülersprachliche Bez. oder Jargonbez. für Mann, Bursche („alter Sud, schiecher Sud"); vielleicht vom Aufsieden, Aufwallen eines leicht erregbaren Charakters oder Ausdruck der Abgebrauchtheit wie etwa beim Kaffeesud. *(Jontes 311)*

Süffel, Süffler *m.* Studentensprachl. für genußvoll oder gern und oft Trinkenden. Ma. „süffeln". *(Jontes 312, Pfeiffer 419)*

Sulbenpritscher *m.* Altes, obszönes Schpfw., vielleicht im Sinne von Kinderschänder zu Zolper f. „halberwachsenes Mädchen" und Pritscher m. (s. d.). *(UK 600)*

Sultel *m.* In der Form junger Sultel gutmütiges Spottwort für jungen, unerfahrenen Burschen; nach dem Hundenamen Sultan. *(Jontes 312, Grimm XX, 1049)*

Sumperer *m.* Bez. für mißmutigen, auch langweilig-dummen Menschen (wie Semperer, s. d.), ma. sumpern „summen, unaufhörlich jammern". Vgl. auch Bachsumper (s. d.). *(WStWB 167, Jontes 312, Pfeiffer 420, Jakob 188)*

Sumpfhutscherl *n.* Abfällige Bez. für junges, leichtsinniges und leichtlebiges Mädchen. Sumpf charakterisiert das Milieu, Hutscherl mit seiner Nähe zu Hatsche sexuelle Leichtfertigkeit. *(Jontes 196)*

Sumpraneller, Sumpranelli *m.* Scherzhafte Weiterbildung von Sumperer (s. d.) in Gestalt eines pseudoromanischen Wortes, vielleicht in Anlehnung an Sanprell, den Namen für eine einst beliebte Schnupftabaksorte (nach frz. Sanspareille). *(WStWB 167, Jontes 312, Jakob 188)*

Sumser *m.* Bez. für Sauertopf, brummigen Alten, auch Blödian; eigentlich einer, der ein summendes Geräusch hervorbringt, weil es bildlich in seinem Kopfe wirr zugeht. *(UK 600, Jontes 312, Pfeiffer 420)*

Surm *m., f.* Bez. und Rügewort für Dummkopf; bedeutet auch Lärm, Getöse; ma. surmen „tosen, lärmen", mit späterem Bedeutungswandel zu „mürrisch, unfreundlich sein". *(UK*

601, Wintersberger 81, Grimm XX, 1263f., Jontes 313. Jakob 189)

Süsser *m.* *(„Siasser")* Spottend-scherzhaft in der ma. Lautform ausgesprochen für einen Liebhaber von Süßigkeiten und Mehlspeisen, aber auch für Schmeichler, Süßtuer. Hochsprachliche Lautung hingegen für Homosexuellen. *(Jontes 313, Pfeiffer 421)*

Süßwurzkrämer *m.* *(„-kramer")* Schmeichler, Süßholzraspler. Nach dem Süßholz, aus dessen Saft man Lakritzen, eine volkstümliche Süßigkeit, herstellt. *(WStWB 167)*

●●●●●●●●●●●

Sch

●●●●●●●●●●●

Schabenkitzler *m.* Älterer soldatensprachl. Spottname für Soldaten des Monturwesens; Schabe f. „Motte"; vgl. auch Grillenkitzler (s. d.). *(UK 529, Jontes 314)*

Schabbetzbande *f.* Abfällige Bez. für schlecht spielende Musikkapelle; ma. schabbetzen „auf der Geige kratzen" (Iterativ von schaben), Bande „Musikkapelle" (ital. banda). *(UK 529, Jontes 314)*

Schäbian *m.* Bez. für schäbigen, schmutzigen, auch geizigen Menschen. Nach Art von Heiligennamen wie Cyprian, Kassian usw. gebildet. *(UK 529, Jontes 314, Jakob 153)*

Schappler *m.* Ältere Bez. für unzüchtigen Priester (Ratsprot. Judenburg, 1615, fol. 50); jünger für Masturbant; ma. schappeln „schaben, stark reiben". *(UK 529, Jontes 314)*

Schapó *m.* Abfällige Bez. für Liebhaber, Verlobter, Galan (Oststmk); frz. chapeau „Mannsperson" (eig. Hut). *(UK 530, Jontes 314)*

Schabracke *f.* Abfällige Bez. für älteres Frauenzimmer („alte Schabracken"); obszöner Zusammenhang zwischen der abgerittenen Satteldecke (aus türk čaprak) und der Frau. *(Grimm XIV, 1955, Jontes 314, Pfeiffer 358, Jakob 153)*

Schapsel *m.* Abfällige, ältere Bez. für jüdischen Hausierer, Straßenhändler, auch häßlichen, kleinen Hund; wohl Mischung aus jidd. Schabbes „Sabbat, Samstag", und einer jüdischen Vornamenendung wie in Mauschel, Amschel und dgl. *(UK 530, Jontes 314, Jakob 153)*

Schachtel *f.* Abfällige Bez. für ältere Frau, jägersprachl. auch für unfruchtbare, alte Rehgeiß. Eines der häufigen, nach Behälterbez. gebildeten Schimpfwörter. Vgl. auch Gestatel (s. d.). *(UK 530, Grimm XIV, 1965, Jontes 314, Pfeiffer 359, Jakob 153)*

Schacherer *m.* Bez. für Menschen mit ausgeprägter Neigung zu Handel und Tauschgeschäften, auch bei Schülern; schachern aus hebr. sahar „als Händler herumziehen". *(Grimm XIV, 1969, Kluge 629, Jontes 214, Pfeiffer 359, Jakob 153, Aman 119)*

Schädel *m.* Schpfw. für sturen, dummen Menschen, auch sehr verallgemeinernd gebraucht (wie Kopf,

Plutzer, Birne, Rübe, s. d.). *(Grimm XIV, 1980, Jontes 314, Jakob 154)*

Schadenhalter *m.* Harmloses Schpfw.; eigentlich ein Halter, Hirt, der nicht gut auf das ihm anvertraute Vieh aufpaßt. *(WStWB 165)*

Schaf *n.* Häufiges Schpfw., das Dummheit und alle anderen inferioren Eigenschaften, die diesem Tier nachgesagt werden, kennzeichnen soll. Rügend auch in der Mehrzahl („ös Schouf"). *(Grimm XIV, 1996, Jontes 315, Pfeiffer 359, Aman 119, Kapeller 142)*

Schafkopf *m.* Bez. und Rügewort für dummen Menschen, wie zuvor; danach auch ein ländliches Kartenspiel, „Schafköpfeln" benannt *(UK 531, Grimm XIV, 2046f., Jontes 315, Pfeiffer 359)*

Schafnase *f.* Ältere, schülersprachl. Bez. für Dummkopf, wie zuvor; damit auch eine Apfelsorte bezeichnet, deren Früchte diese Gestalt haben. *(UK 532, Grimm XIV, 2047, Jontes 315, Pfeiffer 360, Aman 119)*

Schackel *m.* Spöttische Bez. für Unterläufel, Menschen, der nur für untergeordnete Arbeiten zu gebrauchen ist, der gutmütig solche Arbeiten übernimmt; frz. Jacques „Jakob", mit dt. Verkleinerungssilbe, einst ein häufiger Diener- und Lakaienname; auch Tschackel m. „Häher" mag mitklingen. *(Wintersberger 72, Jontes 316, Jakob 154)*

Schalúspatz *m.* Spöttische Bez. für neugierigen Menschen, der hinter Fensterläden, Jalousien hervorspäht, um seine Umgebung zu belauschen. *(Jontes 316)*

Schandi *m.* Kurzform von Gendarm, auch spöttisch gebraucht, zuweilen auch auf die Polizei übertragen. *(WStWB 175, Küpper 193, Jontes 316)*

Schani *m.* Abfällige Bez. für jemanden, der niedere Arbeiten verrichtet („den Schani machen"), ähnlich Schackel (s. d.); Verkleinerungsform von frz. Jean „Johann", einst ein häufiger Diener- und Kellnername. *(Wintersberger 72, Küpper 193, Jontes 316f., Pfeiffer 360f., Kapeller 143, Jakob 154)*

Scharbe *f.* *(„Scharben")* Bez. und Schpfw. für alte, abgelebte Frau („alte Scharben"); nach dem Gerät zum Schneiden von Kraut und Rüben, die als die gewöhnlichste Kost angesehen wurden, weshalb man auch den plumpen Krauthobel als etwas Minderwertiges betrachtete. *(Grimm XIV, 2177, Jontes 317)*

Scharbetze *f.* Wie zuvor (Oststmk); ma. scharbetzen, Intensivbildung zu scharben „blätterig schneiden, reiben". *(UK 533, Jontes 317)*

Schawe *m.* Spottname für alten, abgelebten Mann; viell. bei UK a. a. O. für Schabel (vgl. Baumschabel, s. d.) als Gerätename eines Entrindungsinstrumentes mißverstanden. Grimms *(XIV, 1948)* Schabelle „Schemel" (aus ital. scabello) auch als Schpfw. verwendet, scheint hier doch zu weit entfernt zu liegen. *(UK 535, Jontes 317)*

Schatzer *m.* *(„Schatzer"* mit hellem a!) Bez. für Aufschneider, Plauscher, Phantast, gutmütiger Lügner; ma. schatzen „reden, sprechen, plaudern", wohl im ursprünglichen Sinne von „abschätzen, bewerten", weil es bei der Aufnahme und Schätzung des Besitzes im Todes- oder Übergabsfalle bei der Abfassung der Schätzinventare oft zu phantasievollen Irrtümern oder absichtsvollem Betrug in der Bewertung der Habe gekommen sein dürfte. Vgl. auch Leerschatzer (s. d.). *(UK 531, Jontes 317f.)*

Scheiber *m.* Spöttische Bez. für Radrennfahrer, ursprünglich für Kegelschieber verwendet; ma. scheiben „dahinrollen lassen". *(Jontes 318)*

Scheiß- Zusammensetzungen mit Scheiß- können spontane Bildungen zu jedem Substantiv sein, die damit als verächtlich bezeichnet werden (Scheißauto, Scheißwetter, Scheißkerl usw.). Sie sind von scheißen bzw. Scheiße abgeleitet. Wenn Scheiß m. „Furz" („Schaß", Schoaß") gemeint ist, ist die Zahl der Zusammensetzungen weitaus geringer. „Schaß" für sich bezeichnet auch allgemein kollektiv („a so a Schaß"). *(Jontes 318)*

Scheißtrommel *f. („Schoaß-", „Schaß-")* Abfäll. Bez. für ältere Frauensperson, die die größere Unbekümmertheit des Furzens im Alter, das mit Trommelklang verglichen wird, zum Ausdruck bringen soll. *(UK 536, Wintersberger 72, Jontes 318, Aman 127, Jakob 155)*

Scheißtacke *f. („Schaßtacken")* Rügende Bez. für stark, häufig und unbekümmert furzenden Menschen, aber auch allg. Schpfw. Tacke f. *(UK 135)* bezeichnete für sich einst eine aus Rohrkolbenstroh geflochtene Decke für Fuhrwagen oder eine strohgeflochtene Überdecke; solche Decken wurden als minderwertig angesehen (vgl. die Redensart auf der Tacken sein „gesundheitlich, körperlich, seelisch heruntergekommen sein"). Heute ist die Tacke allgemein ein geflochtener Fußabstreifer. Zur abfälligen Bedeutung dürfte auch die lautliche Nähe zu tacken „befeuchten", tackeln, „besudeln" beigetragen haben. *(Jontes 318)*

Scheißer *m.* Bez. und Schpfw. für Feigling, jemand, der vor Angst die Hose voll hat („Schiß hat") oder auch für alten, kraftlosen Mann („alter Scheißer"); wie Hosenscheißer, Scheißkerl (s. d.). Hingegen ist die Verkleinerungsform Scheißerl n. als echtes Kosewort für Kleinkinder, aber auch unter Liebespaaren geläufig. *(Grimm XIV, 2468, Jontes 318f., Pfeiffer 362, Aman 118, Kapeller 144, Jakob 156)*

Scheißerl *n.* Mehr kosend als tadelnd für Nesthäkchen. *(WStWB 170, Jontes 318f., Pfeiffer 362f.)*

Scheißheckerl *n.* Schpfw. für Feigling; verbunden mit Heckerl (s. d.), das u. a. einen energielosen Menschen bezeichnet. *(WStWB 166)*

Scheißkerl *m.* Wie Scheißer (s. d.). *(WStWB 166, Jontes 319, Pfeiffer 363)*

Scheißzecker *m. („Schaß-", „Schoaß-")* Verächtl. Bez. für alten, kränklichen Mann; vgl. Zecker (s. d.). Bildlich jemand, der seine Darmwinde wie aus einer geflochtenen, undichten Tasche entweichen läßt. *(UK 536, Jontes 319)*

Scheckpeter *m.* Spottbez. für geckenhaften, auffallend gekleideten Mann; nach der buntscheckigen („geschecker-ten") Kleidung. *(UK 535, Jontes 319)*

Schelm *m.* Einst eines der ärgsten Schpfw. überhaupt. Der Bedeutungswandel von mhd., frnhd. schelm „Aas, Kadaver, Bösewicht", zum heutigen Begriff ist augenscheinlich, ebenso wie der von schelmisch „böswillig" zu fröhlich, spitzbübisch verniedlicht wurde. In Arzberg: „Drei Gäst (= Inwohner ohne eigenen Hausbesitz") und drei Keuschler (= bäuerliche Kleinbesitzer) sind ein Dutzend Schelm". *(Grimm XIV, 1506ff., Jontes 319, Pfeiffer 363, Aman 120)*

Scherenschädel *m.* Bez. für einen Menschen, der pechschwarzes Haupthaar wie ein Maulwurf („Scher") hat. *(Reiter, Paradies 90, Jontes 319)*

Schergantel *m.* Bez. für Denunzianten; eigentlich der Gerichtsdiener, der wie Abdecker und Henkersknecht als ehrlos und gesellschaftlich geächtet galt; frühe Entstellung von frz. Sergeant mit Anlehnung an das Wort Scherge, ebenso Zusammenklang mit ma. schirgen, schergen „heimlich anzeigen, verklagen, verraten". Vgl. auch Schirgenfist, Schirgengangerl, -simmerl (s. d.). *(UK 537, Grimm XIV, 2584, Jontes 320)*

Schipse *f.*, **Schipsel** *n.* Bez. für liederliches Mädchen, Dirne (Gleichenberger Gegend); Schipsel auch ein Hundename; vielleicht zu Haarschuppe. *(UK 537, Grimm XV, 207, Jontes 320, Jakob 158)*

Schiechbercht *f.* *(„Schiach-")* siehe Bercht f.

Schiechling *m.* Bez. für häßlichen Menschen, für beide Geschlechter in körperlicher und charakterlicher Hinsicht gebraucht. Mhd. schiech „scheu, verzagt, abschreckend, scheußlich", ist heute hochsprachl. verlorengegangen und erscheint nur mehr ma. für häßlich. *(UK 538. Jontes 320)*

Schiefernickel *m.* Älteres Schpfw. in der Bed. unwilliger, brummiger, bärbeißiger Mensch (Ratsprot. Neumarkt, 1631, fol. 23); zu ma. schiefe-rig „reizbar, zornig, mürrisch", und schiefern „seinen Unwillen ausbrechen lassen"; Nickel, Verkleinerung von Nikolaus oder zu Nigel „Igel" (vgl. Bosnigel). *(UK 538, Grimm XV, 6f., Jontes 320)*

Schiegler *m.* Spött. Bez. für schielenden Menschen; mhd. schilhen „schief blicken, schielen"; in grober Weise als „schiegleter Hund" verwendet. *(UK 538, Schmeller II, 368f., Jontes 320, Aman 119, Jakob 155)*

Schickse *f.*, **Schicksel** *f.* Grobes Schpfw. im Sinne von Dirne, Nachtschwärmerin; urspr. jiddisch in abfälliger Weise für Christenmädchen (aus hebr. siqqus „Greuel", d. h. „Unbeschnittener" für Christ); über das Rotwelsche. *(UK 537, Wintersberger 73, Grimm XIV, 2664, Küpper 194, Kluge 646, Jontes 321, Pfeiffer 364, Aman 121, Kapeller 144, Jakob 157, Puchner 267)*

Schinder *m.* Bez. für groben, sadistischen Menschen; ursprünglich der Abdecker, dessen Tätigkeit als ehrlos angesehen wurde, wodurch die Berufsbezeichnung als Schpfw. stark beleidigenden Charakter bekam. Deshalb auch ältere Bez. für Straßenräuber. Eine Warnung an den Hund lautet noch heute: „Sei brav, sonst holt dich der Schinder!“. Heute häufig auch für Ärzte, Lehrer, militärische Ausbilder, Arbeitsantreiber verwendet; schinden „abhäuten, abschaben“. *(UK 539, WStWB 166, Grimm XV, 195, Küpper 195, Kluge 650, Jontes 321, Pfeiffer 365, Aman 121, Jakob 158)*

Schinderbratel *n.* Wie Rabenbratel (s. d.) gemeint und dem Schinder (s. d.) als sozialer Außenseiterfigur verbunden. *(Reiterer, Jugendsprüche 790, Jontes 321f.)*

Schinderklachel *m.* Älteres Schpfw. für rohen Burschen; vgl. Klachel und Schinder (s. d.). *(UK 539, Jontes 322)*

Schindhammel *m.* Schpfw. für boshaften Burschen; soviel wie einer, der einem Hammel die Haut abzieht. *(UK 540, Jontes 322)*

Schirgenfist *m.* Spött. Bez. für Denunzianten, Angeber, Ohrenbläser; ma. schirgen „heimlich anklagen, verraten“ (vgl. auch Schergantel, s. d.) von schergen „Scherge sein, verraten“ *(Grimm XIV, 2586)*; Fist m. „heimlicher Furz“ (Grimm III, 1591), zum Ausdruck der Heimlichkeit und Verachtung. *(UK 540, Schmeller II, 466, Jontes 322)*

Schirgengankerl *m.* Wie zuvor; vgl. auch Gankerl womit der Bezug zum Teuflischen gegeben ist. Ein Kinderspruch als Spott auf den Denunzianten lautet „Schirgengankerl mit dem roten Jankerl“ (= Röcklein) und deutet auf die alte Zuweisung der roten Farbe an soziale Randgestalten. *(UK 540, WStWB 166, 170, Esterl 47, Jontes 322)*

Schirgensimmerl *m.* Wie zuvor; vgl. Simmerl (s. d.), Verkleinerungsform von Simon, als eigenes Schpfw. *(UK 540, Jontes 322)*

Schirgerl *n.* Wie zuvor. *(Reiterer, Jugendsprüche 790, Jontes 322)*

Schlachse *f.* Abfällige Bez. für liederliche Frauensperson (Oberstmk); mhd. slach „schlaff, welk, herabhängend“. *(UK 540, Jontes 323)*

Schlafhaube *m. („-hauben“)* Scherzhaft-spöttische Bez. und Rügewort für verschlafenen Menschen, jemanden, der gerne und viel schläft, dazu auch für geistig träge Personen; vgl. auch „alte Haube“ als vertrauliche, gemütliche Anrede unter Freunden. Das Wort ist Hinweis auf die einstige Gewohnheit, wegen der kalten, unbeheizten Schlafkammern im Bette eine Haube, Schlafmütze zu tragen. *(UK 541, Grimm XV, 297, Jontes 323, Aman 122, Jakob 158)*

Schlafratze *f. („-ratz“)* Ma. Ratz „Ratte“ mit der Untugend der Faulheit verbunden. *(Grimm XV, 289, Jontes 323)*

Schlampampe *f.* Bez. für unordentliches, liederliches Weibsbild; früh auch literarisch bezeugt durch die Gestalt der Frau Schlampampe in Christian Reuters Barockkomödie (1695); zu frnhd. slampen „geräuschvoll essen und trinken“ und nhd. schlampen „schlürfen, schlaff herabhängen, nachlässig sein". Vgl. auch Schlampertatsch (s. d.). Idiotikon Fohnsdorf, 1813: „Schlampampen: ein liederliches Weibsbild". *(UK 541, Grimm XV, 436f., Kluge 653, Jontes 323, Pfeiffer 367, Aman 122, Schmeller II, 524.)*

Schlampe *f. („Schlampen")* Abfällige Bez. und Schpfw. wie zuvor. *(UK 541, Wintersberger 74, Grimm XV, 438, Jontes 323, Pfeiffer 367, Aman 122, Kapeller 145, Jakob 159)*

Schlampertatsch, **Gschlampertatsch** *m.* Schpfw. für schlampigen, unordentlichen, nachlässigen Menschen; ma. schlampen „schlottrig herabhängen", verbunden mit Tatsch (s. d.). *(UK 541, WStWB 162, 166, Esterl 51, Wintersberger 74, Jontes 324, Pfeiffer 367f.)*

Schlamperl *n.* Bez. für unordentliche, liederliche, auch nachlässig gekleidete Frauensperson, besonders Mädchen; Verkleinerungsform von Schlampe (s. d.). *(UK 541, Jontes 324, Pfeiffer 367, Aman 121, Jakob 159)*

Schlangerl *n.* Bez. für schlaues, aber auch spitzbübisches oder falsches Frauenzimmer; im Sinne des Tiernamens in der Nähe von Schlingel, Schlankel (s. d.). *(Jontes 324, Pfeiffer 368, Aman 122)*

Schlankel, Schlankerl *m.* Bez. für Spitzbuben, Schlingel; heute bereits verharmlosend für pfiffigen, jüngeren Menschen; zu schlank im Sinne von wendig, sich überall durchdrängend bzw. schlankeln „müßig herumgehen, schlendern". *(UK 541, WStWB 170, Wintersberger 74, Grimm XI, 480, Küpper 196, Jontes 324, Aman 121, Kapeller 146, Wudi 22)*

Schlauberger *m.* Bez. für schlauen, aber auch sich nur schlau dünkenden Menschen; wie Schlaumeier (s. d.) als ein vermeintlicher Familien- oder Hofname gebildet. *(Grimm XV, 505, Jontes 324, Pfeiffer 369, Kapeller 146)*

Schlaucherl *n., m.* Bez. für Schlaukopf, pfiffig-geriebenen Menschen, auch solchen mit leichter moralischer Schlagseite; in Anlehnung an Schlauch (vgl. Weinschlauch) als Behälternamen in sprachlicher Nähe zu schlau gebildet. Älteres Schlauch auch abfällig für „Schlemmer, Prasser". *(Wintersberger 74, UK 542, Grimm XV, 505, Jontes 324, Pfeiffer 369, Aman 122, Jakob 159)*

Schlaumeier *m.* Wie Schlauberger (s. d.). *(Grimm XV, 516, Jontes 325, Pfeiffer 369, Aman 122)*

Schlawiner *m.* Abfällige Bez. und Schpfw. für falschen, haltlosen Menschen; eigentl. sprachgesetzlich weiterentwickeltes Wort Slowene, Slawe im Nationenspott der Vergangenheit. *(Wintersberger 74, Jontes 325, Pfeiffer 369, Aman 122, Kapeller 146, Kretzenbacher 75)*

Schlepperer *m.* Bäuerl. Spitz- und Spottname für Stadtbewohner; zu ma. schleppern „hörbar schlürfen, gierig trinken", oder Schlepper „Schlappschuh", also jemanden, der in Schuhen geht und damit im Gegensatz zum meist barfüßigen Bauern steht (vgl. auch Bloßfüßiger, s. d.). *(Jontes 325)*

Schleipfe *f., m. („Schloapfen", Schlapfen")* Abfäll. Bez. und Schpfw. für liederliches, schlampiges, auch moralisch verkommenes Frauenzimmer (wie Schlampe, s. d.); ursprünglich für am Boden schleifende Dinge wie Pantoffel oder auch eine besondere Wagenform mit Rädern und Kufen für schwere Lasten verwendet. *(UK 542, WStWB 166, Grimm XV, 587ff., Jontes 325, Pfeiffer 368, Aman 124, Jakob 159)*

Schleifer *m.* Älteres Schpfw. für jemanden, der Geliehenes nicht zurückgibt; vielleicht nach dem wandernden Scherenschleifer, der zum Schleifen übergebene Werkzeuge nicht mehr zurückstellte. In der neueren Soldatensprache für einen Ausbildner, der die Rekruten besonders hart hernimmt, „schleift". *(UK 542, Grimm XV, 602f., Jontes 325, Pfeiffer 370)*

Schleimer, Schleimerl *n.* Abfäll. Bez. wie Kriecher, Schmeichler; nach den haptisch und optisch unappetitlichen Eigenschaften menschlicher Schleimabsonderungen. *(Jontes 325, Pfeiffer 370)*

Schleimscheißer *m.* Wie oben, dazu noch für Weichling, Mann ohne Saft und Kraft. *(Küpper 196, Jontes 325f., Pfeiffer 370, Aman 121)*

Schlitten *m.* Abfällig-derbe Bez. für alte, abgelegte Frau („alter Schlitten"), auch schlechte, magere Kuh; ebenso für Schlampe; in neuerer Zeit auch für Kraftfahrzeug; Vergleich mit dem räderlosen Fahrzeug wie Schleipfe (s. d.). *(UK 544, WStWB 166, Grimm XV, 754, Küpper 197, Jontes 326, Pfeiffer 371, Jakob 160)*

Schliffel *m.*, siehe Schlüffel.

Schliefer *m.*, **Schlieferl** *n.* Bez. für kriecherischen Menschen, der einem, von dem er sich Vorteile erhofft, hineinschlieft, „sich in lästiger Weise aufdrängt" (vgl. auch Arschkriecher, s. d.). Ähnlich Ohrenschliefer „Ohrwurm, ein Insekt", und Schliefhansel m. ein Unkraut (Mäusegerste), dessen schlüpfrige Ähren man gerne und boshafter Weise jemanden in den Halskragen steckt. Unter Schlieferlin wurde einst auch ein Jagdhund verstanden, der dazu abgerichtet war, in Dachs- und Fuchsbaue hineinzuschliefen. *(Wintersberger 74, UK 544, Grimm XV, 566f., Jontes 326f., Pfeiffer 371, Aman 123, Jakob 160)*

Schlingel *m.* Bez. und Rügewort für unartigen, spitzbübischen Knaben, einst auch Müßiggänger; zu schlingen „schlendern". *(Grimm XV, 728f., Kluge 658, Jontes 327, Pfeiffer 371, Aman 123)*

Schlüffel, Schliffel *m.* Bez. für rohen Menschen, groben Wicht, Flegel; wörtl. einer, der erst noch wie eine rohe Klinge zurechtgeschliffen werden muß. Idiotikon Fohnsdorf, 1813: „Schliffel: Wicht, Schelm". *(UK 545, Grimm XV, 810f., Jontes 328, Pfeiffer 372, Aman 123, Kapeller 147)*

Schlucker *m.* Mitleidig-geringschätzig für bedürftigen Menschen; „armer Schlucker". *(Pfeiffer 372)*

Schlungetzer *m.* Älteres Schpfw. in der Bed. gieriger Fresser. Neumarkter Gerichtsprot., 1684, fol. 31: „...sey er durch des Purger Ehewirthin auf den Rathauß für einen Landtlugner und Schlungetzer außgericht worden"; ma. schlungetzen „hastig schlucken, hinunterschlingen", als Intensivum zu schlingen. *(UK 545, Grimm XV, 837, Jontes 328)*

Schlurf *m.* Bez. für mit schäbiger Eleganz gekleideten Burschen oder Mann; ein Wort der späten vierziger und frühen fünfziger Jahre, bevor der Halbstarke als Begriff und Name an seine Stelle trat. Zum Schlurf gehörten Schuhe mit dicken Kreppsohlen („Schleich", „Böck"), enge Hose, ein Sakko („Sackl") mit stark wattierten Schultern und brillantierte, im Nacken lange, aber gerade abgeschnittene Haare („Packl", „Biber"), die an der Stirne in eine Welle gelegt waren. Das Fahrzeug der frühen Jugendmotorisierung in den sechziger Jahren, das Moped, hieß Schlurfrakete; zu schlurfen „lässig dahinschlendern, schleichend gehen", als Ausdruck der angestrebten Lässigkeit im Auftreten. *(Wintersberger 75, Küpper 198, Jontes 328, Pfeiffer 372)*

Schmähtandler *m.* Bez. und Rügewort für Lügner, Aufschneider, Blender; wörtlich jemand, der mit „Schmäh" handelt. Schmäh meint Lüge bis herunter zu sanfter Wahrheitsentstellung, aber auch trickreiches Gebaren (aus mhd. smaehe „schmählich, niedrig, geringschätzig"). *(WBÖ IV, 567, Wintersberger 75, Jontes 329, Pfeiffer 373)*

Schmatter *m.* Bez. für körperlich und geistig zurückgebliebenes Wesen, Schwächling (Gamlitzer Gegend); zu ma. schmettern (mhd. smetern) „klappern, schwatzen". *(UK 546, Jontes 328)*

Schmafúkerl *m.* Schpfw. in der Bed. sittenloser Lump, elender Schuft; schmafú „schlecht, verachtenswert", angeblich von frz. je m'en foute fiche „ich mache mir nichts daraus". *(UK 546, Jontes 328f., Jakob 161)*

Schmalgepickter *m.* *(„Schmalpickter")* Abfällige Bez. für schmächtigen, dünnen, mageren Menschen. *(Jontes 329)*

Schmalgeiß *f.* *(„-goaß")* Spöttisch für zartes, zartgewachsenes Mädchen; jägersprachl. für Rehgeiß, die noch nicht Junge gesetzt hat. *(WStWB 166, Jontes 329)*

Schmalspur-Ingenieur *m.* Spöttisch für Techniker, der eine Höhere Lehranstalt, nicht aber eine Technische Universität absolviert hat. *(Küpper 198, Jontes 329, Pfeiffer 373f.)*

Schmalzbettler *m.* Schpfw. für schmutzigen, ungepflegten Bettler. Auch in der Redensart „schwitzen wie ein Schmalzbettler" erhalten. Die Bettelorden hatten einst eigene Mönche oder Brüder, die Nahrungsmittel bettelnd und sammelnd umherzogen. Besonders begehrt war das Butterschmalz als bestes Backfett. *(UK546, WStWB 166, Jontes 329)*

Schmalzbruder *m.* Ältere soldatensprachliche Bez. für Soldaten, die sich vor lästigen Pflichten und Arbeiten drückten (heute Abseiler, s. d.); jünger auch für sentimentalen Menschen, auch Sänger rührseliger Lieder, deren

Stimmungsgehalt „schmalzig" ist. Vielleicht auch Beziehung zum vorerwähnten Bettelmönch. *(Jontes 329, Aman 124, Jakob 161)*

Schmalzzauberin *f.* Älteres Schpfw. für Hexe, da solchen besonders auch die Verzauberung des Rindviehs, der Milch und andere Produkte nachgesagt wurde, unter denen das Butterschmalz besonders begehrt war. Gerichtsprot. Deutschlandsberg, 1625: „Er hab sy ain Schmalzzauberin gescholten." *(UK 546, Jontes 330)*

Schmanderling *m.* Bez. und Rügewort für nachlässig gekleidete, unordentliche und unsaubere Frauensperson; ma. Schmant „Schmutz, Kot, Pulverschmauch" (neben Milchrahm, Obers). *(UK 547, Grimm XV, 935, Jontes 330)*

Schmanke *f.* Bez. und Schpfw. für böses Weib; vielleicht zum Vorigen. *(UK 547, Jontes 330)*

Schmankerl *n.* Halb scheltendes, halb kosendes Wort für Kinder, die etwas angestellt haben. Vielleicht Nebenform zu Schlankel (s. d.); ursprünglich die Kruste, die „vom Brei oder Mus am Geschirr anbrät", dann auch allgemein als Leckerbissen. *(UK 547, Schmeller II, 552, Jontes 330)*

Schmetterer *m.* Bez. für leichtferigen Lügner, jemanden, der in seinen Schilderungen und Erzählungen mit der Wahrheit nicht sehr genau umgeht, der dick aufträgt, aufschneidet. Etwa wie Schmähtandler (s. d.); mhd. smetern „plappern, schwatzend verleumden". *(Grimm XV, 1050, Jontes 330)*

Schmecksbeutel *m.* Bez. und Rügewort für neugierigen Menschen, der in alles seine Nase steckt; ma. schmecken „riechen, auf etwas draufkommen" (vgl. Redensart „Schmeck's Kropfeter"); Beutel (s. d.) als allg. verächtliches Schpfw. *(UK 547, Jontes 330)*

Schmier *m.* Abfällige Bez. und Spottwort für Polizist; die Polizei insgesamt wird Schmier f. genannt; zu jidd. schemiro „Wächter" (vgl. Schmiere stehen) mit deutlicher Anlehnung an den Sinngehalt von dt. Schmiere, schmierig. *(Grimm XV, 1080, Küpper 199, Jontes 331, Pfeiffer 375, Wehle 59, Puchner 269)*

Schmierampel *m.* und *n.* Scherzhaft-abfällige Bez. für verliebt tuenden, schmeichelnden Menschen, Schmuser; zu ma. schmieren „zärtlich tuen, schmeicheln" (eigentlich Süßes um den Mund schmieren); -ampel dissimiliert aus Amper „Eimer", also Wortspiel mit dem Behälter für die Wagenschmiere. *(UK 547, Jontes 331, Jakob 162)*

Schmiertegel *m.* Bez. für Schmierfink, unsauberen Menschen; schmieren im Sinne von sich mit Schmutz beschmieren; Tegel als Gefäßname auch in Granttegel (s. d.). *(UK 547, Jontes 331, Jakob 162)*

Schmierer *m.* Bez. für Schmeichler, Schöntuer; dazu auch noch als Rügewort für unordentlichen Schreiber, der das Papier mit Tinte beschmiert. *(Jakob 162, Sonntag 52, Jontes 331)*

Schmierfink *m.* Bez. und Rügewort für schmutzigen Menschen oder solchen, der mit Schmutz und Schmutzigem unbekümmert umgeht, auch übertragen auf Charakterschwächen, dazu vor allem im Schulbereich für beim Schreiben schlampigen Schüler, der mit der Tinte patzt und diese verschmiert. In letzter Zeit auch immer häufiger zur Geißelung politischer Gegner im Sinne von Wahrheitsverfälscher und Verleumder, auch für Journalisten verwendet. *(Grimm XV, 1087, Küpper 200, Jontes 331f., Aman 124f., Jakob 162)*

Schmierjakel *m.* Bez. für unsauberen Menschen wie zuvor; Jakel als Kurzform von Jakob. *(UK 547, Jontes 332)*

Schmierkatze *f.*, **-katzerl** *n.* Bez. für zärtlich und verliebt tuenden, schmeichelnden, auch liebes- und zärtlichkeitsbedürftigen, anschmiegsamen Menschen; Vergleich mit der sich anschmiegenden Schmeichelkatze. *(UK 547, WStWB 170, Jontes 332)*

Schmudel *f.*, **Schmuderl** *n.* Bez. für unreinliche, unflätige Personen, besonders Frauen oder Kinder; ma. Schmudel „Schmutz, Unreinheit" und schmudeln „beschmutzen, abschmieren". *(UK 548, Grimm XV, 1129, Jontes 332, Jakob 162)*

Schmuderling *m.* Wie zuvor. *(WStWB 166)*

Schmutzian *m.* Bez. und Schpfw. für einen geizigen oder auch allgemein schlechten Menschen. Gebildet nach dem Muster von Heiligennamen wie Cyprian, Kassian usw. *(UK 548, Jontes 332, Pfeiffer 376, Jakob 162)*

Schnapsbruder *m.* Schpfw. für Branntweintrinker, auch allgemein für Alkoholiker; Bruder im älteren Sinne als Angehöriger einer Gemeinschaft, Bruderschaft. *(WStWB 166, WBÖ III, 1148, Grimm XV, 1176, Jontes 333, Pfeiffer 377)*

Schnapsdrossel *f.* Scherzhaft-abfällige Bez. für Frau, die dem Alkohol, besonders dem Schnaps, ergeben ist; Drossel allg. als ein frecher Vogel betrachtet. *(Jontes 333, Pfeiffer 377)*

Schnapsler *m.* (mit hellem a!) Wie Schnapsbruder (s. d.); vom Schnapsel n. als ein Quantum Schnaps. *(UK 549, Jontes 333)*

Schnapsmichel *m.* Wie zuvor. *(UK 549, Jontes 333)*

Schnaderbüchse *f.*, **Schnatter-** *f.* Bez. und Rügewort für jemanden, der unentwegt redet, schnattert (mhd. snateren „schwätzen, schnattern"); besonders für geschwätzige Frauen verwendet. *(UK 549, WStWB 166, Grimm XV, 1195, Jontes 333, Pfeiffer 377, Jakob 162)*

Schnatterente *f. („-anten")* Wie zuvor; Vergleich mit der schnatternden Ente, häufig zur Rüge für weibliche Personen. *(Grimm XV, 1195, Jontes 333)*

Schnatterer *m.* Wie zuvor; vor allem für geschwätzige, redelustige Kinder, Schüler gebraucht. *(Grimm XV, 1195, Jontes 334, Pfeiffer 377)*

Schnattergans *f.* Wie Schnatterente (s. d.). *(Jontes 334, Pfeiffer 377)*

Schnatterling *m.* Rügewort für jemanden, der schnell und dabei undeutlich spricht. In der Murauer Gegend auch für einen unreifen Menschen. *(WStWB 166, Esterl 51)*

Schnagel *m.*, **Schnackel** *m.* Bez. für Geck, auch für faden, langweiligen Menschen; wohl zu oberdt. schnegel „Schnecke“ (mhd. snegel, engl. snail), auch Schnackeln „mit den Fingern schnalzen, Schluckauf haben“, liegt nahe. *(UK 549, Jontes 334)*

Schnalle *f.* *(„Schnallen“)* Abfällige Bez. und Schpfw. für Dirne, liederliches Frauenzimmer; aus dem jägersprachlichen Schnalle f. „Geschlechtsteil der Wölfin oder Füchsin“ in die Gaunersprache. *(UK 549, Grimm XV, 1163, Küpper 200, Jontes 334, Aman 125, Jakob 163, Puchner 269)*

Schnallendrücker *m.* *(„-drucker“)* Synonym für Bettler, der von Tür zu Tür geht und dabei Schnalle um Schnalle drückt. *(UK 549, WStWB 175, Sonntag 522, Grimm XV, 1164, Küpper 201, Jontes 334)*

Schnalzer *m.* Schpfw. für betrügerischen Händler; nach dem „Hinaufschnalzen“ der Preise. Auch in Zus. wie Viehschnalzer (s. d.), Holzschnalzer (s. d.), Roßschnalzer (s. d.). *(WStWB 175)*

Schnarcher *m.* Neben der allg. Bez. des im Schlafe schnarchenden Menschen damit in der älteren Sprache auch ein Prahlhans oder Gewalttäter bezeichnet. *(UK 549f., Grimm XV, 1183, Jontes 334)*

Schnauer *m.* Bez. für einen heftigen Schnarcher (Ennstal) oder heftig atmenden Menschen; ma. schnauen, schnauern „schnaufen, schnarchen“ (mhd. snâwen „ds.“). *(UK 550, Grimm XV, 1205, 334f.)*

Schnepper *f.* Bez. für geschwätziges, zungenflinkes Frauenzimmer (Mittelstmk); zu schnappen in der Bed. von Luftschnappen oder Vergleich mit einem schnappende Geräusche erzeugendem Gerät, wie der etwa ebenfalls Schnepper genannten leichten Armbrust für die Vogeljagd. *(UK 550, Grimm XV, 1318, 335)*

Schnepfe *f.* Abfällige Bez. und Schpfw. für leichtes Mädchen, Dirne; nach dem Vogel, der geschäftig hin- und herrennt (ahd. snepfa, nach dem langen Schnabel); erweitert auch als Waldschnepfe schimpfwörtlich gebraucht; Schnepfenstrich jägersprachl. für das Einfallen der Schnepfen im Frühling bringt mit Strich „Revier der Prostituierten“ in Verbindung; auch Zusammenhang mit ma. schnepfen „mit dem Finger wegschnellen“ könnte bestehen, das Verächtlichkeit ausdrücken kann. *(Grimm XV, 1313, Küpper 201, 234, Jontes 335, Aman 126, Kapeller 148)*

Schneebrunzer *m.* Abfällige Bez. und Rügewort für jemanden, der nichts Rechtes zusammenbringt; häufig in direkter Rede gebraucht. Vielleicht Hinweis auf einen geistig minderbemittelten Mann, der seine Freude daran findet, beim Urinieren in den Schnee allerlei Gestalten oder Schriftzüge zu erzeugen. Die Form „alter Schneebrunzer“ weist auch auf den scherzhaften Spottnamen für einen alten, gebrechlichen, von häufigem Harndrang geplagten Mann hin, der immer gleich vor die Haustüre ging, um sein Geschäft zu verrichten;

es findet sich auch die Bed. Dreikäsehoch, Mensch ohne Tatendrang, Stubenhocker. *(UK 551, WStWB 166, Wintersberger 76, Jontes 335, Pfeiffer 378, Aman 126, Jakob 164)*

Schneegans *f.* Abfällige Bez. für dummes Frauenzimmer; Erweiterung von Gans, (s. d.).

Schneegewähde *f. („-gwahn")* Bez. für dummen Menschen (Mariazell); eigentlich durch Sturm zusammengewehte Schneemasse, Wächte, mit deren Plumpheit und Zufälligkeit anscheinend verglichen wird. *(UK 551, Jontes 335, Pfeiffer 378)*

Schneidergeselle *m.* In der Verbindung „windischer Schneidergeselle" verächtliche ältere Bez. für aus der slowenischen Unterstmk. in das Oberland kommende Handwerksburschen oder Kleinhandwerker; nationale Gegensätze zwischen deutsch und slawisch treffen hier mit dem einst weit verbreiteten Schneiderspott zusammen. *(Jontes 336)*

Schneckerljude *m. („-jud")* Scherzhafte Bez. für jemanden, der stark gekraustes Haar hat; nach den schneckenartig eingedrehten Schläfenlocken (jidd. Pejess, Pejkeles) der orthodoxen Ostjuden. *(Jontes 336)*

Schneckerlmadame *m. („-madam")* Scherzhaft für kleines Mädchen mit künstlich gekraustem Haar, wie es einst etwa bei der Fronleichnamsprozession üblich war. *(WStWB 171)*

Schnellsieder *m.* Bez. für jähzornigen, schnell aufbrausenden Menschen; nach dem Kochgeschirr aus der Zeit vor der Erfindung des E-Herdes, das nicht auf die Platte des Heizherdes gestellt, sondern in das Ofenloch desselben gehängt wurde, wodurch der Inhalt schneller als auf dem üblichen Wege erhitzt wurde, zum Sieden kam. Übereilte Ausbildung wird scherzhaft-abfällig als Schnellsiederkurs bezeichnet. *(UK 552, Jontes 336, Jakob 164)*

Schnofler *m.* Bez. für unangenehmen Schnüffler, Spion; ma. schnofeln „durch die Nase atmen, schnüffeln" (vgl. auch ein Schnoferl ziehen „die Nase rümpfen"). *(UK 553, Grimm XV, 1377, Jontes 337, Jakob 65)*

Schnorrer *m.* Abfällige Bez. für Geizhals, aber auch um kleine Dinge bittenden bzw. bettelnden Menschen, einen, der sich dieses Betteln als ständige Gewohnheit zu eigen gemacht hat („Zigarettenschnorrer", in Anlehnung daran auch erbettelte Zigaretten als Schnorrillos bezeichnet); ursprünglich damit der Betteljude gemeint, der in der alten jüdischen Gesellschaft seinen festen Platz hatte und in einem bestimmten Revier die jüdischen Familien aufsuchte, die bei ihm ihre Pflicht zur Wohltätigkeit erfüllen konnten; der Begriff kommt wahrscheinlich vom wandernden Bettelmusikanten, der mit einer Schnurrpfeife herumzog. *(Grimm XV, 1421, Küpper 201, Kluge 672, Jontes 337, Pfeiffer 379, Aman 126, Jakob 165)*

Schnuderl *m.* Kosewort, aber auch geringschätzige Bez. für kleines Kind; zu ma. schnudeln, abschnudeln „abschlecken, abschmieren, schmusen". *(UK 553, Jontes 338)*

Schopper *m.* Älterer Spottname für Sattler; siehe Hundsschopper (s. d.). *(UK 553, Grimm XV, 1568, Jontes 338)*

Schottenauerin *f.* Älteres Synonym für Hure (Ratsprot. Neumarkt, 1592, fol. 17); zu Schotte „Landfahrer, Hausierer", aus rotwelsch/jidd. Schote „Narr", rotwelsch auch Schottenzinker „Ladendieb". *(UK 554, Grimm XV, 1610, Jontes 338, Puchner 266)*

Schoderhexe *f.* Bez. für eine ungepflegte Frauensperson, die vor allem durch wirres, ungepflegtes Haar auffällt, die „geschoderte" Haare hat. Hexe als verächtliches Wort für Frau; zum Kennzeichen der Hexe gehörte auch das wirre Haar; vgl. auch Zoderwascherl (s. d.). *(Grimm XV, 1438, Jontes 338)*

Schöckleverl *n.* Scherzhafte Bez. für skurriles Weiblein mit wirren Haaren und zerlumptem Gewand; nach einem stadtbekannten Grazer Original der Jahrhundertwende. Die Verbindung zum Schöckl, dem Grazer Hausberg nördlich der Stadt, der als steirischer Blocksberg und Ort nächtlicher Hexentreffen und Stätte des Wetterzaubers galt, verweist auf die Qualifizierung von Personen solchen Aussehen als Hexen. *(Jontes 339)*

Schöcklflieger *m.* Ältere Bez. für Zauberer, Hexenmeister, Wettermacher, Teufelsbündner, denen nachgesagt wurde, daß sie gemeinsam mit den Hexen nächtlicherweile auf den Schöckl flogen, um dort zu zaubern. Solche Beschuldigungen wurden in zahlreichen Hexenprozessen erhoben. *(UK 554, Jontes 339)*

Schöcklhexe *f.* *(„-hex")* Wie zuvor; weibliches Gegenstück im Volksaberglauben, dazu auch noch gegenwärtiges, lokalgebundenes Schpfw. für ungepflegtes, ungekämmtes, wie eine Hexe aussehendes Frauenzimmer. *(UK 554, Jontes 339)*

Schöntuer *m.* Schmeichler. *(Pfeiffer 380)*

(Ge)schrapp *m.* Abfällige Bez. für Kind, Schüler, Halbwüchsigen; ursprünglich Kollektivbildung in der Bed. „Zusammengekratztes, Zusammengescharrtes", etwa im Backtrog, Kochtopf; zu oberdt. schrappen „kratzen, schaben", aus nd. schrapen „ds.". *(Grimm XV, 1648, Jontes 339, Jakob 165)*

Schrattel *m.*, **Schrat** *m.* Bez. für schmächtigen, skurrilen Menschen etwas unheimlichen Aussehens, auch für lebhaftes, schlimmes Kind; im Volksglauben eine Unfug treibende, neckende Geistergestalt in Form eines Männchens im grünen Rocke mit federgeschmücktem Hut; ahd. scrato, mhd. schrat mit anord. skratti „Zauberer, Kobold", zu vergleichen (dazu nd. schrade „dürr, mager"), auch Waldschrattel. *(UK 555, WStWB 171, Kluge 678, Grimm XV, 1649, Jontes 339f., Pfeiffer 381)*

Schrattelbauer *m.* Älteres Schpfw. unbest. Bed., das wahrscheinlich Aussehen oder Auftreten eines Schrattels (s. d.) impliziert, so in den Schwanberger Pflegeraitungen 1678, fol. 10. *(UK 555, Jontes 340)*

Schrattelbruder *m.* Wie zuvor. *(UK 555, Jontes 340)*

Schragen *m.* Abfällige Bez. für Menschen, besonders Frauen, mit langen Beinen wie ein Schragen, ein Gestell mit zwei schräggestellten Stützen. *(Wintersberger 77, Grimm XV, 1620ff., Jontes 340, Aman 127)*

Schraube *f.* *(„Schrauben")* Bez. für häßliches Mädchen oder Frauenzimmer („alte Schrauben"); hochsprachl. übernommen, da die ma. Form Schraufe f. lautet, die für Niederlage besonders in Mannschaftsballspielen wie Fußball gebraucht wird; verstärkt auch als Schreckschraube f.; Bezug auf die Handhabung im Sinne von „etwas Verdrehtes" (vgl. auch eine Schraube locker haben für nicht ganz zurechnungsfähig sein). *(UK 555, Grimm XV, 1652, Jontes 340, Pfeiffer 382, Aman 127, Jakob 166)*

Schratzen *pl.* von **Schratz** *m.* Abfällig bis wohlmeinend und lieb für Kinder. Zu Schrat, Schrattel (s. d.). *(Jontes 340, Pfeiffer 382)*

Schreppe *f.* *(„Schreppen")* Bez. für geschwätzige, unentwegt redende Frau (Oststmk); eigentlich der Gerätename „Klapper" (zu schrappen, schreppen, „kratzen, schaben"). *(UK 556, Grimm XV, 1648f., 1735, Jontes 340)*

Schreppetze *f.* Wie zuvor. *(WStWB 166)*

Schrepler *m.* Abfällig ältere Bez. für Bettler; eigentlich einer, der seine Nahrung zusammenkratzen (ma. schrappen, schreppen) muß; vgl. auch (Ge-)schrapp (s. d.). *(UK 556, Grimm XV, 1735, Jontes 340f.)*

Schreihals *m.* Schpfw. für lauten Menschen, auch einen, der sich ungebührlich verbal in Erinnerung ruft. *(Grimm XV, 1724, Jontes 341, Pfeiffer 383)*

Schreckschraube *f.*, siehe Schraube f. *(Jontes 341, Pfeiffer 382)*

Schroffentodel *m.*, **-trottel** *m.* Scherzhaft-spöttische Bez. für Alpinist, Hochtourist, einer, der auf den Bergschroffen herumklettert und deshalb für einen Todel (s. d.) gehalten wird. *(UK 1738, Jontes 341)*

Schroll *m.* Bez. und Rügewort für groben, ungebildeten, flegelhaften Menschen; eigentlich Erdklumpen, Scholle (mhd. schrolle „ds."). Idiotikon Fohnsdorf, 1813: „Schroll: ein grober Mensch." *(Grimm XV, 1768, Jontes 341)*

Schüppel *m.* Bez. und Schpfw. für Kerl, unangenehmen Burschen in allg. schlechter Bed.; auch lüsterner, alter Mann; übertragen von dem Haarschopf, verkleinert aus Schuppe; in verschiedenen Zusammensetzungen als Lügenschüppel, Grantschüppel, Grindschüppel, Zornschüppel (s. d.). *(UK 557, Sonntag 521, Grimm XV, 2018, Jontes 341, Pfeiffer 385, Jakob 167)*

Schúbiak *m.* Bez. für schlechten Kerl, verachtenswerte Person; dt.-slaw. Mischbildung, soviel wie einer, der „per Schub" befördert, abgeschoben, aus dem Lande gewiesen wird. *(Jontes 341)*

Schuftwutzel *m.* Bez. und Rügewort für geizigen Menschen; verstärktes Wutzel (s. d.). *(Jontes 342)*

Schülerbatzler *n.* *(„Schuler-")* Scherzhaft für Schulanfänger. *(WStWB 183)*

Schummler *m.* Bez. und Rügewort für Schwindler, besonders im Kartenspiel; auch für den Schüler, der sich bei Schularbeiten unerlaubter Hilfsmittel oder Kontakte zum Banknachbarn bedient; dunkler Herkunft. *(UK 559, Grimm XV, 1997, 1999, Jontes 342, Pfeiffer 385, Aman 128, Kapeller 149)*

Schuhfetzen *m.* Meist abwertend von jemandem für sich selbst gesagt, der sich von anderen gedemütigt und ausgebeutet sieht. „Ich bin ja nicht dein Schuhfetzen!". Ursprünglich nicht das Reinigungstuch für schmutziges Schuhwerk, sondern der Fußlappen, der Vorgänger des Sockens als der minderwertigste Bestandteil der Kleidung. *(WStWB 166, Jontes 342)*

Schundian *m.* Bez. für Geizhals, einen, der seinen Mitmenschen das Geld „herausschindet" (schinden „die Haut abziehen", vgl. Schinder, s. d.). Gebildet nach dem Muster von Heiligennamen; zu oberdt. ma. schundig „geizig, verächtlich". *(UK 559, Jontes 342, Jakob 167)*

Schuri *m.* Älteres Schpfw. unbest. Bed. (Gerichtsprot. Deutschlandsberg, 1630, fol. 5).; vgl. Tschurimuri (s. d.).

Schurimuri *m.*, siehe Tschurimuri. *(Jontes 343)*

Schurl *m.* Bez. und Schpfw. für Kerl, auch Dummkopf; Kurzform von Georg; vgl. auch schurlen „schleppend herumgehen", das zur Charakteristik dienen könnte; scherzhaft wurde der hl. Georg, Patron der Ritter und Soldaten, wegen seines Helmes Schurl mit der Blechhaube genannt. *(Wintersberger 77, Jontes 343, Pfeiffer 385, Jakob 167)*

Schußbartel *m.* Bez. und Rügewort für unbesonnenen, fahrigen Menschen, einer, der hin- und herschießt; Bartel als Kurzform von Bartholomäus (vgl. auch Saubartel, s. d.). Idiotikon Fohnsdorf, 1813: „Schußbartel: ein leichtsinniger, unbesonnener Mensch." *(WStWB 166, 171, Jontes 343, Pfeiffer 385, Jakob 168)*

Schuster *m.* Abfäll. Bez. und Rügewort für Patzer, unbeholfener Arbeiter, Pfuscher; alter Handwerkspott, der sich besonders auf Schneider und Schuster richtete, da sich bei ihrer Arbeit Fehler besonders störend auswirkten. *(WStWB 166, Grimm XV, 2077ff., Küpper 204, Jontes 343f., Pfeiffer 385, Aman 127, Jakob 166)*

Schusterseele *f.* Spöttisch für Nachtschwärmer; unbestimmter Herkunft; im Handwerkerspott begründet. *(WStWB 166)*

Schussel *m.*, **Schussler** *m.* Wie Schußbartel (s. d.); zu schussig „aufbrausend". *(UK 560, Grimm XV, 2077, Jontes 344, Aman 128)*

Schwappe *f.* *(„Schwappen")* Keckes Mädchen. Zu lautmalend schwappen „über den Rand schlagen". *(WStWB 166, Kluge 689)*

Schwäbin *f.* Älteres Schpfw. unbest. Bed. für Frauen (Rotenfelser Briefnotelbuch 1710–20, fol. 94); vielleicht zu Schwabe f. „Küchenschabe". *(UK 561, Jontes 344)*

Schwachmatikus, Schwachmatiker *m.* Scherzhafte Bez. für Menschen geringer geistiger Kapazität; pseudolateinische, studentensprachl. Wortbildung mit schwach nach dem Muster Mathematicus, Rheumaticus u. dgl. *(Grimm XV, 2166, Küpper 205, Jontes 344, Pfeiffer 386)*

Schwaderer *m.* Schpfw. für Schwätzer, Großmaul; ma. schwadern „herumplätschern, schwadronieren, lügen“. *(WStWB 166, Jontes 344)*

Schwadroneur, Schwadronierer *m.* Wie zuvor, jedoch mit dem Anspruch eines Pseudofremdwortes nach Schwadron, Eskadron als Kavallerieeinheit. Ursprünglich ein Begriff aus der Fechtschule, wo planloses, wildes Dreinschlagen damit bezeichnet wurde. *(Grimm XV, 2175f., Kluge 687, WBÖ III, 325, Jontes 344, Kapeller 150)*

Schwafler *m.* Bez. und Rügewort für gehaltlosen Schwätzer; ma. schwafeln „gedankenlos und inhaltsleer daherreden“ und daherschwefeln „ds“.; vgl. auch studentensprachl. Bierschwefel „Scherzrede an der Kneiptafel“. *(UK 561, Grimm XV, 2176, Jontes 344, Aman 128)*

Schwalbensimmerl *m.* Bez. und Spottwort für dummen, aber gutmütigen Mann; ma. schwalbeln, Nebenform zu schwafeln „Unsinn reden, schwätzen“; Simmerl, Kurzform von Simon, wie in Krätzensimmerl (s. d.). *(UK 561, Jontes 344f.)*

Schwanz *m.* Abfällige Bez. und Schpfw. für Mann; wie Schweif (s. d.); meint mit der Nennung des Penis geringschätzig den ganzen Mann; siehe auch Sauschwanz (s. d.). Auch die ältere Form Zagel (s. d.) als Schpfw. gebräuchlich. Idiotikon Fohnsdorf, 1813: „Schwanz: hat eine ganz eigene Bedeutung, ohne die Eigenheit bezeichnen zu wollen. Schwanz kann in der Sprache der Vertraulichkeit, so wie in der Sprache des Schimpfes der höchste epopöe Ton seyn. Wo bist du gwösn, du Schwanz? Nun kommen die ästhetisch malenden Wörter: Du Sauschwanz, du Fuxschwanz.“ *(Grimm XV, 2262f., Küpper 205, Jontes 345, Pfeiffer 387, Aman 128, Jakob 169)*

Schwanztruhe *f.* *(„-truchen“)* Grobes Schpfw. für Frau, der man Mannstollheit nachsagt (Ennstal); wie ein Behälter zum Aufbewahren der membra virilia. *(WStWB 166, UK 562, Jontes 345)*

Schwanzreibe *f.* *(„-reiben“)* Wie zuvor. *(WStWB 166)*

Schwarzer *m.* Landläufige, kaum mehr als ausgesprochen beleidigend empfundene Bez. für Parteigänger der ÖVP; seit längerem spöttischer Ausdruck für Anhänger klerikal orientierter, konservativer Parteien; nach dem Schwarz der priesterlichen Alltagskleidung, der allg. negative Gefühle evozierenden Farbe; wertneutral auch für den Rauchfangkehrer, übertragen auf den Teufel. Nach den Regeln politischer Korrektheit für das ursprünglich auch nur die Farbe bezeichnende Neger, durch die Verschärfung der Gangart des Zeitgeistes aber bereits auch wieder fast außer Kurs gesetzt.

Steigerung Erzschwarzer, Kohlschwarzer, Kohlrabenschwarzer. *(Küpper 205, Jontes 345, Pfeiffer 387, Aman 129)*

Schwarzwälder *m.* Studentensprachl. Bez. im internen Gebrauch studentischer Verbindungen für Kommilitonen, die wegen Verstößen gegen Komment oder Couleurzucht einige Zeit lang nicht in Farben (Band und Mütze) erscheinen dürfen: unter schwarz ist hier der Zustand ohne Farben gemeint. *(Jontes 346)*

Schweif *m. („Schwaf", „Schwoaf")* Wie Schwanz (s. d.); für Mann, Kerl. *(Sonntag 524, Jontes 346)*

Schwein *n.* auch *f.* Schpfw. für charakterlich oder körperlich schmutzigen Menschen; graduell unter dem Schpfw. Sau (s. d.). Auch hier kann das Wort zur verstärkten Zusammensetzung mit anderen Begriffen verbunden werden. *(Jontes 346, Pfeiffer 389, Aman 128)*

Schweinbartel *m.* Bez. und Schpfw. für unsauberen oder unflätigen Menschen; Bartel Kurzform von Bartolomäus, wie in Saubartel (s. d.). *(Grimm XV, 2442, Jontes 346, Jakob 170)*

Schweinehund *m.* Steigerung von Hund; ursprünglich damit ein besonders scharfer Jagdhund bezeichnet, der für die Jagd auf das Wildschwein geeignet war. *(Jontes 347, Pfeiffer 390)*

Schweinnigel *m.* Wie zuvor; besonders für jemanden, der gerne unflätige Witze erzählt, verbal die Sauglocken läutet; vgl. auch Nigel (s. d.). *(UK 564, Jontes 347, Aman 128)*

Schwell *m. („Schwöll")* Schpfw. für dummen Menschen, das Aufgedunsenheit, ein angeschwollenes Gesicht, auch den Wasserkopf als Kennzeichen von Kretinismus zum Ausdruck bringt; Kurzform von Schwellschädel (s. d.). *(Jontes 347, Pfeiffer 390)*

Schwellberger *m.* Wie zuvor; wie ein Pseudoherkunfts- oder Hofname gebildet; möglicherweise auch im negativen Anklang an Ölberger (s. d.). *(Jontes 347)*

Schweller *m.* Bez. für Säufer, Zecher; wörtl. einer, der Flüssigkeiten im Schwall genießt. *(UK 564, Jontes 347)*

Schwellotter *m.* Wie zuvor. Vgl. Lotter (s. d.). *(WStWB 166)*

Schwellschädel *m.* Schpfw. wie Schwell (s. d.); eigentlich geschwollener Kopf als Ausdruck von Dummheit, wie Wasserschädel (s. d.). *(Grimm XV, 2510, Jontes 347)*

Schwengel *m.* In Zusammensetzungen wie Galgenschwengel, Ladenschwengel (s. d.); eigentlich der Glockenschwengel (vgl. auch Klachel s. d.). *(Pfeiffer 390)*

Schwiegerdrachen *m.* Scherzhaft-spöttisch für Schwiegermutter. *(Jontes 348)*

Schwiegerfreundin *f.* Leicht abfällig nennt so eine Mutter die mit ihrem Sohn in einem nur eheähnlichen Verhältnis lebende Frau, die noch nicht ihre Schwiegertochter ist.

Schwihak *m.* Ältere studentensprachliche Bez. für Schwindler, auch öder, leerer Schwätzer; tschech. šwihák „Stutzer". *(UK 566, Jontes 348)*

Schwindliger *m.* Bez. und Rügewort für Dummkopf, Neurotiker, Mensch mit unausgeglichenem Charakter; nach dem Schwindelgefühl als landläufigem Symptom von Nervenkrankheiten. *(Jontes 348)*

Schwürberl *m.* Bez. für Menschen voller Unrast, jemanden, der unruhig hin- und herrennt; wie Zappelhans m. (s. d.); mhd. swerben „sich wirbelnd bewegen". *(UK 567, Grimm XV, 2715, Jontes 348, Jakob 171)*

Schwürmler *m.* Ältere Bez. und Schpfw. für religiösen Schwärmer, Sektierer, Schwarmgeist; zu schwärmen „sich im Schwarme fortbewegen". *(UK 567, Jontes 348)*

●●●●●●●●●●●

St

●●●●●●●●●●●

Stadtfrack *m.* Geringschätzig-scherzhafte bäuerliche Bez. für den Städter, Ausdruck des älteren Standesgegensatzes in Schimpf- und Spottwörtern (vgl. auch Bauerngretel, s. d.); der Spott bedient sich hier des Gegensatzes in der Kleidung. *(Grimm XVII, 458, Jontes 349, Pfeiffer 408, Aman 133)*

Stadtschnack *m.* Wie zuvor (Oberstmk); lautl. Nähe zu Stadtfrack (s. d.) über Schnacke „Possen". *(UK 567, Schmeller II, 565, Grimm XVII, 497, Jontes 349)*

Staatskrüppel *m.* Scherzhaft für schlechten Soldaten. Ursprünglich für den invaliden, ausgedienten Soldaten, der vom Staat ein Bettelpatent oder eine Lizenz als Leierkastenspieler erhielt. *(WStWB 506, Küpper 214, Jontes 349, Pfeiffer 407)*

Standerling *m.* Bez. für Faulpelz, Müßiggänger; nach dem Kesselgerüst über dem offenen Feuer am Herd der Rauchküche und seiner Unbeweglichkeit und Stabilität. Idiotikon Fohnsdorf, 1813: „Standerling: Ständchen; Standerling nennt man auch einen Müßigsteher." *(UK 569, Grimm XVII, 747, Jontes 349, Aman 133)*

Stänker, **Stänkerer** *m.* Bez. für verbal aggressiven Mann oder Burschen, aber auch rauflustigen Menschen; zu stinken, Stunk machen „üblen Geruch verbreiten", das auch die Bed. Unruhe stiften annimmt. Idiotikon Fohnsdorf, 1813: „Stenker: einer, der gerne Raufhändel anfängt"; Idiotikon Hieflau, um 1812: „Stänker: Ruhestörer, Zänker, auch Mensch, der gerne Raufhändel anfängt." *(Grimm XVII, 832f., Schmeller II, 771, Jontes 349f., Kapeller 157)*

Staudenfrau *f.* Schpfw. für treulose Frau, die sich Männern gleichsam hinter jedem Gebüsch hingibt. *(Esterl 51)*

Staudenhocker *m.* Älterer Spottname für Mautbeamte, Beamte der einstigen Verzehrsteuerämter, die – scherzhaft gesehen – hinter Büschen („Stauden") auf Opfer lauerten. Auch für einen allzusehr an der Scholle klebenden Menschen. Rügend-scherzhaft auch für Kartenspieler, besonders beim Tarock, der trotz guten Blattes nicht wagemutig spielt. *(UK 570, WStWB 166,*

Grimm XVII, 1157, Jontes 350, Jakob 181)

Staudenhupfer *m.* Neuerer soldatensprachl. Spottname für Infanteristen, der sich bildl. von Staude zu Staude hüpfend fortbewegt. *(Jontes 350)*

Staudenscheißer *m.* Wie zuvor. *(Jontes 350, Küpper 215)*

Stecher *m.* Älteres Schpfw. (16. Jh.) unbest. Bed., vielleicht im Sinne von Messerstecher. Heute auch abfällig für Liebhaber. *(UK 571, Grimm XVII, 1273, Jontes 351, Pfeiffer 409)*

Stegerlmeier *m.* Scherzhafte Bez. und Rügewort für Kleinkind, das eben erst gehen lernt und doch schon der Aufsicht entweichen will; in Form eines Familiennamens gebildet (wie Angstmeier u. dgl); ma. stegerln „stolpernd gehen, torkeln". *(UK 572, Jontes 351)*

Stehaufmandl *n.* Abfällige Bez. für jemanden, der sich jeder Situation anpaßt, jedes Mißgeschick überwindet, bald wieder auf den Beinen steht und eigentlich charakterlos handelt, ganz wie das bekannte Spielzeug Stehaufmännchen reagiert. *(Grimm XVII, 1394f., Jungmair 277, Jontes 351)*

Steigaufdieleut *m.* Bez., Hüll- und Rügewort in Form eines Satznamens für weibstollen Mann; einer, der bildlich die (Weibs)-leute besteigt. *(UK 572, Jontes 351)*

Steiger *m.* Bez. für Mann, der gerne hinter Frauen her ist, ihnen „nachsteigt"; ma. steigen „geziert gehen", nachsteigen „einer Frau in der Absicht folgen, sie anzusprechen"; rotwelsch für Wanderer, Handwerksburschen; auch älteres Wort für Zuchtstier, werden bedeutungsmäßig überdeckt von der Funktionsbezeichnung im Bergbau, die einen Vorarbeiter unter den Knappen meint; analog dazu auch verstärkt Obersteiger m. *(Grimm XVIII, 1922ff., Jontes 351, Jakob 182)*

Steinhähnl *n. („Stoanhahnl")* Bez. für kleinen, aber sehr aggressiven Menschen (wie Hahnl, s. d.); nach der Zwerghuhnrasse, deren Hähne besonders kampflustig sind. *(UK 573, Jontes 352)*

Stellenlecker *m.* Bez. für Liebhaber einer Sennerin; ma. Stelle „Felsenstufe, auch Lagergestelle im Haus". *(UK 574, Jontes 352)*

Stenz *m.* Bez. und Schpfw. in der Bed. von Zuhälter, Gauner; in der oberdt. Gaunersprache für Stock, Prügel. *(Grimm XVIII, 2370, Küpper 216, Jontes 352, Pfeiffer 411, Aman 133, Kapeller 157)*

Sterzel *m.* Bez. für untersetzten, kleingewachsenen Menschen, auch kleinwüchsiges, sonst aber normal entwickeltes Kind; Vergleich mit Sterzel „junger, kleiner Stier", Nebenform von Terzel „Stierkalb das noch nicht ins Joch gespannt wurde", auch „Ochse, der als dreijähriger Stier verschnitten wurde" *(UK 151)*; möglich ist auch Kontamination zu Scherzel/Sterzel „Endstück des Brotlaibes oder -weckens". *(UK 575, Grimm XVIII, 2537, Jontes 352)*

Sterzfresser *m.* Abfälliges Spottwort für die Steirer nach ihrer angeblichen Nationalspeise, dem Sterz aus Maisgries (Türkensterz) oder anderen Mehlen (z. B. Haidensterz aus Buchweizenmehl); im regionalen Spott für die Bewohner von St. Veit am Vogau. „Es gibt über hundert Sterzarten, von denen die einen schmarrenartig zerbröckeln, die anderen feste Formen bilden wie der Ofensterz“ *(UK 575).* Im Volkslied heißt es: „Lusti wohl auf / is der steirische Brauch / A türkischer Sterz / Und a Schwammsuppen drauf.“ Die früheste steirische Nennung in Leoben, 1578 (Ratsprot. fol. 102), wo ein Seilergeselle aussagt: „Mein Maister gibt mir ain Sterz, der weder gesalzen noch geschmalzen ist, zu essen ...“ Hauptgebiete des Sterzes waren die mittleren, südlichen und östlichen Landesteile. Das Wort gehört ablautend zu stürzen und verweist auf die Manipulation während des Kochvorganges und nach dem Kochvorgang. Kurzformen für Sterzfresser sind auch Sterzler, Sterzinger. *(UK 575, Grimm XVIII, 2535f., Jontes 352f.)*

Sterzgams *m.* Scherzhaft-abfällige Bez. für steirische Autofahrer außerhalb des Landes, besonders in Wien, die am ehemaligen Buchstabencode St für Steiermark kenntlich waren; auch für ländliche Lenker im Stadtgebiet von Graz gebraucht. Im Stammesspott werden die Steirer als schlechte, bäuerlich-dumme Autofahrer hingestellt; Verbindung des Namens der Nationalspeise mit einem ebenfalls als typisch steirisch-alpin angesehenen Tier. *(Jontes 353)*

Sterzinger *m.*, siehe Sterzfresser.

Sterzler *m.*, siehe Sterzfresser.

Stift *m.* Abschätzige Bez. für kleinen Buben, jüngsten einer Gruppe von Knaben, auch kaufmännischen Lehrling; rotwelsch, dunkler Herkunft (dazu auch stiften gehen, abfällig für „flüchten, davonlaufen“). *(Grimm XVIII, 2873, Kluge 749, Jontes 353, Pfeiffer 412, Kapeller 158)*

Stiftsgack *m.* Bez. für Kretin oder Taubstummen, der in einem Kloster, Stift versorgt und verpflegt wurde, so etwa in Admont, wo seit dem Mittelalter eine eigens dazu ins Leben gerufene Stiftung existierte; vg. Gack (s. d.). *(UK 578, Jontes 353)*

Stiegelhüpfer *m.* („-hupfer“). Scherzhaft-spöttisches Synonym für Viehhirten, Almhalter, älter auch für Geistliche in der Oberstmk. und im Ortsspott für die Bewohner von St. Lorenzen bei Trieben; die Weidegebiete sind von Almzäunen umgeben, die man durch „Stiegeln“ überwindet, Holztreppchen verschiedener Konstruktion zum Übersteigen des Zaunes. *(UK 557, Grimm XVIII, 2825f., Jontes 353)*

Stinanzer *m.* Ältere Bez. und Schpfw. für Gauner, Betrüger, ursprünglich für ungarische oder niederösterreichische Viehhändler verwendet, die anscheinend als besonders geschäftstüchtig galten; vielleicht nach dem grenznahen burgenländischen Ort Stinatz. Offensichtlich schwingt auch die Bezeichnung Finanzer „Zollbeamter“ mit. *(UK 578, Jontes 354)*

Stierschädel *m.* Bez. für eigensinnigen, widerspenstigen, sturen (vgl. auch Sturschädel, s. d.) Menschen; nach dem sprichwörtlich widerspenstigen Stier; studentensprachlich auch für die schwere Fechtmaske. *(UK 577, WStWB 166, Jontes 354, Grimm XVIII, 2865, Aman 134)*

Stierwascher *m.* Stammesspottwort für Salzburger; nach der Geschichtssage, in der die Verteidiger der Feste Hohensalzburg zur Täuschung der Belagerer über die Verpflegungslage den letzten Stier auf stets neue Weise bemalt auf den Zinnen gezeigt und die Feinde damit zum Abzug bewogen hätten. Anschließend sei der Stier gewaschen worden. Dem Nichtsalzburger mag auch die ma. Bez. waschen „prügeln, schlagen" eingeflossen sein, die dem Charakter damit eine gewisse Brutalität zuspricht. *(Wintersberger 80, Jontes 354, Jakob 183)*

Stoppel *m.* Abfällig-spöttische Bez. für kleinen Buben, auch kleingewachsenen jüngeren Menschen; auch Stöpsel. *(WStWB 166, Jontes 355, Aman 135, Jakob 184)*

Stöpsel *m.*, **Stöpserl** *n.*, siehe Stoppel. *(WStWB 166, Jontes 355, Pfeiffer 414)*

Stockfisch *m.* Bez. für sturen, dummen Menschen, auch Schüler; verstockt „in sich gekehrt, verhärtet, stur", als Charakterkennzeichen mit der einstigen Fastenspeise in Zusammenhang gebracht, dem getrockneten Kabeljau. *(Grimm XIX, 91ff., Jontes 355, Pfeiffer 413, Aman 135, Jakob 184)*

Stockwedel *m.* Bez. und Schpfw. für besonders dummen Menschen; verstärktes Wedel (s. d.). *(UK 580, Jontes 355)*

Stoßpudel *f.* Ältere abfällige Bez. für dickes, fleischiges Frauenzimmer; nach einer kleinen, tragbaren Kegelbahn, auf der die Kugel mittels eines Stockes gestoßen wurde; mit obszönem Hintergrund zu ma. stoßen „koitieren". *(UK 581, Grimm XIX, 564, Jontes 356)*

Stössel *m.*, **Stösserl** *n.* Geringschätzige Bez. für kleingewachsenen, gedrungenen Menschen; nach dem Stampf- und Stoßgerät zum Zerkleinern und Einstampfen von Kraut und dgl. Vgl. auch Dreckstössel (s. d.). *(UK 581, WStWB 166, 171, Grimm XIX, 485ff., Jontes 356, Aman 133)*

Strabanzer, Strawanzer *m.* Bez. und Schpfw. für Landstreicher, faulenzenden Strolch, Müßiggänger, auch als Rügewort für einen gerne entlaufenden, streunenden Hund; ital. stravagante „ausschweifend", jedoch wird auch Weiterbildung von strabeln „zappeln, schnelle Bewegungen machen" (zu streben) nicht auszuschließen sein. *(UK 581, Grimm XIX, 589, Jontes 356, Pfeiffer 414, Aman 135, Jakob 185)*

Stradafüssel *m.*, **-fiesel.** Ältere Bez. und Schpfw. für Landstreicher, Vagabund, Angehörigen einer wandernden Gaunerbande; rotwelsch aus ital. strada „Straße"; -füssel zu Fuß oder Fiesel m. „Ochsenpenis" (als Raufwaffe). *(UK 581, Grimm XIX, 614, Jontes 356f.)*

Strahlhure *f.* Älteres Schpfw. unbest. Bed. Ratsprot. Kapfenberg, 1684, fol. 71: „...begehrt zu weisen, ob sie ein Strallhuer seye." Vielleicht Hinweis auf Blitz, Wetterstrahl, also auf hexenhaften Wetterzauber; auch strahlen

„kämmen", im obszönen Sinne (Grimm a. a. O., 808) wie bürsten, „koitieren". *(UK 581, Grimm XIX, 791, Jontes 357)*

Stramperl *n.* Bez. für dummes Frauenzimmer; Nebenform von Trampel, Tramperl (s. d.). *(UK 581, Jontes 357)*

Stramhans *m.* Bez. und Rügewort für ungekämmten, ungepflegten Mann, analog Struwwelpeter; eig. ein Mann, dem die Haare strähnenweise herabhängen. *(UK 582, Grimm XIX, 932, Jontes 357)*

Stranze, Straunze *f.* siehe Strenze *(WStWB 167, Jontes 357, Pfeiffer 414)*

Straßgütel *m., n.* Bez. für Landstreicher, liederlichen Menschen; ma. Gütel „Kobold". *(UK 582, Grimm XIX, 932, Jontes 357)*

Straun *m.* Bez. und Schpfw. für Dummkopf (Ennstal); Kurzform von Kastraun m. „kastrierter Widder" (ital. castrone). *(UK 582, Schmeller I, 1306, Jontes 357)*

Strawanzer *m.*, siehe Strabanzer.

Stratzerbube *m. („-bua")* Bez. für ungeladenen, männlichen Hochzeitsgast (Stainzer Gegend); ma. Stratzen „Lumpenbündel" (ital. stracci „ds." zu stracciare „zerfetzen"). *(UK 581, Grimm XIX, 936, Jontes 357)*

Streberer *m.* Schülersprachl. Bez. und Rügewort für lernwütigen, unkameradschaftlichen Mitschüler; auch Straberer; Nebenform von streben, Streber. *(Jontes 358, Pfeiffer 415)*

Streithammel *m.* Bez. und Rügewort wie Streithansel (s. d.); bei Rosegger bezeugt. *(Grimm XIX, 1380, Jontes 358, Pfeiffer 415)*

Streithansel *m.* Bez. und Rügewort für streitlustigen, unverträglichen, zänkischen Mann, auch prozeßsüchtigen Menschen (wie Prozeßhansel, s. d.); lautl. Nähe zu Streithahn, Streithammel (s. d.). *(UK 583, WStWB 166, Jontes 358, Pfeiffer 415, Aman 135, Jakob 186)*

Strenze, Stranze, Straunze *f. („Strenzen", Streazn")* Bez. und Schpfw. für starkes, aber faules Frauenzimmer (Oberstmk); zu strenzen „sich faul ausstrecken". Weststeir. auch für unwirsche, unfreundliche Frau, auch großgewachsenes Mädchen. *(UK 583, WStWB 166f., Esterl 48, Grimm XIX, 874, 1474, Jontes 357, 358)*

Strichkatze *f.* Verächtliche Bez. für Dirne, Straßenprostituierte, die „auf den Strich" geht; vgl. auch Katze (s. d.). *(Jontes 358, Jakob 186)*

Strick *m.* Bez. für Menschen, der an der Grenze zum Verbrecher steht, auch schlimmes Kind; Kurzform von Galgenstrick (s. d.). *(Grimm XIX, 1572, Jontes 358, Pfeiffer 416, Aman 136, Jakob 186)*

Stricklöser *m.* Älteres Schpfw. unbest. Bed.; vielleicht jemand damit gemeint, der Vieh boshafterweise losbindet. *(UK 584, Jontes 359)*

Stritzi *m.* Abfällige Bez. und Schpfw. für Nichtstuer, Herumlungerer, auch Zuhälter; ital. strizzare „auspressen, mit den Augen blinzeln". Auch tschech. štryc „Vetter" kommt in Frage. *(Wintersberger 81, Grimm XIX, 1630, Küpper 220, Jontes 359, Pfeiffer 416, Aman 136, Kapeller 159, Jakob 186)*

Strotter *m.* Bez. für Vagabund, wie Strabanzer (s. d.); zu strotten, strutten „durchwühlen, nach Verwertbarem durchsuchen"; auch für Leute, die den Müll nach Brauchbarem untersuchen („Miststierer") oder in Kanälen zu diesem Zwecke unterwegs sind. *(UK 584, Grimm XX, 151, Jontes 359, Pfeiffer 416, Jakob 186)*

Strohkopf *m.* Bez. für dummen Menschen (vgl. strohdumm) mit meist blondem Haar; nach der Redensart „Stroh im Kopfe haben". *(Grimm XIX, 1667f., Jontes 359, Pfeiffer 416)*

Strugerl *n.* Bez. und Schpfw. für dummes Frauenzimmer (Zeiringer Gegend); zum Worte Struckel m. „Strudel, Speise aus gerollten, mit verschiedenen Füllungen versehenen Teigblättern", das auch für Wirrwarr, Durcheinander steht (vgl. auch Strudelkopf als Schpfw. bei *Grimm XX, 104*). *(UK 585, Jontes 360, Jakob 187)*

Strumpf *m.* Bez. und Schpfw. für Dummkopf; ursprüngl. Baumstumpf, Rumpf, damit gemeint, daraus auch Bez. des Kleidungsstückes im Sinne von Halbhose. Idiotikon Fohnsdorf, 1813: „Strumpf: ein Dummkopf." *(UK 585, Grimm XX, 116, Jontes 360, Pfeiffer 417)*

Strutzerl *n.* Bez. für üppiges, aber hübsches Mädchen; zu Strutz, Strützel, Striezel „Brotwecken", auf die Leibesgestalt bezogen. *(UK 585, Grimm XXI, 152f., Jontes 360)*

Stucketzer *m.* Bez. und Spottwort für Stotterer; ma. stucketzen „sich verschlucken, stottern", aus sticken, sticketzen, „keine Luft bekommen". *(UK 586, Grimm XVII, 2746f., XX, 236, Jontes 360)*

Stümpler *m.* Bez. und Rügewort für Stümper, Pfuscher; ursprünglich Handwerker, der keiner Zunft angehörte, der mit stumpfem, untauglichem Werkzeug herumpfuschte. *(UK 587, Grimm XXI, 483, Kluge 761, Jontes 361)*

Stummel *m.*, siehe Stummerl.

Stummerl *n.* Abschätzige Bez. für stummen, meist taubstummen Menschen, auch Schüler, der kein Wort hervorbringt; auch Stummel m. *(UK 587, WStWB 167, Grimm XX, 415, Jontes 361, Pfeiffer 418, Aman 136, Jakob 187)*

Stürbrand *m.* Bez. und Rügewort für Unruhestifter, Aufhetzer, Aufwiegler (Ennstal); Satzname „Schüre den Brand", zu stüren, stieren „herumstochern, aufwiegeln! (ahd. stôran). *(UK 587, Jontes 361)*

Stürler *m.* Wie zuvor; auch für Menschen, besonders rügend für Kinder, die gerne im Hause in Kästen und Laden nach irgendetwas Verwertbarem herumsuchen. *(Jontes 361)*

Sturschädel *m.* Wie Stierschädel (s. d.) als Bez. und Rügewort für starrsinnigen Menschen. *(Jontes 361)*

Stutzel *n.* Bez. und Schpfw. für kleinen, dicken Menschen, wertneutral für kleines, liebes Kind; zu stutzen „abschneiden", unter Bezug auf die Körpergestalt, auch unter Mitklang des Wortes Stutzen „Trinkgefäß gedrungener Form". *(UK 587, WStWB 171, Sonntag 528, Jontes 361)*

Stutzelberger *m.* Wie zuvor in Erweiterung auf einen Pseudonamen hin. *(WStWB 171)*

Stützenlecker *m.* Schpfw. für Schmeichler, Speichellecker. Vielleicht die Stutzen, Halbstrümpfe gemeint, sagt man doch auch „jemandem die Zehen abschlecken", wenn sich einer besonders würdelos schmeichelnd gibt. *(WStWB 166)*

T

siehe D.

U

Übergellischer *m.* Schpfw. für unbesonnenen Menschen. Zu gellen im Sinne von unruhig sein. *(UK 279, WStWB 167)*

Übergescheiter *m.* Wie Obergescheiter (s. d.) für Wichtigmacher. *(WStWB 167)*

Übler *m.* Ältere Bez. für Übeltäter. *(UK 605, Jontes 363)*

Uhu *m.* Bez. und Spottwort für unschöne Frau („schiecher Uhu"); nach dem Eulenvogel (auch Buhudl m.). *(WBÖ II, 1332f., Jontes 363, Pfeiffer 441, Kapeller 168)*

Umfaller *m.* Jemand, der seine Meinung in opportunistischer Weise ändert. *(Pfeiffer 441)*

Umundumtodel *m.* *(„Umadum-")* Abfällige Bez. für einfältigen Menschen, der sich gutmütig für alles gebrauchen läßt; umundum „rundum, vielseitig"; vgl. Todel (s. d.). *(WStWB 167, Jontes 363)*

„Umiheber" *m.* Bez. und Schpfw. für Betrüger, Übervorteiler; ma. umiheben „hinüberheben, betrügen". *(Jontes 363)*

Umstandsmeier *m.* Bez. und Rügewort für umständlichen, unbeholfenen, auch pedantischen Menschen, einer, der viele Umstände auch bei problemlosen Angelegenheiten macht; nach Art der Namensbildung von Angstmeier (s. d.). *(Jontes 363)*

Untám *n., m.* Bez. für ungehobelten, widerspenstigen, dummen Menschen; bair. untüem „unziemlich, ungewöhnlich". *(Schmeller I, 604f., Jontes 363)*

Unterfuterler *m.* Altes Schpfw. unbest. Bed. (16. Jh.); vielleicht vom Unterfutter der Kleidung, das im Gegensatz zur Oberseite von Optik und Qualität her als minder schön angesehen wird. *(UK 608, Grimm XXIV, 1556, Jontes 363)*

Ungustel *m.* Bez. für unappetitlichen, auch häßlichen Menschen; von ungustiös mit Angleichung an Gustel als Kurzform von Gustav. *(Wintersberger 86, Pfeiffer 443, Jontes 364, Wehle 100)*

Unikum *n.* Bez. für skurrilen, auch eigensinnigen Menschen; wohl über Studentensprache (lat. unicus „einzigartig"). *(Jontes 364, Pfeiffer 443, Kapeller 169)*

Unsympathler *m.* Schpfw. für unsympathischen Menschen in scherzhafter Wortbildung. *(Pfeiffer 444)*

Urschel *f.* Bez., Rüge- und Schpfw. („blöde Urschel") für dummes, auch schlampiges, unbekümmertes Frauenzimmer; ma. Kurzform für Ursula. *(UK 612, Esterl 51, Wintersberger 86, Grimm XXIV, 2527, Jontes 364f., Pfeiffer 445)*

V

siehe F

W

Wabe *f. („Waben")* Abfällige Bez. für alte, häßliche Frau; slaw. baba „altes Weib"; mit Nähe zu Waberl, der Kurzform von Barbara. *(UK 612, Grimm XXVII, 10, Schmeller I, 190, Jontes 366, Jakob 212)*

Wappler *m.* Schpfw. für dummen, unbekümmerten Menschen; ma. wappeln „sich schwankend bewegen, wackeln". *(Wintersberger 89, Jontes 366)*

Wachtel *f.* In Zusammensetzungen wie Spinatwachtel (s. d.). *(Pfeiffer 455)*

Wächter *m.* („Wachter") Spöttisch für Polizist. *(Wintersberger 88)*

Wachel *m.* Bez. für schwerfälligen, dummen Menschen, wie Hallawachel (s. d.), Hadrawachel (s. d.); weststeir. auch für haltlosen Menschen; eigentlich Fächer, mit dem man wachelt, „wedelt", der sich aufgrund des Luftwiderstandes schwerfällig bewegt, oder Wachel an der Sense, eine Vorrichtung, die beim Getreideschnitt das gleichmäßige Fallen der Halme bezweckt; auch älteres soldatensprachliches Synonym für Wachtmeister in der alten Armee; vgl. auch Wedel (s. d.). *(UK 612, WStWB 167, Wintersberger 88, Grimm XXVII, 33, Jontes 366)*

Wadelbeißer *m.* Bez. und Schpfw. für hinterhältigen, kleinlich-intriganten Menschen, jemanden, der einem anderen wie ein heimtückischer Hund unversehens in die Wade beißt. Weiter hinauf reicht seine Größe nicht. *(Jontes 366, Pfeiffer 455)*

Watschel *m.* Bez. für dicken, schwerfälligen Menschen; nach dem watschelnden Gang; auch lautliche Nähe zu Watsche „Ohrfeige", Watschker „Kröte" (s. d.). *(UK 613, Grimm XXVII, 2595, Jontes 366)*

Watschengesicht *n.* Abfällg. Bez. für Menschen mit rundem, dickem Gesicht, das förmlich zum Ohrfeigengeben einlädt; Watsche f. „Ohrfeige" (mhd. ôrewetzelin) als Mittel, Ohr und Gedächtnis zu schärfen *(Kluge 841)* zu ahd. waz „scharf". *(Winters-*

berger 89, Jontes 366, Aman 139, Jakob 215)

Watschenkadi *m.*, siehe Watschenrichter.

Watschenrichter *m.* Älterer Spottname für junge Richter, die in Bagatellsachen Recht sprechen; jünger auch Watschenkadi m. *(UK 613, Jontes 366)*

Watschker *m.* Bez. und Spottwort für einen dicken, unbeholfenen, zugleich faulen Menschen beiderlei Geschlechts; in älteren Quellen damit eine große Umhängetasche bez., diese aus mhd. wat-sac „Mantelsack, Reisetasche"; anscheinend auch Weschgi (s. d.) als Schpfw. in Verbindung (*UK 630*, aus ital. bestia unwahrscheinlich); Typus des Behälternamens für Schimpf und Spott; tirol. Watschker für die große Wurfkugel beim Schmirackeln, dem alpenländischen Wurfkegelspiel aus ital. boccia. Auch weststeir. ma. für Kröte bietet sich an. *(UK 613f., WStWB 167, Grimm XXVII, 2596ff., Jontes 366f.)*

Wagerlfanger *m.* Altes Schpfw. (17. Jh.), unbest. Bed., dunkler Herkunft. *(UK 614, Jontes 367)*

Walperl *n., f.* Bez. für dummen Menschen, besonders Frau; Kurzform von Walburga. *(UK 615, Schmeller II, 907, Grimm XXVII, 1321, Jontes 367)*

Waldschnepfe *f.*, siehe Schnepfe.

Waldschrattel *m.*, siehe Schrattel. *(Jontes 367, Pfeiffer 456)*

Waldunform *f.* Schpfw. unbest. Bed. für Frauenzimmer. *(UK 616, Jontes 367)*

Walgerl *n.* Bez. und Rügewort für leichtfertiges Mädchen, wankelmütiges Liebchen (Oberstmk); zu ma. walgen „herumwälzen, walken" (vgl. Nudelwalger f. „Teigwalze"). *(UK 616, Grimm XXVII, 1236, Jontes 367)*

Walzbruder *m.* Abfällig für Wandergesellen, Wanderburschen, einen, der sich auf „Walz", Gesellenreise, befindet. *(WStWB 176, Jontes 367, Pfeiffer 456)*

Walzkunde *m. („-kund")* Wie zuvor. Vgl. Kunde (s. d.). *(WStWB 176)*

Wampe *f.*, siehe Wampeter. *(Jontes 367, Pfeiffer 456)*

Wampeter *m.*, auch **Gewampeter** *m.* Spöttisch-abfällige Bez. für dicken Menschen; ma. Wampe f. „Bauch, Dickbauch" (ahd. wamba, mhd. wambe „Bauch, Mutterleib, Eingeweide"); vgl. auch Gefüllter (s. d.). *(UK 616, Jontes 367, Aman 140, Jakob 213, Sonntag 534)*

Wampenwäscher *m. („-wascher")* Spöttisch-verächtliche Bez. für Fleischhauer; Wampe in der Bed. Eingeweide, Innereien, die als das Minderwertigste am Schlachttier galten. *(UK 616, Jontes 367)*

Wamstel *m.* Bez. für dicken, beleibten, unbeweglichen Menschen; zu Wanst m. „Dickbauch" oder Nebenform von Bambstel (s. d.); auch Wanzel und Wastel (s. d.) lautlich und inhaltlich nahestehend. *(UK 617, WStWB 167, Grimm XXVII, 1471, Jontes 368, Jakob 213)*

Wamsterling *m.* Wie zuvor. *(WStWB 167, Jontes 368)*

Wanbauch *m.* Spött. Bez. für mageren, schlechtgenährten Menschen, Hohlbauch; ma. wan „halbleer, nur halb gefüllt“ (ahd., mhd. wan „ds.“). *(UK 617, Grimm XXVII, 646, Jontes 368)*

Wanze *f.* Bez. und Rügewort für lästigen Menschen, besonders Kind, das auf die Nerven fällt; nach dem Ungeziefer; ähnlich Penze (s. d.). *(Grimm XXVII, 1929, Jontes 368, Pfeiffer 457, Aman 140)*

Wanzel *m.* Bez. für dicken Menschen; vgl. Wamstel (s. d.). *(Wudi 23, Jontes 368)*

Warmer *m.* Bez. und Schpfw. für Homosexuellen; Kurzform von warmer Bruder „ds.“; wie Geheizter, Gebackener (s. d.) mit Bezug auf animalische Wärme. *(Jontes 368, Pfeiffer 457, Aman 143)*

Warzensimmerl *m.* Spött. Bez. für jemanden mit starkem Warzenbefall an Gesicht und Händen; Simmerl als Kurzform von Simon, wie auch in anderen Spottwörtern. *(Jontes 368)*

Waschel *m.* Bez. für großen, groben, ungefügen, auch rohen Menschen, ebenso für Tiere; wie Badwaschel (s. d.) auf grobes Gebaren hinweisend, auch Nähe zu Ohrwaschel (s. d.). *(UK 618, WStWB 167, Sonntag 534, Wintersberger 89, Grimm XXVII, 2223, Jontes 368, Pfeiffer 457, Jakob 214)*

Waschkittel *m.* Bez. und Rügewort für Schwatzmaul, klatschsüchtigen Menschen; zu ma. waschen „schwätzen“, Kittel für die ganze Person. *(UK 618, Grimm XXVII, 2259, Jontes 368f.)*

Waschlappen *m.* Bez. und Schpfw. verächtl. Bed. für Weichling, Mann ohne Energie; nach dem gestaltlosen Waschgerät. *(Jontes 369, Pfeiffer 457, Aman 140)*

Wastel *m.* Bez. für dicken Menschen („dicker Wastel“); lautliche und inhaltliche Nähe zu Bambstel, Wamstel (s. d.); eigentlich Kurzform von Sebastian. Verstärkt Speckwastel (s. d.). *(UK 619, Jontes 369, Pfeiffer 458, Aman 140)*

Wasserhahn *m.* Spött. Bez. für nicht zeugungsfähigen Mann, dessen Geschlechtsteil als nur zum Urinieren brauchbar angesehen wird. *(Reiterer, Weststeir. Sprachbilder, Jontes 369)*

Waserl *n.* Bez. und Rügewort für mutlosen, kleinmütigen Menschen ohne Auftreten, auch furchtsamen Charakter; ma. Form von Waise, Waisenkind. *(UK 615, WStWB 167, Wintersberger 89, Grimm XXVII, 1054, Jontes 369, Pfeiffer 458, Jakob 214)*

Wasserratte *f. („-ratz“ m.)* Scherzhaft, fast anerkennend für guten Schwimmer, jemanden, der sich gern im Wasser aufhält, taucht. *(Pfeiffer 458)*

Wasserschädel *m.* Spött. Bez. für Menschen mit großem Kopf, auch Dummkopf. Hinweis auf den pathologischen Hydrocephalus. *(Jontes 369, Aman 140, Kapeller 174)*

Waucker *m.*, **Waukerl** *n.* Bez. für häßlichen oder garstigen Menschen; auch Synonym für Laus; Ableitung von Wauwau, dem Namen eines nach dem Hundegebell benannten Schreckgespenstes im Volksaberglauben. *(UK 621, WStWB 171, Sonntag 535, Grimm XXVII, 2608, Jontes 369, Aman 140, Jakob 215)*

Wauwau *m.* Ursprünglich Bez. für Kinderschreck, Schreckgestalt für Kinder, dann auch Aufpasser für junge Mädchen, Anstandsdame („Anstandswauwau"); nach dem Ausruf des Abscheus wau! Jemand, der gegen seine charakterliche Grundhaltung andere Menschen im Auftrage bedrängt oder vertreibt, diszipliniert, muß „den Wauwau spielen". *(Grimm XXVII, 2608ff., Küpper 236, Pfeiffer 459, Jakob 215, Jungmair 322, Jontes 369f.)*

Weberknecht *m.* Spött. Bez. für großgewachsenen, dünnen Menschen mit langen Gliedern, spinnenfingerigen Händen; nach der gleichnamigen Spinne, deren Name Webergeselle bedeutet, was wohl von der häufigen Unterernährung dieser einstigen Handwerker abgeleitet ist bzw. von der ständigen Tätigkeit der Hände im Geflecht der Fäden auf dem Webstuhl kommt. *(Grimm XXVII, 2663, Jontes 370)*

Wechselbalg *m.* Bez. und Schpfw. für schlimmes, ungezogenes, boshaftes Kind, etwas milder auch für aufgewecktes, unruhiges Kind, leichtsinnige, auch faule Person; im Volksglauben der Vergangenheit ein vom Teufel gezeugtes oder von diesem oder einer Hexe ausgetauschtes Kind, das aufgrund dieser Manipulation alle schlechten Eigenschaften zeigt. Von einem schlimmen Kind sagt man „Es ist wie ausgewechselt!" im negativen Sinn. *(Grimm XXVII, 2705ff., WBÖ II, 122ff., Jontes 370; Pfeiffer 459, Aman 141, Kapeller 174)*

Wechselbube *m. („-bua")* Bez. für flatterhaften Liebhaber, der den häufigen Wechsel seiner Freundinnen liebt. *(UK 621, Jontes 370)*

Wedel *m.* Häufiges Schpfw. und Bez. für dummen Menschen, auch Flegel, Lümmel; wie Wachel (s. d.); Bez. für Fächer, Gerät zum Fliegenverscheuchen, auch Viehschweif, Weihwassersprenger; zu wehen „in fächelnde Bewegung setzen". *(UK 622, WStWB 167, Esterl 52, Grimm XXVII, 2825, Jontes 370, Pfeiffer 459, Aman 141)*

Weh *m., n.* Bez. und Schpfw. wie Wedel (s. d.), dessen Kurz- und Hüllform es ist; eigentlich nur der Buchstabenname (wie Ha für Hure), weshalb auch die sächliche Form erklärbar ist. *(Jontes 370, Pfeiffer 459, Wehle 83)*

Weiberer *m.* Schpfw. für Lebemann, Weiberheld, Mann, der hinter Frauen her ist. *(WStWB 167, Wintersberger 89, Jontes 371)*

Weiberfäller *m.* Älteres Schpfw. im Sinne von Frauenheld; Ratsprot. Oberwölz, 1637, fol. 346: „... deß Andre Ehewürthin hat ihren Nachbarn für ainen Weiberfäller ausgescholten"; fällen im Sinne von moralisch zu Fall bringen. *(UK 623f., Grimm XXVIII, 384, Jontes 371)*

Weiberfuchser *m.* Bez. für Frauenschänder (Gerichtsprot. Voitsberg, 1757, fol. 12); ma. fuchsen „in Zorn versetzen, ärgern, plagen, mißhandeln". *(UK 624, Grimm XXVIII, 386, Jontes 371)*

Weibin *f.* Bez. für altes Mütterchen, altes Weiblein (Oberstmk); pleonastische, doppelte weibliche Form wie Menschin (s. d.). *(UK 624, Grimm XXVIII, 420, Jontes 371)*

Weibsbild *n.* Abfällige Bez. für Frau im allg.; Bedeutungswandel nach der negativen Seite hin, während das analoge Mannsbild mehr anerkennenden Charakter behalten bzw. erlangt hat; frühnhd. Weibes Bild im Sinne von Gestalt. *(Grimm XXVIII, 441ff., Kluge 844f., Jontes 371, Pfeiffer 460)*

Weibse *f. („Weibsen")* Abfällige Bez. wie zuvor; aus frühnhd. Weibes Name. *(UK 624, Grimm XXVIII, 447, Schmeller II, 831, Jontes 372, Pfeiffer 460)*

Weichscheiber *m.* Bez. und Rügewort für Feigling, charakterschwachen Menschen, Opportunisten; eigentlich ein Begriff beim Kegelscheiben älterer Art: Wer mit der Kegelkugel beim Wurf nicht auf dem Holzladen blieb, sondern mit ihr auf den weichen Lehm der Kegelbahn geriet, war ein W. Ma. scheiben „schieben, rollen lassen". *(Jontes 372)*

Weintatschker *m.* Abfällige Bez. für Säufer (Unterstmk); vgl. Tatschker (s. d.). *(UK 626, Jontes 372)*

Weinseiherin *f.* Altes Schpfw. für weinpantschende Wirtinnen (Gerichtsprot. Weißkirchen, 1650); ma. seichen „urinieren". *(UK 628, Jontes 372)*

Weißerl *f.* Leicht spöttisch für eine meist weibliche Person, die sich durch besonderes Reinlichkeitsbedürfnis vor allem in Kleidung und Wäsche von den übrigen abhebt. *(Jontes 372)*

Wecken *m.* Bez. und Rügewort für dummen, groben Menschen ohne Einsicht; Vergleich mit dem Holzspaltekeil, ma. Wecken (ahd. wecki, mhd. wecke), der nach seiner Ähnlichkeit mit einem länglichen Brotwecken so genannt wurde; übertragen auch auf einen unförmig dicken Menschen (Weststmk). Vgl. auch Lochwecken (s. d.). *(UK 622, Reiterer, Paradies 89, Grimm XXVIII, 2784ff., Kluge 842, Jontes 372)*

Weltverdruß *m.* Bez. für Menschen, der mit sich und der Welt zerfallen ist, Unglücksrabe; popularisiert vor allem durch das gleichnamige volkstümliche Lied des Roseggerfreundes Franz Keim (1840–1918). *(Jontes 372f.)*

Wespe *f. („Wepsen")* Schpfw. für lästige, unruhige Person. *(Pfeiffer 462)*

Weschga *f.*, **Weschgi** *m.* Altbezeugtes Schpfw. für dummen, unbeholfenen, auch lästigen Menschen (Gerichtsprot. Frohnleiten, 1631–1634, fol. 168); vgl. Watschker (s. d.); Ableitung von ital. bestia eher unwahrscheinlich; vielleicht auch in Zusammenhang mit Wetsch m. „Gerichtsdiener" (Idiotikon Rottenmann, 1818). *(UK 630, WStWB 167, Esterl 52, Jontes 373)*

Weschgruber *m.* Wie zuvor; Erweiterung von Weschgi zu einem Pseudonamen. *(Jontes 373)*

Wetze *f. („Wetzen")* Bez. und Rügewort für unruhigen, in lästiger Weise agilen Menschen, jemand, der stets unruhig auf der Bank hin- und herwetzt. In Wien auch für Dirne (vgl.

Wetzer, s. d.). *(UK 622, Aman 141, Jontes 373, Jakob 219)*

Wetzer *m.* Bez. und Schpfw. für Mann, der sexuell sehr aktiv ist; ma. wetzen „koitieren“, nach den ostinaten Bewegungen des Wetzens einer Sense oder dgl. *(Jontes 373)*

Wetzerling *m.* Rügend für unruhig sitzendes, hin und her wetzendes Kind. *(WStWB 171, 181)*

Wippel *m.* Bez. und Schpfw. für Geizhals, verwilderten, rohen, bösartigen Menschen, auch gefräßiges, unersättliches Kind; nach der Larve des Kornwurmes, eines Getreideschädlings (ahd. wibil, mhd. wibel, zu wibeln „wimmeln, sich hin- und herwinden“). *(UK 631, Grimm XXIX, 804ff., Jontes 373)*

Wichser *m.* Abfälliges Schpfw. im Sinne von Masturbant; zu wichsen, ursprünglich „mit Wachs bestreichen, glänzend polieren“, dann auch „mit Ruten schlagen“; weststeir. für Betrüger, betrügerischen Händler. *(WStWB 167, 175, Grimm XXIX, 809ff., Küpper 237, Jontes 373f., Aman 142f., Sonntag 536)*

Wickelwackel *m.* *(„Wiglwagl“)* Spöttisch für unentschlossenen Menschen, Zauderer; wackeln „unstabil stehen“ in vokalwechselnder Verdoppelung wie Girigari (s. d.). *(WStWB 167)*

Wickler *m.* Bez. für Menschen mit großem Appetit, herzhaften Esser; ma. wickeln „herzhaft essen, schlingen“. *(Grimm XXIX, 853, 860, Schmeller II, 846, Jontes 374)*

Wilder *m.* Rügewort für wilden, unbeherrschten Menschen. „Ein ganz ein Wilder!“. *(Jontes 374, Pfeiffer 464)*

Wildfang *m.* Bez. und Rügewort für wilden, ungestümen, meist jüngeren Menschen; im Sinne von Jagdbeute, eingefangenes Wild. *(UK 633, Grimm XXX, 71ff., Jontes 374, Aman 144, Kapeller 176)*

Wildling *m.* Wie zuvor. *(WStWB 167, Jontes 374, Pfeiffer 464)*

Wildsau *f.* Bez. und Schpfw. für rücksichtslos handelnden Menschen, jemanden, der unbekümmert um moralische Hemmnisse agiert. *(Grimm XXX, 117, Küpper 237, Jontes 374, Aman 144, Jakob 220)*

Windbeutel *m.* Schpfw. für hohlen, haltlosen, unzuverlässigen Menschen; bildlich einer, der wie ein leerer Sack nur mit Luft gefüllt ist; vgl. auch Windhund (s. d.). *(Grimm XXX, 269f., Küpper 237, Jontes 374f., Pfeiffer 465, Aman 142, Jakob 220, Kapeller 176)*

Windhund *m.* Wie zuvor, auch auf erotisches Gebiet erweitert für wankelmütigen, untreuen Liebhaber; Zusammenfügung zweier negativer Begriffe zu einem neuen, aber altbekannten Wort. *(Grimm XXX, 305f., Küpper 237, Jontes 375, Pfeiffer 465, Aman 142, Jakob 220)*

Windspreize *f.* *(„-spreizen“)* Spottwort für Menschen mit außergewöhnlich langen Beinen, durch die der Wind streichen kann, wenn sie gespreizt werden. *(UK 635, Jontes 375)*

Wienerbazi *m.* *(„Weaner-“)* siehe Bazi.

Wirbler *m.* Bez. für rauflustigen Mann, Unruhestifter; ma. wirbeln, „Wirbel, Tumult verursachen, raufen". *(Jontes 375)*

Wirtshaushocker *m.* *(„-hucker")* Rügewort für notorischen Gasthausbesucher. *(Jontes 375, Pfeiffer 466)*

Witzbold *m.* Rügewort für jemanden, der so absurde Gedanken in einer ernsten Situationen von sich gibt, daß diese als schlechter Witz verstanden werden. *(Jontes 375, Kapeller 177)*

Witzkarte *f.* *(„-karten")* Bez. für jemanden, der witzig und lustig ist, viele Witze zu erzählen weiß; durchaus anerkennend gemeint. *(Jontes 376)*

Wölli *m.*, siehe Bölli.

Wuchtel *f.* Bez. für unförmige Person meist weibl. Geschlechts; nach dem bekannten Germgebäck gleichen Namens, das beim Backen aufgeht (aus tschech. buchta „Germgebäck"); auch Bez. für großes, fettes Schwein (Stainzer Gegend) und abfällig für Ball, Fußball. *(UK 638, WStWB 167, Esterl 52, Grimm XXX, 1729, Jontes 376)*

Wutte *f.* Spott- und Neckwort für allzu lustiges Mädchen; zu ma. wutteln „schwatzen", aus wudeln „sich unstet hin- und herbewegen". *(UK 639, Grimm XXX, 2552f., Lexer, KWB 262, Jontes 376)*

Wuck *m.* Bez. und Schpfw. für Dummkopf, Blödian; Kurzform von Wuckel (s. d.).

Wuckel *m.* Bez. für einfachen, geduldigen, einfältigen Menschen, auch für einfachen Soldaten; aus kroat. vojak „Soldat, Krieger"; aus der Soldatensprache der alten Armee. *(Jontes 376)*

Wuckerl *n.* Bez. für kleines, unscheinbares Kind, auch Ferkel; eigentlich kleine zusammengedrehte Haarlocke (aus frz. boucle „Schnalle, Locke"). *(UK 639, Wintersberger 90, Jontes 376)*

Wunderling *m.* Wie das folgende. *(WStWB 167, Pfeiffer 468)*

Wunderscherben *m.* Bez. für verdrießlich-mürrischen, launenhaften Menschen, wunderlichen Charakter; Scherben wie in Grantscherben (s. d.). *(UK 639, Jontes 377)*

Würstel *f.* *(„Würschtl")* Bez. und Schpfw. für unfähigen, dummen, ungeschickten, nichtigen Menschen, wie norddt. armes Würstchen. Möglicherweise schwingt hier mit, daß die Wurst einst im Gegensatz zum noblen Braten zur Nahrung der sozialen Unterschichten gehörte. *(Jontes 377, Pfeiffer 468)*

Wurze *f.* *(„Wurzen")* Bez. für Menschen, der in seiner Gutmütigkeit immer wieder von anderen ausgenützt wird, für andere Geld ausgibt; zu wurzen, auswurzen „ausnützen, eine Wurzel aus der Erde ziehen". *(UK 640, Grimm XXX, 2333, Jontes 377, Aman 143, Kapeller 178, Jakob 223)*

Wurzelsau *f.* Soldatensprachlich für jemanden, der ungepflegt ist und auf Waffen und Geräte wenig Sorgfalt aufwendet; wie eine Sau, die herumwühlt und dabei bis auf die Wurzeln kommt. *(Jontes 377)*

Wurzelsepp *m.* Bez. für urwüchsigen, naturverbundenen, knorrigen, aber auch verwilderten, ungepflegten Menschen; ursprünglich der im Wald umherstreifende Wurzelsammler. *(Küpper 239, Jontes 377, Pfeiffer 468f., Aman 143)*

Wutzel *m.* Bez. für kleinen, dicken Menschen, eigentlich zusammengedrehter Staub, Haare usw., auch Erdäpfelnudeln; zu wutzeln „hin- und herrollen, um etwas in eine längliche Form zu bringen". *(UK 639, Sonntag 537, Grimm XXX, 2555 f., Jontes 378)*

Wutzerl *n.* Bez. für kleines Kind, kleine Person, eher im kosenden Tone. *(UK 639, WStWB 171, Wintersberger 91, Grimm XXX, 2557, Jontes 378, Pfeiffer 469, Aman 144, Jakob 223)*

X

X-Haxeter *m.,* siehe Ix-Haxeter.

Z

Zappelhans *m.* Bez. und Rügewort für unruhigen, unsteten, zappeligen Menschen, besonders Jugendlichen oder Kind; analog dem Zappelphilipp im Struwwelpeter. *(Jontes 379)*

Zapfel *m.* Spöttisch für beschränkten Menschen; auch im Pseudonamen Peter Z. *(WStWB 167)*

Zapfen *m.* Bez. und Schpfw. für frechen, anmaßenden, dummdreisten Knaben oder Jüngling; Übertragung des Faßzapfens vielleicht im erotisch nachzeichnenden Sinn. Idiotikon Fohnsdorf, 1813: „Zapfn: ein einfältiger Mensch: Du bist a rechter Zapfen." Weststeir. auch für einen gemütlichen, kommoden Mann. *(UK 641, WStWB 146, Grimm XV, 258ff., Jontes 379, Pfeiffer 471)*

Zacherl *m.* Spöttisch für beschränkten Menschen, Halbkretin, Kurzform des biblischen Namens Zachäus. *(WStWB 167)*

Zagel *m.* Schpfw. für Mann, Übertragung des Penisnamens auf die ganze Person; wie Schwanz (s. d.); in Leoben (Vissa, 1812) ein kurzer, fetter Mann; verstärkt auch Donnerzagel (s. d.). Auch Rübezahl „rübenförmiger Penis" davon abzuleiten. *(UK 642, Jontes 379)*

Zange *f. („Zangen")* Schpfw. für bissige, aggressive Frau; verstärkt das häufigere Beißzange (s. d.). *(Grimm XXXI, 222, Jontes 380, Pfeiffer 471, Jakob 224)*

Zankel *m.* Älteres Schpfw. für einen zänkischen Menschen. Herrschaftsprot. Deutschlandsberg, 1713, fol. 358: „...es haben ihm des Flödl Ehewürthin, als er ime Flödl zu pfendten seye verschaffen worden, einen Zänggl gehaißen." Dazu auch weibl. Form Zanke, Zaunke f. *(UK 643, 644, Jontes 380)*

Zankraunke *f.* Wohl andere Lesart für Zaunraunke (s. d.), „böses, boshaftes Weib"; Raunke „kleine Krätze, Wundschorf", Raunkerl „Brauchtumsgebäck der Almabfahrt". *(UK 644, Jontes 380)*

Zartel, Zarterl *n.* Bez. für Lieblingskind, Muttersöhnchen, rügend auch für jemanden, der sich bei einem Lehrer, Vorgesetzten usw. einschmeichelt und deshalb bevorzugt behandelt wird. Dazu auch Lehrerzarterl, Mutterzarterl. *(WStWB 168, Grimm XXXI, 298, Jontes 380)*

Zasche *f.* *(„Zaschen")* Bez. für unordentliche, auch liederliche Frauensperson; übertragen von Zasche „Schleppe eines Kleides", scherzhaft für Lumpengewand, Fetzen als Bekleidung (wie heute noch Fetzen spöttisch für Kleid); mhd. zaspen „schleifend gehen". Im Wechselgebiet wurden damit weibliche Spukgestalten oder Hexen bezeichnet, die den Kühen die Milch stehlen. *(UK 643, Grimm XXXI, 313, Jontes 380)*

Zaschel *f.* Bez. für leichtfertige, auch für geschwätzige Frau, Plaudertasche, wie Tratsche (s. d.); ma. zascheln, Nebenform zu zischeln, wispern. *(UK 643, Sonntag 533, Grimm XXXI, 313, Jontes 381)*

Zauk *f.* Derbes Schpfw. für widerspenstige, aufbegehrende, auch lästige weibliche Person, auch im Sinne von mannstoll; eigentlich die läufige Hündin damit bezeichnet, zu Zoch „Zuchtsau, Hündin", zauchen, Nebenform zu ziehen, doch mögen auch die Bedeutungsinhalte von Auk und Zecke (s. d.) mitwirken. *(UK 644, WStWB 167, Grimm XXXI, 399, Kluge 887, Jontes 381, Pfeiffer 472, Aman 147, Jakob 224)*

Zaundl *f.* Wie das folgende. *(WStWB 168)*

Zaunke *f.* Bez. und Schpfw. für streitsüchtige Frau; zu zanken; weststeir. auch für beschränktes Weib. *(UK 644, WStWB 168, Jontes 381)*

Zaunlatte *f.* Spöttisch für hageren, großgewachsenen Menschen. Wie Latte, lange (s. d.). *(WStWB 168, Pfeiffer 472)*

Zaunmaunke *f.* Bez. für böses, geiziges Weib; anscheinend Kontamination von Zaunraunke und Maungetzer (s. d.). *(Sonntag 537, Jontes 381)*

Zaunraunke *f.* Wie oben; vgl. Raunkerl (s. d.) und Zankraunke (s. d.). *(UK 644, Jontes 381, Jakob 224)*

Zaunstecken *m.* Scherzhaft-boshafte Bez. für langen, dürren Menschen, wie Hopfen-, Bohnenstange (s. d.); nach dem Zaunpfahl. *(Jontes 381, Jakob 224)*

Zettenscheiße *f.* *(„-scheißen")* Bez. für ein zimperliches Frauenzimmer (Ennstal); zu ma. zetten, zetteln „ausstreuen, verschütten, unreinlich essen") bei Grimm a. a. O. Zettenscheiß als Satzname „Laßdenfurz". *(UK 645, Grimm XXXI, 824, Jontes 381)*

Zehe *m.* *(„Zechen")* Abfällige Bez. für häßliches, meist jüngeres Frauenzimmer; gröber für Männer „Sauzehe" (s. d.). *(Jontes 381f.)*

Zeichtel *f.* *(„Zoachtel")* Schpfw. für Frauenspersonen. Gerichtsprot. Deutschlandsberg, 1735ff., fol. 1143: „Andree hete seine Tochter ain Zeichtel und Vetl gescholten". Zu Zuchtel (s. d.). *(UK 646, Jontes 382)*

Zeikel *f., n.* Abfällige Bez. für leichtsinniges, liederliches Frauenzimmer (Ennstal); Verkleinerungsform von Zauk (s. d.). *(UK 646, Jontes 382)*

Zeiserl *n.* Spottname und Bez. für unansehnlichen, kleingewachsenen, schmächtigen, mageren Menschen, vielfach für Kinder gebraucht. Redensart „Er ißt wie ein Zeiserl" (d. h. so wenig) aus der Zeit, als der Zeisig als Singvogel noch im Vogelbauer im Hause gehalten wurde. *(WStWB 171, Grimm XXXI, 319f., Jontes 382, Jakob 225)*

Zecke *m., f. („Zeck")* Bez. für lästigen, schmarotzerhaften, auch faulen Menschen; nach den schlechten Eigenschaften der Zecke. Ein Schmarotzer kann feist wie eine Zecke, „zeckfoast", werden. *(UK 645, Grimm XXXI, 437, Jontes 382, Pfeiffer 472f., Aman 146)*

Zecker *m.*, **Zöger** *m.* Bez. für faulen, lästigen Menschen, der sich von anderen bedienen oder aushalten läßt; übertragen vom Zecker, einer geflochtenen Tragetasche mit Handhaben; erweitert auch zu Zeckerer „Zauderer, Zögerer, Faulpelz". Idiotikon Fohnsdorf, 1813: „Zöcker: ein Handkorb, auch wohl als Schimpfname gewöhnlich." *(UK 645, WStWB 168, Esterl 52, Grimm XXXI, 438f., Jontes 382)*

Zemperling *m.* Bez. für zimperliches Kind, auch ungeduldigen Menschen (Mittelstmk); ma. zempern „voller Ungeduld umhertrippeln". *(UK 648, Grimm XXXI, 631f., Jontes 382)*

Zergdirne *f.* Alte Bez. für fahrende Dirne; ma. zergen „vagabundieren, herumstreichen" (eigentlich reißen, zerren); vgl. auch Zerghund „herrenloser Hund". *(UK 648, Grimm XXXI, 691, Jontes 383)*

Zetze *f. („Zetzen")* Spottbez. für sich zierendes, fades, dabei weinerliches Mädchen; mhd. zecketzen „reizen, foppen, quälen". *(Grimm XXXI, 825, Jontes 383, Jakob 225)*

Zipf *f.* Abfällige Bez. und Rügewort für faden, langweiligen Menschen, Dummkopf, auch Spielverderber („fader Zipf"); wie Schwanz, Zagel vom Penis her auf den ganzen Mann übertragen; daraus auch anzipfen „langweilen, sich ärgern". *(Esterl 51, Grimm XXXI, 1544, Jontes 383, Pfeiffer 475, Jakob 226)*

Zigeuner *m.* Bez. für unzuverlässigen, unsteten, herumstreunenden Menschen mit verwahrlostem Äußeren; mit dem Zeitwort „herumzigeunern" aus der Zeit der mit Roß und Wagen ziehenden Zigeuner. Die ersten Vertreter dieses aus Indien stammenden Volkes erschienen 1417 in Deutschland und nannten sich angeblich selbst Secaner. Ihnen wurden und werden die verschiedensten Ressentiments entgegengebracht. Die Sprache der „political correctness" der neunziger Jahre tabuisiert das Wort und trachtet, es durch die eigenen Stammesbezeichnungen wie Sinti und Roma zu ersetzen, wobei durchaus von „Zigeunern" selber der altgebräuchliche Name unbefangen verwendet wird. Wer stets von Roma und Sinti spricht, sollte beachten, daß er dabei die Lowara und Kalderasch vergißt, die eine eigene Identität beanspruchen. *(WStWB 168, Grimm XXXI, 1257ff., Kluge 884, Jontes 383, Pfeiffer 474, Kretzenbacher 74f.)*

Zigeunerg(e)sindel *n.* Kollektivum. Vgl. Gesindel (s. d.) *(Jontes 384, Pfeiffer 474)*

Zimper *m., f.* Abfällige Bez. für überzartes Wesen, Menschen, der überempfindlich ist; zu zimperlich. *(UK 652, Grimm XXXI, 1361ff., Jontes 384)*

Zimperling *m.* Wie zuvor. *(Grimm XXXI, 1368, Jontes 384)*

Zópak *m.* Abfäll. Bez. für alten, beleibten Mann („so ein alter Zopak") (Leibnitzer Gegend); wohl über alte Handels- und Verkehrsverbindungen aus dem ungar. czopákás „speckig", vielleicht auch Zusammenhang mit zigeun. tschopachani „Hexe". *(Jontes 384, Puchner 277)*

Zoberl *n.* Bez. für leichtfertiges Frauenzimmer, auch Rügewort für jähzornige Kinder (Oberstmk); Verkleinerungsform des Tiernamens Zobel, der in der Bed. Pelz für das weibl. Schamhaar in abfälliger Weise auf die ganze Person übertragen wird. *(UK 653, Grimm XXXII, 12f., Jontes 384f., Jakob 227)*

Zotte *f.* Bez. und Schpfw. für liederliche Frau, vagabundierende Dirne; vgl. Zottel (s. d.). *(UK 654, Jontes 385, Jakob 227)*

Zottel *m.* Bez. und Schpfw. für ausschweifenden, unmoralischen, untreuen Mann, früher auch für herumschweifenden Bettler, Landstreicher, die „herumzottelten"; Synonyma Zottler, Zottelbock; vom Lumpenwerk („Zotten"), in das sie gekleidet waren bzw. von ebenfalls so genannten, langen, ungepflegt herabhängenden Haarsträhnen; auch weibl. Form Zotte (s. d.) gebräuchlich; Kollektivbildung Zottelwerk „Lumpenpack, Landstreicherbande"; Zottel auch als Rügewort für unfolgsame Hunde. *(UK 654, Grimm XXXII, 133, Jontes 385, Pfeiffer 476)*

Zottelbock *m.* Wie zuvor; mit Hinweis auf Unmoral durch die Verwendung von Bock (s. d.). *(UK 654, Jontes 385, Pfeiffer 476)*

Zottelwerk *n.*, siehe Zottel.

Zottenfack *m.* Schpfw. für unreinlichen, zerlumpten Mann. Ma. Fack „Schwein" (s. d.). *(WStWB 176)*

Zottler *m.* Wie Zottel (s. d.), jedoch mehr auf das Herumstreunen deutend; Streuner, auch für streunenden Hund rügend gebraucht, wie Herumzottler. *(WStWB 168)*

Zottenklescher *m.* Schpfw. für ungepflegte Personen. Ursprünglich Synonym für Lumpensammler, -händler, der an der untersten sozialen Stufe gerade noch über dem Bettler stand; vgl. auch Fetzenbeiner (s. d.); ma. kleschen „durch einen Schlag einen Schall erzeugen", hinkleschen „hinwerfen, hinschlagen", übertragen davon verkleschen „verkaufen". *(UK 654, Sonntag 539, Jontes 385)*

Zottenkrämer *m.* *(„-kramer")* Wie zuvor. *(UK 654, WStWB 168, 176, Jontes 386)*

Zottenschüppel *m.* Wie zuvor; vgl. Schüppel (s. d.). *(WStWB 168)*

Zoderwaschel *m.*, **-wascherl** *n.*, **Zoderwascher** *m.*, **Tschoderwascherl** *n.* Älteres Schpfw. in der Bed. Lump im Gösser Gerichtsprot. 1783; in der Bed. „einer, der zoderte (zottige, von Haaren umstandene, vielleicht auch durch Raufverletzungen verstümmelte) Ohrmuscheln, ‚Wascheln' hat". Als mitleidig-kosendes „Zoderwascherl" n. kommt die Bez. in verschiedenen steirischen Perchtensagen vor, wo die unwillkürliche Benennung einer von der Percht mitgeführten Gestalt eines ungetauft verstorbenen Kindes durch einen Zeugen der nächtlichen Geisterwanderung mit diesem Namen zur Erlösung führt, da sie eine Quasi-Taufe vorstellt; dazu auch Tschodernigel (s. d.). *(UK 654, WStWB 158, 168, Jontes 386)*

Zotfachse *f.* Älteres Schpfw. für Frauenspersonen (Gerichtsprot. Neumarkt, 1616ff., fol. 37); mit Zottel verbundenes Fachs (s. d.). *(UK 654, Jontes 386)*

Zockel *m.* Bez. für einen unverläßlichen, nicht vertrauenswürdigen Menschen; vielleicht übertragen von der Bez. für Holzschuh (aus ital. zoccolo) als etwas Derbes oder zu ma. zockeln „unruhig ziehen, zerren, hinterherzotteln". *(UK 653, Grimm XXXII, 15ff., Jontes 386)*

Zolper *f.* Bez. für ein sich kindisch aufführendes, halbwüchsiges Mädchen, übertragen von Zolp, Zulp, Zolper „Kindersauger" (von zullen „säugen"). *(UK 654, Grimm, XXXII, 71f., Jontes 386)*

Zoll *n.* Bez. für Mädchen, das gerne außer Haus herumstreicht; dunkler Herkunft. *(UK 654, Jontes 386)*

Zoller *m.* Wie zuvor für das männliche Geschlecht; Streuner. *(WStWB 168)*

Zornbinkel *m.*, **-binkerl** *n.* Bez. und Rügewort für leicht aufbrausenden, jähzornigen, hitzköpfigen Menschen; vgl. Binkel (s. d.). *(UK 654, WStWB 171, Jontes 387, Pfeiffer 476, Aman 147, Jakob 231)*

Zorntrudel *f.* Bez. und Rügewort für leicht in Zorn geratendes Mädchen; wie Zornbinkel, Zornhansel (s. d.); Trudel Koseform von Gertrud, Ehrentrud, Wiltrud. *(UK 654, Jontes 387)*

Zornhansel *m.* Bez. für heißblütigen, zum Zorne geneigten, schnell erzürnten und leicht aufbrausenden Mann. *(UK 654, Jontes 387)*

Zornschüppel *m.* Wie zuvor; Schüppel „Haarschopf". *(Jontes 387)*

Zuchtel *f.* Schpfw. und Bez. für liederliches Frauenzimmer, Dirne; übertragen von dem ma. Namen für Hündin, Zuchtsau; vgl. auch Zeichtel (s. d.). *(UK 655, Jontes 387, Jakob 230)*

Zutsche *f.* *(„Zutschen")* Älteres Schpfw. unbest. Bed. für Frauenspersonen; viell. übertragen von der Bez. für Nadelbaumzapfen bzw. zutschen „säugen". Idiotikon Fohnsdorf, 1813: „Zutschen: ein weiblicher Schimpfname." *(UK 655, Jontes 387)*

Zutüttler *m.* Bez. für Schmeichler, Ohrenbläser, Angeber, Zuträger; mhd. tütelaere „Schmeichler". *(UK 655, Grimm XXXII, 876f., Jontes 387)*

Zufahrer *f.* Scherzhaft-spöttische Bez. für Hausfreund, Geliebter einer verheirateten Frau (Ennstal); ursprünglich Bez. für Bergwerksbesitzer, der seine Erze in fremden Schmelzhütten verarbeiten ließ. *(UK 655, Grimm XXXII, 341, Jontes 387)*

Zumpel *m.* Bez. und Schpfw. für unschöne, ungeschlachte, uncharmante, jüngere weibliche Person; zu Zumper „Stumpf"; verwandte Formen anderer dt. Mundarten verweisen auf die Bed. „Vulva"; dazu auch ma. zumpeln „nachlässig gehen". *(Grimm XXXII, 541, Jontes 388, Pfeiffer 477)*

Zumperer, Zumperling *m.* Bez. für ungeduldig drängenden Menschen. *(UK 656, Jontes 388)*

Zumpfel *f.* Verächtliche Bez. für Frauenzimmer (Mittelstmk); wie Zumpel (s. d.). *(UK 656, Grimm XXXII, 541f., Jontes 388)*

Zündhölzelgestell *n.* Spöttisch für hageren, mageren Menschen. *(WStWB 168)*

Zündler *m.* Rügewort für jemanden, der gerne mit dem Feuer spielt – wörtlich und übertragen. *(Jontes 388, Pfeiffer 477)*

Zunichtel *n.* *(„Zniachtl")* Abfällige Bez. und Schpfw. für schmächtigen, bedeutungslosen Menschen, der nichtig, zunichte ist. *(Jontes 388, Jakob 227)*

Zuspel *f.* Älteres Schpfw. unbest. Bed. für Frauen; dunkler Herkunft. *(UK 657, Jontes 388)*

Zusche, Zuschel *f.* *(„Zuschen")* Bez. für liederliches Weib, Dirne (Ennstal); zur Nebenform zuscheln von zischeln, zuraunen. *(UK 657, Grimm XXXII, 790, Jontes 388)*

Zuwider-, siehe Zwider-.

Zwatzel *m.* Bez. für einen kleinen und dicken Menschen; zu oberdt. ma. zwatzeln „sich ungeschickt wie ein Kind bewegen". *(UK 657, Wintersberger 93, Grimm XXXII, 954f., Jontes 389)*

Zwetschkenkrampus *m.* Abfällige Bez. für dürren, häßlichen, skurrilen Mann; nach dem aus Dörrpflaumen zusammengesetzten Krampus des Nikolaustages; vgl. Krampus (s. d.). *(Jontes 389, Jakob 232)*

Zweifelscheißer *m.* Abwertende Bez. für Zauderer oder unschlüssigen und ängstlichen Menschen, jemand, der von Zweifeln geplagt ist. *(UK 659, Jontes 389, Jakob 232)*

Zweischneidiger *m.* *(„Zwoaschneidener")* Schpfw. für falschen, charakterlosen Menschen. *(WStWB 168)*

Zweck *m.* Spottname für Schuster nach dem breitköpfigen und kurzen Schuhnagel. *(UK 658, Jontes 389)*

Zwergl *n.* Gutmütig spottend für kleingewachsenen Menschen, zu kurz geratenes Kind. *(allg., WStWB 146, Jontes 389, Pfeiffer 479)*

Zwidarm *m.* Bez. für sauertöpfischen, „zwidaren" Menschen, wie Zwiderwurze (s. d.); volksetymologische Entstellung von mhd. zwitarn „Zwitter, Bastard" in Anlehnung an Darm. *(UK 659, Grimm XXXII, 1141f., Jontes 389f., Jakob 232)*

Zwiderbitzel *m.* Bez. für übelgelaunten Menschen wie zuvor; wie die folgenden Zusammensetzungen mit wider „zuwider, übellaunig"; vgl. auch Bitzel (s. d.). *(UK 660, Jontes 390)*

Zwidertegel *m.* Wie zuvor; vgl. auch Tegel (s. d.). *(UK 660, Jontes 390)*

Zwiderling *m.* Wie zuvor; Idiotikon Rottenmann, 1818: „Du Zwiderling: wenn man unangenehm ist." *(UK 660, Jontes 390)*

Zwidernickel, -nigl *m.* Rügend für unfolgsames, lästiges Kind. Wortbildung wie Bosnigl (s. d.). *(WStWB 171)*

Zwiderwurze *f.* *(„-wurzen")* Wie zuvor; Wurze (s. d.) zu einem Wort verbunden, das wie ein dem Gebiete der Volksmedizin entstammendes Naturprodukt klingt. *(UK 660, WStWB 168, Wintersberger 93, Jontes 390, Pfeiffer 479, Jakob 232)*

Zwiefelkrowót *m.* Synonym für Kroate; vgl. Krowót (s. d.); nach den Nahrungsgewohnheiten der einstigen kroatischen Wanderhändler und heutigen Gastarbeiter, in denen die Zwiebel eine große Rolle spielt. *(Jontes 390)*

Zwirnspinner *m.* Bez. für unangenehmen Pedanten; vgl. auch Spinner (s. d.); dazu ma. zwirnen „jemanden ärgern, durch Pedanterie in Ärger versetzen", als Wort alter Handwerkersprache der Weber und Posamentierer. *(UK 661, Grimm XXXII, 1320, Jontes 390)*

Zwitschkerl *n.* Scherzhaft für kleines, herziges Mädchen; Vergleich mit einem zwitschernden Vöglein. *(WStWB 171)*

Literatur und handschriftliche bzw. gedruckte Quellen

Aman
Reinhold AMAN: Bayrisch-österreichisches Schimpfwörterbuch. München 1979, 2. Aufl. (Goldmann-Taschenbuch 26.523).

Esterl
Gernot ESTERL – Gudrun SEIDL: Da Loatwagn. Dialektwörterbuch der Landjugend des Bezirkes Murau. Herausgegeben anläßlich der Steirischen Landesausstellung Holzzeit. Murau 1995

Grimm
Jacob und Wilhelm GRIMM: Deutsches Wörterbuch. Nachdruck der Erstausgabe 1854–1971. München 1984 (dtv. 5945), 33 Bände.

Holaubek-Lawatsch
Gundl HOLAUBEK-LAWATSCH: Handwerk und Handwerker in steirischen Volksliedern. In: Katalog zur Landesausstellung Steirisches Handwerk. Graz 1970, S. 547–574.

Idiotikon Admonttal
Versuch eines obersteyermärkischen Idiotikons, vorzüglich mit Rücksichtnehmung auf den Sprachgebrauch im Admontthale um 1812. Stmk. Landesarchiv, Handschriftenreihe, Hs. 972.

Idiotikon Eisenerz
N. AMBROSI: Entwurf eines obersteyermärkischen Idiotikons mit Rücksichtnehmung auf den Sprachgebrauch im Bezirke Eisenärzt. 1812. Stmk. Landesarchiv, Handschriftenreihe, Hs. 967.

Idiotikon Fohnsdorf
Joh. N. Felix KNAFFL: Die Mundart des obersteyerischen Landmannes im cammeralischen Bezirke Fohnsdorf. Ein kleiner Beytrag zur Volkskunde und zur Statistik der oberen Steyermark, 1813. Stmk. Landesarchiv, Handschriftenreihe, Hs. 940.

Idiotikon Gallenstein
Versuch eines obersteyermärkischen Idiotikons vorzüglich mit Rücksichtnehmung auf den Sprachgebrauch im Bez. Gallenstein. Um 1812. Stmk. Landesarchiv, Handschriftenreihe, Hs. 973.

Idiotikon Göß
N. BECK: Idioticon der ... Wörter auch eigener Ausdrücke im Bezirke der k. k. Staatsherrschaft Göss. 1811. Stmk. Landesarchiv, Handschriftenreihe, Hs. 968.

Idiotikon Hieflau
Idioticon über die in dem Werbbezirke Hieflau ... üblichen Wörter. Um 1812. Stmk. Landesarchiv, Handschriftenreihe, Hs.968.

Idiotikon Leoben
Idiotikon als Anhang V von „Fragentwürfe an sämtliche steyermarkische

Werbbezirke zum Behufe einer physikalischen Statistik dieses Landes, beantwortet von Philipp Edlen von VISSA und SABASSI, Bürgermeistern des regulirten Magistrates der k. k. Stadt Leoben. 1812. Handschrift am Museum der Stadt Leoben.

Idiotikon Rottenmann
N. BECK: Bruchstücke zu einem Idiotikon der ... Wörter auch eigener Ausdrücke ... in dem Bezirke Rottenmann. 1818. Stmk. Landesarchiv, Handschriftenreihe, Hs. 969.

Jakob
Julius JAKOB: Wörterbuch des Wiener Dialektes mit einer kurzgefaßten Grammatik. Wien – Leipzig 1929.

Jontes
Günther JONTES: Das große österreichische Schimpfwörterbuch. Fohnsdorf 1987.

Jontes, Stmk.
Günther JONTES: Steirisches Schimpfwortlexikon. Schimpf und Spott in Vergangenheit und Gegenwart. Fohnsdorf 1986.

Jungmair
Otto JUNGMAIR – Albrecht ETZ: Wörterbuch zur oberösterreichischen Volksmundart. (Aus da Hoamat 33) Linz 1983. 3. Aufl.

Jutz
Leo JUTZ: Vorarlbergisches Wörterbuch mit Einschluß des Fürstentums Liechtenstein. 2 Bände. Wien 1960, 1965.

Kapeller
Ludwig KAPELLER: Schimpflexikon von Armleuchter bis Zimtziege. Mit einem juristischen Ratgeber für allzu eilfertige Benützer. München 1968 (Heyne-Taschenbuch 104).

Kluge
Friedrich KLUGE: Etymologisches Wörterbuch der deutschen Sprache. Berlin 1967. 20. Aufl.

Kretzenbacher
Leopold KRETZENBACHER: Schimpfwörter aus nationaler und aus religiös-konfessioneller Gegnerschaft. In: Stereotypvorstellungen im Alltagsleben. Festschrift für Georg R. Schroubek zum 65. Geburtstag. München 1988, S. 67–82 (Münchner Beiträge zur Volkskunde 8).

Küpper
Heinz KÜPPER: Wörterbuch der deutschen Umgangssprache. Band IV: Berufsschelten und Verwandtes. Hamburg 1966.

Landmann
Salcia LANDMANN: Jiddisch. Abenteuer einer Sprache. München 1964 (dtv-Taschenbuch 252).

Lexer, KWB
Matthias LEXER: Kärntisches Wörterbuch. Leipzig 1862.

Pfeiffer
Das große Schimpfwörterbuch. Ueber 10.000 Schimpf-, Spott- und Neckwörter zur Bezeichnung von Personen. Frankfurt/M. 1996.

Puchner
Günter PUCHNER: Kundenschall. Das Gekasper der Kirschenpflücker im Winter. Übersetzungen ins Rotwelsch. München 1976. (dtv-Taschenbuch 1192).

Reiterer, Ennstalerisch
Karl REITERER: Ennstalerisch. Volkstümliches aus der nordwestlichen Steiermark. Graz 1913.

Reiterer Jugendsprüche
Karl REITERER: Jugendsprüche. Aus den Ennstaler Alpen. In: Heimgarten 20 (1895/96), S. 789–792.

Reiterer, Paradies
Karl REITERER: ´s steirische Paradies. Graz – Wien – Leipzig 1919.

Reiterer, Sprachbilder
Karl REITERER: Weststeirische Sprachbilder. In: Heimgarten 47 (1923), S. 478–481.

Reiterer, Sprüche
Karl REITERER: Sprüche und Redensarten in den Alpen. In: Heimgarten 19 (1895), S. 488–491.

Sonntag
J. V. SONNTAG: Die Steiermarker. Naturgetreu geschildert. 1845. (Idiotikon S. 490ff.). Stmk. Landesarchiv, Handschriftenreihe, Hs. 12.

Schatz
Josef SCHATZ – Karl FINSTERWALDER: Wörterbuch der Tiroler Mundarten. 2 Bände. Innsbruck 1993. 2. Aufl.

Schmeller
Johann Andreas SCHMELLER: Bayerisches Wörterbuch. Sonderausgabe der von Karl FROMMANN bearb. 2. Ausgabe. München 1872–1877. München 1985.

Schneid
N. SCHNEID: Die Ehrenbeleidigung mit Rücksicht auf das österreichische und gemeine deutsche Strafrecht. Graz 1864.

UK
Theodor UNGER – Ferdinand KHULL: Steirischer Wortschatz als Ergänzung zu Schmellers Bayerischen Wörterbuch. Graz 1903.

WBÖ
Wörterbuch der bairischen Mundarten in Österreich. Begründet von Viktor DOLLMAYR und Eberhard KRANZMAYER. Wien 1963ff. (Berücksichtigt die bisher erschienenen Lieferungen bis No. 30, Wien 1992).

WStWB
Walter KAINZ – Claus Jürgen HUTTERER: Weststeirisches Wörterbuch. Grammatiken und Wortschatz nach Sachgruppen. (Schriften zur deutschen

Sprache in Österreich 13/14). Wien, Köln, Graz 1987.

Weber
Otto F. WEBER: Siedlung und Geschichte im oberen steirischen Ennstal (Gerichtsbezirke Schladming und Gröbming). Erster Teil. In: Zeitschrift des Histor. Vereines f. Stmk. 62 (1971), S. 191–208.

Wehle
Peter WEHLE: Die Wiener Gaunersprache. Eine stark aufgelockerte Dissertation. Wien – München 1977.

Wintersberger
Astrid WINTERSBERGER – H. C. ARTMANN: Österreichisch-Deutsches Wörterbuch. Salzburg, Wien 1995.

Wudi
Johann WUDI: Judenburger Dialekt um 1800. In: Berichte des Museumsvereines Judenburg 8 (1975), S. 20–23.

Ziller
Leopold ZILLER: Von Schelmen und Schergen. Alte strafbare Schelten aus salzburgischen Gerichtsakten. In: Mitteilungen der Gesellschaft für salzburgische Landeskunde 112/113 (1972/73), S. 377–384.

Für die mittelhochdeutschen Belege wurden verwendet:

Matthias LEXER: Mittelhochdeutsches Taschenwörterbuch (mit Nachtrag). Stuttgart 1965, 31. Aufl.

Für die tschechischen und ungarischen Wörter mit Bedacht ältere Werke:

J. P. JORDAN: Vollständiges Taschen-Wörterbuch der böhmischen und deutschen Sprache. Leipzig 1886.

Mór BALLAGI: Iskolai és utazási magyar és német zsebszótár. Budapest 1880 (Schul- und Reise-Taschen-Wörterbuch der ungarischen und deutschen Sprache).

Notizen

Notizen